DUMONT

Auf einem Kinderbauernhof in Amsterdam verschwindet am helllichten Tag ein kleiner Junge. Trotz tagelanger Suche bleibt er unauffindbar. Die Polizei ist höchst alarmiert und leitet eine groß angelegte Suchaktion ein. Wie sich zeigt, ist der Vorfall bloß der Anfang. Überall in Nordholland werden Kinder vermisst gemeldet, und bald verfolgt das ganze Land fieberhaft das mediale Geschehen. Maud Mertens, die Leiterin der Ermittlungen, gerät immer stärker unter Druck. Schon einmal hat die altgediente Kommissarin durch eine falsche Entscheidung den Tod eines Kindes mitverschuldet, und sie beginnt zu zweifeln, ob sie die Richtige für diesen Job ist. Unterstützung erhält sie von der jungen Kriminalistik-Studentin Kyra Slagter, deren Schwester vor Jahren spurlos verschwunden ist und die Mertens bereits in einem anderen Fall »ungebeten« assistierte: ein ungleiches Paar, das sich dennoch perfekt ergänzt. Als eine erste Kinderleiche auftaucht, ist klar: Die Täter schrecken vor nichts zurück – und jede Minute zählt.

ISA MARON

KALTE BRANDUNG

DIE NORDSEE-MORDE

Ein neuer Fall für
Maud Mertens und Kyra Slagter

Aus dem Niederländischen
von Stefanie Schäfer

DUMONT

Von Isa Maron ist im DuMont Buchverlag außerdem erschienen:
Dunkle Flut

FSC
www.fsc.org
MIX
Papier aus verantwortungsvollen Quellen
FSC® C083411

Deutsche Erstausgabe
September 2016
DuMont Buchverlag, Köln

Published by agreement with Overamstel Uitgevers B.V.
Die niederländische Originalausgabe erschien 2014
unter dem Titel ›Ijskoud‹
bei Uitgeverij Mistral (The House of Books), Amsterdam

Umschlaggestaltung: Lübbeke Naumann Thoben, Köln
Umschlagabbildungen: Stelen im Wasser: © eyetronic – Fotolia.com;
Wasserwellen: © Zacarias da Mata – Fotolia.com;
Wasser im Kreis: © underworld – Fotolia.com
Redaktion: Bärbel Brands
Satz: Fagott, Ffm
Gesetzt aus der Garamond und der DIN
Druck und Verarbeitung: CPI books GmbH, Leck
Gedruckt auf säurefreiem und chlorfrei gebleichtem Papier
Printed in Germany
ISBN 978-3-8321-6358-7

www.dumont-buchverlag.de

KALTE BRANDUNG

1

»Jesse?«

Sophie Verster steht am Zaun bei den Eseln, an einem der hinteren Gehege des Kinderbauernhofs. Ihr Atem kondensiert zu kleinen weißen Wölkchen. Suchend wandert ihr Blick die Umgebung ab, streift die Besucher. Heute ist nicht viel los. Der Weg zu den Pfauen liegt verlassen da, und nur weiter vorn zwischen den Hühnern und Enten stehen ein paar Erwachsene mit Kindern.

»Jesse?«

Wo steckt er nur? Immer entfernt er sich von ihr, ohne ihr Bescheid zu sagen. Sie lässt ihr Handy in die Jackentasche gleiten. Schafe, Esel, eine leere Weide mit schiefen Zäunen, gesäumt von einem Wassergraben. Er ist nirgendwo zu sehen.

»Jesse!«, ruft sie jetzt leicht gereizt.

Wieder schaut sie bei den Schafen und dem Gehege am Ende des Weges nach, sucht weiter hinter den Büschen am Spielplatz. Kein Jesse. Mist!

Sie kehrt um und bleibt an einem verwitterten grünen Picknicktisch stehen. Eben war er noch da. Er stand mit dem Päckchen Hühnerfutter in den Händen direkt neben ihr und beobachtete die Esel. Sie hatte nur kurz zum Handy gegriffen und auf die Nachricht einer Freundin geantwortet. Als sie wieder aufsah, war er weg.

Einfach weg.

Sie rennt in Richtung des Eingangs, dorthin, wo die Hühner sind. Vielleicht ist er schon vorgegangen, um sie zu füttern. Aber auch da ist er nicht.

»Jesse!«, ruft sie wieder.

Es hilft nichts. Wenn er sie hören könnte, würde er schon kommen. Der Kleine ist nicht verschlagen. Er gehört nicht zu denen, die andere ärgern oder provozieren.

Wo ist er nur?

»Jesse!« Ihre Stimme klingt schrill. Sie dreht sich einmal um die eigene Achse. Sie rennt wieder zurück, obwohl sie dort schon zwei Mal nachgeschaut hat. Sie kann nicht glauben, dass er plötzlich verschwunden ist.

Jesse ist nicht auf dem Weg zum Eingang und auch nicht im hinteren Bereich. Sie steht an den Außengehegen des Kinderbauernhofs, wo der Weg endet und in einem Knick zum Hinterausgang führt, einem Tor, das abgeschlossen ist. Der Bauernhofgeruch schlägt ihr plötzlich auf den Magen; feuchtes Holz und Schlamm, gemischt mit Hühnerdreck und Eselkacke. Sie läuft zum Zaun, der das Gelände begrenzt und hinter dem die schmale Straße zum Noordhollands Kanaal verläuft. Sie drückt die Klinke des Tors hinunter. Abgeschlossen. Er kann hier unmöglich allein hinausgeschlüpft sein.

Sophie stellt sich auf die Zehenspitzen, beugt sich so weit wie möglich über den Zaun und blickt hilflos die Straße hinunter. Komm schon, Jesse, zeig dich. Links, bei der Mühle, ist er nicht. Rechts, am Eingang des Bauernhofs, auch nicht. Sie lässt sich zurücksinken, umklammert das Gitter und rüttelt daran. Der Zaun ist zu stabil und zu hoch, als dass Jesse darüberklettern könnte. Er muss noch irgendwo hier drin sein. Sie kehrt zur Eselweide zurück.

Die Tiere stehen reglos auf dem kahlen Auslauf. Nur ein kurzer Augenblick ist verstrichen, seitdem Sophie bemerkt hat, dass Jesse nicht mehr neben ihr stand. Mein Gott, sie ist sein Kindermädchen und für ihn verantwortlich. Schon seit Jahren vertraut ihr Ilonka van Dijk Jesse an.

Sophie läuft es kalt den Rücken hinunter, und einen Moment lang dreht sich alles um sie herum in schwindelerregendem Tempo. Sie sieht nur noch lang gezogene Streifen, während sie allein dort steht, in der Totenstille, im Auge des Sturms, bis jemand die Notbremse zieht, alles anhält und ihr ist, als drehe nur sie selbst sich weiter bis zur Übelkeit.

»Jesse!«

Sie kann nicht anders, als ihn wieder und wieder zu rufen. Sophie rennt los, zwischen den Sträuchern hindurch zurück zu dem kleinen, versteckten Spielplatz. Dort muss er sein!

Niemand.

Eine knallblaue Plastikrutsche endet verlassen im Sandkasten. Eine schwarz-weiße Spielzeugkuh ist liegen geblieben. Daneben ein Schild: *Spielen ist fein, aber Aufräumen muss sein.* Der Deckel der Plastikkiste, in die das Spielzeug gehört, ist geöffnet. Sie rennt darauf zu. Vielleicht versteckt er sich. Vielleicht spielt er ihr doch einen Streich.

Kein Jesse.

Sie rennt an der Wippe vorbei, springt hinter die Bank und schaut noch einmal im Gebüsch nach. Das kann doch nicht sein! Verdammt noch mal, Jesse, wo bist du? Sie überquert den Spielplatz und zwängt sich hektisch durch die Hecke hindurch, zurück zum Weg und zu dem kleinen Platz am Eingang.

»Jesse!«

Das hier ist der kleinste Streichelzoo der Welt. Zwei Esel, ein paar Schafe, ein Dutzend Ziegen. Wie kann er verschwunden sein?

»Mein Kind ist weg!«, ruft Sophie. Väter und Mütter blicken erschrocken in ihre Richtung. »Ein kleiner Junge! Jesse!!«

»Wie sieht er aus?«, fragt ein Vater, der mit zwei kleinen Kindern inmitten der Hühnerschar steht.

»Blaue Jacke, Jeans, blonde Locken, blaue Mütze«, antwortet sie außer Atem.

Kyra Slagter sitzt am Fußende ihres Doppelbetts und starrt die Wand mit den Informationen über Sarina an. Ihr Foto in der Mitte, eine Karte von Texel – wo sie vor vier Jahren spurlos verschwunden ist – mit der Strecke, die sie gelaufen ist, Stichworte aus Zeugenaussagen: Kleidung, Ortsnamen, der Name des Jungen, mit dem sie sich dort offenbar getroffen hat, Kopien der perfide Hoffnung erweckenden Ansichtskarten, die vier Jahre nach dem Absendedatum plötzlich bei ihnen aufgetaucht sind.

Vor gut einem Jahr wollte ihre Mutter sie daran hindern, sich weiterhin so intensiv mit dem Verschwinden ihrer älteren Schwester zu befassen. Sie hatte von ihr verlangt, die Sachen von der Wand zu nehmen, sich auf die Schule zu konzentrieren anstatt auf Sarina, auf Dinge, die sie beeinflussen könne, so sagte sie, anstatt auf solche, die weit außerhalb ihrer Reichweite lägen.

Außerhalb ihrer Reichweite. Ihre eigene Schwester. Das konnte sie nicht hinnehmen.

Diese Phase liegt nun hinter ihnen. Kyra ist inzwischen neunzehn und studiert Kriminalistik an der Hochschule von Amsterdam. Sie hat vieles durchgemacht im letzten Jahr – nicht zuletzt während ihrer verrückten Suche nach dem Mörder ihres Lehrers Marc Gaullier –, das ihre Position gegenüber ihrer Mutter verändert hat.

Sarina lacht sie an. Blondes Haar umrahmt ein mageres Gesicht. Große grünbraune Augen und volle rote Lippen, genau wie ihre. Eine merkwürdige Vorstellung, dass sie jetzt genauso alt ist wie Sarina auf dem Foto. Etwas älter sogar.

Wo bist du hingegangen, Schwester? Was ist mit dir geschehen?

Ihr Handy, das neben ihr auf dem Bett liegt, fängt an zu summen. Sophie. Komisch, dass sie anruft, sonst schreibt sie immer.

»Hallo«, meldet sich Kyra, und sofort sprudelt es aus Sophie heraus.

»Jesse ist weg«, keucht sie außer Atem. »Ich bin mit ihm zum Kinderbauernhof gegangen, und plötzlich war er verschwunden. Könntest du bitte zu ihm nach Hause fahren und nachsehen, ob er da ist? Ich möchte lieber hierbleiben, falls er doch noch auftaucht. Ich kapiere das nicht! Auf einmal war er weg.«

»Bin schon unterwegs«, erwidert Kyra. »Ich nehme den Roller. Hast du Ilonka angerufen?«

»Ich trau mich nicht.«

»Ruf auf jeden Fall die Polizei.«

»Ja. Das sollte ich. Ich –«, Sophies Stimme versagt. »Er kann doch nicht … Ich versteh das nicht.«

»Was hat er an?«

»Eine Jeans, eine blaue Jacke und eine blaue Mütze, so ein leuchtendes Blau.«

Kyra schlüpft in ihre Schuhe und eilt die Treppe hinunter. Rollerschlüssel. Wintermantel, Handschuhe. Schnell.

Sophie kann nicht fassen, dass er weg ist. Die wenigen Besucher des Kinderbauernhofs helfen bei der Suche. Sie hat noch einmal im hinteren Bereich des Geländes nachgeschaut, in den Gehegen der Pfaue und der Hühner, im kleinen Eselstall. Ihr fällt kein Fleckchen mehr ein, an dem sie nicht schon zweimal gewesen wäre. Vielleicht hat sie bei der Ziegenweide nicht richtig nachgesehen, oder er ist doch am Spielplatz. Jetzt steht sie in dem kleinen Haus des Verwalters.

»Könnte er nach Hause gegangen sein?«, fragt eine Mitarbeiterin, eine kleine Frau mit üppigem Busen. Sie trägt ein graues, fleckiges T-Shirt mit einem verwaschenen Mickymaus-Aufdruck und hat die Stirn in Falten gelegt.

»Eine Freundin von mir ist hingefahren und sieht nach, aber er würde nie einfach so nach Hause laufen. Er würde auf jeden Fall Bescheid sagen.«

»Ich rufe die Polizei«, sagt die Frau.

Sophie nickt wie betäubt, dann stürzt sie zur Tür hinaus.

»Ich schau noch mal bei den Ziegen nach!« Sie reißt das Gatter auf, rennt über das Gras, an dem alten Traktor vorbei, zur Hütte mit den Heuballen, die mitten auf dem hintersten Feld steht. Sie keucht. Das kann nicht wahr sein! Der ganze Bauernhof ist umzäunt, für kleine Kinder ist es unmöglich, über den Zaun oder durch ihn hindurch zu kommen. Sie rennt über das Feld. Nichts. Auch nicht hinter dem Zaun. Die Wiese außerhalb des Geländes liegt verlassen da. Wie ist das möglich? Es scheint, als seien ihre Gedanken in einer Endlosschleife gefangen, ein sich ewig wiederholender Refrain.

Sie rennt um die Heuscheune herum zum Misthaufen, wo ein paar Hühner scharren. Dort sucht eine Mutter nach Jesse.

»Nichts«, sagt die Frau. »Tut mir leid.«

Sophie rennt zurück zum Haus des Verwalters.

»Er ist wirklich nirgendwo«, stößt sie hervor. Sophie atmet tief ein, doch der Sauerstoff scheint nicht in ihre Lungen zu dringen. Fünf Jahre Jesse hüten verdichten sich in diesem einen Moment. Er ist zwei, und sie bauen Türme aus Bauklötzen. Er ist fünf, und sie lesen Benjamin Blümchen. Jetzt ist er sieben und findet sich viel zu groß für einen Babysitter. Er kann doch nicht plötzlich weg sein?

»Setzen Sie sich doch mal hin«, sagt die Frau mit dem Mickymaus-T-Shirt. »Wir haben die Polizei gerufen, sie sind unterwegs. Jan? Hast du Tee da?«

Der Mann steht auf. Seine wässrigen Augen verschwinden fast unter seinen üppigen Augenbrauen. Sie soll sich hinsetzen, sagen sie. Wie kann sie sich setzen, wo sie doch suchen muss? Doch wo soll sie suchen? Ihr fällt kein Ort mehr ein.

»Haben Sie außerhalb des Hofes nachgesehen?«, fragt der Mann, während er ihr eine Tasse dampfenden Tee reicht. »Am Kanal?«

Sophie erstarrt.

Kyra rast mit ihrem Roller über den Deich, flitzt zwischen den Absperrpfosten am Florapark hindurch und wünscht sich, die Kiste würde schneller fahren. Es ist eiskalt, und sie ist froh, dass sie die dicke Winterjacke angezogen hat. Sie fährt ohne zu zögern am Kinderbauernhof vorbei und biegt nach ein paar Metern links in die Siedlung ein, in der Sophie und Jesse wohnen. Sie stellt ihren Roller im Vorgarten von Sophies Haus ab und springt über den niedrigen Zaun, um bei den Eltern von Jesse zu klingeln. Keine Reaktion.

Sie klingelt noch einmal. Nichts. Sie schaut durchs Fenster. Ruft durch den Briefschlitz. Wenn Jesse da wäre, würde er bestimmt aufmachen. Sie läuft zurück und klingelt bei Sophie, aber ihre Mutter Linda öffnet auch nicht. Im Haus auf der anderen Straßenseite bemerkt sie eine Bewegung. Sie geht hinüber und klingelt.

»Haben Sie Jesse gesehen?«, fragt sie die ältere Dame.

»Ich habe ihn mit Sophie weggehen sehen«, antwortet die Frau. »So vor etwa einer Stunde.«

»Und danach ist er nicht wieder aufgetaucht?«

»Nein.«

»Er ist also nicht allein zurückgekommen«, stellt Kyra fest.

»Was ist denn?«, fragt die Frau. »Sucht ihr ihn? Vielleicht ist er bei Tim, seinem Freund, der wohnt in Nummer siebenundzwanzig.« Sie deutet auf ein Haus ein Stück die Straße hinunter.

»Vielen Dank!«, ruft Kyra und ist auch schon weg.

»Ist Jesse hier?«, fragt sie die Frau, die ihr öffnet, erkennt aber an dem erstaunten Gesichtsausdruck, dass er nicht da ist.

»Nein, den habe ich heute noch nicht gesehen. Warum?«

Kyra fischt das Handy aus der Tasche, hebt zum Dank die Hand und rennt zurück zu ihrem Roller.

»Sophie? Hier ist er nicht. Weder zu Hause noch bei seinem Freund Tim. Keiner hat ihn gesehen. Habt ihr inzwischen die Polizei gerufen?«

Kurz hört sie zu.

»Bleib, wo du bist«, antwortet sie. »Ich fahre noch mal die Strecke von hier zum Kinderbauernhof ab, vielleicht entdecke ich ihn doch noch irgendwo. Ich bin gleich da.«

Sie fährt zurück, etwas langsamer jetzt, und blickt sich aufmerksam um. Sie dreht noch eine Extrarunde durch die kleinen Straßen rund um Jesses Haus. Es ist Mitte November, und in ein paar Tagen ist Nikolaus, viele Häuser sind schon weihnachtlich geschmückt. In einer Stunde wird es dunkel sein. Sie müssen sich mit der Suche beeilen.

Kyra verlässt das Wohnviertel und überquert die Holzbrücke zum Kanal. Nirgendwo ein kleiner blonder Junge. Sie kennt Jesse gut. Er ist ein liebes Kerlchen, wahnsinnig klug. Er hat ihr das Schachspielen beigebracht – jedenfalls hat er ihr erklärt, was jede Schachfigur darf und was nicht –, weil ihm »Mensch ärgere dich nicht« zu einfach ist. Verdammt, wo steckt er bloß?

Kurz vor der Unterführung bleibt sie stehen und blickt den Weg zur Grundschule hinunter. Ein langer, gerader Weg, an dem ein Wasserlauf entlangführt. Nichts. Sie schaut noch einmal zurück zum Wasser, zu den Bäumen und dem Schilf am Ufer. Nichts.

Sie fährt weiter. Kurz hinter dem Krankenhaus hält sie noch einmal an. Vielleicht ist er dort auf den Fahrradweg abgebogen? Doch in der Ferne sieht sie nur eine ältere Frau mit einem Hund. Autos fahren vorbei. Ein kleiner, hüpfender Junge in einer blauen Jacke ist nirgendwo zu sehen.

Kaum hundert Meter vor dem Kinderbauernhof sieht sie etwas im Kanal treiben, etwa drei Meter vom Ufer entfernt. O Gott! Sie schreit den Leuten zu, die am Eingang des Bauernhofs stehen.

»Kommt schnell!« Sie stellt den Roller auf die Straße und rennt zum Ufer. Etwas Blaues. Etwas Knallblaues. Es schnürt ihr die Kehle zu. Aber er hat doch bestimmt das Seepferdchen? Das hat man doch, wenn man sieben ist …

Sie blickt sich um und sieht ein paar Leute auf sich zulaufen. Wie tief ist das Wasser hier? Zwei Meter? Drei? Vier? In der Mitte verläuft eine Fahrrinne, die von großen Schiffen benutzt wird. Mein Gott, Jesse … Das knallblaue Ding kann nur seine Mütze sein. Kyra zieht ihre dicke Jacke aus und springt in den Kanal. Das Wasser ist so kalt, dass es ihr sofort die Luft aus den Lungen presst. Mit zwei Zügen hat sie das blaue Ding erreicht und holt es aus dem Wasser. Tatsächlich, eine Mütze aus blauer Baumwolle.

Hinter sich hört sie ein Klatschen, und ein Junge taucht auf.

»Du da lang!«, sagt er und deutet an Kyra vorbei. Er hat recht. Jesse kann überall sein. Kyra wirft die Mütze ans Ufer, wo sich inzwischen eine Gruppe von Leuten versammelt hat. Sie taucht unter. Das eiskalte Wasser fließt ihr in die Ohren, über den Kopf und in den Nacken. Sie versucht, irgendetwas zu erkennen, aber das Wasser ist trübe. Wo sie auch hinsieht, überall ist nur dieser grünbraune Nebel. Verzweifelt tastet sie um sich; durch die heftigen Bewegungen geht ihr die Luft aus und sie muss wieder auftauchen. Wie lange dauert es, bis ein siebenjähriges Kind untergeht? Es zappelt doch, schreit, es kann doch Wasser treten? Es geht doch nicht sofort unter? Hatte Jesse vielleicht Stiefel an? Heißt es nicht: Stiefel aus, wenn man ins Wasser fällt. Denn die laufen voll und ziehen einen hinunter. Stimmt das? Wo soll sie suchen? Wo? Sie atmet tief ein und taucht wieder unter. Diesmal versucht sie, den Grund zu erreichen, und tastet dort panisch herum. Schlick. Steine. Zweige. Etwas Scharfkantiges. Sonst nichts.

Jesse!, ruft es in ihrem Kopf. *Komm zu mir!*

Sie muss wieder rauf. Schöpft Atem. Taucht viel zu schnell wieder unter. Die Panik ergreift sie immer heftiger. Sie kann ihn nicht finden! Der Kanal ist viel zu breit, und wahrscheinlich herrscht hier Strömung. Vielleicht ist er in die Mitte des Kanals getrieben, der in Richtung Ringstraße fließt, oder, schlimmer noch, weiter in Richtung Schleuse. Noch einmal holt sie Luft und taucht wieder unter. Sie versucht, systematisch am Ufer entlangzuschwimmen, greift mit den Armen weit um sich und entfernt sich mit jedem Zug ein Stück weiter vom Ufer, hin zur Mitte des Kanals. Sie hat das Gefühl, dass der Kanal ein Schlammpfuhl, groß wie ein Fußballfeld, ist. Sie sucht überall rings um sich, aber er könnte doch auch über ihr treiben, unter ihr, schräg neben ihr, er kann überall sein. Sie sieht nicht einmal ihre eigenen Beine, so trüb ist es hier. Es hat keinen Sinn … Außer Atem kommt sie wieder nach oben und flucht. Halt deine Gedanken beisammen! Such! Such!

»Nichts!«, ruft der Junge, der mit ihr ins Wasser gesprungen ist, und schwimmt auf sie zu. Sie hat sich ein ganzes Stück weit vom Ufer entfernt. Zu ihrer Linken sieht sie einen Mann im Wasser suchen.

»Das schaffen wir nicht!«, ruft der Junge. »Tut mir leid. Vielleicht müssen wir das den Tauchern überlassen.«

Den Tauchern, hat er gesagt. Die kommen natürlich gleich. Spürhunde. Und ein ganzer Trupp Polizisten. Aber sie werden zu spät kommen. Wenn er hier irgendwo im Wasser ist …

»Komm ans Ufer«, sagt der Junge. »Es ist viel zu kalt.«

Jetzt erst merkt Kyra, wie unterkühlt sie ist. Wie lange schwimmt sie schon in diesem eiskalten Kanal? Ihr ganzer Körper kribbelt, und jede Bewegung fühlt sich an, als schnitte sie sich an hundert Messern.

»Nein«, sagt sie leise. Plötzlich ist sie todmüde und das Ufer sehr weit weg. Sie schaut zu dem Jungen. Sein Gesicht scheint sich in das von Jesse zu verwandeln, in Todesangst, mit weit aufgerissenen Augen. Noch einmal holt sie tief Luft und taucht unter. Mit weit ausgestreckten Armen pflügt sie durch das Wasser. Er muss hier irgendwo sein! Wenn er doch nur in ihre Richtung käme, wenn sie doch nur an der richtigen Stelle suchte … Plötzlich fühlt sie etwas Glitschiges an ihrer rechten Hand. Es ist sofort wieder weg. Sie dreht sich um und greift danach.

Da, erwischt! Sie packt es und schießt an die Oberfläche, aber noch bevor sie oben ist, weiß sie: Was immer es ist, es ist zu weich, zu leicht, es ist nicht Jesse. Sie zieht es mit einem Arm aus dem Wasser und erkennt eine Jacke. Einen Moment lang ist sie gelähmt vor Angst und glaubt, die blaue Jacke von Jesse zu sehen, doch dann erkennt sie, dass die Jacke dunkelgrün und von einem Erwachsenen ist. Ein Ärmel ist völlig ausgefranst. Sie schreit auf vor Wut und Enttäuschung.

»Komm jetzt«, sagt der Junge wieder. Er treibt neben ihr. Das Haar klebt in Strähnen an seinen Wangen, Wasser rinnt ihm aus der Nase. »Wir müssen raus.«

»Nein«, flüstert Kyra. *Angenommen, er ist hier? Ganz in meiner Nähe. Angenommen, er treibt knapp unter mir? Oder nur einen Meter entfernt, dort, in der Mitte des Kanals. Dann hätte ich ihn fast, beinahe. Dann könnte ich ihn retten, aber wenn ich jetzt rausgehe, ist er verloren.* Noch einmal taucht sie unter, merkt aber, dass sie es nicht mehr schafft, dass sie nur noch ein paar Sekunden unten bleiben kann und zu wenig Kraft hat, um weiterzusuchen.

»Komm mit«, wiederholt der Junge mit einem Gesichtsausdruck, der keine Widerrede duldet.

Langsam schwimmen sie zurück ans Ufer. Vor sich sieht Kyra bereits den anderen Schwimmer aus dem Wasser klettern. Sie müssten wirklich länger suchen, aber Kyra kann Arme und Beine kaum noch bewegen. Sie sind schwer wie Blei, das Wasser ist wie Sirup. Sobald sie das Ufer erreicht hat, muss sie sich hinlegen, kurz ausruhen, vielleicht sogar schlafen.

Sie zittert. Dass einem so entsetzlich kalt sein kann … Kyras Inneres fühlt sich an wie ein vereister Hohlraum, wie ein leerer Gefrierschrank, in dem sich eine dicke Eisschicht an den Wänden gebildet hat. Sie erreichen das Ufer. Kyra sucht Halt an der Kanalmauer, aber sie ist mindestens einen Meter hoch. Sie schafft es nicht, sich daran hochzuziehen. Erschöpft lässt sie sich zurückgleiten.

»Raus da!«, sagt jemand über ihr. »Beeil dich! Gleich bist du unterkühlt!«

Kyra versucht erneut, sich hochzuziehen, aber ihre Arme sind plötzlich wie aus Gummi. Sie kommt keinen Zentimeter hoch. *Schlaffe Kuh*, beschimpft sie sich, *du musst raus aus dem Wasser.*

Die anderen haben recht. Mit aller Kraft versucht sie es erneut und sinkt keuchend wieder hinab.

»Noch mal!«, ruft die Stimme.

Irgendjemand schiebt sie von hinten, ein anderer zieht an ihrem Arm, und dann liegt sie im Gras, zähneklappernd und zitternd. »Aufstehen, bewegen, und dann rein«, befiehlt die strenge Stimme. Es ist der Junge. Wie kommt der denn plötzlich hierher? Er war doch gerade noch im Wasser neben ihr?

»Du auch«, murmelt Kyra. »Du auch.«

Sie rappelt sich auf, und er legt einen Arm um sie. Dann bugsiert er Kyra in Richtung des kleinen Verwaltergebäudes.

»Gebt ihnen heißen Kaffee!«, ruft jemand. »Dreht die Heizung auf! Holt Decken!«

»Jesse?«, fragt Kyra. »Habt ihr ihn? Wo ist Sophie?«

In dem Moment hört sie die Sirenen zweier Einsatzfahrzeuge. Polizei. Feuerwehr. Gott sei Dank.

Maud Mertens eilt hinter Niels Bingsten her zum Dienstwagen. Ein Kind wird vermisst. Der Verwalter des Kinderbauernhofs hat angerufen. Das Kindermädchen des Jungen ist außer sich. Sie hat mithilfe der anderen Besucher das ganze Gelände abgesucht. Der Junge ist seit fast einer halben Stunde spurlos verschwunden. Der Bruchteil eines Menschenlebens, ein verschwindend kleiner Splitter Zeit, aber eine Ewigkeit, wenn dein Kind weg ist. Niels hat das Auto schon gestartet, als Maud die Tür aufreißt. Sie lässt sich auf den Beifahrersitz fallen, und sie rasen los, noch bevor sie sich angeschnallt hat. Wahrscheinlich falscher Alarm. In neunundneunzig von hundert Fällen ist es ein Sturm im Wasserglas und das Kind bis zu ihrem Eintreffen bereits gefunden, aber bei dieser einen Ausnahme ist die Zeit ihr schlimmster Feind. Oder ihr bester Verbündeter. Je schneller sie im Einsatz sind, desto größer die Chance, dass der Junge gefunden wird. Jesse van Dijk. Sieben Jahre. Wohnhaft in Banne Noord, dem Viertel in der Nähe des Kinderbauernhofs

»De Buiktuin«, sagt Mertens, während sie zu dem zerfurchten Gesicht ihres Kollegen aufblickt. »Kennst du den?«

»Ja«, antwortet Bingsten. Er beißt die Zähne zusammen. Vor ihnen schleicht ein Auto die Straße entlang, obwohl sie mit Sirene und Blaulicht fahren. »Liegt hinten am Kanal. Hau ab, du Arsch!«

Als sich endlich eine Lücke auftut, überholt Bingsten das Auto und schneidet es fies beim Einscheren. Mertens sieht den Fahrer fluchen und gestikulieren. Na klar doch.

Bingsten fährt über die Kanalbrücke, biegt links ab ins Wohngebiet und schlängelt sich durch ein Labyrinth kleiner Straßen, bis er die Schleuse am Buiksloterdijk erreicht. Dort verlässt er den Deich und fährt am Wasser entlang zum Kinderbauernhof.

Maud fasst zusammen, was zu tun ist, falls sich der kleine Junge wirklich als unauffindbar erweist. Sie brauchen einen Suchtrupp, Spürhunde, Taucher. Vielleicht auch eine Meldung über AMBER Alert, der Initiative für vermisste Kinder. Der Koordinator für Vermisstenfälle wurde bereits informiert und organisiert den Ablauf. Jesses Fall wurde vom diensthabenden Staatsanwalt als dringend eingestuft. Maud schließt die Augen und versucht, den bleischweren Klumpen im Magen wegzuatmen.

Die Kälte ist so tief in jede Faser ihres Körpers gekrochen, dass Kyra das Gefühl hat, ihre Knochen hätten sich in Eiszapfen verwandelt. Es ist der kälteste neunzehnte November seit Jahren.

»Alles ausziehen«, befiehlt der Sanitäter.

Sie starrt ihn an.

»In den nassen Klamotten kriege ich dich nicht warm«, sagt der Mann. Er hat kurze graue Haare und eine Nase wie ein Boxer. Er ist freundlich, aber streng. »Wenn du es nicht machst, mach ich es.«

Sie nickt, legt die alte Pferdedecke auf das Bett im Notarztwagen und fängt an, sich auszuziehen. »Ich habe eine Winterjacke dabei«, sagt Kyra. »Die ist trocken. Soll ich sie anziehen? Eine Mütze habe ich auch.« Sie schaut den Sanitäter an und hat das Gefühl, ziemlich dummes Zeug zu reden. Zweifellos wird man ihr spezielle Wärmedecken, vielleicht sogar eine elektrische Heizdecke geben. Sie bibbert immer noch, aber ihr Kopf wird allmählich wieder klarer.

»Gleich vielleicht«, sagt der Sanitäter und breitet eine Art Aluminiumfolie auf der Rolltrage aus. Er rubbelt Kyra grob mit einem Handtuch ab, und nachdem sie sich hingelegt hat, faltet er die Foliendecke um sie. Er zieht das Kopfende ein wenig hoch, trocknet ihr langes blondes Haar und setzt ihr die Mütze auf. Dann legt er noch eine Decke und ihre Jacke über sie und reicht ihr eine heiße Tasse Tee.

»Du hast Glück gehabt«, sagt er. »Deine Körpertemperatur war runter auf 33,4 Grad. Wäre sie unter dreiunddreißig gefallen, wäre es wirklich ernst geworden.«

»Jesse«, wiederholt Kyra. »Hat man ihn inzwischen gefunden?«

»Keine Ahnung. Ich bin für dich verantwortlich, mein Kollege kümmert sich um deinen Freund und seinen Vater.«

»Meinen Freund?«

»Der Junge, der auch in den Kanal gesprungen ist. Ist das nicht dein Freund?«

Kyra schüttelt den Kopf und trinkt ihren Tee. Sie weiß nicht einmal, wie der Junge heißt. Sie spürt, wie ihr unter der schützenden Schicht der Decken allmählich wärmer wird. Ihre Anspannung lässt nach, aber das Gefühl drohenden Unheils wird sie nicht los. Wenn Jesse gefunden worden wäre, hätte ihr das bestimmt jemand gesagt.

Sie trinkt den Rest Tee aus und lässt den Kopf auf die Trage sinken. Wie konnte er sich nur Sophies Aufsicht entziehen? Das passt überhaupt nicht zu ihr, und im Übrigen passt es auch nicht zu Jesse, einfach so zu verschwinden oder ins Wasser zu fallen. Er büxt zwar manchmal aus, entfernt sich aber nie weiter als ein paar Meter. Richtig weggelaufen ist er noch nie.

Kyras Gedanken mahlen unablässig und hasten hin und her, von dem Gespräch mit Jesses Nachbarin zur rasenden Fahrt mit dem Roller, der Suche in den Straßen und der Suche unter Wasser. O Gott, das Wasser. So kalt, so unbarmherzig. Wenn er nur nicht da drin liegt! Bitte nicht! Obwohl sie dort nach ihm gesucht hat. Und nicht nur sie. Der Mann, der Junge …

»Könnten Sie gleich mal nachfragen, wie er heißt?«, bittet Kyra.

Der Sanitäter schaut sie fragend an.

»Der Junge«, erklärt sie. »Den Sie für meinen Freund gehalten haben. Ich wüsste gerne, wie er heißt.«

»Mache ich«, verspricht der Mann und lacht. »Ich fülle nur schnell meine Papiere aus. Und dann müssen wir mal überlegen, wie wir an trockene Kleidung kommen. Vielleicht können wir dich auch einfach zu Hause absetzen.«

Kyra nickt. Sie muss wieder raus, um bei der Suche zu helfen.

2

»Tommy, gehst du mal schnell mit Anouk zur Toilette? Sie muss Pipi.«

Seine Mutter hebt nicht mal den Kopf, während sie ihn fragt. Sie sucht in ihrer Tasche nach einem Taschentuch, wie sie immer irgendwie auf der Suche nach einem Taschentuch ist, um Rotz, Blut oder Schokoladenreste damit abzuwischen.

»Aber …«, beginnt er. Jonas und Max laufen bereits zu den Seehunden. Sie sind zusammen losgerannt, um rechtzeitig zur Fütterung zu kommen, aber dann ist Caitlin hingefallen, diese blöde Freundin seiner kleinen Schwester Anouk. Sie mussten stehen bleiben und kommen jetzt garantiert zu spät, weil Caitlin heult und Anouk Pipi muss.

»Jetzt nicht, Tom, tu einfach mal, was ich dir sage.«

Seine Mutter streicht sich eine lose Strähne hinters Ohr und zupft ein Papiertaschentuch aus dem Päckchen. Sie blickt ihn immer noch nicht an und runzelt die Stirn. Caitlin brüllt, als würde ihr Bein abgesägt. Die Schürfwunde an ihrem Knie ist so klein, dass man das Blut kaum sieht. Manchmal wünschte Tom, er hätte keine kleine Schwester. Mädchen sind alle furchtbar blöd.

Seufzend nimmt er Anouk an die Hand. »Komm schnell«, sagt er und rennt zurück zu den Toiletten, wo er schon mindestens zehn Mal gewesen ist, weil andauernd irgendeiner Pipi musste. Er hasst die Geburtstagsfeier seiner Schwester. Er konnte nicht mal zum Training, denn er darf weder allein zu Hause bleiben noch allein mit dem Rad zum Fußballverein fahren, obwohl er seiner Mutter schon hundertmal gesagt hat, dass das für ihn kein Problem ist. Er ist elf und in der sechsten Klasse. Von der Schule fährt er auch allein nach Hause, aber aus irgendeinem Grund ist das für Mama etwas anderes.

Und heute musste er mit in den Zoo. Das einzig Gute ist, dass Jonas und Max mit dabei sind, seine Freunde, die Söhne von Mamas Freundin Lisette, die auch mitgekommen ist, um zu helfen.

»Jetzt beeil dich doch mal«, mahnt Tommy Anouk, die er hinter sich her zieht. Kleine Schwestern können nicht rennen. Echt nicht. Sie hüpfen, schlendern oder trödeln. Das können sie.

»Nicht so schne-hell«, quengelt Anouk.

Tommy seufzt und geht etwas langsamer.

»Du willst doch auch sehen, wie die Seehunde Fisch zu essen bekommen, oder?«, fragt er so lieb wie möglich und drängt sie zum Eingang der Toiletten. Glücklicherweise steht keine Schlange davor. Anouk nickt.

»Geh mal schnell Pipi machen, ich warte hier auf dich.«

Es ist viel ruhiger als vorhin. Alle anderen haben sich natürlich schon längst einen guten Platz am Rand des Seehundbeckens gesucht. Hoffentlich beeilt sich Anouk. Hoffentlich hat sie nicht wieder Schwierigkeiten mit ihrer Strumpfhose und ihrer Hose und ihrem Anorak. Wie immer. Bestimmt muss er eine Stunde lang auf sie warten.

Plötzlich bemerkt er, wie kalt seine Hände sind, und steckt sie tief in die Jackentaschen. Er schaut hinüber zum Affenkäfig. Verrückte Viecher, so lustig. Wäre es nicht cool, fünf Arme zu haben? Oder besser fünf Hände, denn ein Affe kann mit den Füßen greifen wie mit Händen und sich auch mit dem Schwanz überall festhalten. Wie wäre es wohl, wenn man hoch oben durch die Baumwipfel fliegen könnte? Wenn man sich mit seinen fünf Händen von Ast zu Ast schwingen könnte, wenn man wie ein Vogel durch die Luft fliegen und sich dann wieder an den Zweigen auffangen könnte, ohne Angst herunterzufallen?

»*Can you help me?*«, fragt ihn plötzlich jemand. Ein großer Mann sitzt ein paar Meter weiter an der Mauer. Er hockt neben einer Tasche. »*I cannot*«, sagt er. »*I cannot …*« Er beendet den Satz nicht und schaut Tommy etwas belämmert an. Er sieht ein bisschen aus wie sein Lehrer in der Schule. Auch so lang und dünn, mit diesen dicken Lippen, aber ganz anderen Haaren. Zögernd geht Tommy einen Schritt auf ihn zu.

»*I cannot …*«, wiederholt der Mann. Er lacht entschuldigend. »*My sister …*«, sagt er dann. Aha, noch einer mit einer nervigen Schwester. Da sieht man mal, dass die alle gleich sind. Tommy fragt sich plötzlich, wo diese Schwester wohl ist, denn der kleine Platz vor den Toiletten ist leer. Und was hat die Tasche mit dieser unsichtbaren Schwester zu tun?

»*It's a surprise*«, sagt der Mann und lacht. Vielleicht hat seine Schwester auch Geburtstag. Mama hat Anouk ebenfalls eine Überraschung versprochen, gleich, wenn sie nach Hause kommen. Dann bekommt sie das Päckchen, das Opa und Oma aus Spanien geschickt haben.

»*Look*«, sagt der Mann leise, als wolle er Tommy ein großes Geheimnis verraten. Er zieht die Augenbrauen hoch und nickt ihm aufmunternd zu. Aus ein paar Schritten Entfernung versucht Tommy zu erkennen, was in der Tasche ist. Es ist klein. Er geht noch einen Schritt vor. Ist es etwa das, was er sich sehnlichst zum Geburtstag gewünscht – und natürlich nicht bekommen hat?

»*I cannot …*«, seine Stimme klingt sanft, zögerlich, als ob er etwas vorbereitet … Tommy sieht ihn überrascht an. Was macht er hier mit einem Katzenbaby? Auf einmal drückt ihm der Mann etwas aufs Gesicht, und alles wird dunkel.

3

»Wir kennen uns doch«, spricht Maud die junge Frau an. Sie stehen im Verwaltergebäude. Der Gasofen in der Ecke des Raumes bullert, und trotzdem ist es eiskalt. »Du hast doch am Damstede Abi gemacht?«

Sophie nickt. Sie hält Maud eine blaue Mütze hin. Maud nimmt sie in die Hand. Sie ist klatschnass.

»Die gehört Jesse«, sagt sie verzweifelt. »Sie lag im Kanal. Da müssen Sie suchen. Ich glaube, er ist …« Sie fängt an zu weinen. »Kyra hat schon im Wasser nach ihm gesucht«, fährt sie fort. »Zusammen mit einem Jungen und dessen Vater, aber sie haben ihn nicht gefunden.«

»Kyra?«, fragt Maud erstaunt. Was hat Kyra hier zu suchen? Zuerst taucht sie im Fall Marc Gaullier auf, und jetzt schon wieder. Sie schuldet Kyra noch Informationen. Die Akte ihrer vermissten Schwester Sarina wurde zwar wieder geöffnet, aber bisher gibt es noch keine neuen Erkenntnisse.

»Kyra ist meine beste Freundin, ich habe sie sofort angerufen, als Jesse weg war«, flüstert Sophie heiser, als könne sie Mauds Gedanken lesen. »Ich habe sie gebeten, bei Jesse zu vorbeizufahren und nachzusehen, ob er vielleicht dort ist. Ich habe mich nicht getraut, hier wegzugehen.«

Sophie hält inne. Sie zieht die Schultern hoch und schüttelt den Kopf. Sie scheint noch etwas sagen zu wollen, bringt aber kein Wort mehr heraus. Das arme Mädchen ist so fahlweiß wie der Himmel heute. Eine Kaltfront ist im Anzug, Schnee wurde vorhergesagt.

»Bitte suchen Sie ihn im Kanal, die Mütze …« Sie starrt auf die blaue Mütze in Mauds Händen. Wasser tropft auf den Boden.

»Wie heißt du?«, fragt Maud, die sich nicht mehr an den Namen der jungen Frau erinnern kann. »Ich möchte dir gerne ein paar Fragen stellen, und dann entscheiden wir, welche Maßnahmen wir ergreifen müssen.«

»Ich heiße Sophie Verster.«

Jetzt fällt es Maud wieder ein. Sie hatte sie damals wegen des ermordeten Lehrers verhört, zusammen mit einer Reihe anderer Schülerinnen und Schüler.

»Erzähl mir bitte noch einmal in wenigen Worten, was genau passiert ist«, fordert Maud sie auf. »Schnell!«

»Er war … auf einmal verschwunden«, stottert Sophie. »Gerade hat er noch neben mir gestanden, dann war er plötzlich weg. Das war vor –«, sie schaut auf die Uhr und fängt wieder an zu weinen, »vierzig Minuten.«

Sophie hält schon die ganze Zeit eine Tasse Tee in der Hand, hat aber noch kein Schluck getrunken. Sie setzt sich auf einen Hocker und verschwindet fast in ihrer dicken Winterjacke und unter ihrer Beanie-Mütze. Maud kennt es nur allzu gut, dieses Entsetzen und den lähmenden Schock, die bewirken, dass man kein vernünftiges Wort mehr aus einem Zeugen herausbekommt. Sie hat es bei einem Autofahrer erlebt, der ein Kind angefahren hatte, bei einem Mann, dessen schwangere Frau durch einen unglücklichen Sturz von der Speichertreppe ums Leben gekommen war, beim Zeugen eines tödlichen Überfalls, bei so vielen Menschen. Sie weiß genau, wie sich das anfühlt. Sie hat diese eiskalte Angst kennengelernt, dieses nackte Entsetzen, das jeden klaren Gedanken blockiert.

»Okay«, sagt Maud und schaut auf die Uhr. Die Zeit drängt. »Noch einmal: Bist du wirklich sicher, dass er nicht einfach nach Hause gegangen ist?«

»Fragen Sie Kyra«, erwidert Sophie und ballt die Fäuste. »Sie ist im Krankenwagen. Jesse ist nicht zu Hause. Sie müssen im Kanal suchen!« Ihre Stimme erstirbt, und ihr scheint klar zu werden, dass eine Suche im Kanal nicht mehr viel nützen würde.

»Wir schicken sicherheitshalber trotzdem eine Streife vorbei«, sagt Maud und fragt nach der Adresse. Niels Bingsten greift sofort zum Handy. »Vielleicht ist er inzwischen doch dort aufgetaucht.«

»Ich kapier' das nicht!«, ruft Sophie plötzlich aufgebracht. »Wir haben ganz hinten gestanden, bei den Eseln, und da ist nichts, überhaupt nichts, nur ein Zaun. Wenn er weggelaufen ist, muss er an mir vorbeigekommen sein. Das hätte ich doch gesehen! Ich kapier' das einfach nicht.«

»Du warst dort mit Jesse allein?«, wiederholt Maud betont. Polizeiarbeit besteht aus ständigen Wiederholungen. Nichts ist wahrscheinlicher, als sich in Details zu irren. Details, die den entscheidenden Unterschied ausmachen können. Sophie nickt.

»Du hast einen Moment nicht aufgepasst, und dann war er weg?«

Wieder nickt Sophie. »Wir haben überall gesucht«, flüstert sie. »Erst ich allein, dann haben mir die anderen Besucher und Mitarbeiter hier geholfen. Kyra, ein Junge und ein Mann haben im Kanal nach ihm getaucht.«

»Hast du Jesses Eltern angerufen?«, fragt Maud, und es klingt fast wie ein Vorwurf.

»Wo ist Jesse?«, gellt eine Stimme direkt hinter Maud. Angst und Wut vermischen sich darin. Jesses Mutter steht in der Tür, das blonde Haar wirr, das aufgedunsene Gesicht gerötet, der Blick fassungslos. »Wo ist Jesse?«

Eine schmerzliche Stille folgt. Maud Mertens räuspert sich.

»Das ist *seine* Mütze«, sie blickt auf Mauds Hände und wird leichenblass. »O Gott, die gehört Jesse!«

»Bitte setzen Sie sich einen Moment«, sagt Maud. Jan, einer der Verwalter des Kinderbauernhofs, springt erschrocken auf, um der Frau Platz zu machen, die keuchend hereingeplatzt ist.

»Setzen?« Die Frau streckt die Hände aus, als wolle sie die Mütze ergreifen, und lässt sie dann schlaff gegen ihren langen schwarzen Mantel sinken. »Ich soll mich hinsetzen?«

»Können wir bitte eine Tasse Tee für die Dame bekommen?«, fragt Maud den Verwalter. »Nur einen Augenblick«, fügt sie hinzu und winkt Niels.

»Soll ich alles Nötige veranlassen?«, fragt er sofort.

Maud nickt. Sie denkt an eine andere Mutter, eine, die während des Verhörs emotionslos am Tisch saß und eiskalt behauptete, so viele blaue Flecken hätte ihr Kind doch gar nicht.

»Ja, ich denke, wir müssen alle Register ziehen«, sagt Maud zu ihrem Kollegen. Er nickt. Maud wendet sich wieder Jesses Mutter zu, die sie leichenblass anstarrt.

»Es wurde bereits überall nach Ihrem Sohn gesucht«, erklärt Maud ernst, fasst die Frau am Ellbogen und führt sie sanft zu dem leeren Stuhl. Sophie sitzt, in sich zusammengesunken, vor dem heißen Ofen.

»Sophie hat nach ihm gesucht, unterstützt von den Besuchern und den Mitarbeitern«, erklärt Maud. »Auch Passanten haben mitgeholfen – das gesamte Terrain wurde gründlich durchkämmt. Mein Kollege fordert jetzt Suchtrupps an, die sich die weitere Umgebung vornehmen. Eine Freundin von Sophie, Kyra

Slagter, ist bereits bei Ihnen zu Hause gewesen und hat dort nachgesehen. Da ist er nicht. Wir haben zur Sicherheit noch einmal jemanden zu Ihnen nach Hause geschickt, um abzuwarten, ob er dort auftaucht. Drei Leute, darunter Kyra, haben im Kanal gesucht, aber nichts gefunden.«

Maud würde die Mutter gern beruhigen, aber was kann sie sagen?

»Die meisten vermissten Kinder tauchen innerhalb weniger Stunden wieder auf«, sagt sie. »Das ist eine Tatsache.«

Die Frau setzt sich, und Jan drückt ihr eine Tasse Tee in die Hand, die sie sofort auf den Tisch neben sich stellt und ignoriert. Maud sieht ihr an, wie ihr die Fragen durch den Kopf schießen. Fragen, die auch sie sich stellt, für die sie sich aber Zeit nehmen muss. Ruhe bewahren und systematisch vorgehen, das ist jetzt das Allerwichtigste.

»Wie kann er denn einfach so verschwinden?«, fragt die Mutter an Sophie gewandt, wütend und ängstlich zugleich.

»Er hat direkt neben mir gestanden«, antwortet die junge Frau. »Direkt neben mir, da habe ich eine Nachricht bekommen und ganz kurz auf mein Handy geschaut.«

»Diese scheiß Handys!«, fährt die Mutter sie an. »Das ist das Einzige, was ihr jungen Leute könnt, ständig mit euren Handys rumspielen, und dabei vergesst ihr alles um euch herum!«

»Ich habe nur eine Nachricht gelesen«, erwidert Sophie. »Nur eine einzige.«

»Eine Hundestaffel ist unterwegs.« Maud zählt auf, was sie alles tun werden, um Jesse zu finden. »Ein Helikopter mit Wärmekameras ist angefordert, und Polizeitaucher werden eingesetzt.« Maud versucht, den Blick der Mutter zu erhaschen. »Dass seine Mütze im Wasser lag, heißt noch lange nicht, dass er nicht ganz woanders sein kann.«

»Du hättest auf ihn aufpassen sollen!«, giftet Jesses Mutter Sophie an. »Du!«

Sophie presst die Lippen zusammen. Maud nickt Bingsten zu, der gerade wieder das Verwalterhäuschen betritt.

»Bring Sophie bitte zu Kyra«, sagt sie, und während Niels Sophie am Arm nimmt und hinausführt, wendet sich Maud wieder an Jesses Mutter.

»Wir tun alles, was in unserer Macht steht.« Sie zieht einen Stuhl heran und setzt sich der verzweifelten Frau gegenüber. »Ich möchte Ihnen gerne einige Fragen stellen.«

»Wie kann das sein?«, stößt die Mutter hervor. »Wie kann er einfach verschwinden? Sophie sollte doch auf ihn aufpassen. Er ist erst sieben ...«

Ihre Stimme versagt.

»Ich bin Maud Mertens«, stellt sich Maud vor. »Kripo Amsterdam.«

»Ilonka van Dijk«, sagt die Frau, kaum hörbar.

»Passt Sophie regelmäßig auf Jesse auf?«, fragt Maud.

Die Frau nickt.

»Waren Sie bei der Arbeit?«

»Ja.«

»Und Jesses Vater?«

»Auch bei der Arbeit. Er ist im Außendienst.« Ilonka van Dijk schüttelt den Kopf und wiederholt: »Ich kann es nicht fassen. Ich kann es einfach nicht fassen.«

»Leben Sie und Jesses Vater zusammen?« Maud wappnet sich gegen eine aggressive Reaktion, die aber nicht kommt.

»Ja, wir leben zusammen«, antwortet Ilonka. »Unsere Ehe ist nicht zerrüttet, wir sind nicht geschieden. Wir haben mit niemandem Streit. Und Geld haben wir auch keines ...« Sie beginnt an zu weinen. »Wenn er nicht ... im Wasser ist ... Dann hat ihn jemand mitgenommen. Aber warum? Was wollen die mit ihm?«

»Sie gehen davon aus, dass ihn jemand mitgenommen hat?«, fragt Niels Bingsten mit barscher Stimme. Wütend blickt Jesses Mutter zu ihm auf.

»Er ist garantiert nicht weglaufen. Er ist erst sieben. Zu Hause gibt es keine Probleme. Jesse ist ein ruhiges Kind. Er ist sehr intelligent. Er hat vor zwei Tagen erst ein Kaninchen bekommen. Er würde nie … Er kann doch nicht einfach …« Einen Moment lang schweigt sie. »Er hat sein Seepferdchen«, fährt sie fort. »Er kann schwimmen. Er hat regelmäßig am Schwimmunterricht teilgenommen.« Wieder beginnt sie zu weinen.

»Hat er ein eigenes Handy?«, fragt Maud. »Wenn ja, würde ich es gerne sofort orten lassen.«

Ilonka van Dijk schaut auf. »Er ist erst sieben! Natürlich hat er noch kein Handy.«

Sie schluckt.

»Er hat sich eines gewünscht, aber ich war dagegen.«

4

»Ich kann ihr nicht mehr in die Augen schauen«, schluchzt Sophie. »Was soll ich bloß sagen?«

»Irgendwann muss es sein, Sophie.« Kyra hat kein Mitleid mit ihrer Freundin. Es gehört nun einmal dazu, und außerdem ist es typisch für Sophie, sich jeder Verantwortung zu entziehen. Obwohl sie natürlich begreift, wie schwer es für ihre Freundin sein muss. Sie legt einen Arm um sie, und schweigend sitzen sie nebeneinander auf der Rolltrage im Notarztwagen.

Kyra fühlt sich etwas besser, aber die Kälte steckt ihr immer noch in den Knochen. Ihr Kiefer pocht an den Stellen, an denen sie vor sechs Monaten operiert wurde.

Wie ungerecht, erst von einem Vollidioten zusammengeschlagen zu werden, um dann monatelang unter den Nachwirkungen zu leiden. Dabei hat sie noch Glück gehabt. Das andere Opfer ihres Angreifers, Julia Hazelbrecht, die Frau, die er zuerst entführt hatte, war schlimmer dran gewesen. Kyra hat sie nach ihrer Befreiung nicht mehr gesehen. Julia könne es nicht ertragen, ihr zu begegnen, hat es geheißen. Später vielleicht, wenn sie ein bisschen darüber hinweggekommen sei. Momentan wolle sie die schrecklichen Erinnerungen erst einmal verdrängen. Kyra hält es für sinnlos, irgendetwas zu verdrängen. Ihre Mutter hat sich in den letzten Jahren geweigert, über Sarinas Verschwinden zu sprechen, und hat der Sache damit keinen guten Dienst erwiesen.

»Wir finden ihn bestimmt«, sagt Kyra und weiß, dass sie sich damit weit aus dem Fenster lehnt. »Als ich acht war, habe ich mich mal mit einem Freund und seinem Roller auf den Weg gemacht. Er hat behauptet, er wüsste, wie man zum Bijenkorf kommt. Dort hingen die großen Zwarte-Piet-Figuren an der Fassade, die an einem Seil rauf- und runterklettern, weißt du, die fand ich klasse, und da sind wir einfach losgezogen, ohne irgendjemandem Bescheid zu sagen. Es war dann aber viel weiter, als er gedacht hatte, und am Hauptbahnhof hatten wir uns dann endgültig verlaufen. Also sind wir nach einer Weile mit der Fähre wieder zurückgefahren. Wir waren fast drei Stunden unterwegs. Unsere Mütter waren stinksauer. Sie hatten uns überall gesucht.«

Sophie wischt sich die Tränen weg.

»Vielleicht hast du recht«, sagt sie.

Die Tür des Notarztwagens öffnet sich, und Maud Mertens kommt herein. Der kalte Luftzug lässt Kyra schaudern. Draußen hört sie das alarmierende Knattern eines Helikopters.

In der Enge des Notarztwagens steht ihnen Mertens gegenüber. Sie trägt einen schwarzen Wollmantel, der ihr strenges Aussehen betont.

»Wie geht's dir, Kyra?«

»Besser, vielen Dank. Und?«

»Wir haben ihn noch nicht gefunden. Zwei Teams durchkämmen die Umgebung, auch mit Spürhunden, und die Taucher müssten jeden Moment eintreffen. Es dauert eben alles seine Zeit.«

Es ist seltsam, Maud Mertens im Zusammenhang mit einem neuen Fall wiederzusehen. Kyra denkt an Marc Gaullier, den Kunstlehrer ihrer Schule, der an einem frühen Maimorgen tot an einem Laternenpfahl am Ufer des IJ hing. Ihr Bruder Jarno und der Fährschiffer hatten die Leiche entdeckt, und Jarno hatte sie sofort angerufen. Eine Woche später hatte der Fall eine sehr merkwürdige Wendung genommen, und sie war in große Schwierigkeiten geraten. Durch ihre eigene Schuld, hatte sie sich im Nachhinein eingestehen müssen. Nachdem Maud sie aus den Fängen des Verrückten befreit hatte, an den sie am liebsten nicht mehr denken würde, haben sie noch ein paarmal miteinander gesprochen. Um den Fall abzuschließen natürlich, aber auch über ihre Schwester Sarina. Und über die mysteriösen Ansichtskarten, die sie vier Jahre nach Sarinas Verschwinden von ihr erhalten hatten. Nie hätte Kyra gedacht, dass die Erklärung dafür so einfach war.

»Sophie und ich haben uns gerade schon über Jesses Verschwinden unterhalten«, sagt Maud und fährt mit einer Hand durch ihr halblanges dunkelbraunes Haar. »Aber ich habe auch noch ein paar Fragen an dich.«

Kyra erzählt Maud von Sophies Anruf und zählt auf, wo sie gesucht und mit wem sie in Jesses Straße gesprochen hat. Und sie erzählt von ihrer Suche unter Wasser.

»Er muss ganz in Sophies Nähe entführt worden sein«, fügt sie hinzu.

»Entführt?«, fragt Maud scharf und starrt Kyra mit ihren hellgrauen Augen an.

»Jesse kann gut schwimmen«, fährt Kyra fort. »Je länger ich darüber nachdenke, desto weniger kann ich mir vorstellen, dass er ertrunken … dass er im Wasser ist. Deswegen muss er vom Kinderbauernhof entführt worden sein. Oder er ist weggelaufen. Wurde der Zaun schon genau untersucht? Hat er doch irgendwo ein Loch?«

»Aber warum hätte er das tun sollen?«, unterbricht sie Sophie. »Wieso?«

»Der Zaun wird augenblicklich untersucht«, antwortet Maud.

»Entweder er ist durch ein Loch gekrochen und weggelaufen«, fährt Kyra fort, »oder jemand hat ihn einfach mitgenommen.«

»Aber dann hätte er doch geschrien«, wendet Sophie ein. »Er sieht niedlich aus, aber er ist sehr weit für sein Alter. Er würde nie einfach so mit jemandem mitgehen oder sich entführen lassen, ohne Krach zu schlagen.«

»Das werden wir alles untersuchen«, sagt Maud. »Von euch will ich nur wissen, ob ihr irgendetwas Ungewöhnliches gesehen habt. Denkt noch einmal gründlich nach.«

»Nein, alles war ganz normal«, antwortet Sophie, und auch Kyra schüttelt den Kopf.

»Bist du dir hundertprozentig sicher?«, fragt Maud.

»Zweihundertprozentig«, antwortet Sophie.

»Ein Auto, ein Kleinbus? Einen einzelnen Mann oder eine Frau? Ein Paar ohne Kinder?«

Wieder schütteln Sophie und Kyra ihre Köpfe.

»Und trotzdem muss irgendetwas Seltsames passiert sein«, überlegt Kyra. »Irgendetwas haben wir übersehen, ordnen es nicht richtig ein, oder …« – sie schweigt einen Moment und denkt nach – »halten es einfach nicht für möglich.«

»Ich muss jetzt wieder an die Arbeit«, sagt Maud Mertens und öffnet die Tür des Notarztwagens. »Ihr zwei geht jetzt nach Hause und denkt bitte noch einmal gründlich nach. Ich weiß ja, wie ich euch erreichen kann.«

»Was für ein Zufall, dass wir schon wieder über Kyra Slagter stolpern«, sagt Maud.

Bingsten nickt. »Das Mädchen hat ein Talent dazu, in Kriminalfälle verwickelt zu werden.«

»Es geht ihr nicht so besonders gut.« Maud vergräbt die Hände tief in den Taschen. »Sie hat eine halbe Stunde lang im Wasser gesucht, bis sie ordentlich unterkühlt war. Und Sophie sah auch schlecht aus. Damals im Gaullier-Fall wirkte sie wesentlich selbstsicherer.«

Maud und Niels verlassen den Kinderbauernhof. Über ihren Köpfen kreist der Hubschrauber.

Mauds Telefon klingelt. Es ist Joris Verstraten, der Journalist, der im Fall Gaullier vertrauliche Informationen preisgegeben, sie aber schließlich auf die Spur des Täters gebracht hat.

»Hallo, Maud«, sagt er. »Wie ich höre, wird ein Kind vermisst. Kannst du mir dazu schon etwas sagen?«

»In Kürze geht ein AMBER Alert raus«, antwortet Maud und fragt sich, ob sie mehr verraten sollte. Je mehr Aufmerksamkeit Jesses Verschwinden in der Öffentlichkeit hat, desto besser – in diesem Fall.

»Ruf mich in einer halben Stunde zurück, Joris. Bis dahin habe ich bestimmt weitere Informationen.«

»Es geht schon durch alle Netzwerke. Ich kann auch ohne dich einen Artikel schreiben.«

»Das musst du selber wissen«, erwidert Maud gereizt und beendet das Gespräch.

»Der Schifffahrtsverkehr wurde vorläufig stillgelegt«, informiert sie Bingsten. »Die Taucher sind gerade eingetroffen, und dazu ein zusätzlicher Suchtrupp, der die Ufer durchforstet. Alle haben detaillierte Umgebungskarten erhalten. Der Helikopter hat noch nichts Ungewöhnliches gesichtet, aber das ist jetzt auch schwierig, wo noch so viele Leute unterwegs sind. Jolanda und Thomas sind gekommen und vernehmen die Besucher. John und Myrna befragen Jesses Freunde. Die Spurensicherung nimmt sich gleich das Zimmer des Jungen und den Familiencomputer vor. Ich glaube, wir sollten noch einmal mit den Eltern reden. Der Vater ist da.«

»Gut«, antwortet Maud. »Und der AMBER Alert?«

»Ich habe einen angefordert und bekomme in einer halben Stunde Bescheid. Jesse erfüllt zwar nicht eindeutig das Kriterium, Opfer einer Entführung geworden zu sein, aber da er offenbar auch nicht weggelaufen ist …«

Sie stehen auf dem asphaltierten Weg neben dem Noordhollands Kanaal. Der Himmel ist bleich, die Bäume stehen kahl und reglos am Wasser, es ist viel zu kalt für die Jahreszeit. Maud fröstelt.

»Es könnte gut sein«, sagt sie und blickt bedrückt auf das Wasser, »dass er …«

»Ja«, sagt Bingsten und fügt nichts hinzu, weil es nichts hinzuzufügen gibt.

5

Er sitzt in einem Käfig. Er hat die Augenbinde abgezogen, und allmählich gewöhnt er sich an die Dunkelheit. Er sieht die Eisengitter um sich, und sein Herz schlägt wie verrückt.

Was soll das?

Welcher Idiot …?

Wie ist er hierhergekommen?

Tommy rüttelt an den Gitterstäben.

»He!«, schreit er. Nichts passiert. Das Gitter ist stabil. Er rüttelt an der Käfigtür, aber sie ist fest verschlossen.

Verdammte Scheiße.

Was jetzt?

Der Käfig ist sehr klein. Er blickt sich um, auf der Suche nach einem Loch, einer Lösung. Wie ist er hierhergekommen? Was wird mit ihm geschehen?

Er kann nicht aufrecht stehen, er kann nur sitzen und ein bisschen auf allen vieren umherkriechen. Er bekommt schlecht Luft. Wo ist er?

Sieht aus wie ein Schuppen. Es gibt keine Fenster, aber ein Stück entfernt fällt ein Streifen Licht durch einen Spalt, wahrscheinlich unter einer Tür hindurch. Tommy Wersman blickt sich benommen um. Er hat einen ekligen Geschmack im Mund. Fies. Wie von einem vier Tage alten Butterbrot mit Schmierwurst.

Was ist passiert? Wie kann es sein, dass er auf einmal hier ist?

Anouk hat Geburtstag.

Er war im Zoo.

Undeutlich erinnert er sich an den Mann mit dem Katzenbaby. Er hat ihn etwas gefragt, der Mann wollte irgendetwas wissen, und er hat gedacht: Eine kleine Katze, verdammt, er hat eine Babykatze, wie kommt er an die? Vier Monate lang hat er seinen Eltern wegen einer Katze in den Ohren gelegen und sich so sehr auf seinen Geburtstag gefreut, und als es endlich so weit war, haben sie ihm eine Wurfangel geschenkt, mit allem Schnickschnack und dazu einen Kasten voller Bleigewichte, Schwimmer, Schnüre und was sonst noch alles. Der Mann im Zoo hatte eine kleine Katze dabei.

Er ist in die Falle getappt.

Wie kann man nur so blöd sein?

Er ist auf ihn zugegangen, und danach erinnert er sich an nichts mehr. Alles ist schwarz geworden, bis zu dem Moment, in dem er hier aufgewacht ist, in einem Käfig, neben einem anderen Käfig, der leer ist.

Er kriecht zur Vorderseite, zur Käfigtür, zieht noch einmal daran, rüttelt und schlägt dagegen, aber sie bewegt sich kein bisschen. Er schließt die Finger um das Eisengitter und zerrt noch einmal an der Tür.

»Hallo!« Seine Stimme klingt hohl und dünn. »Haaallooo!«

In der Dunkelheit sieht er den Käfig neben sich, und dahinter glaubt er noch einen zu erkennen.

Wo ist er?

Und was wird mit ihm passieren?

Das Einzige, was er ausmachen kann, ist, dass der Fußboden des Raumes relativ weit unter ihm liegt. Vielleicht steht unter ihm noch ein Käfig. Er schmiegt den Kopf ans Gitter und versucht, hinunterzuschauen.

»Hey! Lasst mich raus!«, ruft er und rüttelt erneut am Gitter. Es ist alles, was er tun kann.

Was wird mit ihm geschehen?

Will man ihn töten? Aber warum hat der Mann es dann nicht sofort getan?

Er muss hier weg, er muss hier raus! Er wünschte, er hätte Superkräfte, sodass er all das Eisen verbiegen und rausreißen könnte! Er will so unbedingt hier raus!

Die Anstrengung raubt ihm den Atem in dem kleinen Käfig, und wieder umklammert er das Metall.

»Hilfe!«, ruft er mit erstickter Stimme und dann lauter: »Hilfe! Hiiilfeee!«

Er schweigt erschrocken, als sich die Außentür plötzlich öffnet. Das Licht blendet ihn. Er versucht zu erkennen, wer seine Käfigtür öffnet, aber er kann nur eine große Gestalt ausmachen.

Kommen sie ihn holen?

Kann er jetzt nach Hause?

Plötzlich trifft ein Schlag sein Gesicht, und ein heftiger Schmerz schießt ihm durch den Kopf. Seine Wange glüht.

»Ssst!«, zischt der Fremde.

Der Käfig wird wieder verschlossen, und das Licht verschwindet, als die Außentür sich schließt. Tommy Wersman sieht gerade noch, dass neben ihm eine ganze Reihe leerer Käfige steht.

6

»Das ist nicht dein Ernst!« Sofort ist sich Maud der Konsequenzen bewusst. »Elf Jahre, sagst du?«

Schweigend hört sie zu und schaut auf die Uhr. Halb vier. Zwei Kinder innerhalb von zwei Stunden. Auf dem Kinderbauernhof wurde inzwischen ein Tatortleiter eingesetzt, obwohl noch nicht einmal geklärt ist, ob es sich tatsächlich um einen Tatort handelt. Die Suchtrupps sind unterwegs und die Taucher im Einsatz.

»Im Zoo«, sagt sie. »Ich komme.«

Sie legt auf und winkt Niels Bingsten herbei.

»Noch eine Vermisstenanzeige, vor einer halben Stunde, im Zoo, genau dieselbe Geschichte, nur ein bisschen komplizierter, weil der Zoo so groß ist.«

»Seltsam«, sagt Bingsten.

»Ich weiß«, bestätigt Maud. »Hier stimmt etwas ganz und gar nicht.«

Glücklicherweise herrscht an diesem Mittwochnachmittag nicht viel Verkehr in der Stadt, und schon nach zehn Minuten betreten Maud und Niels den Tiergarten. Die Kollegen, die die Eingänge bewachen, erwarten sie bereits.

»Noch keine Presse hier?«, fragt Maud. Sie hat inzwischen bereits fünf Journalisten-Anfragen im Fall Jesse erhalten.

»Doch, klar.« Der Fahnder, der sich nur mit Vornamen – Johan – vorgestellt hat, geht ihnen voraus. Sie ziehen die Blicke auf sich, diese hastigen Erwachsenen mit ihren todernsten Mienen, die in Begleitung eines Polizisten am Affenfelsen vorbeieilen, ohne auf die fröhlichen Familien und den Kiosk mit den Plüschtieren zu achten.

»Aber wir haben sie erst mal ausgesperrt und ihnen ans Herz gelegt, noch nichts rauszugeben. Es geht um ein Kind. Das Wichtigste ist, dass es schnell gefunden wird, und das sehen sie ein. Aber ich weiß nicht, wie lange wir sie zum Stillhalten verdonnern können.«

»Hatte der Junge ein Handy?«, fragt Maud.

»Ja, wir lassen es gerade orten«, antwortet der Kollege.

»Eltern geschieden? Früher schon mal weggelaufen?«, fragt Maud.

»Nein«, antwortet Johan. »Es sieht tatsächlich nach einer Entführung aus, genau wie bei euch.«

Sie eilen hektisch voran. Maud kann kaum Schritt halten und fällt ein wenig zurück. Wie oft sie wohl mit Roos hier gewesen ist? Wie oft hat sie irgendwo auf einer Bank gesessen, mit einem Butterbrot und einem Trinkpäckchen, während Roos von den Makis zu den Pinguinen oder von der Rutsche zur Wippe gelaufen ist? Wie lange ist es her, dass die Beziehung zwischen ihnen noch etwas Selbstverständliches hatte?

Die Männer bleiben vor dem Eingang eines Gebäudes stehen, in dem sich früher die Ausstellung »Der Dschungel bei Nacht« befand. Ob es die noch gibt? Bestimmt nicht. Es ist ewig her, dass sie zuletzt im Tiergarten war.

»Hier hat er gewartet, soweit wir wissen«, erklärt Johan. »Er heißt übrigens Tommy. Tommy Wersman. Er hat vor den Toiletten gestanden. Ein Zeuge hat ihn im Vorübergehen mit einem Mann gesehen.« Er deutet zu der Stelle. »Er hat hier in der Hocke gesessen, neben einer Tasche. Es sah aus, als wollte dieser Mann Tommy etwas zeigen.«

»Haben wir eine Personenbeschreibung?«, fragt Maud.

»Dunkle Jeans, kurze schwarze Jacke, schwarze Sporttasche. Mehr nicht.«

»Aber keine Zeugen für die Entführung?«

»Bisher noch nicht.« Missmutig blickt sich Johan um. »Ist viel los heute. Irgendjemand muss etwas mitbekommen haben, aber wir wollten kein Aufsehen erregen. Die Zooleitung und der Direktor befürchten, es könne eine Panik ausbrechen.«

»Es muss ein AMBER Alert raus«, sagt Maud. »Sofort.«

Johan nickt. »Ich habe schon einen beantragt. Vor allem weil ihr im Norden einen ähnlichen Fall habt.«

»Wie lange ist er jetzt weg?«

»Ungefähr seit einer Dreiviertelstunde.«

»Lasst uns zuerst reingehen«, schlägt Johan vor. »Zur Familie. Unser Team ist auch da.«

Wieder klingelt Mauds Telefon. Joris. Der Journalist. Sie hatte versprochen, ihm weitere Informationen zu geben. Sie drückt den Anruf weg und steckt das Handy ein. Zuerst will sie sich einen Eindruck von den Geschehnissen vor Ort verschaffen.

7

Solange er sich nicht bewegt und keinen Laut von sich gibt, passiert ihm nichts. Reglos sitzt Tommy in seinem Käfig auf dem Po, die Beine ausgestreckt, die Handflächen flach auf dem Boden. Die rechte Seite seines Gesichts glüht noch von der Ohrfeige, die ihm der Mann verpasst hat. Ganz vorsichtig tastet er um sich. Der Boden des Käfigs besteht aus Holz, nicht aus Eisen. Vielleicht kann er ein Loch hineinmachen. Er hätte sein Taschenmesser mitnehmen sollen. So etwas sollte man immer dabei haben.

Langsam und so leise wie möglich rutscht er mit dem Rücken an die Wand. Er keucht, als sei er gerannt. Er tastet seine Hose nach seinem Handy ab, vergeblich. Der Mann muss alles kontrolliert haben. Seine Kleidung sitzt merkwürdig, die Hose ist ganz hochgezogen, ein Knopf noch offen, das Sweatshirt falsch rum. Er will gar nicht daran denken, warum das so ist, aber alles, was er bei sich hatte, ist verschwunden. Die fünf Euro und auch sein Handy – das alte Samsung seiner Mutter mit dem Riss.

Es ist schrecklich kalt in dem Schuppen. Obwohl er seine Jacke, die offen war, inzwischen zugezogen hat, schlottert er vor Kälte. Er kämpft gegen die Tränen, aber verliert, weil er nicht weiß, was er tun soll und was geschehen wird. Es muss etwas sehr Schlimmes sein, denn warum würde er sonst in einem Käfig sitzen?

Er erstarrt, als sich die Tür erneut öffnet und Kälte und grelles Licht hereinfallen. Er kneift die Augen zu und hält den Atem an. Er würde gern fragen, warum er hier drin hockt, wagt es aber nicht. Warum, warum? Die Frage donnert wie ein D-Zug durch seinen Kopf.

»Ssst!« Derselbe Kerl.

Tommy hält immer noch den Atem an und linst durch die zusammengekniffenen Augenlider hindurch. Der Mann trägt eine Mütze, eine Sonnenbrille, einen Schal und eine dunkle Jacke. Über der Schulter trägt er ein regloses Kind, anscheinend einen kleinen Jungen. Der Mann versetzt eine Kiste und steigt darauf. Mit einer Hand öffnet er den Käfig neben dem von Tommy und schiebt den Jungen von seiner Schulter in das kleine Gefängnis. Ohne ein Wort zu sagen, schließt der Mann den Käfig, verschwindet und lässt Tommy und den Jungen in der Dunkelheit zurück.

8

In dem Moment, in dem Johan die Tür des kleinen Saals öffnet, in der die Familie Wersman wartet, kommt ihnen Rob Franssen entgegen, der Teamleiter im Fall Tommy. An seinem Gesicht und den eiligen Schritten ist abzulesen, dass es neue Entwicklungen gibt. Er hält das Handy ans Ohr, runzelt die Stirn und bleibt in der Tür stehen. Im Zimmer hinter ihm sitzt eine magere blonde Frau auf einem Stuhl, die Hände vors Gesicht geschlagen. Eine andere Frau steht neben ihr, eine Brünette, groß und schlank. Sie beugt sich über die weinende Frau und redet flüsternd auf sie ein. Die Frau nimmt die Hände vom Gesicht und schüttelt den Kopf. Maud spürt schon von Weitem die Panik der Frau, erkennt die geschwollenen Augen und das fleckige Gesicht.

»Das Handy wurde geortet«, sagt Franssen zu Maud und Niels. Er verlässt das Zimmer, und sie folgen ihm. »Hier auf dem Gelände.«

Franssen geht ihnen durch den marmornen Flur des historischen Gebäudes voraus.

»Gut«, sagt er in sein Handy, kurz angebunden wie immer. »Alles klar.« Er eilt durch die Vordertür hinaus, bleibt kurz stehen und lauscht konzentriert.

»Gut«, wiederholt er. »Ich komme hin.«

Er dreht sich zu Maud um. »Da lang«, sagt er, steckt sein Handy ein und wendet sich nach rechts. »Bei euch was Neues?«

»Jesse van Dijk hatte kein Handy dabei«, sagt Maud. Sie kommen an einem Gehege mit fremdartigen Truthähnen vorbei, die einen roten Hals und einen leuchtend blauen Kopf haben. »Die Mutter des Jungen hat gesagt, es gäbe nichts Besonderes bei ihnen. Keine Scheidung, keine Konflikte, keine Erpressung, keine Schulden. Zwei Suchtrupps, der Helikopter und Taucher sind im Einsatz.«

Maud kennt den Weg, den sie einschlagen, hinter den Papageienkäfigen entlang in Richtung des Aquariums.

»Bei uns genau dasselbe«, sagt Franssen. »Keine besonderen Umstände. Man könnte meinen, er wäre ein zufälliges Opfer, aber wir alle wissen, dass es nicht so ist.«

Franssen läuft im selben Tempo weiter. Wieder droht Maud, zurückzufallen. *Ich muss mal wieder ins Fitnessstudio*, denkt sie voller Widerwillen. *Vielleicht sollte ich mit Nordic Walking anfangen, so geht es nicht weiter.*

Franssen betritt durch den halbrunden Eingang das Aquarium.

»Das Handy liegt bei den Pinguinen«, sagt er. »Es wird bereits untersucht.«

Rund um das Gehege der schwarz-weißen Vögel ist rotes Absperrband gespannt. Die drei Ermittler bleiben an den Türen zum Gehege stehen. Zwei Pfleger versuchen, die Tiere zusammenzutreiben und beieinanderzuhalten. Ein Ermittler in weißem Anzug watet durch das flache Wasser rund um die kleinen Inseln der Pinguin-Anlage. Maud zieht den Mantel enger und blickt sich auf dem Gelände um. Die Pinguin-Anlage ist wie ein Strand angelegt, mit einem Felsen als Wand dahinter. Zwar klaffen kleine Spalten zwischen den Steinen, aber nicht groß genug, um einen elfjährigen Jungen zu verstecken, und das Wasser ist zu flach. Obwohl sie schon erlebt hat, dass ein dreijähriges

Kind in nicht mal dreißig Zentimeter tiefem Wasser ertrunken ist, erscheint es unmöglich, dass Tommys Leiche hier zu finden ist. Wenn, dann hätte sie beschwert werden müssen. Und wie zur Hölle versteckt man mitten am helllichten Tag die Leiche eines Jungen im Wasser eines Tiergeheges? Der Mann im weißen Anzug bückt sich und winkt einen Kollegen mit einem Fotoapparat herbei. Nachdem dieser den Fundort von verschiedenen Seiten her abgelichtet hat, beugt sich der erste Kollege wieder vornüber, greift mit einer Hand ins Wasser und holt ein Handy heraus.

»Warum hier?«, fragt Maud. »Warum bei den Pinguinen?«

Kyra liegt im Jogginganzug unter einer dicken Daunendecke im Bett. Ihr ist immer noch kalt. Vielleicht kommt es ihr auch nur so vor, denn sie versucht schon seit Stunden, sich aufzuwärmen. Vielleicht hätte sie doch nicht mit dem Roller nach Hause fahren sollen, auch wenn Sophie ihr trockene Kleider geholt hat.

Sie starrt vom Bett aus auf die Wand, an der noch die Überbleibsel ihrer Notizen im Mordfall Gaullier zu sehen sind: die kleinen Löcher der Reißzwecken, mit denen sie die Zettel befestigt hat, weiße Streifen dort, wo sich mit dem Tesafilm auch die Farbe von der Wand gelöst hat, als sie die Fotos herunternahm, und die Striche, die sie mit schwarzem Stift von einem Hinweis zum anderen gezogen hat.

»Zusammenhänge«, hat ein Dozent in einer ihrer ersten Veranstaltungen an der Uni gesagt. »Darum dreht sich alles bei der Ermittlungsarbeit. Es gibt immer Zusammenhänge, und die Kunst besteht darin, sie zu entdecken und einzuordnen.«

Kyra dreht den Kopf und betrachtet jetzt die Wand neben sich. Der strahlende Mittelpunkt der Notizen, Fotos, Listen, Ausdrucke und Karten, die noch immer dort hängen, ist Sarina. Die Schwester, die die besten Zöpfe der Welt flechten konnte. Sogar mit vier Strähnen. »Hübsch«, sagte die Lehrerin in der Schule dann immer, und alle Mädchen betrachteten neidisch ihren langen, kunstvollen Zopf.

Zusammenhänge. Noch vor wenigen Monaten ist sie ihre Ermittlungsarbeit noch völlig anders angegangen. Damals hatte sie noch keine Ahnung, in welche Richtung ihre Denkarbeit gehen musste. Jetzt weiß sie es so ungefähr, aber noch immer hat sie nicht im Blick, wohin das alles führt. *Was hast du getan?*, fragt Kyra ihre Schwester in Gedanken. *Wo bist du geblieben?* Die Möglichkeit, vielleicht niemals eine Antwort auf diese Frage zu erhalten, lässt sie einfach nicht gelten. Nicht, solange noch Richtungen offen sind, in denen man ermitteln kann.

Sie schließt die Augen und spürt, wie sich ihre Körperwärme unter der Decke staut und allmählich zunimmt. Was für einen Unterschied ein einziger Grad ausmachen kann.

Sie stellt sich vor, dass die Wand, an der die Aufzeichnungen über Marc Gaullier gehangen haben, wieder rein weiß und unberührt wäre. Genau wie früher bei einer dieser Zaubertafeln fährt sie in Gedanken mit einem Schieber hin und her und löscht damit die Zeichnung aus, sodass sie wieder von vorn beginnen kann. Jesse. Wenn sie sich jemanden aussuchen dürfte, der niemals im Mittelpunkt einer solchen Wand stehen dürfte, dann wäre er es, doch wenn es zugleich jemanden gibt, den man unmöglich als Opfer eines Verbrechens ignorieren kann, dann ist er es auch. Sie fühlt sich dazu verpflichtet, sein Foto auszudrucken und sich an die Arbeit zu machen. Wie könnte sie so tun, als sei nichts geschehen?

Jesse. Große blaue Augen und ein kleines, rundliches Gesicht. Eine gewählte, bedächtige Ausdrucksweise. Immer ein bisschen klüger, als man erwarten würde.

Kyra schlägt die Decke weg und steht auf. Es ist sieben Uhr

abends. Ihre Eltern sind in der Stadt, shoppen, Essen gehen und dann ins Kino.

»Es ist wichtig«, hat ihre Mutter gesagt, »dass Papa und ich wieder etwas für unsere Beziehung tun. Unser gemeinsames Leben hat lange genug nur im Zeichen der Kinder gestanden.«

Am Drucker bleibt Kyra stehen, und plötzlich beginnt sie zu zweifeln. Sie schaut auf die Wand, auf die Stelle, wo sechs Monate zuvor das Foto mit dem lachenden Gesicht von Marc Gaullier gehangen hat, neben dem Foto seiner Leiche am Laternenpfahl am Ufer des IJ. Vielleicht sollte sie doch noch ein wenig abwarten. Vielleicht kommt Jesse von allein nach Hause.

9

»Psst!«

Tommy wagt kaum, einen Laut von sich zu geben, will aber trotzdem den anderen Jungen auf sich aufmerksam machen.

»Hallo«, flüstert er und ruft so leise wie möglich: »Hey, Kleiner!«

Das Kind stöhnt, setzt sich abrupt auf und zieht mit einer schnellen Bewegung die Binde von den Augen. Es sagt nichts. Es sitzt nur da und schaut sich mit großen Augen um.

»Wer bist du?«, fragt der Junge dann viel zu laut. »Wo bin ich? Warum …«

Er sieht furchtbar verängstigt aus. Und Tommy verspürt auf einmal auch wieder große Angst.

»Psst!«, zischt er. »Nicht schreien, sonst kommt der Mann und schlägt dich.«

Der Junge schluchzt.

»Welcher Mann?«, fragt er. »Was will der mit uns machen? Warum sind wir hier?«

»Ich weiß es nicht.« Tommy will lieber nicht darüber nachdenken, das ist viel zu gruselig.

»Ich heiße Tommy«, sagt er.

»Ich heiße Jesse.«

Jesse sieht ihn ängstlich an, und Tommy würde gerne irgendetwas Beruhigendes zu ihm sagen. Aber was?

»Wo sind wir?«, fragt Jesse.

»Ich weiß es nicht.« Beinahe fängt er an zu weinen, aber das darf er nicht. Jesse ist viel kleiner als er. Er schluckt und räuspert sich.

»Wie lange bist du hier schon?«, flüstert Jesse.

»Noch nicht lange. Eine Stunde oder so. Ich weiß es nicht.«

»Warst du auch auf dem Kinderbauernhof?«

»Nein, im Zoo. Mit meiner Mutter und ein paar anderen. Meine kleine Schwester hat heute Geburtstag.« Plötzlich spürt er einen dicken Brocken in der Kehle und kann nicht weiterreden.

»Es ist so dunkel hier«, sagt Jesse.

Sie starren schweigend vor sich hin, weil beiden klar ist, dass sie keine Ahnung haben, wo sie sind und was ihnen blüht.

»Hey!«, schreit Jesse plötzlich und hämmert mit den Fäusten gegen die Wand aus Eisen. »Lasst mich raus! Hallo!«

»Sei still!«, sagt Tommy ängstlich. »Lass das, sonst …«

Doch es ist schon zu spät. Die Tür geht auf. Diesmal dringt kein blendendes Licht herein, aber ein noch kälterer Luftzug. Es muss Essenszeit sein, denkt Tommy. Mama zündet jetzt die Kerzen an. Anouks Freundinnen werden abgeholt. Jede bekommt ein Tütchen mit Süßigkeiten mit nach Hause. Nein, Mama sucht ihn natürlich, und Papa auch, vielleicht sogar die Polizei. Und nicht nur ihn, sondern auch Jesse.

»Geh weg!«, schreit Jesse. »Lass mich in Ruhe!«

Der Mann klettert auf die Kiste vor Jesses Käfig und öffnet die Tür. Tommy kauert sich so klein wie möglich zusammen. Er wagt kaum zu atmen. Eine schallende Ohrfeige, und Jesse schreit laut auf.

»Hilfe!«, ruft er. »Warum …«

Noch ein Schlag.

»Ssst«, zischt der Mann.

Dann ist er weg. Die Tür fällt zu, und es wird stockdunkel.

10

Maud sitzt am Kopfende des Konferenztisches, ihr Team schweigt. Sie haben sich im kleinsten Sitzungsraum des Präsidiums versammelt, und Maud wittert die Anspannung, ausgelöst durch zu wenig Zeit für zu viel Arbeit.

»Tommy Wersman«, sagt sie mit dunkler Stimme. »Elf Jahre alt, und Jesse van Dijk, sieben Jahre.«

Thomas Kuipers, einer der Kriminaltechniker, legt übertrieben sorgfältig seinen Notizblock zurecht, greift zum Stift, und Maud sieht, wie seine Knöchel weiß werden. Er hat zwei Söhne im selben Alter.

So nüchtern wie möglich fasst Maud die Fakten des Tages zusammen. Die Emotionen schlagen von selbst hohe Wellen, sie braucht sie nicht noch anzupeitschen.

»Für das Verschwinden von Jesse van Dijk gibt es keine Zeugen. Niemand hat den Jungen gesehen, nachdem er mit seinem Kindermädchen an der Eselweide stand. Am plausibelsten scheint es zu sein, dass er an dieser abgelegenen Stelle des Geländes ausgerutscht ist oder aufgegriffen und sofort mitgenommen wurde.«

Zwei Fälle von vermissten Kindern in einer Stadt am selben Tag, in nur etwas über einer halben Stunde Abstand – und es gibt keinen Grund, anzunehmen, dass einer der beiden Jungen, die einander nicht kennen, weggelaufen ist. Außerdem ist die Tatsache, dass Tommys Telefon ins Wasser geworfen wurde, äußerst verdächtig. Niemand zweifelt mehr daran, dass die Kinder entführt wurden.

»War nicht Kyra Slagter vor Ort?«, fragt Thomas Kuipers. Maud nickt. »Seltsam«, sagt er nachdenklich.

»Sie war da, weil Sophie Verster sie gebeten hatte, bei Jesse zu Hause nachzusehen«, erwidert Maud. »Als sie ihn nicht angetroffen hat, ist sie den Weg zum Kinderbauernhof abgefahren, hat eine blaue Mütze im Wasser gesehen und ist in den Kanal gesprungen, um das Kind zu suchen. Wir werden sie noch einmal ausführlich befragen, genau wie Sophie Verster, das Kindermädchen von Jesse, die wir ebenfalls vom Fall Gaullier her kennen.«

Ein Murmeln und Nicken setzt ein, und Maud fährt mit den Fakten fort, die jetzt am wichtigsten sind. Sie beschreibt die Orte, an denen die Kinder verschwunden sind, die Umstände und die Personen, die zum Zeitpunkt ihres Verschwindens in der Nähe der Kinder waren. Sie erklärt, welche Ermittlungen bereits durchgeführt wurden und worauf sie sich in den kommenden Stunden konzentrieren müssen.

Sie räuspert sich. »Rob Franssen und sein Team arbeiten am Fall Tommy Wersman. Wir konzentrieren uns bis auf Weiteres ausschließlich auf Jesse van Dijk und treffen uns später mit Robs Team.«

Anschließend verteilt sie die Aufgaben innerhalb ihrer Mannschaft. Jolanda und Thomas beschäftigen sich mit Jesses unmittelbarer Umgebung: Familie, Freunden, Schule, den Ergebnissen der Hausdurchsuchung, Computerdaten. Vielleicht ergibt sich dabei irgendetwas, das darauf hinweist, in welche Richtung sie suchen müssen. John und Myrna führen die Befragungen der Anwohner rings um Jesses Elternhaus und den Kinderbauernhof durch.

»Niels und ich fahren zurück zum Tatort und sehen nach, wie die Ermittlungen vorangehen.« Sie fährt sie fort: »Für beide Jungen ist ein AMBER Alert rausgegangen. Die bisher eingegangen Hinweise werden zurzeit überprüft. Was keine unmittelbare Prüfung erfordert, wird später an uns weitergeleitet, und wir prüfen, ob nicht doch etwas Sachdienliches dabei ist. Aber unsere Ermittlungen gehen jetzt vor. Heute Abend um neun möchte ich die Resultate mit euch besprechen.«

Sie nickt aufmunternd in die Runde.

»Es könnte spät werden heute Nacht.«

Maud sucht nach Worten, um ihre Leute zu motivieren – Worte für die Angst des Kindes, die Trauer der Mutter, die Grausamkeit des Entführers, für irgendetwas, das die Dringlichkeit der Suche erhöht –, aber sie sagt nichts, weil sie in den Augen ihrer Teammitglieder mehr als genug Motivation erkennt.

»Es tut mir leid«, sagt Sophie so leise, dass man sie fast nicht verstehen kann. »Ich weiß wirklich nicht, wie das passieren konnte.«

Ilonka van Dijk sitzt mit rot geränderten Augen am Küchentisch neben ihrem Mann. Ihnen gegenüber sitzen Sophie und ihre Mutter. Das Fenster der kleinen Küche bietet Aussicht auf die schmale dunkle Straße. Auf der gegenüberliegenden Seite sieht Sophie, wie eine Nachbarin ihr Fenster mit einer Lichterkette dekoriert. Auf der Fensterbank flackert eine große gelbe Kerze.

Linda Verster nimmt die Hand ihrer Tochter. »Es ist so furchtbar für euch«, sagt sie. »Ich kann mir vorstellen, wie ihr euch fühlt. Mir ist Sophie auch mehrmals abhanden gekommen. Es ist eine Katastrophe. Wirklich. Es tut mir so leid für euch.«

Sophie fängt an zu weinen. »Ich wünschte, ich könnte die Zeit zurückdrehen«, schluchzt sie. »Ich wäre mit ihm zu Hause geblieben, oder ich hätte ihn einfach keine Sekunde aus den Augen gelassen. Ich verstehe das nicht. Wirklich nicht.« Sie wendet den Blick von Jesses Eltern ab und starrt wieder nach draußen.

»Erzähl mir noch einmal, wie es passiert ist, Sophie«, sagt Jesses Vater gebieterisch, und sie kann nicht anders, als ihm zu gehorchen. Wie ihr scheint zum hundertsten Mal berichtet sie, was geschehen ist. Jesses Eltern hören konzentriert zu, sagen aber nichts. Sie sitzen still da, und Sophie kann ihren kummervollen Gesichtern nicht entnehmen, was genau in ihnen vorgeht.

»Mir passiert das auch öfter«, sagt Ilonka leise. »Wir gehen ins Kino, er steht neben mir in der Reihe vor dem Popcornschalter, und plötzlich ist er weg: eine Sitzerhöhung holen oder eine 3D-Brille. Oder er plaudert mit der Türsteherin vor dem Saal. Oder mit einer alten Dame weiter hinten in der Reihe. Er ist immer so interessiert an allem und jedem. Es sieht überall Schönes oder Ungewöhnliches, über das er mehr wissen will. Es ist ihm egal, dass uns der Schreck in die Glieder fährt.«

»Es ist furchtbar, aber wir müssen jetzt abwarten«, sagt Linda, die mit einem Teelöffel spielt. »Ihr könnt augenblicklich nichts tun. Die Polizei sucht mit einem Großaufgebot. Wenn ihn jemand finden kann, dann sie.«

»Es tut mir so leid!«, wiederholt Sophie.

»Hör bitte damit auf.« Jesses Vater klingt barsch. »Das hilft weder dir noch uns. Es ist passiert. Jetzt müssen wir versuchen, damit umzugehen.«

»Und beten, dass er schnell gefunden wird«, fügt Ilonka hinzu. Sie schlägt die Hand vor den Mund und zwingt sich, nicht wieder anzufangen zu weinen. »Heil und gesund«, ergänzt sie mit erstickter Stimme.

»Das Päckchen Hühnerfutter«, sagt einer der Beamten und zeigt auf eine feuchte Packung im hohen Gras vor dem Zaun des Kinderbauernhofs. Das Beweismaterial wird von einer Lampe hell erleuchtet, die ein kleines Stück entfernt neben dem Zaun aufgestellt wurde. Eine Handvoll Getreidekörner zieht sich in einer langen, schrägen Spur vom Weg bis zum Schüsselchen. Daneben steht eine kleine gelbe Pyramide mit der Ziffer Drei.

Maud blickt auf und schätzt den Abstand zum Weg. Ein Meter, höchstens anderthalb.

»Er hat das Futter fallen lassen«, sagt Maud und drückt ihren Mantelkragen fest gegen den Hals. Es verspricht, eine eiskalte Nacht zu werden.

»Und der Täter hat es beiseitegetreten«, fährt Bingsten fort.

Der junge Polizist nickt.

»Sonst nichts?«, fragt Maud, obwohl sie die Antwort schon weiß.

»Nein, leider nicht.«

»Mist!«, schimpft Bingsten und blickt sich nachdenklich um.

Der Weg ist abgeriegelt, und vor dem Absperrband stehen auf beiden Seiten Gruppen von Schaulustigen. Und natürlich Journalisten. Ein Stück weiter sieht Maud den Kleinbus eines Fernsehsenders stehen. Maud und Bingsten bedanken sich bei dem Kollegen und kehren zum Kanal zurück. Am Ufer sind Scheinwerfer aufgestellt, die die ganze Umgebung erhellen. Alles wurde durchgekämmt. Hier gibt es nichts weiter zu tun, als sich vorzustellen, was sich ereignet hat, warum Jesse nicht geschrien und um sich getreten hat. »Er muss betäubt worden sein«, mutmaßt Maud. »Er wurde hier über den Zaun gehoben und sofort betäubt.«

»Oder umgekehrt«, erwidert Bingsten. »Gepackt, betäubt und danach über den Zaun gehoben.

»Das Päckchen ist hierhin gefallen«, sagt Maud. »Auf diese Seite des Zaunes. Wäre er schon früher betäubt worden, läge es auf der anderen Seite.«

»Aber wenn er bei Bewusstsein gewesen wäre, hätte er doch geschrien?«

Maud marschiert los, und Bingsten folgt ihr, weil er weiß, dass sie hier fertig sind. Jeder Grashalm wurde inzwischen umgedreht und der Kanal gedreggt und von Tauchern abgesucht. Jesse ist noch genauso verschwunden, wie er es heute Nachmittag war.

Langsam gehen sie den abgesperrten Weg entlang. Kollegen sind dabei, die großen Scheinwerfer auszuschalten. Einer nach dem anderen erlischt, und die Düsternis kehrt zurück. Stromkabel werden aufgerollt, das Material wird zum Lkw gebracht. Manche Kollegen nicken Maud und Niels zu, als sie vorbeigehen, und es herrscht eine geradezu unnatürliche, drückende Stille am Ufer des dunklen Kanals.

11

London

»Ich möchte nicht mehr Jane zu dir sagen«, flüstert Mabel mit sanfter Stimme. »Ich möchte dich lieber bei deinem richtigen Namen nennen.«

Phil steht etwas abseits an der Tür. Die Szene erscheint ihm unwirklich, herzzerreißend. Als wäre es gestern gewesen, sieht er wieder vor sich, wie sie das Mädchen aus der Spalte unter dem Felsblock hervorgeholt haben. Mager, verwildert, verängstigt. Er weiß bis heute nicht, warum sie sich dort versteckt hatte und wo sie herkommt. In der Zwischenzeit ist viel passiert. Es ist ihnen gelungen, sie in einer Klinik unterbringen zu lassen, in der sie die beste Behandlung erhält. Sie sieht gesünder aus und reagiert, wenn man mit ihr spricht, auch wenn man nie das Gefühl hat, ihr wirklich nahe zu kommen.

»Dann musst du mir aber sagen, wie du heißt«, fährt Mabel im Flüsterton fort. Das schweigende Mädchen im Krankenhausbett reagiert nicht. »Wie heißt du?«

Wenn jemand Mutter einer vielköpfigen Familie hätte sein sollen, dann Mabel. Seine Frau hat eine Engelsgeduld und den Optimismus eines Kindes, das noch nichts Schlimmes erlebt hat. Eine Fröhlichkeit, die durch nichts zu erschüttern ist. Und nun sitzt sie da, klein, sanft und voller Hoffnung. Wie eine Mutter.

»Jane«, flüstert Mabel und legt die Hand ganz vorsichtig auf den Arm des Mädchens. Keine Reaktion. »Jane, wie heißt du?«

Vor ein paar Monaten war kurz ein Funke von Leben in der jungen Frau aufgeflackert. Ein forschender Blick. Eine plötzliche Reaktion auf Stimmen im Flur. Phil hat sich das Gehirn zermartert, was genau er in dem Moment an ihr wahrgenommen hat. Angst? Wut? Besorgnis? Die Gefühlsregung war genauso schnell verschwunden, wie sie gekommen war. Jane war aus dem Bett gesprungen, hatte etwas gerufen, auf Französisch, so glaubte er, und danach war das arme Kind zitternd in der Tür stehen geblieben, panische Blicke um sich werfend. Minutenlang hatte sie so dort gestanden, tränenüberströmt, bis sie endlich zurück zum Bett gestolpert war und sich hingelegt hatte, mit dem Rücken zu Mabel, ihr Kissen weinend an sich geklammert. Dieser Funke von Energie – wenn auch einer negativen – war jedoch einmalig gewesen. Seit dieser Zeit verharrte sie in einem Zustand der Apathie.

»Ich habe auch eine Tochter gehabt«, sagt Mabel zu dem Mädchen, und Phils Herz krampft sich zusammen.

»Sie ist gleich nach der Geburt gestorben«, flüstert Mabel. »Sie konnte nicht überleben, dafür war sie körperlich zu schwer geschädigt.«

Sofort fühlt sich Phil wieder in den Kreissaal zurückversetzt, und ihm wird klar, wie hartnäckig er diese Erinnerungen verdrängt hat. Gleich darauf weiß er auch wieder warum. Dieser kleine nackte Körper auf der Waage. Die Krankenschwester, die nach einer Vitamin-K-Spritze ruft. Er steht daneben, schaut zu und weiß: Es ist hoffnungslos.

Mabel räuspert sich. Jane liegt noch immer reglos im Bett. Phil würde Mabel am liebsten sagen, dass es nicht funktionieren wird, dass sie sagen kann, was sie will, weil Jane sich seelisch wieder abgeschottet hat, diesmal stärker als zuvor.

»Sie hieß …« Wieder räuspert sich Mabel, und Phil weiß, dass der schöne Name ihrer schönen Tochter festsitzt, irgendwo zwi-

schen Mabels Herz und ihrem Mund. Er geht zu ihr und legt ihr die Hände auf die Schulter.

»Komm jetzt«, sagt er. »Morgen versuchen wir es wieder.«

12

Maud sitzt mit ihren Kollegen Niels Bingsten, Thomas Kuipers, Jolanda Derkinderen und Myrna Kaantjes im kleinen Sitzungssaal des Präsidiums. John Terstal ist noch unterwegs.

»So«, beginnt sie müde. Gerade haben sie die ersten Ermittlungsergebnisse besprochen und sind zu dem ernüchternden Schluss gekommen, dass es erstaunlich wenige Spuren gibt. »Ihr wisst, dass der Fall umso wichtiger ist, da zwei Kinder vermisst werden. Noch heute Abend oder spätestens morgen Früh werden wir erfahren, was unsere Vorgesetzten planen und wie sie die Ermittlungen angehen wollen. Heute Nacht können wir nicht mehr viel tun, außer die AMBER-Alert-Hinweise zu überprüfen, die über Jesse reingekommen sind, und den Ausgang der übrigen Ermittlungen abzuwarten.«

»Das ist mir einfach zu hoch«, bemerkt Myrna. »Wie entführt man ein Kind von einem winzigen Kinderbauernhof? Das muss doch auffallen!«

»Ja, und denkt bloß mal an den Zoo«, sagt Jolanda. »Das ist zwar ein sehr großes Gelände, verwinkelt und von uneinsichtigen Wegen durchzogen, aber voller Leute, vor allem mittwochnachmittags, wenn alle Schulkinder frei haben. Wie kann man da ungesehen ein Kind mitnehmen?«

»Wir haben sämtliche Protokolle hier.« Maud deutet mit einem Nicken auf den Papierstapel, der mitten auf dem Tisch liegt. Sie zieht die Augenbrauen hoch und stellt sich vor, wie sie all diese Papiere durchgeht, all diese Worte zu erfassen versucht, auf der Suche nach dem einen Hinweis, der möglicherweise einen Durchbruch in dem Fall bedeuten würde. Zwei Kinder sind verschwunden. Bei einem Erwachsenen ist es schon schlimm genug, aber ein Kind – das macht die Sache noch schlimmer und zugleich dringlicher. Zwar geht es in solchen Fällen nie um eine Schuldfrage, aber ein Kind kann wirklich rein gar nichts getan haben, um so etwas zu verdienen.

»Es gibt jede Menge Hinweise zu Tommy und jede Menge Hinweise zu Jesse. Die Kollegen haben versucht, sie so gut wie möglich zu trennen, aber die Öffentlichkeit hat natürlich erfahren, dass zwei Kinder vermisst werden, und jetzt vermischen sich die Aussagen. Wir haben alle Informationen über Jesse bekommen und alle, die mit beiden Jungs zu tun haben.«

»Mit beiden Jungs?«, fragt Thomas.

»Ein paar Leute behaupten, die Jungen zusammen gesehen zu haben.« Maud verzieht das Gesicht, als könne sie an diesen abstrusen Gerüchten auch nichts ändern. Von ihr wird oft behauptet, sie schaue streng, dabei ist sie es gar nicht. Der Eindruck entsteht durch die Falten an ihren Mundwinkeln, ihren dunklen Haaren und ihrem durchdringenden Blick. Sie versucht, ein etwas freundlicheres Gesicht aufzusetzen. »Oder sie behaupten, sie hätten einen Kleinbus beobachtet, in den ein kleiner Junge gezogen wurde und in dem bereits ein anderer Junge saß.«

»Na klar.« Jolanda lacht abfällig. »So blöd sind die Entführer garantiert nicht. Für mich sieht es so aus, als wäre die ganze Operation gründlich vorbereitet worden. Zwei Tatorte, kurz hintereinander, das weist auf zwei Gruppen und zwei verschiedene Fahrzeuge hin.«

Eine Stille tritt ein, die sich wie eine dicke Decke über die Gruppe legt.

Für einen Augenblick – einen kurzen, aber atemberaubend beklemmenden Moment – steht Maud wieder in der forensischen Pathologie. Sie sieht einen abgetrennten Kinderkopf, der präpariert werden soll, damit eine Rekonstruktion vorgenommen werden kann. Der Kopf eines knapp sechsjährigen Mädchens. Auf dem kalten Metalltisch liegt auch ihr Rumpf. Verfärbt, fleckig. Daneben liegt ein loses Händchen. Die Finger gekrümmt, als balle es die Faust. Eine unglaublich kleine Faust. Genauso klein, wie die Faust ihrer Tochter Roos damals war. Maud räuspert sich.

»Wir werden alle Zeugenaussagen durchgehen«, sagt sie heiser und hüstelt noch einmal. »Mit der Lupe, wenn es sein muss. Wenn es auch nur den winzigsten Hinweis gibt, werden wir ihn finden.«

Sie steht auf, greift nach dem Papierstapel und beginnt, die Protokolle zu verteilen.

Eine Stunde später steht Myrna auf. »Jemand Kaffee?«

Wieder eine Stunde darauf fragt Thomas: »Kaffee? Tee? Wasser?« Auf dem Tisch, zwischen den Papieren, sammeln sich leere Plastikbecher und Cola-Dosen. Maud fährt mit dem Zeigefinger die Zeilen entlang, damit sie nicht den Überblick verliert. Ihr wird schwindelig, und alle Aussagen scheinen sich zu vermischen. Der monotone, neutrale Erzählrhythmus der Berichte tickt beständig wie ein Metronom. Ein Mann, ein Kind, eine Frau, ein Mann, ein Kind, eine Jacke, eine Frau, ein Kleinbus, ein Kind, ein Rollstuhl, ein Kind, ein Mann.

Kyra sitzt an ihrem Mac und durchsucht das Netz nach Berichten und Artikeln über das Verschwinden von Jesse und dem elfjährigen Jungen namens Tommy Wersman. Sie trägt unter der

Jogginghose noch eine Strumpfhose und dazu die potthässlichen alten gefütterten Boots ihrer Mutter, aber ihr wird trotzdem nicht warm.

Gott sei Dank wurde Jesse nicht im Wasser gefunden! Nicht auszudenken, wenn sie ihn knapp verfehlt hätte. Andererseits ist er noch immer verschwunden. Sie wird den Gedanken nicht los, dass sie ihn suchen muss, obwohl sie weiß, dass ein Großaufgebot der Polizei nach ihm fahndet und sogar Hubschrauber eingesetzt werden. Was könnte sie noch beitragen?

Zwei Entführungen an einem Tag. Das kann kein Zufall sein, aber was haben die beiden Fälle miteinander zu tun? Gleich nachdem sie die Nachricht von der zweiten Entführung gelesen hat, hat sie Sophie geschrieben, aber keine Antwort erhalten. Luna oder Chantal eine Nachricht zu schicken, darauf hat sie keine Lust. Sophie kann schon eine Dramaqueen sein, aber ihre beiden anderen Freundinnen sind noch schlimmer. Kyra atmet tief ein, strafft den Rücken und streckt die Arme über dem Kopf, als wolle sie die Deckenbalken im alten Deichhaus ihrer Eltern berühren.

Sie denkt an die Seminare, die sie seit einigen Monaten an der Amsterdamer Uni belegt. Das Studium der Kriminalistik befasst sich mit der technischen Seite der Ermittlungsarbeit. Unumstößliches Beweismaterial. DNS, chemische Substanzen, Fingerabdrücke. Welche Spuren hat man im Fall Jesse gefunden? Den ganzen Abend brennt sie vor Neugier und hat sich schon mindestens zehn grottenschlechte Vorwände einfallen lassen, unter denen sie Maud Mertens anrufen könnte, doch sie weiß genau, dass diese ihr nichts sagen würde.

Sie stellt sich das kriminaltechnische Labor vor, in dem versierte Techniker exakt definierte Verfahren durchführen, um das Rätsel um Jesse zu lösen. Die Arbeit im Labor der Fakultät, tief unten im Keller des Gebäudes, gefällt ihr bisher am besten. Das und ihr aktuelles Semesterthema: sich Tathergänge für Morde auszudenken. Auch die theoretische Seite des Fachs ist fesselnd. Kyra kann sich dafür begeistern, die Motive von Tätern zu ergründen. Warum handeln Kriminelle, wie sie handeln? Gibt es ein Muster in ihrem Vorgehen, und kann man dieses vorhersehen, oder gibt es Charakteristika, durch die man einem Täter schneller auf die Spur kommen kann? Was bewegt jemanden dazu, ein Kind zu entführen? Lösegeld. Doch die Eltern von Jesse und Tommy sind keineswegs reiche Leute. Missbrauch vielleicht. Aber warum entführt man ein Kind mitten am Tag von einem Kinderbauernhof, wo überall Leute herumlaufen? Wenn man nur irgendein Kind will, dann müsste man sich doch Orte aussuchen, an denen Kinder allein sind, wo eine Entführung weniger auffällt oder einfacher durchzuführen ist. Vor allem bei Tommy Wersman. Mitten im Zoo! Wieso geht jemand ein solches Risiko ein?

Zwei Kinder. Worin besteht der Zusammenhang? Es muss etwas Besonderes dahinterstecken. Ein Streit wegen einer Trennung wäre denkbar gewesen und dass ein Elternteil den Jungen mit in sein Heimatland genommen hätte. Doch in den Fällen von Jesse und Tommy spielt auch das keine Rolle. Weder sind die Eltern geschieden noch haben sie Familie im Ausland.

Kyra ist bei der sechsten Google-Seite mit Artikeln über das Verschwinden der beiden Jungen angelangt, stößt aber immer auf dieselbe Geschichte.

Tommys Handy wurde im Zoo gefunden. Das ist durchaus interessant. Das Gerät wurde im Pinguin-Gehege ins Wasser geworfen, ist auf verschiedenen Websites zu lesen. Garantiert nicht von Tommy selbst. Das deutet doch auf Kidnapper hin, die wissen, was sie tun? Im Internet sucht Kyra nach dem Plan des Zoos. Tommy wurde zuletzt bei den Toiletten auf der Ostseite gesehen. Kyra fährt mit einem Finger die Strecke zu den Pinguinen ab und sieht sich an, was in der Nähe liegt. Der Ausgang neben dem Aquarium. Interessant. Die Plantage Middellaan ist eine breite, belebte Straße. Wenn man darauf nach Westen fährt und dann nach Norden abbiegt, erreicht man schnell den Ring in Richtung Zaandam. In die andere Richtung kann man bis Watergraafsmeer durchfahren und dann auf die Ringautobahn in Richtung Almere, Utrecht oder Den Haag. Wohin sind die Kinder gebracht worden?

Kyra steht auf. Es wird Zeit, mit Lot Gassi zu gehen. Es wird ihr gut tun, kurz bei den Nachbarinnen reinzuschauen. Die drei Schwestern sind zwar alt, aber ihr Geist ist noch messerscharf, und Kyra hält gerne ein Schwätzchen mit ihnen. Ihre Eltern sind noch immer nicht von ihrem Kinobesuch zurückgekehrt. Kyra stellt die Boots an der Garderobe ab, zieht ihre Stiefel an, zieht die Tür hinter sich zu und geht zu den drei alten Nachbarinnen, um den Hund abzuholen.

Maud setzt den Becher an die Lippen, trinkt einen Schluck und stellt ihn angewidert weg. Bitter und kalt. Zwei Stunden sind vergangen, ohne dass jemand etwas zu trinken geholt hat. Missmutig betrachtet sie die Cola- und Sprite-Dosen auf dem Tisch. Sie mag weder Cola noch Limo, aber sie hat keine Lust, in die Teeküche zu gehen, um ein Glas Wasser zu holen. Stündlich wird ein neuer Stapel Papier gebracht, und ohne zu klagen ackert ihr Team die Hinweise durch. Normalerweise ist es ihre Aufgabe, draußen zu ermitteln und Hinweise zu überprüfen, aber bisher haben sie noch nichts Brauchbares über Jesse hereinbekommen. Maud stellt fest, dass ihre Gedanken zwischendurch abdriften. Die Leute erzählen so viel, und wie soll man bloß einschätzen, welche ihrer Behauptungen wahr sind und welche nicht?

Sie nimmt das nächste Protokoll in Angriff.

Meine Nachbarin hat seit zwei Monaten einen neuen Freund, der manchmal mitten in der Nacht bei ihr vorbeikommt. Ich höre oft Geschrei, und der kleine Sohn weint dauernd. Ich habe schon einmal angerufen, weil ich befürchte, dass der Junge verprügelt wird. Er geht mit meinem Sohn zur Schule, und dieser hat erzählt, dass der Junge oft blaue Flecken hat. Der Mann fährt einen weißen Kleinbus. Das steht doch in den Akten?

Nirgendwo hat irgendetwas über einen weißen Kleinbus gestanden. Schlimmer noch, niemand hat die geringste Ahnung, welche Transportmittel die Straftäter benutzt haben. Sie gehen von zwei Autos aus, aber etwas Genaues weiß man nicht. Betrübt legt Maud das Schriftstück in die Ablage mit dem Aufkleber »nichts«. Daneben steht eine Ablage mit dem Aufkleber »überprüfen«. Sie ist leer, und was darin gelegen hat, hat bisher zu nichts geführt.

Zehn Jahre zuvor, als sie noch in Rotterdam wohnte, hatte es schon einmal einen Hinweis gegeben, der nicht sofort richtig eingeschätzt wurde. Eine Beschwerde wegen Lärmbelästigung, weil sich ein Paar ständig stritt. Da das Paar bereits häufiger Besuch von der Polizei gehabt hatte, ging Maud selbst hin und nahm eine junge neue Kollegin mit.

»Ich halte das nicht mehr aus!«, sagte der Mann in vertraulichem Tonfall. Ein großer Kerl, mit Händen wie Bratpfannen und mit dicken Fingern. »Ich weiß, dass es nicht richtig ist, aber ich kann dieses Chaos einfach nicht ertragen. Und die Kinder, die gehorchen nie. Die gehen einem derart auf die Nerven, das ist nicht mehr normal.«

Sie hatten zwei Mädchen. Eines etwa vier, das andere anderthalb. Die Mutter der Mädchen saß, mit gesunden roten Wangen, fröhlich lachend am Küchentisch. War das nur Fassade?

»Schlagen Sie Ihre Frau?«, fragte Maud, um den Mann aus der Reserve zu locken.

»Natürlich nicht«, antwortete der Mann und klang dabei ganz aufrichtig, während er seine kräftigen Arme verschränkte. »Das macht man doch nicht, eine Frau schlagen.«

Vier Wochen später gab es wieder eine Beschwerde. Diesmal wurde im Haus des streitenden Paares eine Hanfplantage entdeckt. Die Familie reagierte empört und behauptete, nichts damit zu tun zu haben. Sie seien im Urlaub gewesen, und ein Freund habe ihre Abwesenheit ausgenutzt, um die Anlage auf dem Speicher zu installieren.

Inzwischen beschäftigte sich auch das Jugendamt mit der Familie. Allerdings wusste Maud zu dem Zeitpunkt nichts davon. Der Mann war nicht der leibliche Vater der beiden Mädchen. Die Frau war geschieden und ihr Exmann ein bisher unbeschriebenes Blatt. Die Mutter stammte selbst aus einer Familie, in der die Kinder körperlich und seelisch misshandelt worden waren. Maud fragte sich, wie man einem generationsübergreifenden Elend entkommen konnte.

Zu Hause betrachtete sie ihre kleine Roos, die konzentriert mit der Zungenspitze über ihre Lippen fuhr, während sie ein Pferd malte. Ihre Tochter hatte auch zwei Väter. Einen, der sie vergötterte, und einen, den sie niemals sah. Als Roos neun Monate alt war, hatte ihr Vater plötzlich festgestellt, dass er für die Hektik der Stadt nicht geschaffen war, und war in eine billige Mietwohnung im Osten des Landes gezogen. Und wie wunderbar ihr Kind auch war, wie sehr sich Maud auch bemühte, Gijs kehrte nicht zurück – schlimmer noch, anderthalb Jahre später bezog er einen alten Bauernhof in den Pyrenäen. Ein Jahr, nachdem Gijs sie verlassen hatte, trat Edwin in ihr Leben und betrachtete Roos fortan als die schönste Tochter der Welt.

Die Tür des Sitzungssaals, in dem Maud und ihr Team arbeiten, öffnet sich, und ein Kollege tritt ein.

»Neue Anweisung von oben: Ihr sollt auch die Hinweise zu Tommy Wersman überprüfen«, verkündet er. »Es soll alles in den Händen eines Teams bleiben, um zu vermeiden, dass wir etwas übersehen. Die Protokolle sind teilweise schon zugeordnet, es steht darauf.«

Er stellt zwei große Pappkartons mit Schriftstücken auf den Tisch, grüßt freundlich und geht.

Im Vliegenbos ist es dunkel, nass und eiskalt. Kyra schlägt den Mantelkragen hoch und marschiert unermüdlich weiter. Es fällt ihr schwer, sich die Welt als einen sicheren Ort vorzustellen. Zwei Jungen werden von Orten entführt, die dazu dienen, Kindern Freude zu bereiten. Sorglos und fröhlich, so sollten Kinder doch sein? Auch Teenager und selbst Erwachsene. Aber nein, nichts als düstere Gedanken beschwerten ihr Gemüt.

Lot, eine große, immer fröhliche Schäferhündin, kommt schwanzwedelnd auf sie zu, lässt einen Stock vor Kyras Füße fallen und blickt sie erwartungsvoll an. Eigentlich hat Kyra gar keine Lust, mit ihr zu spielen, schleudert dennoch den Stock weit von sich, und der Hund rennt hinterher.

Sarina hatte Angst vor Hunden; keiner wusste, warum. Jedes Mal, wenn sie im Vliegenbos joggen ging, beschwerte sie sich darüber, dass Hunde dort ohne Leine herumlaufen durften. Vier Jahre lang hatte sich im Fall ihres Verschwindens nichts getan, doch dann geschah etwas Erstaunliches. Vor ein paar Monaten, Anfang Juni – kurz nachdem Kyra bei ihrem verwegenen Versuch, den Mörder ihres Kunstlehrers Marc Gaullier aufzuspüren, schwer verletzt worden war –, lagen plötzlich Ansichtskarten von Sarina im Briefkasten. Zwei lustige Karten mit *Grüße aus*

De Koog in schnörkeligen Buchstaben auf der Vorderseite. Eine für sie und eine für ihre Eltern. Kyras Mutter hatte zwei Tage lang geweint, weil sie sie für ein Lebenszeichen hielt. Wie sehr man auch auf sie einredete – die Karten waren vier Jahre alt, warum hätte Sarina seit dieser Zeit nichts von sich hören lassen sollen? –, es half nichts. Mehrere Tage lang war der Glaube ihrer Mutter unerschütterlich gewesen. Ganz langsam dämmerte ihr dann, dass die Karten nur ein Lichtstrahl aus einer fernen Vergangenheit waren. Ein Leuchtpunkt in der Dunkelheit, von einem Stern, der vielleicht längst erloschen war.

Kyras Vater war erbost gewesen und hatte die niederländische Post mit wütenden Mails bombardiert. Er forderte die Verantwortlichen auf, den Fall gründlich zu untersuchen. Wie konnte es möglich sein, dass die Post seiner verschwundenen Tochter vier Jahre lang unterwegs gewesen war? Dann erschienen auf einmal Artikel über weitere Poststücke, die mit einer Verzögerung von vier Jahren zugestellt worden waren: Briefe von Institutionen an Personen, die längst verstorben waren. Die Nachricht einer Lotterie über einen Gewinn – einen Strauß Blumen oder ein Buch. Schreiben von den Steuerbehörden, Bußgeldbescheide und so weiter. Resigniert musste Kyras Vater feststellen, dass sie nicht als Einzige betroffen waren.

Ein paar Wochen später kam eine Erklärung per Post: Ein Angestellter habe unter so schweren Depressionen gelitten, dass er nicht mehr in Lage gewesen sei, die Post zu verteilen, und die Postsäcke stattdessen auf seinem Speicher deponiert habe. Als sein Speicher so überfüllt war, dass nichts mehr hineinpasste, habe er sich krankgemeldet und sich dreieinhalb Jahre später schließlich das Leben genommen. Seine Tochter habe die Postsäcke gefunden, sich aus Scham aber nicht gemeldet, sondern den Inhalt in vielen Nächten auf alle Briefkästen der Umgebung verteilt. So kam es, dass Sarinas Ansichtskarten vier Jahre nach ihrem Verschwinden auf Texel auf der Fußmatte in Amsterdam Noord landeten.

»Warum bloß hat der Mann nichts gesagt?«, hatte Kyras Mutter geseufzt. »Und seine Tochter auch nicht?«

Genau das hatte sich auch Kyra gefragt. Sie war sauer auf diesen depressiven Typen. Das war egoistisch und blöd, und die Reaktion seiner Tochter war noch blöder.

Dennoch fragte Kyra sich auch, ob es etwas geändert hätte, wenn die Karten früher eingetroffen wären. Mit der Post schien es zum ersten Mal eine Spur zu geben. Einen Namen. Vielleicht sogar einen Verdächtigen. Doch so einfach war es nicht.

Kyra fragte sich nicht zuletzt, ob sie Sarina wirklich gefunden hätten, wenn sie schon vor vier Jahren gewusst hätten, dass sie mit einem gewissen Dave Kowzinsky an Bord seines Schiffes gegangen war. Hätten sie sie dann vor dem bewahren können, was mit ihr geschehen ist? Sie war damals bereits volljährig und konnte über sich selbst bestimmen.

Kyra ist noch immer davon überzeugt, dass Sarina nicht mehr zurückkehren wird. Es erscheint ihr unmöglich zu sein, dass ihre Schwester nach dieser einen Ansichtskarte keine einzige Nachricht mehr geschickt hat. Sie glaubt inzwischen zwar, dass Sarina nicht auf Texel verschwunden ist. Aber wo sonst?

Dass die polizeilichen Ermittlungen so schleppend verlaufen! Die Akte war zwar wieder geöffnet worden, aber das bedeutete lediglich, dass sie von einer Schublade in die andere wanderte, obwohl dieser Dave in Kyras Augen durchaus verdächtig ist.

Die große Schäferhündin an ihrer Seite, kehrt Kyra um in Richtung Deich und nimmt sich vor, Maud Mertens am nächsten Tag anzurufen.

13

Tommy ist auf die Seite gekrochen, die an Jesses Käfig anschließt, und auch Jesse liegt dort, wo Tommys Körper das Metallgitter berührt. Jesse schläft, aber Tommy liegt wach. Seine Taschen sind leer. Keine Münzen, mit denen er versuchen könnte, die Gitterstäbe auseinanderzubiegen, keine alten Schrauben oder Nägel, mit denen er ein Loch in den Boden des Käfigs kratzen könnte. Er weiß, dass ihm die Flucht dadurch nicht gelingen würde, aber er hätte es zumindest versuchen können. Er kann doch nicht einfach so in seinem Käfig sitzen und warten … Und auf was? Er versucht, nicht daran zu denken. Er versucht, nicht an den Mann zu denken, der irgendwann zurückkommen, ihn aus seinem Käfig holen und irgendwohin bringen wird. Er kneift die Augen fest zusammen, um den Gedanken zu vertreiben.

Den ganzen Abend hat er versucht, Jesse zu beruhigen, doch gerade das hat ihn angeregt, sich die furchtbarsten Szenarien auszumalen.

Es ist so dunkel, dass er die eigene Hand vor den Augen nicht sehen kann. Es muss Nacht sein, denn wenn es draußen hell ist, kann man auch hier drin etwas erkennen. Plötzlich wird ihm alles zu viel, und seine Nase juckt, weil ihm die Tränen über die Wangen laufen. Wäre Mama doch nur hier! Könnte er sich doch auf dem Sofa an sie schmiegen, in eine Decke gekuschelt, und zusammen mit ihr irgendeinen albernen Film im Fernsehen schauen. Mit dem Hund, der vor dem Sofa auf dem Boden liegt, sich faul reckt und gähnt, wie nur ein Hund gähnen kann. Ein Schüsselchen Chips auf dem Tisch und sein Vater im Sessel. Und Anouk, die in einer Sofaecke eingeschlafen ist. Das wünscht er sich. Einfach zu Hause zu sein. Einfach etwas Normales zu machen. Und wieder im Warmen zu sein, denn hier ist es entsetzlich kalt.

Er wischt sich die Tränen ab und sagt sich, dass er keine Angst haben darf. Alles wird gut. Er muss sich etwas einfallen lassen. Vielleicht kann er mit dem Mann reden und herausfinden, was eigentlich los ist. Vielleicht ist das alles nur ein dummer Scherz. Oder er wurde versehentlich entführt. Vielleicht glaubt der Mann, seine Eltern wären stinkreich, und hat ihn nur mit einem anderen Jungen verwechselt. Ob er Jesse fragen kann, ob seine Eltern reich sind? Wenn es so wäre … Dann ist er hier vielleicht einfach falsch. Wenn der Entführer das feststellt, lässt er ihn natürlich wieder frei.

Vielleicht sollte er sich lieber doch nicht mit dem Mann unterhalten. Vielleicht sollte er so tun, als ob er schliefe, wenn der Mann in der Nähe ist. Wenn sie ihren Fehler entdecken, müssten sie sichergehen, dass er nichts und niemanden gesehen hat, um ihn freilassen zu können. Plötzlich ist er sich ganz sicher. Sie haben sich ganz bestimmt geirrt. Er ist der falsche Junge. Er schnauft tief durch und spürt, wie er ruhiger wird. So geht es manchmal. Auch schlaue Entführer machen Fehler. Alles wird gut. Morgen. Oder übermorgen, bis dahin ist er bestimmt wieder zu Hause.

14

Maud erwacht, als Niels Bingsten sanft ihre Schulter berührt.

»Maud.«

Sie liegt vornüber auf den Tisch, die Wange auf dem Arm, und setzt sich verwirrt auf. Sie fühlt sich alt und steif, und ihre Augenlider sind wie zugeklebt. Sie blinzelt.

»Ja?« Sie muss sich räuspern.

»Vielleicht solltest du jetzt doch mal nach Hause fahren«, rät Niels, »es ist halb vier. Dann kannst du wenigstens noch ein paar Stunden schlafen.«

Halb vier. Eigentlich lohnt es sich nicht, aber sie weiß, dass es besser ist, wenn sie kurz nach Hause fährt. Nur eine oder zwei Stunden im eigenen Bett, eine heiße Dusche, dann kann sie weitermachen. Früher ist sie ganz ohne Schlaf ausgekommen. Während einer Ermittlung fällt es ihr immer schwer, sich Pausen zu nehmen, aber jetzt, wo sie auf die Fünfzig zugeht und sich im Geiste bereits voller Grausen ein E-Bike, ein rollstuhlgerechtes Elektroauto und einen Rollator bestellen sieht – in dieser Reihenfolge –, weiß sie, dass Schlafmangel ein viel ärgerer Feind geworden ist als früher.

»Wie sieht's aus?«, erkundigt sie sich. Blöde Frage. Als würde Niels antworten: Oh, der Fall ist gelöst. Gerade hatten wir den großen Durchbruch, aber wir haben dich schlafen lassen, du hast so gemütlich auf dem Tisch gelegen.

Niels schüttelt den Kopf und zuckt mit den Schultern.

»Es gibt Zeugen, die behaupten, jemanden mit Jesse gesehen zu haben«, antwortet er. »Zwei Leute, die auf der Bank neben der Unterführung am Boven-IJ-Krankenhaus saßen, haben einen großen Mann mit einem kleinen Jungen auf dem Arm vorbeigehen sehen. Einem blonden Jungen.«

Maud ist plötzlich hellwach.

»Das Problem ist allerdings, dass die Zeugen Bewohner der dortigen psychiatrischen Einrichtung sind.«

»Na und?«, erwidert Maud verärgert. »Was habt ihr unternommen?«

»Wir haben den Hinweis erst vor einer halben Stunde entdeckt. Was sollen wir deiner Meinung nach tun? In der Einrichtung anrufen und fragen, ob wir vorbeikommen können?«

Maud denkt darüber nach. Warum nicht? Weil die Einrichtung geschlossen ist und die Bewohner im Bett liegen. Weil sie selbst todmüde ist. Deswegen. Weil Niels fix und fertig aussieht. Weil sie ein wenig Schlaf brauchen, bevor sie weitermachen können.

»Wir brauchen nicht selbst hinzugehen«, beginnt sie. »Ich kann nachfragen, ob …«

»Maud«, unterbricht sie Niels. »Wir legen uns jetzt eine Stunde hin. Ich rufe gleich die Nachtwache der Einrichtung an und sage Bescheid, dass wir um halb sieben auf der Matte stehen.« Einen Moment lang schweigen sie.

»Myrna und Jolanda kommen auch gleich zurück«, fährt Niels fort. »Thomas und ich haben bis jetzt durchgearbeitet. Die Ermittlungen laufen nonstop.«

Maud erhebt sich und stapelt die leeren Becher auf dem Tisch zu einem hohen Turm. Damals, vor zehn Jahren, hat sie bei allem, was ihr heilig war – bei Roos, um ehrlich zu sein –, geschworen, nie wieder »hätte ich doch« sagen zu müssen. Hätte ich doch noch einmal nachgesehen. Hätte ich doch beharrlich nachgefragt, hätte ich doch nach meiner Intuition gehandelt, hätte ich mich nicht einlullen lassen, hätte ich es gewagt, gegen den Strom zu schwimmen, hätte ich das Umfeld des Mädchens für die Anzeichen sensibilisieren können, denn die gab es durchaus – nur hatte niemand gewagt, sie ernst zu nehmen.

»Ruf an«, sagt sie zu Niels und nimmt sich vor zu warten, bis er den Termin vereinbart hat. »Und sag Bescheid, dass wir sofort kommen.«

Kurz darauf beendet Niels das Telefonat.

»Sie weigern sich, die Zeugen zu wecken«, sagt Niels. »Ich habe mit der Nachtwache gesprochen. Wenn du darauf bestehst, wirst du die Leiterin aus dem Bett klingeln müssen.«

Er schaut sie an, und Maud erkennt, dass er weiß, was sie denkt.

»Wir haben keinen Durchsuchungsbeschluss, Maud. Offiziell kann ich dort jetzt nichts ausrichten, aber in solchen Einrichtungen wird früh aufgestanden«, beruhigt sie Niels. »Wir können vor dem Frühstück vorbeikommen. Um sechs Uhr.«

Maud beißt sich auf die Innenseite ihrer Wange. Es ist Viertel vor vier, und alle Welt schläft. Außer den Eltern von Tommy und Jesse. Sie denkt an die Kinder. Bilder der beiden Jungen ziehen an ihrem inneren Auge vorbei, die nackte Haut voller Flecken, die kleinen Fäuste geballt.

So viele blaue Flecken sind es nun auch wieder nicht.

»Die Einrichtung liegt ganz in meiner Nähe«, sagt Maud. »Wir treffen uns dort.«

»Aber …«

»Kein Aber, ich gehe hin. Wenn es sein muss, allein.«

Aufgebracht eilt sie die Treppe hinunter und zur Tür hinaus.

Sie hört Niels' Schritte hinter sich. Auf dem beinahe verlassenen Parkplatz des Präsidiums nickt Maud ihrem Kollegen zum Abschied zu. Sie weiß, dass er mitkommen wird, obwohl er im Moment noch so tut, als sträube er sich.

Durch die dunkle Nacht fährt sie die zwei Kilometer zum Krankenhaus. Vor dem Gebäude bleibt sie stehen. Alles ist dunkel. So fühlte sie sich nach der Beerdigung des Mädchens. Als sei es Nacht gewesen.

Kyra hat die Nachttischlampe eingeschaltet und blättert durch den Bericht »Kind vermisst«, den sie im Internet gefunden hat. Sie gähnt. Es ist mitten in der Nacht, viel zu spät, um noch schlafen zu gehen, und viel zu früh, um schon aufzustehen. Im Jahr 2011 meldete die Mutter der zehnjährigen Jennefer ihre Tochter als vermisst. Anderthalb Tage später wurde das Mädchen gefunden, zu spät. Anschließend kam die Frage auf, ob die Polizeikräfte adäquat reagiert und sich die Behörden gegenüber den Eltern eines vermissten Kindes richtig verhalten hätten. Der Bericht »Kind vermisst« des nationalen Ombudsmannes fasste die Resultate der Untersuchung zusammen. Kyra scrollt zum Impressum. Erschienen im März 2013. Es mussten also anderthalb Jahre vergehen, bevor eine Lehre aus den Vorfällen gezogen wurde. Anderthalb Jahre unnötiges Leid, bittere Verzweiflung. Sie blättert zum Anfang des Berichts. Siebenunddreißig Seiten, die helfen sollen, unendlichen Kummer zu verhindern. Auf Seite drei fängt Kyra an zu lesen. Von den vermissten Kindern kehrten 73 % innerhalb von 24 Stunden zurück, steht dort, 9 % binnen 46 Stunden, 8 % innerhalb von 3–7 Tagen. In 10 % der Fälle bleibe die Person wochen- oder gar monatelang verschwunden. Bei Erscheinen des Berichts galten ungefähr tausendsechshundert Personen als langfristig vermisst.

Ungefähr tausendsechshundert, so steht es in dem Bericht. Ungefähr. Als spiele es keine Rolle, dass Sarina vermisst wird. Ob tausendfünfhundertneunundneunzig oder tausendsechshundert, was macht das schon? Kyra schließt die Augen und sieht ihre Schwester vor sich. Dünn. Übertrieben fröhlich, weil sie nie zeigen wollte, wie traurig sie eigentlich war. Wenn es doch jetzt erst geschehen würde! Mit ihrer Erfahrung wäre sie heute möglicherweise in der Lage, ihrer Schwester zu helfen, aber damals war sie noch zu jung, um zu ihrer Traurigkeit durchzudringen. Mit ihren knapp fünfzehn Jahren hatte sie zwar genau gewusst, was mit Sarina los war, aber keine Ahnung gehabt, was sie unternehmen sollte. Vielleicht hätte sie einfach öfter aussprechen sollen, dass sie sich Sorgen machte, und Sarina bitten sollen, ihr zu erzählen, was geschehen war. Nach dem Besuch bei einer Freundin ihrer Mutter, nach der Woche mit diesem Dreckskerl von Gino war es mit Sarina bergab gegangen. Kyra gähnt und denkt an die Party in der Kantine des Sportvereins und das kühne und gleichzeitig unangenehme Gefühl, etwas Verbotenes zu tun. Sie hätte gar nicht dort sein dürfen. Sarina brachte sie nach Hause. Zusammen rannten sie den Waldweg entlang.

Der Strand. Beigefarbener Sand und hellgraues Wasser mit schmutzig weißen Schaumkronen. Es ist neblig, und sie sieht fast nichts. Sie hört schwere Schritte auf dem harten Sand entlang der Wasserlinie. Plötzlich rennt Sarina in einem Mordstempo an ihr vorbei. Ihr langer Pferdeschwanz hüpft auf ihrem Rücken hin und her. Links, rechts, links. Kyra setzt an und sprintet hinter ihr her. Sie blickt sich um, sieht aber nichts, wovor ihre Schwester so schnell hätte weglaufen müssen. Wie schnell sie ist! Sie kann nicht mithalten, und ihre Schwester wird immer kleiner und kleiner, eine Puppe am Strand, bis sie im Nebel verschwindet.

Kyra erwacht von einem Zucken im Bein. Sie ist gelaufen. Sie konnte nicht mit Sarina Schritt halten. Ihre Schwester gehört zu den ungefähr tausendsechshundert Personen, die langfristig vermisst werden. Und Jesse? Er ist noch keine vierundzwanzig Stunden verschwunden, also könnte er noch zur glücklichen Kategorie jener 73 % gehören, die schon bald wieder zurück sind. Kyra schaut auf die Uhr. Noch neun Stunden, bis die Frist abgelaufen ist.

»Ich handle in Ermächtigung des Durchsuchungsbeschlusses, der jeden Moment eintreffen muss«, lügt Maud. Sie steht im Foyer der Mentrum Klinik am Jan Thoméepad.

»Ich wecke keine Bewohner«, erwidert die Leiterin, die aus dem Bett geholt wurde. »Es handelt sich durchweg um empfindliche Menschen, die sehr schnell aus dem Gleichgewicht geraten.«

Maud verschränkt die Arme und stellt die Füße schulterbreit auseinander. Die Frau ihr gegenüber sieht sie mit professioneller Skepsis an. Ich bin hier verantwortlich, sagt ihr Blick. Für das Wohlbefinden aller Bewohner.

»Irgendwo da draußen sind zwei kleine Jungen«, sagt Maud mit tiefer Stimme. »Ich hoffe, dass sie noch leben. Hier ganz in der Nähe liegen zwei Elternpaare wach im Bett, schier verrückt vor Angst.«

An dieser Stelle entsteht eine Spannung, als warte man auf den Knall eines soeben gezündeten Feuerwerkskörpers. Die tiefen Falten auf der Stirn der Frau glätten sich ein wenig, und ihre Mine wird sanfter. Sie seufzt.

»Mir bleibt nichts anderes übrig, oder?«, sagt sie.

»Stimmt«, sagt Maud. »Ich muss die Jungen unbedingt finden.«

Sie warten in einem kleinen Empfangsraum. Niels Bingsten spielt schweigend mit seinem Handy, und Maud blickt nachdenklich durch das Fenster auf die Straßenlaternen, die die IJdoornlaan erleuchten. Selbst zu dieser Stunde herrscht Verkehr. All diese Menschen, all diese Leben, all diese Dinge, die schieflaufen können. Man kann nicht ausschließen, dass da draußen ein betrunkener Autofahrer gerade ein Kind krankenhausreif fährt. Oder Schlimmeres. Würde sie die betreffende Person aufhalten können? Nein, denn sie ist hier, in der Hoffnung, etwas über Jesse zu erfahren.

Kinder, viel zu zart. Sie sieht den rekonstruierten Kopf des kleinen Kindes vor sich. Ein Mädchen. Schätzungsweise jünger als sieben Jahre. Eine Spalte zwischen den leicht vorstehenden Vorderzähnen. Eine etwas breite Nase. Hohe, geschwungene Augenbrauen. Die Rekonstruktion war gut gelungen. Als sie später das zuletzt aufgenommene Schulfoto des Opfers sah, schmerzte sie vor allem das verhaltene, fast schüchterne Lächeln des Mädchens. Und der hohe Pferdeschwanz oben auf dem Kopf, direkt über dem breiten Pony – genau so hatte sie Roos jeden Morgen frisiert.

Keine zehn Minuten später sitzen Maud, Niels, die Leiterin und die beiden Zeugen an einem Tisch in der Kantine, alle mit einer dampfenden Tasse Kaffee vor sich.

»Es war ein großer, dünner Mann«, sagt Kees, einer der Bewohner. Er leide unter Psychosen, hat er gerade erzählt. Eines Tages hat er seinen Bruder mit einem Messer bedroht, weil er davon überzeugt war, er hätte ein Alien im Körper. Es gehe ihm jetzt wieder gut, und er sei von der geschlossenen in die offene Abteilung verlegt worden. »Sehr groß«, wiederholt er. »Und dünn.«

»Was haben Sie genau gesehen?«

»Ich war eingeschlafen und Jannie auch. Die schläft übrigens überall, sogar beim Essen.«

Maud nickt verständnisvoll.

»Deshalb habe ich den Mann erst gesehen, als er schon fast an der Unterführung war. Ich bin erschrocken, weil ich schon befürchtet habe, ich hätte wieder Wahrnehmungsstörungen. Das kommt öfter vor. Wenn es in meinem Kopf stürmt, merke ich das oft nicht, aber dann erscheint es mir, als würden alle Menschen in die Länge gezogen. Ich selbst bleibe klein, und sie wachsen auf mindestens zwei Meter.«

»Das muss schlimm sein«, sagt Maud. »Und was haben Sie dort an der Unterführung gesehen?«

»Ich habe, wie gesagt, diesen großen Mann gesehen, von Kopf bis Fuß in Schwarz gekleidet, schwarze Schuhe, schwarze Hose, schwarze Jacke, schwarze Kappe, und er trug ein Kind auf dem Arm. Nicht so …« – er hält beide Arme gebeugt vor sich – »sondern so: eng am Körper, wie ich früher mein Baby getragen habe.«

Er schlingt die Arme um sich, als wolle er sich selbst umarmen.

»Mein Baby«, wiederholt er bekümmert.

»Wie sah das Kind aus?«, fragt Niels Bingsten.

»Das konnte ich nicht genau erkennen, der Mann war schon zu weit weg.«

»Aber Sie haben doch eine Beschreibung durchgegeben«, ermutigt ihn Maud.

»Blond«, sagt Jannie plötzlich. »Es war ein Junge. Blonde Haare, blaue Jacke, Jeans. Er hat geschlafen.«

»Er war schon weit weg«, wiederholt Kees. »Wie mein Baby.«

»Und dann?«, fragt Maud.

»Dann sind wir wieder eingeschlafen.«

Jannie gähnt, trinkt einen Schluck Kaffee und fragt: »Kann ich jetzt wieder ins Bett?«

15

Tommy erwacht mit dem schrecklichen Gefühl, dass er ganz dringend aufs Klo muss. Er musste gestern Abend schon und auch heute Nacht, als er eine Weile dem leisen Schnarchen von Jesse lauschte. Da fühlte er schon den Druck auf der Blase. Doch in seinem kleinen Käfig stehen weder ein Eimer noch eine Schüssel. Er traut sich nicht zu rufen, aus Angst, der Kerl mit den Boxerfäusten würde wiederkommen. Aber er muss so nötig!

Vielleicht sollte er in die Ecke des Käfigs pinkeln, da am Rand, an die Wand, sodass es runterläuft und den Käfig nicht allzu nass macht. Oder einfach zwischen dem Gitter durch, auf den Boden. Aber wenn der Mann dann böse wird und ihn wieder schlägt? Nein, noch ein bisschen warten, noch ein bisschen einhalten. Er will nicht nachgeben. Es muss doch bald mal jemand kommen!

Neben sich hört er Jesse schluchzen. Sie können jetzt wieder mehr erkennen; offenbar ist der Morgen angebrochen, und Licht fällt unter der Tür hindurch.

»Nicht weinen«, sagt er zu Jesse und wünschte, ihm fiele etwas Freundliches ein, mit dem er den kleinen Jungen trösten könnte. »Wir müssen unsere Flucht planen, anstatt zu weinen.«

Jesse ist still. Dann sagt er: »Ich habe in die Hose gemacht.«

»Ich muss auch mal dringend.« Kaum hat er es erwähnt, wird der Drang wieder ganz schlimm, umso schlimmer, weil er weiß, dass er nicht kann. Am Ende pinkelt er sich auch noch in die Hose. Wenn man es zu lange einhält, geht es irgendwann nicht mehr, und dann hat man nicht mal mehr Zeit, den Hosenschlitz zu öffnen, und wenn es einmal fließt, kann man es nicht mehr aufhalten. Dann sitzen sie hier wie zwei kleine Babys mit nassen Hintern. Er wippt mit den Füßen, um den Druck zu lindern.

»Ich glaube, wir sind in einer Scheune«, meint Jesse. »Hier riecht es wie bei meiner Oma, und die hat einen Bauernhof. Die Wand hier hinter uns, das sind geteerte Bretter. Das riecht man, und deshalb sind sie auch so schwarz.«

»Okay«, sagt Tommy erstaunt. Dieser Jesse ist ziemlich schlau.

»Ich glaube, dass sie diese Metallkäfige extra angefertigt haben«, fährt der kleine Klugscheißer fort. »Schau mal, sie sind nirgendwo befestigt. Das sind einfach nur aufeinandergestapelte, zusammengeschweißte Gitterboxen in einer stinkenden Scheune.«

»Ich habe schon überall dran gerüttelt.« Tommy klingt bedrückt. Er will Jesse zeigen, dass auch er genau weiß, wie die Käfige beschaffen sind. »Aber nirgendwo ist etwas locker.«

»Am besten versuchen wir, das Schloss zu knacken«, rät Jesse nüchtern. »Die Tür ist immer der Schwachpunkt.«

Tommy nickt. »Vielleicht weiß ich sogar, wie wir es schaffen können.«

16

London

Das Papier ist viel zu weiß. Jane steht in dem kleinen Saal mit Doppelglastüren zum Garten. Butzenscheiben vom Boden bis zur Decke. Die Illusion, im Freien zu sein, einfach ein paar Schritte gehen zu können und schon im Grünen zu stehen. Jedes Mal, wenn sie aus dem Fenster schaut, fragt sie sich, wo sie lieber ist: im sicheren Inneren des Hauses, wo es Türen gibt, die man abschließen kann? Oder draußen im Freien, wo es in jede Richtung Fluchtwege gibt?

»Schließen Sie nun die Augen«, sagt die Therapeutin. »Atmen Sie tief ein, durch die Nase, bis tief in den Bauch, und dann durch den Mund wieder aus.«

Sie macht es vor, stößt dabei ein lächerliches Geräusch aus und erwartet, dass alle es ihr nachmachen.

Warum gibt man ihnen dieses schneeweiße Papier? Die Sonne scheint mit letzter Kraft genau auf ihr Blatt. Unablässig starrt sie darauf, auf den Lichtfleck, der auf die Staffelei fällt. Da soll etwas entstehen, in diesem weißen Loch. Ein Bild. Etwas, das die Leere ausfüllt. Ein Mensch, eine Landschaft. Irgendetwas.

Sie schaut wieder hinaus. Der Himmel hat verschiedene Farben. Oben sind die Wolken dunkelrosa und auf der Unterseite leuchtend orange, erhellt von der schwindenden Sonne. Wattewölkchen. So nennt man das. Schicht um Schicht um Schicht. Unter den Wolken ein hellblauer Streifen. So nimmt der Tag Abschied: indem er noch kurz ein hellblaues Lächeln zeigt.

Jane liebt den Himmel. Man kann nach oben schauen und sich vorstellen, fortzugehen, dort hinauf. In diesem Blau und Grau zu laufen, zu schwimmen, zu fliegen, vollkommen frei. Man könnte Purzelbäume schlagen, hinunterschwimmen und wieder hinauf, und nichts und niemand würde irgendetwas von einem verlangen. Sie verliert sich in den Gedanken an ihre Reise durch den Himmel. Ferien, die nie zu Ende gingen.

»Jane?«

Sie erschreckt und lässt die Holzkohle aus der Hand fallen.

»Klappt es bei Ihnen?«

Ihr Blatt Papier ist noch genauso weiß wie am Anfang.

»Die Stunde ist fast vorbei.« Die Therapeutin bückt sich und hebt die Holzkohle auf. »Versuchen Sie es doch noch einmal«, sagt sie ermutigend und drückt Jane den schwarzen Stummel in die Hand. Jane streckt den Arm aus und fährt mit der Kohle über das Papier. So. Ein schwarzer Strich. Aber jetzt ist alles verdorben. Ruiniert. Jetzt muss man entscheiden, ob man rechts oder links stehen will, darüber oder darunter. Weiß oder schwarz. Gerade oder schief. Jede Entscheidung hat ihre Konsequenzen.

Entscheide dich!, hört sie ihn rufen. Los! Los! Entweder oder! Entscheide dich! Auf der Stelle!

Das darf nicht sein. Alles muss frei, offen und weiß sein. Sie zerkrümelt die Holzkohle und fängt an zu weinen.

17

Die ganze Nacht lang, außer im Schlaf, hat Tommy mit der Zunge und den Fingern im Mund herumgepult. Seine Spange ist schon lange locker. Er hat seine Mutter schon drei Mal gebeten, einen Termin beim Kieferorthopäden zu vereinbaren, aber sie hat es immer wieder vergessen. Es ist nur ein ganz kleines Stück Metalldraht, das sich gelöst hat, auch wenn es sich lang anfühlt, wenn er mit der Zunge darüberfährt. Genauso wie bei dem Loch, das ein herausgefallener Zahn hinterlässt. Das fühlt sich auch immer an wie ein Riesenkrater, bis man in den Spiegel guckt und feststellt, dass es nur ein winziges Loch ist. Mit der Zunge drückt er den Metalldraht nach oben. Wenn er ihn herausbekommt, ist das wenigstens ein Anfang.

Der Käfig hat einen einfachen Schieberiegel, wie die Hundebox von Tante Irene, aber an dem Riegel sind zwei Ösen, durch die ein einfaches Hängeschloss geführt ist. Er kann es gut erreichen. Er hat schon ein paarmal daran herumgefummelt, aber es ist natürlich fest verschlossen.

Wieder drückt er mit der Zunge gegen den Metalldraht. Er muss noch ein Bracket lösen. Wenn er das schafft, gewinnt er noch etwa einen Zentimeter dazu, und das wäre sehr hilfreich. Vorsichtig. Komm schon. Mit dem Zeigefinger pult er vorsichtig an dem Metall ganz hinten an der Spange und drückt dann wieder mit der Zunge dagegen. Wackel, wackel, aber nie zu fest.

Genau wie bei einem lockeren Zahn. Es beginnt mit ein klein wenig Spiel, aber mit Geduld und einer Menge Gewackel kommt er auch ohne große Schmerzen raus.

»Jesse«, sagt er angespannt. Ihm ist eingefallen, dass es noch mehr Möglichkeiten gibt.

Der kleine Junge stößt einen traurigen Laut aus.

»Hast du einen Wackelzahn?«

Sie haben einen Schneidezahn und ein winziges Stück Metalldraht. Beides liegt auf Tommys Handfläche. Den Metalldraht sieht man fast nicht, so dünn ist er. An Jesses Zahn ist noch ein bisschen Blut.

»Nicht fallen lassen!«, sagt Jesse besorgt.

Tommy seufzt. »Wie sollen wir das anstellen? Wenn ich damit am Schloss rumfummle, fällt er bestimmt runter, und dann ist er weg.«

Vor einer Minute hatte er noch das Gefühl, dass sie einen Fluchtversuch wagen könnten, doch plötzlich ist ihm nur noch furchtbar zum Weinen zumute. Es wird natürlich nie, niemals klappen. Sie stellen sich blöd an, sie sind nichts als Versager, die sich von einem Bekloppten haben fangen lassen, der sich unter einem bescheuerten Vorwand an sie rangewanzt und sie einfach inmitten all der blöden Erwachsenen betäubt und mitgenommen hat. Jesse weiß nicht einmal mehr genau, was passiert ist, er hat nur irgendetwas gesehen, sich ein Stück von seinem Kindermädchen entfernt, da stellte ihm jemand eine Frage. Plötzlich flog er durch die Luft, und danach schlief er.

Wenn Mama selbst mit Anouk aufs Klo gegangen wäre, wäre das nie passiert. Warum musste er diese Aufgaben immer erledigen? Wenn sie ihn begleitet hätte, wenn sie auf ihn aufgepasst hätte, säße er jetzt nicht in diesem bescheuerten Käfig. Er fängt an zu weinen. Wie gern wäre er jetzt zu Hause, in seinem Zimmer, seinetwegen mit Hausaufgaben, und mit Komm-Her auf dem Schoß, der immer hechelnd in seiner Nähe ist. Der Hund ist schon sechzehn und ein bisschen schwach … hoffentlich stirbt er nicht, während er weg ist. Er will ihn wiedersehen. Er will alle wiedersehen. Komm-Her, Mama, Papa und Anouk, und natürlich Oma.

»Nicht fallen lassen!«, wiederholt Jesse.

Tommy schaut seine Hand an, die Finger, die er zur Faust geballt hat, ohne es zu merken. Da ist der Schatz. Der Schlüssel. Er darf nicht aufgeben. Niemals! Sie müssen ihren Grips anstrengen, sich immer wieder etwas Neues ausdenken. Es ist ein Puzzle, das sich erst nach und nach zusammensetzt. Wie beim Schachspielen: Man weiß zwar, dass man den Gegner schachmatt setzen muss, aber es ist offen, wie das gelingt. Schritt für Schritt.

»Kann ich meinen Zahn wiederhaben?«, bittet Jesse. »Ich glaube, ich habe eine Idee.«

18

Der Wecker klingelt um halb sieben. Maud hat das Gefühl, gerade mal fünf Minuten geschlafen zu haben. Die Müdigkeit hat sich in jeder Zelle ihres Körpers eingenistet.

Sie hat die Aussage über den Mann, den die beiden Psychiatriepatienten am Kanal gesehen haben, an das Team durchgegeben. Es ist nicht viel, was sie haben: eine Beschreibung der Kleidung, nicht des Aussehens. Sie haben weder ein Gesicht noch eine körperliche Besonderheit, nichts, was sie zum Beispiel in einen Fahndungsbericht schreiben könnten. In diesem Augenblick wertet das Team die Aussagen der Zeugen im Zoo aus und überprüft, ob womöglich ebenfalls Beschreibungen eines Mannes in schwarzer Jeans, schwarzer Winterjacke und schwarzer Kappe vorliegen. Wobei Zeugenaussagen notorisch unzuverlässig sind. Kein Wunder. Man wird gebeten, sich an etwas zu erinnern, auf das man nicht einmal bewusst geachtet hat. Aber das ist noch nicht alles. Lässt man eine Person unter den Augen von vier Zeugen etwas stehlen, erhält man vier verschiedene Beschreibungen, und wenn man einen Tag später nachfragt, erhält man von denselben Leuten wieder vier neue Beschreibungen. Hakt man noch einmal nach – was unerlässlich ist –, ziehen die Zeugen ihre vorherigen Aussagen in Zweifel. War der Mann wirklich dunkelblond? Oder hatte er doch schwarze Haare? War er einen Meter achtzig groß oder vielleicht doch etwas kleiner?

Maud schlägt die Decke zurück, steigt aus dem Bett und bleibt einen Moment lang stehen. Es ist kalt im Zimmer. Edwin schläft gern bei weit geöffnetem Fenster, und draußen friert es.

»Gehst du schon?«, fragt Edwin und blinzelt unter der Decke hervor.

»Ich kann sowieso nicht mehr schlafen«, antwortet sie.

»Soll ich Kaffee machen?«

Einen Augenblick lang genießt sie die Vorstellung, erst duschen zu gehen und sich dann an den gedeckten Frühstückstisch zu setzen, doch dann fällt ihr ein, dass Edwin noch eine Stunde länger schlafen könnte.

»Nein, ich springe kurz unter die Dusche und trinke einen Kaffee im Präsidium«, sagt sie, und er dreht sich sofort wieder um.

Sie stellt die Dusche heißer ein als sonst und steht bewegungslos unter dem dampfenden Wasserstrahl. Im Kopf geht sie die Fluchtwege durch, die man vom Kinderbauernhof aus hätte einschlagen können. Wenn tatsächlich jemand mit Jesse in den Armen in Richtung der A10 gegangen ist, gibt es hinter der Unterführung nur drei Möglichkeiten: Entweder man wendet sich sofort nach links, geht noch ein ganzes Stück und steigt in der Nähe des McDonald's in ein Auto oder einen Kleinbus. Oder man läuft noch weiter, bis zu dem Viertel, in dem Jesse wohnt, und flieht von dort mit einem Fahrzeug. Oder man geht eine noch längere Strecke zu Fuß und verschwindet irgendwo zwischen den Wiesen auf der anderen Seite der Ringstraße. In jedem Fall würde das bedeuten, dass man mit einem bewusstlosen Kind auf dem Arm einen ordentlichen Fußweg zurücklegen müsste.

Das Team muss alle möglichen Fluchtwege inzwischen markiert haben, und höchstwahrscheinlich wurden schon weitere

Kollegen eingesetzt, um die Anwohner zu befragen. Dennoch fühlt sich Maud plötzlich gehetzt.

Als sie mit nassen Haaren die Küche betritt, sitzt Edwin dort am gedeckten Tisch. Grinsend schlägt er die Zeitung auf.

»Mir fällt es auch schwer, einfach weiterzuschlafen, wenn du mit einem solchen Fall beschäftigt bist«, sagt er und schenkt ihr eine Tasse Kaffee ein.

Mauds Handy klingelt, und sie nimmt es sofort auf. *Neuigkeiten!*, denkt sie angespannt. Doch es ist ihre Mutter.

»Hast du gründlich gesucht?«

»Sehr gründlich, Mama. Und viele Leute haben geholfen.«

»Du musst dich noch mehr anstrengen.«

»In Ordnung.«

»Ich hoffe, dass es Speck gibt. Den mag ich.«

»Geh du mal schön frühstücken, Mama, und ich suche weiter. Einverstanden?«

Ihre Mutter legt auf, ohne zu antworten.

»Sie ist ziemlich stabil in letzter Zeit, findest du nicht?«, fragt Edwin. »Käse?«

Er bestreicht ein Brot mit Butter und schneidet eine Scheibe mittelalten Gouda ab.

»Ja, jetzt ist sie stabil, aber dann kommt ein neuer Schub und verschlimmert wieder alles«, erwidert Maud. »Ich gehe am Sonntag mal bei ihr vorbei.«

Sie trinkt noch einen Schluck Kaffee, steht auf und beißt in ihr Brot, während sie Edwin zum Abschied winkt. Im Auto fällt ihr ein, dass sie sich früher immer einen Abschiedskuss gegeben haben.

Kyra versucht, sich auf ihr neues Projekt zu konzentrieren. Die U-Bahn schaukelt wie ein Schiff durch die dunklen Röhren tief unter der Stadt. Die Unterlagen liegen auf ihrem Schoß, und sie müsste sie eigentlich noch einmal durchgehen. Sie gähnt. Um halb zehn trifft sich die Arbeitsgruppe des zweiten Studienprojekts.

Beim ersten Projekt ging es um einen Einbruch. Sie mussten einen Gipsabdruck von einer Fußspur anfertigen, Fingerabdrücke sicherstellen, anhand der Spurenlage eine Tatortanalyse durchführen und den Tathergang rekonstruieren. Dann mussten sie bestimmte Szenarien anhand der Spuren ausschließen. Es war nicht sehr schwer gewesen, das Verbrechen aufzuklären – am Ende war es der Handwerker (dessen Fingerabdrücke nicht nur auf der zerbrochenen Scheibe waren), der nach der Arbeitszeit den neuen Fernseher und den Apple-Computer seines Auftraggebers hatte mitgehen lassen. Der Dozent hatte angemerkt, der Fall sei ein kleines Goodie für die Studierenden gewesen, um ihnen den Einstieg zu erleichtern. Mit dem zweiten Projekt haben sie gerade begonnen, und nun wird ihnen nichts mehr geschenkt. Schluss mit einfachen Rekonstruktionen und ungeschickten Straftätern. Diesmal müssen sie einen Mordfall lösen, einen fingerabdrucklosen Mord an einer armen alten Dame.

Kyra steckt die Unterlagen mit der Fallbeschreibung in die Tasche und steigt aus. Heute Abend gehe ich früh ins Bett, nimmt sie sich fest vor. Sie ist todmüde und gar nicht richtig bei der Sache. Am liebsten würde sie sich an der Suche nach Jesse beteiligen, obwohl sie keinen Schimmer hat, wo sie anfangen sollte. Außerdem ist es nicht ihre Aufgabe.

Heute Nachmittag wird sie in einer Vierergruppe am möglichen Tathergang arbeiten. Morgen Nachmittag stehen Ermittlungstechniken auf dem Programm und am Montagmorgen praktische Übungen. Sie zieht den Riemen ihres Rucksacks über der Schulter strammer und reiht sich in den Strom der Studierenden ein, die vom Amstelbahnhof zum massiven Turm der Universität streben.

Das Gebäude hat etwas von einem Bunker. Brauner Beton, schwarze, quadratische Fenster, Reihe um Reihe übereinander. Zwei Stockwerke hat der Architekt ringsum mit jeweils einem Balkon versehen, von denen außen nur die weißen Schutzgeländer aus Stahl zu sehen sind.

Rasch eilt Kyra zwischen den Rauchern vor dem Haupteingang hindurch und biegt im erstaunlich hellen Foyer rechts ab in die Kantine. Sie überlegt. Die Brötchen und der Kaffee sind verlockend, aber eigentlich hat sie keine Zeit, sich anzustellen. Frühstück und zu spät kommen? Oder pünktlich erscheinen und sich in den zwei Stunden bis zur Pause flau fühlen? Sie ignoriert die Kaffeebar, so gut sie kann, und geht zwischen den langen Reihen der Holztische hindurch in den Teil des Gebäudes, in der sich die Abteilung für Forensik befindet.

Im Seminarraum lässt sie sich auf einen Stuhl fallen.

»Guten Morgen«, sagt sie mit schwacher Stimme.

»Alles in Ordnung?«, fragt Antoine, einer ihrer Kommilitonen.

Sie weiß nicht, was sie antworten soll, und Antoine schaut sie fragend an. Ein äußerlich ziemlich unauffälliger Typ, der andere durch seinen Humor und sein rhetorisches Talent zu fesseln weiß. Er ist zwanzig, sieht mit seinem wirren dunklen Haar und dem breiten Mund aber eher wie ein lässiger, widerspenstiger Teenager aus.

»Hey, Kyra, du wohnst doch in Amsterdam-Noord, oder?«, fragt er.

Kyra nickt. Noord. Ein ehemals unattraktiver Stadtteil, der inzwischen cool geworden ist und in dem seit gestern Kinder verschwinden, genau wie im hippen Stadtzentrum.

»Ich wohne am Zoo«, sagt Antoine, als sei das eine logische Schlussfolgerung. »Am Hoogte Kadijk. Früher hatten wir eine Dauerkarte. Als kleiner Junge bin ich eine Million Mal im Zoo gewesen.«

Etwas Ähnliches haben Kyras Eltern erzählt, als sie gestern Abend endlich nach Hause gekommen sind. Sie wären so unglaublich gern mit den Kindern auf dem Kinderbauernhof gewesen, und es sei unfassbar, dass dort auf einmal ein Kind verschwunden ist. Kyra seufzt, denn sie wäre heute wirklich lieber zu Hause geblieben. Sie ärgert sich, nicht doch noch eine Tasse Kaffee getrunken zu haben. Ein Mord auf nüchternen Magen scheint ihr plötzlich eine blöde Idee zu sein.

»Hat noch jemand Lust auf einen Kaffee?«, fragt Antoine, und Kyra blickt überrascht auf.

»Ich würde lieber sofort anfangen.« Laetitia, eine todernste Kommilitonin, die Kyra noch nie hat lachen sehen, runzelt die Stirn. »Dann können wir vielleicht etwas früher aufhören.«

Die Vierte in der Gruppe, ein blondes Mädchen mit unschuldigem Blick und einem nervösen Lachen, nickt begeistert. »Entschuldigt«, sagt Kyra und steht abrupt auf. »Wir sind gleich wieder da. Wirklich, es dauert nur eine Minute.«

Rasch durchqueren Kyra und Antoine die Kantine und stellen sich an den Kaffeeautomaten an.

»Cappuccino?«, fragt Antoine.

»Ja, gerne.«

Sie warten, bis die Kaffeemaschine ihre Arbeit getan hat, und schlendern, beide einen großen Pappbecher in der Hand, zurück zum Seminarraum.

»Die Babysitterin dieses vermissten Jungen vom Kinderbauernhof«, beginnt Kyra. »Die ist meine beste Freundin. Ich war vorgestern da. Ich habe sogar im Kanal nach Jesse getaucht.«

»Echt? Gruselig.« Antoine versucht, schon im Laufen einen Schluck Kaffee zu trinken. »Bei uns war mal mein kleiner Bruder verschwunden. Ich war damals total in Panik. Ich muss zehn gewesen sein, er ungefähr sechs. Schließlich fanden wir ihn im Schlafzimmer meiner Eltern, oben unter dem Dach. Er hat im Bett gelegen und geschlafen, verborgen unter dem Federbett.«

An der Tür des Seminarraums angekommen, sieht Antoine sie an. Er hat graue Augen, die irgendwie immer ein bisschen lachen.

»Ohne die Ermittlungsergebnisse steht man dumm da«, sagt er, und Kyra weiß sofort, was er meint.

»Man kann sich nur verschiedene Tathergänge ausdenken«, erwidert sie.

»Aber man darf nichts ausschließen.« Antoine trinkt noch einen Schluck Kaffee und plempert auf seinen hellgrauen Pullover. Er versucht, den Fleck wegzuwischen, macht ihn aber nur noch größer. »Ohne eine Spurenübersicht kann man nichts ausschließen.«

Er hat recht. So lernen sie es im Studium: Sie rekonstruieren alle denkbaren Tathergänge und streichen dann aufgrund von harten Beweisen, was davon unmöglich ist.

»Wir könnten aber auch umgekehrt vorgehen«, sagt Kyra mit einem sehnsüchtigen Blick auf ihren Kaffee.

»Uns eine Reihe von Tathergängen für das Verschwinden der Kinder ausdenken und dann versuchen zu beweisen, welcher davon am logischsten ist?«, fragt Antoine.

»Warum nicht?«

»Weil das zu einem Tunnelblick führt«, entgegnet Antoine. »Darum nicht. Wir würden Beweise für das suchen, was wir glauben, und sie für wahr halten, ohne dass sie wahr sein müssen. Lucia de B.? Ina Post? Der Mordfall von Putten? Dämmert's?«

Schon wieder hat er recht. Mist!

19

Tommy lehnt sich gegen die Seite seines Käfigs, die an den von Jesse grenzt. Gespannt beobachtet er, wie Jesse versucht, mit seinem Zahn das Holz des Käfigbodens einzuritzen. Jesse bemüht sich nach Kräften, aber Tommy würde den Zahn am liebsten an sich nehmen und selbst weitermachen.

»Es klappt nicht«, sagt Jesse. »Ich kann den Zahn nicht richtig festhalten.«

»Wir brauchen etwas anderes«, erwidert Tommy und grübelt.

Lächelnd blickt Jesse auf und sagt: »So was Blödes! Daran habe ich gar nicht gedacht!«

Er zieht einen Schuh aus und deutet auf den Reißverschluss an der Seite. Daran hängt ein Metallplättchen, mit dem man ihn auf- und zuziehen kann.

Er will etwas sagen, doch dann hören sie Geräusche an der Tür. Instinktiv rutscht Tommy von Jesse weg und rollt sich auf die andere Seite seines Käfigs, wobei er den Eingang nicht aus den Augen lässt. Er sieht, dass Jesse sich schnell den Schuh wieder anzieht und ganz hinten in den Käfig rutscht, die Beine anzieht und die Arme um die Knie schlingt.

Ein farbiger Mann betritt die Scheune. Er ist etwas dicklich und hat stachelig-kurzes Haar. Er ist ganz in Schwarz gekleidet und trägt eine Kappe und eine Sonnenbrille, von der ein Bügel fehlt, wodurch sie merkwürdig schief auf seiner Nase hängt.

Ohne etwas zu sagen, öffnet er die Käfige und bedeutet den Jungen, herauszukommen.

Jesse muss als Erster raus. Nachdem er auf dem Boden steht, hilft der Mann Tommy dabei, aus dem Käfig zu klettern. Jetzt erkennt Tommy erst, wie klein Jesse noch ist. Kaum größer als Anouk.

»Pinkeln«, sagt der Mann und deutet auf einen Eimer in der Ecke der Scheune.

Jesse schaut etwas verlegen und zeigt auf Tommy.

»Haben Sie vielleicht etwas zu Essen für uns?«, fragt Jesse den Mann. »Ich hab nämlich einen Riesenhunger.«

Der Boden der Scheune besteht aus Beton. In den Wänden erkennt Tommy zwei Fenster, die mit Brettern vernagelt sind. Es gibt keinen Spalt, durch den er hinausschauen könnte. Er öffnet den Hosenschlitz und spürt, dass schon etwas kommt. Rasch zieht er den Pimmel raus und versucht, den Eimer zu treffen. Einen Moment lang kann er an nichts anderes denken als an die Riesenerleichterung des Pinkelns. Dann reißt er sich zusammen und blickt sich sorgfältig um. Steckt vielleicht ein loser Nagel in der Wand, liegt etwas auf dem Boden?

»Hallo?«, versucht Jesse es noch einmal. »Was ist mit Essen?«

»Später. Jetzt du, aber schnell.« Seine Stimme erinnert Tommy ein wenig an die des Fußballtrainers, der des Bruders von Soufian. Er spricht Straßenniederländisch.

Tommy tritt von dem Eimer zurück und sieht, wie Jesse seine Hose öffnet. Da ihm nichts anderes einfällt, stellt er sich neben die Kiste vor seinem Käfig, zwischen Jesse und den Mann, der an der Tür steht. Der Mann riecht nach Knoblauch und atmet schwer. Obwohl er furchtbare Angst hat, blickt Tommy zu ihm auf, in der Hoffnung, irgendetwas Freundliches an ihm zu entdecken. Doch er sieht nur einen Schweißtropfen über seine Stirn laufen. Und sich selbst, doppelt, in der schief sitzenden Ray-Ban-Sonnenbrille.

Bevor sie in die Käfige zurück müssen, hat der Mann ihre Taschen durchsucht. Als er nichts entdeckt, knurrt er zufrieden und schubst sie zu der Kiste. Ohne ein Wort zu sagen, kriecht Tommy in seinen Käfig. Er kommt sich blöd vor, als der Typ den Käfig wieder abschließt und dann Jesse hinaufschickt. Da sitzen sie wieder. In den Scheißkäfigen, in der bescheuerten Scheune, in der Kälte. Wie in Sibirien. Hätten sie den Typen nicht anspringen sollen? Sie hätten ihn schlagen und treten können, und dann hätten sie vielleicht rausrennen und die Tür hinter sich abschließen können. Das hätte bestimmt geklappt, wenn sie nicht so dumm gewesen wären. Wer geht denn schon freiwillig zurück in sein Gefängnis?

»Wir hätten ihn gut in die Ohren beißen können«, sagt Jesse mit erstickter Stimme, und Tommy muss lachen. Jesse weint laut.

»Entschuldige«, sagt Tommy und lacht wieder. »Ich habe mir nur gerade diesen Typen mit seiner blöden Sonnenbrille und der hässlichen Kappe vorgestellt, an dessen Ohren sich rechts und links zwei Jungs festgebissen haben.«

Jesse stößt einen komischen Laut aus, von dem Tommy nicht weiß, ob es Lachen oder Weinen ist, und dann lachen sie beide.

»Leise, gleich kommt er«, warnt Tommy zwischen zwei Lachanfällen. Aber in dem Moment ist es ihm egal, ob der Typ kommt und ihm eine Ohrfeige verpasst. Er kann selbst bestimmen, woran er denkt und ob er lacht und wie laut.

»Wir kommen hier nicht raus, oder?«, stellt Jesse fest, als es eine Weile still geworden ist. »Wir sitzen fest, und es gibt keine Chance, zu entkommen.«

»Gibt es doch«, erwidert Tommy, setzt sich auf und kriecht hinüber zu Jesse. »Ich komme hier raus«, sagt er. »Und du auch. Komm, wir versuchen, das Metallstück vom Reißverschluss abzukriegen.«

20

Um halb elf kommt die nächste Meldung rein.

»Ein zehnjähriger Junge, Edo Schilder«, sagt Maud. Sie sitzt mit ihrem Team, das gerade vom Außeneinsatz zurück ist, im kleinen Konferenzraum, den sie als Krisenzentrum zugeteilt bekommen haben. Zwanzig Quadratmeter, ein ovaler Konferenztisch und drei Wände mit Whiteboards, ein Berg Stifte und eine Gruppe von Kollegen, die fix und fertig sind, weil es kaum Hinweise gibt. Und jetzt wird wieder ein Kind vermisst.

»Das kann doch nicht wahr sein!« Niels Bingsten blickt in die Runde und starrt seine Kollegen an. »Was, wenn das einfach so weitergeht?«

Maud muss unwillkürlich an den Grund denken, warum Niels hier ist und nicht mehr wie früher im Dezernat für Sexualdelikte arbeitet. Einmal hat sie die Bilder gesehen, die Niels nicht mehr aus dem Kopf gehen. Ein gefesseltes Baby auf einer Decke, die elektrischen Drähte eines Sexspielzeugs sichtbar. Das Foto eines etwa achtjährigen Mädchens, rücklings auf einer kleinen Bank. Nackt. Erwürgt.

Maud räuspert sich. »Der zehnjährige Edo Schilder ist aus einem Bungalowpark in der Nähe von Nordwijk verschwunden«, erklärt sie ihren Leuten, »wo er mit seinen Cousins zusammen die Enten fütterte. Die ganze Familie feierte den fünfundsiebzigsten Geburtstag seines sterbenskranken Großvaters. Doch anstatt Torte zu essen, haben die Verwandten heute den ganzen Vormittag nach dem kleinen Edo gesucht. Nach einer Dreiviertelstunde hat die Mutter die Polizei gerufen. Die Meldung wurde sofort an den Koordinator für Vermisstenfälle weitergeleitet, der die Fälle von Jesse und Tommy bearbeitet. Ein Ermittlungsteam der Region Südholland ist im Einsatz.«

»Was hat das bloß zu bedeuten?«, fragt Niels erschüttert. »Da steckt mehr dahinter! Es geht nicht nur um zwei Jungen. Aber was wollen die?« Er ist blass und hat einen strengen Zug um den Mund.

»Wie können wir weitere Entführungen verhindern?« Jolanda schüttelt den Kopf. »Man kann doch seine Kinder nicht den ganzen Tag im Haus einsperren. Sie müssen in die Schule, zum Sport.«

»Ich bringe und hole sie immer«, sagt Thomas. »Aber trotzdem. Sie spielen auf der Straße, oder sie gehen zu ihren Freunden ein paar Häuser weiter.«

Das Team schweigt, und alle versuchen zu begreifen, was da geschieht. Maud addiert im Kopf die zusätzlichen Aufgaben, die durch den neuen Fall auf sie zukommen. Sie würde Niels gerne ein wenig unterstützen, aber was könnte sie sagen, um dem Fall seine erschütternde Tragik zu nehmen?

»Diese Scheißkerle!«, stößt Myrna hervor, bei Weitem die Jüngste der Gruppe und kinderlos. »Wer denkt sich bloß so was aus?«

»Wir müssen uns auf unsere Aufgabe konzentrieren«, mahnt Maud, steht auf und geht zu der Wand, an der die Fotos der vermissten Jungen hängen. Darunter sind Karten vom Ort ihres Verschwindens sowie diverse Protokolle über die Umgebung, Zeugenaussagen und Hinweise angebracht, die von AMBER Alert und der zusätzlich eingerichteten Hotline hereingekommen sind. »Der Mann in Schwarz wurde von Zeugen in der

Nähe des Noordhollands Kanaals gesehen, und weitere Zeugen haben ausgesagt, im Zoo einen schwarz gekleideten Mann beobachtet zu haben, der einen schlafenden Jungen im Rollstuhl schob. Nachdem über die Fälle ausführlich in den Medien berichtet wird, erhalten wir immer mehr Hinweise. Tommys Handy haben wir im Pinguin-Gehege gefunden, wo es vermutlich auf dem Weg zum Seitenausgang Plantage Middenlaan ins Wasser geworfen wurde. Robs Gruppe befragt die Anwohner. Jolanda und Thomas, ich möchte, dass ihr untersucht, ob der Mann in Schwarz hier in Amsterdam-Noord gesehen wurde. Wir müssen herausfinden, ob der Mann im Zoo derselbe war wie der im Buiktuin oder ob wir es mit verschiedenen Tätern oder Tätergruppen zu tun haben. Bittet die Analysten, euch alle Hinweise auszudrucken, in denen das Stichwort Rollstuhl sowie Merkmale der Beschreibung eines schwarz gekleideten Mannes vorkommen.«

Jolanda schreibt auf: Rollstuhl. Sie nickt.

»Myrna und John. Ich möchte, dass ihr die Aussagen der Besucher und Mitarbeiter des Kinderbauernhofs noch einmal durchgeht. Da es nicht so viele wie im Zoo sind, klappert bitte anschließend alle Häuser am Noordhollands Kanaal ab und fragt überall nach, ob jemand den Kerl in Schwarz gesehen hat.«

»Aber das ist auf der anderen Seite der Unterführung an der IJdoornlaan«, protestiert John. »Ein ganzes Stück entfernt von dort, wo er gesehen wurde.«

»Wir machen es trotzdem.« Maud lässt den Blick über ihr kleines Ermittlungsteam in dem viel zu kleinen Sitzungssaal wandern, der nach den unzähligen Fußabdrücken riecht, die sich in den grauen Teppichboden eingeprägt haben. Wenn sie mehr Mittel hätte, mehr Leute, mehr Kameras in diesem Stadtteil, dann wären ihre Chancen auf Erfolg viel größer und die Ermittlungen würden viel schneller vorangehen.

»Rob Franssen arbeitet am Fall Tommy«, fährt sie fort. »Sein Team wertet die Überwachungskameras im Zoo und der direkten Umgebung aus und arbeitet weiter an den Zeugenaussagen. Es geht dabei natürlich um eine möglichst große Anzahl von Aussagen, nicht nur von Besuchern, sondern auch vom Personal.« Maud schaut auf die Uhr. »In einer halben Stunde beratschlage ich mit dem Krisenstab. Angesichts des neuen Falls wird sich wohl das ein oder andere ändern. Soweit ich weiß, wird auch eine Pressekonferenz vorbereitet.«

»Angenommen, noch mehr Kinder verschwinden«, sagt Jolanda. »Dann herrscht Aufruhr im ganzen Land.«

»Vielleicht ist das auch Absicht«, bemerkt Myrna. »Panik und Angst auszulösen. Es gibt Leute, die ein Interesse daran haben.«

»Das klammern wir vorläufig noch aus.« Maud wirkt gereizt. »Wir konzentrieren uns jetzt ausschließlich auf die Fakten. Die Szenarien kommen später. Das Einzige, was wir jetzt in den Fokus nehmen müssen, ist zugleich der einzige Strohhalm, an den wir uns klammern können: der Mann in Schwarz. Wir sollten versuchen herauszufinden, welchen Wahrheitsgehalt die Zeugenaussagen haben, und weitere Einzelheiten in Erfahrung bringen.«

Kyra hat den ganzen Morgen die Informationen über den Mordfall in Zaandam studiert. Zusammen mit ihren Kommilitoninnen und Kommilitonen hat sie die vier wahrscheinlichsten Tathergänge ausgearbeitet. Während des Praktikums werden sie schließlich technische Untersuchungen durchführen und die Spurenlage so umfassend wie möglich herausarbeiten.

Die Tote lag im Schlafzimmer. Im Bett. Auf den ersten Blick schien es ein natürlicher Tod zu sein, bis der Arzt einen merkwürdigen Geruch wahrnahm. Zyanid, hatte Antoine vermutet, ohne den Autopsiebericht zu kennen. Die Frage war nun, wie das Zyanid in den Körper der Frau gelangt war und warum.

Kyra musste an den Fall Johann Hoch denken, einen Deutschen, der Ende des 19. Jahrhunderts nach Amerika ausgewandert war und dort eine Menge toter Ehefrauen hinterließ. Er wurde in New York verhaftet. In seinem Füller fand man ein Röhrchen mit achtundfünfzig Gramm Arsen, genug für ein paar weitere reiche, alleinstehende Damen, die einen liebevollen Gatten suchten. Doch die alte Dame in Zaandam hatte keinen Cent besessen. Was konnte also das Motiv sein? Trotz einiger Fallbeispiele von Männern wie Hoch waren die meisten Giftmörder weiblich. Kyra erinnerte an den Verdacht gegen Ada S., die bereits vor dem plötzlichen Dahinscheiden ihres zweiten Ehemannes die Blumen für sein Grab ausgewählt hatte. Vielleicht hatte die ermordete alte Dame die Beziehung zu einer Frau beendet, und diese hatte sie aus Rache vergiftet, spekulierte Kyra, aber ihre Kommilitoninnen hatten sich über ihre Theorie nur lustig gemacht.

Am späten Nachmittag kehrt Kyra zusammen mit Antoine zur U-Bahn zurück.

»Beziehungsprobleme als Motiv finde ich gar nicht so abwegig«, sagt Antoine. »Selbst wenn sie alt war. Als hätten alte Menschen keine Beziehungen. Vielleicht sollten wir sogar ein fünftes Szenario im Hinterkopf behalten.«

»Alles klar«, sagt Kyra. »Aber lass uns erst die Tathergänge analysieren, die die anderen für die wahrscheinlichsten halten. Sonst wird uns noch vorgeworfen, wir wären nicht teamfähig.«

»Sie haben das Handy von dem Jungen aus dem Zoo gefunden«, sagt Antoine.

»Hab ich gelesen, ja.« Kyra überlegt schon den ganzen Tag, ob sie noch einmal zum Kinderbauernhof zurückkehren soll oder nicht, doch im Grunde weiß sie schon längst, dass sie nicht direkt nach Hause, sondern am Kanal entlang zu der Stelle fahren wird, an der Jesse verschwunden ist.

»Morgen gehe ich in den Zoo«, verkündet Antoine. »Irgendwie muss ich mir den Ort ansehen.«

In der U-Bahn reden sie über ihre Dozenten und Kommilitoninnen.

»Das sind ganz schöne Klatschtanten«, stellt Kyra fest.

»Über andere zu reden hat eine nützlich Funktion innerhalb einer Gesellschaft«, erwidert Antoine. »Es gehört zur kognitiven Revolution, die den Homo sapiens zum Herrscher über die Erde gemacht hat.«

»Na klar doch«, entgegnet Kyra lachend.

»Durch das Reden über andere konnte der Mensch in größeren Gruppen leben. Tratschen sorgt dafür, dass man Menschen kennt, mit denen man selbst keinen Kontakt hat. In der Zeit vor einem funktionierenden Rechtssystem hatte es auch eine soziale Funktion, denn dadurch, dass schlecht über dich geredet wurde, konnte dich sozusagen die ganze Gruppe für deine Tat bestrafen.«

»Okay«, sagt Kyra und fragt sich, woher er das alles weiß.

»Eine kurze Geschichte der Menschheit«, erklärt Antoine. »Von Dr. Yuval Noah Harari.«

»Wir sollten also mehr über andere reden?«, fragt Kyra, als Antoine aufsteht.

»Absolut«, antwortet er, grinst und steigt aus.

Dave Kowzynski gehörte auch zu den Leuten, über die viel geredet wurde. Er war derjenige, mit dem Sarina offenbar auf einen Segeltörn gegangen ist, und er war in den letzten Monaten das Thema unzähliger Gespräche bei ihnen zu Hause. Ihre Mutter hatte heftig auf Sarinas Ansichtskarten aus Texel reagiert. Wie konnte es ihrer Tochter einfallen, mit dem Erstbesten davonzulaufen? Ihre Freundinnen im Stich zu lassen? Und am schlimmsten: solche Geheimnisse vor ihrer Mutter zu haben?

Kyra steigt am Hauptbahnhof aus und geht durch die lang gestreckte Bahnhofshalle mit den vielen Geschäften und Imbissbuden bis hinüber zur Rückseite, wo sie heraustritt, die Straße überquert und auf die Fähre wartet. Es weht ein rauer Wind, und die meisten Passagiere haben sich dick eingemummelt.

Kyra und ihr Vater haben ihre Ohnmacht mehr an Dave festgemacht als an Sarina. Dave war der Letzte, der mit Sarina zusammen gewesen war. Zehn zu eins, dass er etwas mit ihrem Verschwinden zu tun hatte. Auf jeden Fall war er ein wichtiger Zeuge. Maud Mertens hatte versprochen, Sarinas Verschwinden neu zu ermitteln, wobei der Fall natürlich inzwischen zu einem Cold Case geworden war.

»Ich beantrage eine Neueröffnung der Akte«, hatte Mertens versprochen. »Da jetzt neue Spuren vorliegen, dürfte das kein Problem sein, aber es kann eine Weile dauern.«

Sie hatte den Antrag eingereicht, doch die Bewilligung kam erst zwei Monate später, ausgerechnet zu dem Zeitpunkt war Maud gerade im Urlaub. Erst im September hatte sie den Fall übernehmen können. In der Zwischenzeit hatte Kyra natürlich selbst weiter ermittelt. Wer war dieser Dave Kowzynski? Sie konnte es nicht glauben, aber es schien auf der ganzen Erde keinen einzigen Kowzynski zu geben.

21

Wie schafft Jesse das nur? Er sitzt vornübergebeugt auf den Knien, das Gesicht dicht über dem Boden, und arbeitet seit Stunden unaufhörlich und ohne ein Wort zu sagen durch. Tommy schaut zu und versucht, nicht an den Hunger zu denken, der wie ein wachsendes Ungeheuer in seinem Bauch wütet.

Als der Mann heute Morgen kam, war es gerade hell geworden, und das ist jetzt schon eine ganze Weile her. Es muss gleich Mittag sein. Was hat man mit ihnen vor? Warum bekommen sie nichts zu essen? Was nutzen ihnen zwei kleine Jungen, die bald verhungert sein würden? Plötzlich hat er solche Angst, dass er fast keine Luft mehr bekommt. Er sitzt mucksmäuschenstill in seinem Käfig, die Knie angezogen, die Arme um die Beine geschlungen, und er spürt, wie das Ungeheuer in seinem Bauch zu einem schreckenerregenden Monster heranwächst, das sich durch seine Haut nach draußen kämpft. Er lässt die Knie los, streckt die Beine aus und rutscht mit dem Rücken an das Metallgitter. Das Ungeheuer quetscht seine Lungen aus, drückt auf sein Herz, sein Bauch reißt auf, und dann sitzt es bei ihm im Käfig, füllt den ganzen Raum mit seiner haarigen Wärme und seinen scharfen Klauen und schwillt immer weiter an, bis Tommy das Gefühl hat, durch das Metall des Käfigs hinausgedrückt zu werden wie eine Banane durch ein Sieb. Er schnappt nach Luft. Er stirbt.

»Geht's noch?«, fragt Jesse und hält kurz mit der Arbeit inne.

Tommy atmet tief durch. Er fühlt, wie die Tränen darum kämpfen, hinauszudürfen, aber er reißt sich zusammen. Nicht weinen, wenn Jesse dabei ist.

»Ja«, sagt er nach einer Weile. »Es geht schon wieder.«

»Das klappt ganz bestimmt«, sagt Jesse. »Guck mal.«

Er schiebt den Zeigefinger in den Spalt, den er mit dem Metallstück von dem Reißverschluss ins Holz geritzt hat, pult mit einem Fingernagel an dem losen Stück Holz und zieht es so weit wie möglich nach oben. Nach ein wenig Fummelei hat Jesse den Draht aus Tommys Zahnspange in das Holz gesteckt und hält den improvisierten Dietrich hoch. Er sieht lächerlich klein und zerbrechlich aus.

»Ich höre was!« Jesse klingt verängstigt, und panisch fügt er hinzu: »Ich glaube, er kommt!«

Das Schloss am Eingang klickt, und dann hören sie das Rumpeln der Schiebetür. Tommy hält den Atem an.

Die Tür wird geöffnet, und grelles Licht fällt in die Scheune mit den Käfigen, so hell, dass Tommy geblendet wird. Zwischen den Schlitzen seiner Augenlider schaut er den Mann an. Die Gestalt kommt auf Tommys Käfig zu, und unwillkürlich rutscht er so weit es geht nach hinten. Mit einer achtlosen Geste stopft der Mann je ein winziges Rosinenbrötchen durch das Drahtgitter, sodass ein paar Rosinen und Krümel auf den Käfigboden fallen.

Sie essen ihre Rosinenbrötchen mit zitternden Händen und viel zu großen Bissen. Zu schnell hat Tommy die zwei Happen vertilgt und versucht, nicht an den Stapel Butterbrote zu denken, den er zu Hause zum Frühstück isst.

»Arschloch«, murmelt er. »Gemeines Arschloch.«

22

Katinka van den Berge, acht Jahre alt. Maud spürt, wie ihr eiskalt wird und sie am ganzen Körper erstarrt. Natürlich haben das alle befürchtet, aber erst wenn die Angst begründet ist, spürt man die Beklemmung. Noch ein Kind entführt. Diesmal aus dem Ziegengehege im Amsterdamer Wald.

Sie hat inzwischen sechs verpasste Anrufe von Joris Verstraten und zahllose Nachrichten anderer Journalisten auf dem Handy, die nicht nur sie, sondern auch ihr Team bombardieren. Jedes Mal, wenn sie das Präsidium verlassen, werden sie von der Presse belagert. Rundfunk und Fernsehen bringen Sondersendungen. Zeitungen und Nachrichtensites berichten unablässig über die Kinder und spekulieren über die Hintergründe der Entführungen. Der Polizeipräsident beratschlagt mit dem Bürgermeister und dem Staatsanwalt. Jeder berät sich mit jedem, und währenddessen verschwinden weitere Kinder.

Auf einer Pressekonferenz wird die Öffentlichkeit damit beschwichtigt, dass Einsatzpolizei und Kripo alle verfügbaren Mittel für die Fahndung aufbieten. Zugleich wird dringend geraten, Kinder nicht aus den Augen zu lassen.

»An diesem Wochenende wird überall die Ankunft von Sinterklaas und seinen Zwarte Pieten mit dem Dampfschiff aus Spanien gefeiert«, gibt Thomas zu bedenken. »Dann sind Tausende Kinder unterwegs. Wir können sie nicht aufhalten.«

»Soweit ich weiß, wollen sie den Bürgermeistern raten, die Umzüge abzusagen«, erwidert Maud. »Eine Sicherheitsüberprüfung wurde veranlasst.«

»Erst diese ganze Aufregung darüber, ob Zwarte Piet schwarz sein darf, und jetzt verderben sie den Kindern auch noch den schönsten Teil des Festes«, beklagt sich John bitter. »Man kann's auch übertreiben.«

Sie?, denkt Maud, *wen meinst du mit* sie? *Manche Menschen neigen dazu, alles in einen Topf zu werfen.*

»Ich wette, gleich läuft die Hotline heiß«, vermutet Myrna. »Wie sollen wir bloß so schnell die Hinweise rausfiltern, die wirklich nützlich sind?«

Während die Ermittlungsgruppe nach Methoden sucht, die Spreu vom Weizen zu trennen, denkt Maud an die Verzweiflung der Eltern. Nachdem Gijs sich abgesetzt hatte, entwickelte sich Roos allmählich von einem hilflosen Baby zu einem selbstständigen kleinen Menschen. Sie lernte laufen, und wenn man nicht jede Sekunde auf sie aufpasste, war sie – schwupps – schon davongewackelt.

Maud begann, unter Albträumen zu leiden, aus denen sie schwitzend und weinend erwachte. Edwin tröstete sie, indem er ständig wiederholte, es sei nur ein Albtraum gewesen. *Wenn ich alles gut mache, dann bleibt alles gut* – das wurde zu Mauds fester Überzeugung. Sie musste mit Roos alles richtig machen, mit Edwin alles richtig machen. Durfte keine Fehler begehen, durch die sie sie verlieren konnte.

Sie besuchte noch einmal die Familie mit dem kleinen Mädchen. Anlass war ein anonymer Hinweis über Kindesmisshandlung. Der Stiefvater schlug es angeblich, die Mutter hätte das Kind an den Haaren hochgezogen. Maud ging selbst hin, weil sie schon einmal mit den Eltern gesprochen hatte.

Wieder überschlug sich der Vater vor Entschuldigungen wegen seiner Wutanfälle, aber – und dabei legt er die Hand aufs Herz – nie, wirklich niemals, hätte er die Kinder angefasst. Maud hinterließ die Broschüre einer Einrichtung, die entsprechende Trainings anbot, etwa »Umgang mit Stimmungsschwankungen«, oder »Kontrolliere deine Wut«. Eine gute Idee, sagte der Vater, das würde er ausprobieren. Er könne durchaus ein wenig Hilfe gebrauchen. Seine Frau versprach, darauf zu achten, dass er auch wirklich hinging, und natürlich zöge sie ihr Kind nicht an den Haaren hoch, das hätte bestimmt diese eine Nachbarin ein paar Häuser weiter behauptet, die könne sie nicht leiden.

Drei Wochen später kehrte Maud noch einmal zurück. Sie war zwar nicht im Dienst, musste aber trotzdem ständig an diese Familie denken. Inzwischen hatte sie die Vorschule der älteren Schwester kontaktiert, und der Erzieherin war aufgefallen, dass das Kind häufig still und in sich gekehrt war. Manchmal hatte es blaue Flecke, aber dafür hatte die Mutter immer eine Begründung. Das Mädchen sei so ungeschickt, behauptete sie, und das bestätigte die Erzieherin. Ständig schien es zu stolpern und sich zu stoßen. Überaus freundlich wurde Maud von der Mutter empfangen. Wie unglaublich nett von ihr, dass sie sich erkundigte, wie es ihnen ginge und ob ihr Mann den Kurs besuchte. Er habe sich bereits angemeldet und schon viel an sich gearbeitet, auch wenn er noch nicht im Kurs gewesen sei. Er könne sich immer besser beherrschen. Er habe eine neue Arbeitsstelle gefunden, vielleicht trage das auch dazu bei. Nein, er schlage sie nie. Auch die Kinder nicht.

»Wollen Sie sich einen Hund anschaffen?«, fragte Maud und zeigte auf den Metallhundekäfig, der in einer Ecke des Wohnzimmers stand. Ein Püppchen lag darin. Wie süß, die Kinder hatten die Ankunft des Tieres schon vorbereitet.

»In zwei Wochen«, flüsterte die Mutter. »Aber sagen Sie es nicht zu laut, denn unsere Große kann es gar nicht mehr erwarten.«

Die Kinder tranken still Hagebuttensaft und schauten zusammen die Teletubbies. Das ältere Mädchen trank aus einem Päckchen, seine Schwester aus einer Schnabeltasse.

»Maud?«, ruft Niels Bingsten, und ihr wird auf einmal bewusst, dass sie die Wand mit den Informationen über die Kinder anstarrt. Es wird Zeit, dem Team einen Überblick über den Ermittlungsstand zu geben.

»Jesse van Dijk, sieben Jahre alt«, beginnt Maud. »Ist bei den Pfadfindern und macht Judo. Hat eine Klasse übersprungen. Liest bereits selbstständig Bücher wie die Harry-Potter-Romane.« Sie steht auf und geht zur Wand. »Tommy Wersman, elf Jahre. Geht in die sechste Klasse und spielt Fußball, in der DI-Auswahl des AFC. Er scheint sehr begabt zu sein. Schon mehrmals haben Scouts den Verein besucht.« Sie geht ein Stück weiter und bleibt bei dem Foto und den Aufzeichnungen über Edo Schilder stehen. »Edo Schilder, zehn Jahre alt. Geht in die fünfte Klasse, kommt aus Alkmaar und spielt Gitarre. Viel mehr kann ich noch nicht über ihn erzählen. Und schließlich Katinka van den Berge aus Amstelveen, dritte Klasse, spielt Klavier und tanzt Ballett.«

Vier vergrößerte Schulfotos von vier lachenden Kindern vor einem himmelblauen Hintergrund. Papiere mit Angaben darüber, wo sie wohnen und wo sie verschwunden sind. Protokolle von Zeugenaussagen. Aussagen der Personen, die sie zuletzt gesehen haben.

»Auf den ersten Blick sehe ich keinerlei Gemeinsamkeiten«, sagt Myrna. Alle blicken schweigend die Wand an. »Der Entführer bevorzugt weder blondes Haar noch kleine Jungen. Oder kleine Mädchen.« Sie hält einen Augenblick inne. »Es ist mir ein Rätsel.«

23

London

»Es braucht eben seine Zeit«, beruhigt sie die neue Psychiaterin. »Die Kreativtherapie scheint gut anzuschlagen.« Sie blättert in der Akte. »Das Tanzen macht ihr besonders viel Spaß. Tja …« Sie blickt auf und schiebt ihre Brille etwas höher auf die Nase. »Es gibt hinreichende Anzeichen dafür, dass sie normal intelligent ist. Sie versteht, was man zu ihr sagt, aber sie reagiert oft nicht. Ist bei den Gentests schon etwas herausgekommen?«

»Bisher nicht«, antwortet Mabel. »Das dauert ewig.«

»Soweit ich weiß, wurde bei Weitem nicht in jedem Vermisstenfall Genmaterial von der Familie abgegeben«, bemerkt die Psychiaterin. »Vielleicht dauert es deswegen so lange.«

»Das Labor in Frankreich arbeitet daran.« Phil klingt ruhig. »Man untersucht dort, welche jungen Frauen in Janes Alter vermisst werden. Anschließend wird Janes Genmaterial mit dem der vermissten Personen verglichen, von denen Material verfügbar ist. Von den anderen wird es angefordert. Das Problem ist, dass man wahrscheinlich nicht alle Angehörigen erreichen kann.«

»Ich verstehe wirklich nicht, warum das so lange dauern muss«, beklagt sich Mabel erneut. »Anscheinend wird Jane von niemandem vermisst. Ich darf gar nicht daran denken, dass das eigene, vermisste Kind gefunden wird und es dann so lange …«

»Diese Fälle sind häufig sehr komplex«, unterbricht sie die Psychiaterin. »Wir hatten hier schon einmal einen Jungen, der in

Deutschland gefunden worden war und behauptete, Niederländer zu sein, bis sich herausstellte, dass er aus Dänemark stammte.«

»Und warum war er dann hier in London?«

»Weil wir hier auf traumabedingte Amnesie spezialisiert sind und vermutet wurde, dass der Junge darunter litt. Es stellte sich heraus, dass er einfach ein sehr guter Schauspieler war. Er hatte zwar auch psychische Probleme, aber er gehörte nicht hierher.«

»Zurück zu Jane«, unterbricht sie Phil. »Ich möchte nicht, dass sie ohne Weiteres nach Frankreich verlegt wird und würde gerne den Behandlungsplan noch einmal durchgehen.«

»Letzteres tue ich gerne«, sagt die Psychiaterin und schiebt ihren Stuhl zurück. »Ersteres ist allerdings ein Problem. Ich befürchte, dass wir da nichts machen können.«

»O doch«, erwidert Mabel. »Wenn nötig, kette ich mich an sie. Das Mädchen wird nicht herumgeschubst, ehe wir mehr über sie wissen. Sie geht erst zurück, wenn ihre Eltern gefunden wurden. Sie wird nicht in eine Klinik verlegt, wo sie niemanden kennt, in einer unbekannten Gegend, wo sie niemals Besuch bekommen wird. Ich möchte, dass Sie mir persönlich garantieren, mich anzurufen, falls man sie verlegen will.«

»Ich kann Sie sehr gut verstehen«, antwortet die Psychiaterin. »Und ich finde es gut, dass Sie sie beschützen wollen. Aber sie dürfen nicht vergessen, dass ein Vormund eingesetzt wurde. Damit sind allein die Sozialbehörden für Jane zuständig. Solange sie nicht spricht und nicht selbst sagt, wer sie ist und was sie möchte, kann ich nicht eingreifen, wenn sie verlegt werden soll.«

24

Kyra durchquert die Halle des Amsterdamer Hauptbahnhofs und überlegt, wie viele Leute sich hier wohl täglich aufhalten. Tausende. Wie behält man die im Auge? Wie erkennt man, ob sie Böses im Schilde führen? Und die Kinder, wie beschützt man die?

Am gegenüberliegenden Ufer des IJs holt sie ihr Fahrrad ab, und wie immer wendet sie unwillkürlich den Blick zu dem Laternenpfahl am Kai. Es herrschte dichter Nebel, als Herr Gaullier daran hing. Ein dunkler Schatten über dem rauchenden Fluss, so sah es aus. Kyra hatte ihn zunächst nicht erkannt und weiß noch genau, wie furchtbar sie erschrak, als der Wind der Leiche die Locken aus dem Gesicht wehte und sie das verzerrte Gesicht sah.

Verbissen fährt Kyra nordwärts durch die mit erleuchteten Sinterklaas-Päckchen verzierte Van der Pekstraat und dann am Kanal entlang, bis sie den Buiktuin erreicht. Es hat geregnet, und der schwarze Asphalt glänzt wie von Eis überzogen. Kyra stellt ihr Fahrrad in den Ständer und versucht, das Zugangstor zu öffnen. Abgeschlossen. Dabei steht auf dem Schild, der Kinderbauernhof sei bis sechzehn Uhr geöffnet. Vielleicht sollte sie morgen Früh noch einmal herkommen; sie hat erst am Nachmittag Seminar.

Langsam läuft sie am Zaun entlang. Er ist so dicht bewachsen, dass man das grüne Metall kaum erkennt. Der Zaun ist über einen Meter hoch; sie schätzt ihn auf einen Meter dreißig. Die Oberkante ist mit Metallzacken versehen, nicht besonders spitz, aber abschreckend genug, um nicht ohne Weiteres darüberzuklettern. Die untere Hälfte ist mit einer Art Kaninchendraht verstärkt, der offenbar kleinere Tiere daran hindern soll, auszubüchsen.

Das ganze Stück vom Eingang bis zu der Stelle, an die sie jetzt gelangt ist, ist zu dicht bewachsen, um darüberzuklettern oder ein Kind von der anderen Seite einfach so greifen zu können. Der Boden fällt auch ein wenig ab, wodurch der Zaun höher wirkt, als er ist.

Am hintersten Ende, wo Jesse verschwunden ist, bleibt sie stehen. Das Tor ist geschlossen. Es besteht nicht aus vertikalen Gitterstäben, sondern aus festem Metallgeflecht. Die quadratischen Maschen sind zu klein, um eine Schuhspitze hineinzuschieben und hinaufzuklettern. Die obere Kante des Tores trägt keine Metallzacken und ist etwas niedriger als der Zaun. Kyra stellt sich dicht davor. Hier steigt der Untergrund wiederum etwas an, wodurch das Tor noch niedriger wirkt. Sie stellt sich auf die Zehenspitzen und streckt den Arm hinüber auf die andere Seite. Nein. Es würde nicht funktionieren. Es sei denn, man wäre wirklich sehr hochgewachsen. Entweder wir suchen einen Entführer, der etwas über zwei Meter groß ist, denkt sie, oder es muss noch eine andere Möglichkeit geben.

Jetzt, wo sie hier steht, ist sie sich sicher. Sie müssen zu zweit gewesen sein. Einer stand auf der Innenseite des Tores, ein anderer hier draußen, um Jesse anzunehmen. Aber wie ist es möglich, dass Sophie nichts davon bemerkt hat? Sophie stand dicht neben Jesse. An der Ecke der Eselweide, neben der Bank, die mit dem Rücken zum Spielplatz steht.

Der Spielplatz.

Kyra schaut auf die Büsche hinter der Bank, kann aber von hier aus nicht viel erkennen. Ein Motorroller saust auf der Straße vorbei, und ein Schaudern ergreift sie, als sie hinter sich das schwarze Wasser des Kanals sieht. Dort, wo sie jetzt steht, befindet sich jenseits des Zaunes der Spielplatz. Sie kann das Gelände durch eine kleine offene Stelle im Bewuchs überblicken. Der Boden auf der anderen Seite ist etwas erhöht. Sie streckt die Arme aus und stellt sich vor, wie sie das Kind entgegennimmt. Sie dreht sich um. Nach links oder nach rechts? Nach links. Auf der rechten Seite befinden sich die Schleuse und das Café, wo immer etwas los ist. Auf der linken Seite ist praktisch nichts. Zwei Häuser, deren Bewohner sie noch nie gesehen hat, und dahinter nur ein Fahrradweg, dann das Krankenhaus und die Unterführung. Sie wäre auf jeden Fall in diese Richtung gegangen.

Kyra kehrt zu ihrem Fahrrad zurück und überlegt einen Moment. Dann lehnt sie das Rad gegen das Eingangstor, klettert etwas ungeschickt auf den Gepäckträger und über das Tor auf die andere Seite. Die Hühner, die im Gebüsch vor sich hin dösen, gackern verärgert. Im Baum neben dem Tor hocken acht dunkle Gestalten. Die Pfauen.

Kyra schaltet die Taschenlampe ihres Handys ein und beleuchtet den Weg an den Hühnerställen entlang bis zur Eselweide. Es gibt zwei Eingänge zum lang gestreckten Spielplatz, einem Streifen Sand auf einer Art kleinem Hügel am Tor. Beide Eingänge sind durch den dichten Bewuchs fast nicht zu erkennen. Kyra schlüpft zwischen den Büschen hindurch. Hier ist es noch dunkler. Sie geht an der blauen Drehscheibe vorbei und versetzt sie in Schwung. Das Spielgerät knirscht, als beschwere es sich darüber, sich außerhalb der Arbeitszeiten drehen zu müssen. Behutsam weicht Kyra der Plastikkuh aus, während sie auf die Bank zugeht, neben der eine große graue Kiste steht. Sie erinnert sich an die Ermahnung, das Spielzeug wegzuräumen, nähert sich der Kiste und hebt den Deckel an. Groß genug für ein Kind, doch sie findet nur einen Plastikhocker darin, ein paar Schippchen, ein Eimerchen und einen Laufiernwagen. Sie klappt den Deckel wieder zu. In dem Gebüsch neben der Bank findet sie eine Öffnung und steuert darauf zu. Der Zaun dort ist niedriger, weil sie so hoch steht. Wieder streckt sie die Arme aus und stellt sich vor, ein Kind hinüberzuheben. Das müsste möglich sein.

»Was machst du hier?«, fragt eine barsche Stimme wie aus dem Nichts.

»Oh, mein Gott!«, stößt Kyra hervor, tritt zurück und sieht Maud hinter sich stehen. »Sie haben mich zu Tode erschreckt!«

»Was machst du hier, Kyra?«

»Ich kam gerade aus der Uni und wollte mich noch einmal umschauen. Ich habe gesehen, dass das Gelände freigegeben ist.«

»Es war nie abgesperrt«, erwidert Maud. »Aber wir sind tatsächlich mit der Spurensuche fertig, soweit die hier überhaupt möglich war. Fußabdrücke, Fingerabdrücke – ein sinnloses Unterfangen in diesem Umfeld.«

Kyra blickt sich um. Tatsächlich sieht sie Dutzende Fußabdrücke im Sand. Große und kleine. Den ganzen Tag über laufen Leute hindurch.

»Ist das eigentlich ein Tatort?«, fragt sie.

»Für einen Tatort«, erwidert Maud, »braucht man eine Tat, und genau genommen wissen wir gar nicht, ob hier eine Tat begangen wurde. Andererseits ist es offensichtlich, dass die Kinder nicht freiwillig mitgegangen sind.«

»Ich habe die Nachrichten verfolgt«, sagt Kyra. »Gerade ist wieder eines verschwunden, nicht wahr? Noch ein kleiner Junge. Ich kapiere das nicht. Warum so viele Kinder und warum gerade Jesse?«

»Ich rate dir wirklich, nach Hause zu gehen, Kyra.« Maud blickt sie müde an. »Du hast doch wohl deine Lektion gelernt?«

Kyra setzt sich auf die Bank.

»Beim letzten Mal bist du ganz schön in Schwierigkeiten geraten«, fährt Maud fort.

Als wüsste sie das nicht selbst. Ihr Unterkiefer war gebrochen, und noch Wochen später zeichneten sich die Striemen an ihrem Hals ab.

»Aber es lässt mich nicht los«, entgegnet Kyra leise. »Jetzt sind schon zwei Menschen aus meinem direkten Umfeld verschwunden. Das kann doch nicht wahr sein!«

Maud setzt sich neben sie.

»Du kannst doch nichts dafür.«

»Ich habe das Gefühl, dass ich ihn hätte finden müssen. Ich war doch ganz schnell hier!«

»Dafür sind die Entführungen zu gut vorbereitet, Kyra. Du konntest ihn nicht finden. Er war schon nicht mehr hier, als du angekommen bist.«

Kyra erwidert nichts. Es ist wahr. Aber dennoch wäre es möglich gewesen, vielleicht hätte sie noch schneller sein müssen. Noch immer hat sie das Gefühl, nicht alles getan zu haben.

»Haben Sie denn nie Schuldgefühle, weil Sie glauben, etwas versäumt zu haben?«, fragt Kyra.

Stille.

»Doch, manchmal«, seufzt Maud schließlich, offenbar in Gedanken.

»Die halben Niederlande sind inzwischen mobilisiert worden«, fährt sie fort. »Du kannst dir nicht vorstellen, wie viele Kräfte mittlerweile im Einsatz sind. Ich bin gerade unterwegs nach Hause, um etwas zu essen, danach fahre ich wieder zurück. Fährst du jetzt auch nach Hause?«

Kyra nickt und fragt dann: »Wie geht es im Fall von Sarina weiter?«

Mertens zögert einen Moment, bevor sie antwortet: »Es tut mir leid. Ich kann momentan nichts tun. Nicht, weil ich es nicht will, sondern weil es dringendere Fälle gibt. So wie diesen und die der anderen Kindern. Die Fälle, in denen wir hoffen, noch etwas tun zu können, haben immer Vorrang.«

Noch etwas tun zu können, denkt Kyra. *Das ist das Entscheidende.*

»Dann mache ich weiter«, sagt Kyra ruhig. »Vielleicht können wir nichts mehr für Sarina tun, aber für uns ist es sehr wichtig, zu wissen, was passiert ist.«

25

Jeder hat inzwischen mindestens ein Mal Schläge von dem Mann mit der Sonnenbrille bekommen. Die neuen Kinder sind zunächst verwirrt und fangen an zu schreien. Dann kommt die Ohrfeige, manchmal noch eine, und dann werden sie still und weinen. Alle reagieren auf dieselbe Art. Es ist schwer, die Gruppe ruhig zu halten. Jetzt, wo sie zu fünft sind, wollen alle reden, und damit sie einander verstehen, können sie nicht mehr flüstern. Man muss laut flüstern. Im Grunde normal reden.

Jetzt ist auch ein Mädchen dabei. Vier Jungen und ein Mädchen. Keiner von ihnen hat reiche Eltern. Keiner hat eine Ahnung, warum sie entführt wurden. Das Mädchen kommt aus Amsterdam, genau wie er und Jesse. Die beiden neuen Jungen kommen aus Alkmaar und aus Castricum. Das Mädchen wurde aus dem Ziegengehege im Amsterdamer Wald entführt, ein Junge aus einem Landal-Bungalowpark und der andere von einem Campingplatz am Strand. Manche, wie Tommy, wissen noch, dass sie von einem Mann angesprochen wurden. Einem langen Kerl in schwarzer Kleidung, mit kurzem Haar und etwas dümmlichem Aussehen. Andere, wie Jesse, wissen gar nichts mehr.

»Aber warum?«, fragt das Mädchen. Sie heißt Katinka und ist wütend. Richtig wütend. Sie hat an ihrem Käfig gerüttelt und geschrien, bis der Typ mit der Sonnenbrille kam und sie geschlagen hat, drei Mal. Trotzdem hat sie nicht geweint; sie ist nur zornig und fragt sich, warum sie hier ist.

»Wie seid ihr hierhergekommen?«, fragt Kat, denn so will sie genannt werden. Katze, der Name passt zu ihr. »Wart ihr auch alle bewusstlos?«

»Wenn sie einen fangen, wird man betäubt«, erklärt ihr Jesse verzagt. »Deswegen kann man sich auch nicht wehren.«

»Wir müssen fliehen!«, beschließt Kat.

»Wir sind schon dabei«, erwidert er sachlich und zeigt ihr das Stück Holz mit dem Metallplättchen.

»Was willst du denn damit?«, fragt sie schnippisch.

»Das Schloss knacken.« Jesse lässt sich nicht aus der Ruhe bringen. Kat schweigt, und Tommy sieht ihr an, dass sie darüber nachdenkt, ob es möglich ist, mit diesem lächerlichen kleinen Stück Metall das Schloss zu öffnen. Es ist schon ganz verbogen, und womöglich bricht es ab, und dann haben sie gar nichts mehr, womit sie es versuchen können.

»Das wird schwierig«, sagt sie. »Aber versuch es weiter.«

»Ich versuche es schon den ganzen Nachmittag«, erwidert Jesse. Jetzt steht er kurz davor, den Mut zu verlieren, so wie Tommy vor ein paar Stunden.

»Wir müssen noch weitere Pläne schmieden«, befiehlt Kat. »Habt ihr schon alle eure Taschen kontrolliert?«

»Die sind leer«, antwortet der Junge aus Alkmaar. Edo heißt er. »Sie haben uns alles abgenommen, Handys, Schlüssel, Ausweise, Taschenmesser, alles.«

Kat seufzt.

»Und diese Gitter sitzen bombenfest«, sagt sie und zerrt noch einmal an der Tür ihres Käfigs.

»Es sieht so aus, als wüssten diese Scheißkerle ganz genau, was sie tun«, stellt Tommy fest.

Auch Kat gelingt es nicht, das Schloss zu öffnen. Sie versucht es jetzt schon eine ganze Weile, ab und zu flucht sie, aber dann macht sie doch weiter.

»Gib es mir zurück!«, flüstert Jesse plötzlich, und dann hört Tommy es auch: Geräusche an der Eingangstür.

Kat gibt das Stück Holz durch den Käfig weiter zu Edo, aber Edo lässt es vor Nervosität fallen, und es rollt seitlich weg.

»Pass auf!«, quietscht Jesse in dem Moment, als Edo mit einer Hand den Boden berührt, das Werkzeug wieder aufgreift und es durch den Käfig Tim zusteckt. Jesse sitzt schon auf Tims Seite des Käfigs bereit.

Die Eingangstür wird geöffnet, und diesmal strömt kein Licht herein, sondern nur eisige Kälte. Tim verbirgt das Stück Holz in der Hand und rutscht auf Jesses Seite, der das Hölzchen in einer speziell dafür vorgesehenen Ritze im Boden seines Käfigs verstecken soll. Tommy zwingt sich, den Blick von den beiden Jungen abzuwenden, und schaut den Dicken an, der allein hereinkommt. Er trägt eine Skibrille. Das Glas ist orange gefärbt, und man kann seine Augen kaum erkennen. Dieser Entführer ist Niederländer, und er scheint freundlicher zu sein als die anderen. Als die Neuen hereingebracht wurden, hat er den Typen mit der Sonnenbrille gefragt, ob er für die Kinder nicht etwas zu essen holen solle. Und vielleicht einen Heizofen. Das waren die ersten freundlichen Worte, die Tommy seit seiner Ankunft gehört hatte. Er schreckt hoch, als ihm ein köstlicher Duft in die Nase steigt.

Fritten.

Das muss ein Traum sein!

Nein, ist es nicht.

»Zurück mit euch und sitzen bleiben!«, befiehlt der Dicke streng, und alle Kinder rutschen nach hinten.

Der Dicke öffnet Tommys Käfigtür, schiebt ein Happy Meal hinein und schließt schnell wieder ab. Der Duft ist überwältigend. Tommy würde am liebsten den ganzen Kopf in die Papiertüte stecken und wie ein Hund aus dem Napf fressen.

»Vielen Dank«, flüstert Tommy. Der Dicke antwortet nicht und geht einen Käfig weiter zu Jesse.

»Warum sind wir hier?«, fragt Kat.

Die soll still sein! Sonst wird der Typ am Ende böse und nimmt ihnen das Essen wieder weg. Tommy starrt das Happy Meal an. Darf er schon anfangen, oder muss er warten?

»Warum sind wir hier?«, wiederholt Kat. »Wer sind Sie?«

Der Dicke würdigt sie keines Blickes. Er öffnet Tims Tür, schiebt das Essen hinein und schließt wieder ab. Als Tim sofort nach vorne rutscht, scheucht ihn der Dicke mit einer Hand zurück. Er muss warten.

Als er bei Kat angekommen ist und sie ihn zum dritten Mal fragt, sagt er nur: »Esst jetzt mal.«

Eilig geht der Dicke weg und lässt die Eingangstür offen stehen. Niemand sagt etwas.

Tommy öffnet die Verpackung und holt die Tüte Fritten heraus. Sie sind schlaff und kalt, aber mein Gott, schmecken die lecker! Es steckt sich eine Hand voll in den Mund und vergisst beinahe zu kauen.

26

Maud Mertens hat das Gefühl, schon tausend Mal zwischen dem Auto und dem Raum, den man ihnen zugewiesen hat, hin- und hergelaufen zu sein. Ihre Beine sind schwer und müde, und sie glaubt, keinen Fuß mehr vor den anderen setzen zu können. Das Gebäude liegt direkt am Kai. Es weht ein starker Wind, der die die eiskalten Regentropfen fast vertikal über den Fluss treibt. Sie peitschen ihr ins Gesicht. Vor dem Gebäude gegenüber warten Journalisten. Fotografen machen ein paar Aufnahmen davon, wie sie Kisten schleppen. Maud stellt ihren Karton ab, wischt sich einen Tropfen von der Nase und bleibt einen Moment neben dem Stapel vor dem Aktenregal stehen.

»Soll das da rein?«, fragt sie niemanden im Besonderen, klappt die oberste Kiste auf und beginnt, den Inhalt – Druckerpapier – in das Regal zu räumen.

Ihr gehen Kyras Worte nicht mehr aus dem Kopf. *Für uns ist es sehr wichtig, zu wissen, was passiert ist.* Natürlich. Sie darf nicht vergessen, dass es in ihrem Beruf nicht nur darum geht, Menschen zu retten; auch wenn sie manchmal glaubt, es sei das Einzige, was zählt. Doch selbst wenn Sarina nicht mehr zu retten ist, muss sie ihre Arbeit gewissenhaft erledigen. Die Familie hat ein Recht auf die Aufklärung des Falles. Das darf man nicht vergessen.

Arme Kyra. Im Fall Gaullier hat Mertens erlebt, wie tatkräftig sie ist, ja, kaum zu bremsen, und jetzt wird sie gezwungen, einfach abzuwarten. Das muss ihr sehr schwerfallen. Es ist wirklich ungerecht, dass die Ermittlungen im Fall Sarina so schleppend vorangehen. Sie könnte durchaus etwas Druck ausüben. Aber wann? Es kommt immer etwas Dringenderes dazwischen.

Alle Kollegen, die am Fall der verschwundenen Kinder arbeiten, sind zusammengezogen und in diesem Gebäude untergebracht worden, im leerstehenden Stockwerk einer ehemaligen Fabrik am Ufer des IJ. Es ist eine gigantische Halle, ein großer Raum ohne Trennwände im ersten Stock. Zwei Glasfronten bieten Aussicht auf andere Fabrikgebäude, durch ein weiteres Fenster blickt man über den Fluss und die Stadt. Der Fußboden besteht aus Beton, und über massiven Stahlträgern wölbt sich eine fleckige Holzdecke. Weiße Neonröhren hängen herunter und verleihen der Halle eine kalte Industrieatmosphäre. Roos würde ihre Inliner anziehen und vor Vergnügen jauchzend ihre Runden drehen. Mertens schaut auf ihrem Handy nach, ob ihr widerspenstiges Kind inzwischen auf ihre Nachricht geantwortet hat. Nein, noch nicht.

Sie stapelt einen weiteren Packen Papier auf die anderen. Es ist sinnlos. Sie sollte lieber ihre Aufzeichnungen heraussuchen und die Informationen über die Kinder an die Wand heften. Doch dafür müsste sie die Treppe hinunter, hinaus auf den dunklen Parkplatz und sich durch die Kollegen zwängen, die mühelos die Stufen rauf- und runterrennen. Sie wischt sich den Schweiß von der Stirn und seufzt. Auf der anderen Seite der Halle kommt eine neue Ladung Kartons rein, und sie hört die Stimmen ihrer Kollegen widerhallen. Es ist ein trostloser Ort, viel zu kahl und leer für die neu gebildete SOKO. Wie sollen sie hier arbeiten?

»Hallo?«

Ein junger Kerl mit sonnenbankgebräuntem Gesicht und in einem geschmacklosen hellblauen Sakko spricht Maud an.

»Ja?«, antwortet sie und denkt im selben Moment, dass sie das Gebäude dringend absichern müssen. Und zwar sofort, denn es kann nicht sein, dass neugierige Passanten einfach so hier hereinspazieren.

»Diese Kartons gehören in den Technikbereich«, sagt der Typ in der blauen Jacke. »Und der ist da.« Er deutet mit ausgestrecktem Arm, das Handgelenk leicht abgewinkelt, den Zeigefinger durchgedrückt, auf einen Stapel Kisten, der in der Mitte der Halle vor einer Trennwand steht.

»Aha«, erwidert Maud bedächtig und legt das Kopierpapier zurück in die Kiste. »Und Sie sind?«

»Maurits«, antwortet der junge Mann und hält ihr die Hand hin. »Maurits de Jonge, und ich habe die Raumaufteilung erarbeitet, na ja, und das Lessons-Learnt-Dokument erstellt.« Er lacht verlegen. »Von daher.«

»Das Lessons-Learnt-Dokument«, sagt Maud. »Natürlich.«

»Ich arbeite im Auftrag von Barbara Ruigbot.«

Der Staatsanwältin? Was ist bloß in die gefahren?

»Sie müssen nämlich als Team gut zusammenarbeiten«, doziert Maurits. »Gerade jetzt ist das wichtig. Daher hat sie mich gebeten, eine praktische Einteilung des Raumes vorzunehmen und zugleich für eine gute Atmosphäre zu sorgen.«

Maud nickt, zu konsterniert, um etwas zu sagen.

»So …« Maurits dreht sich auf dem Absatz um und deutet mit beiden Armen zugleich auf den Kistenstapel in der Ferne. »Dort werden die gemeinschaftlich genutzten Büroeinrichtungen platziert, auf der einen Seite Drucker, Präsentationsmaterial, Schreibmaterial – die praktischen Dinge, deswegen zentral.« Er dreht sich um und zeigt auf die andere Seite. »Gegenüber, sodass die

Morgensonne hereinfällt, die Teeküche, mit allem, was Sie an Erfrischungen und Mahlzeiten benötigen. Zugleich ein Ort, an dem Sie kurz ausspannen und den Kopf frei machen können, sodass wieder Platz für neue Ideen entsteht. Dort« – er zeigt ans äußerste Ende des Saals, mit Aussicht auf den Fluss – »entstehen die Arbeitsplätze des Führungspersonals und ein Raum für zentralen Austausch, es wird noch eine zusätzliche flexible Wand aufgestellt. Und hier« – er fuchtelt mit den Armen – »werden die Techniker und so weiter arbeiten.«

Grübelnd sieht er sich im Raum um. Maud würde am liebsten erwidern, das alles sei ihr vollkommen egal und er solle mal lieber beim Raufschleppen der Sachen mitanpacken, aber sie ist zu verdutzt, um die richtigen Worte zu finden.

»Es ist zwar ein trauriger Anlass«, fährt Maurits schulterzuckend fort, »aber gerade deswegen ist es wichtig, dass alles reibungslos klappt und alle an einem Strang ziehen.«

Maud zieht die Augenbrauen hoch. *Der weiß auch nicht, wann Schluss ist, dieser Maurits.*

»Aha!«, ruft er plötzlich erfreut. »Da kommen die Wände und die Schreibtische!«

Ohne sich umzusehen, marschiert er auf eine Gruppe Möbelpacker zu. Maud setzt sich seufzend auf eine der Kisten. Fünf vermisste Kinder. Alle auf dieselbe Art aus ihrem Leben gerissen, und niemand hat sich bisher zu der Tat bekannt. Fünf verzweifelte Familien und knapp siebzehn Millionen aufgebrachte Niederländer. Sie prüft nochmals mit einem Blick auf ihr Handy, ob Roos geantwortet hat. Da ihre Tochter ein nettes Fitnessstudio in Amsterdam-Noord gefunden hat, hat sie gehofft, sie würde öfter in der Nähe bleiben und sich nicht ständig in der Gegend ihrer früheren Schule in Amsterdam-Süd aufhalten. Wieder nichts von Roos. Nur ein paar Anfragen von Journalisten. *Sweet sixteen* war schon eine Fehlanzeige gewesen, und mit siebzehn ist sie auch kein bisschen süßer geworden. Maud öffnet ihr Mailprogramm und schreibt eine Nachricht an den Fahnder in Amerika, mit dem sie über Interpol Kontakt aufgenommen hat. Sie hat sich schon vor einer Weile an ihn gewandt, aber bisher noch nichts gehört. Dumm, dass sie nicht viel früher nachgehakt hat. *Sorry, Kyra*, sagt sie in Gedanken. *Ich werde mein Bestes tun, um mich zu revanchieren. Du hast recht, natürlich ist es wichtig für euch.*

Sie gähnt und strafft den Rücken. In dem Moment kommt eine Nachricht aus Amerika. So schnell? Eine Entschuldigung – die Mail mit den Informationen sei im Ordner mit den Konzepten gelandet, erklärt der Fahnder. Sie hätten sie schon seit einer Weile, aber er habe vergessen, sie an sie weiterzuleiten. *Idiot*, denkt sie. *Wenn ich mich nicht gemeldet hätte, hätte ich noch wochenlang warten können, obwohl ihr die Information längst hattet.* Die Familie Kowzinsky sei gefunden worden, liest sie. Es sind tatsächlich Amerikaner, das hatte Kyra sofort angenommen, als die Postkarten eingetroffen waren. Reiche Amerikaner. Keine weitverzweigte, sondern nur eine kleine Familie, die in Florida wohnt. Klingt vielversprechend. Maud liest die Nachricht und überlegt, welchen Schritt sie in diesem Vermisstenfall als Nächstes unternimmt.

27

Jesse friert sehr. Er weint die ganze Zeit. Tommy hat kurz überlegt, seine Jacke auszuziehen und sie ihm zu geben, aber er weiß, dass er es ohne Jacke nicht aushalten würde. Der dicke Mann, der ihnen das Essen brachte, hat die Außentüren viel zu lange offen stehen lassen.

»Vielleicht solltest du ein bisschen herumkriechen, Jesse«, flüstert Tommy. »Durch Bewegung wird einem warm.«

»Ich will nicht«, schnieft Jesse. »Ich will nach Hause, zu Mama.«

»Komm schon, Jesse«, versucht Edo, den Kleinen aufzumuntern. »Wir kriechen zusammen ein bisschen rum. Schau mal.« Er zeigt ihm, was er meint.

»Nein.« Jesse vergräbt den Kopf in den Armen. »Nein«, weint er.

Im hintersten Käfig fängt auch Tim an zu weinen. Kein Wunder. Sie sitzen hier schon den ganzen Tag drin. Für Tommy und Jesse wird es schon die zweite Nacht. Zwei Nächte in Dunkelheit und Kälte. Jesses Hose stinkt inzwischen eklig.

»Jesse«, sagt Tommy. »Komm, ich rutsche ans Gitter, und du kuschelst dich an mich. Dann wird dir bestimmt etwas wärmer.«

Der kleine Junge antwortet nicht.

»Jesse?«

Keine Antwort.

»Vielleicht ist er eingeschlafen«, flüstert Kat. »Lass ihn.«

Der Dicke hat die leeren McDonald'-Verpackungen geholt, hastig, fast verängstigt. Kurz darauf brachte er Decken, und dann geschah etwas Seltsames: Der Typ mit der Sonnenbrille kam rein, warf die Decken auf den Boden und jagte den Dicken raus. Sie hörten einen lauten Streit in einer Sprache, die sie nicht verstanden. Es klang wie Arabisch, aber Tommy war sich nicht sicher. Er hätte zu gerne gewusst, worum es ging. Nur eines hat er verstanden, denn sie sagten es auf Englisch: *Get ready*. Das machte ihn nervös. *Get ready*, wofür?

Eine Viertelstunde später kam der Typ mit der Sonnenbrille in Begleitung einer jungen Frau, die Tommy bisher noch nicht gesehen hatte. Auch sie trug eine Baseballkappe und eine Sonnenbrille und sprach kein Wort. Einer nach dem anderen wurden sie aus ihren Käfigen geholt und mussten auf dem Eimer ihr Bedürfnis verrichten. Der Eimer stank entsetzlich, und Tommy durfte gar nicht daran denken, was inzwischen alles darin herumschwamm.

»Warum sind wir hier?«, fragte Katinka die Frau flüsternd. Vielleicht glaubte sie, sie könne eine Art Pakt unter Mädchen schmieden, aber es hatte nicht geklappt. Der Typ mit der Sonnenbrille schlug sie nicht sofort, das war immerhin ein Fortschritt. Erst nachdem sie noch einmal gefragt hatte, warum sie hier wären und was das sollte, hat er ihr eine Ohrfeige verpasst. Eine feste. Daraufhin gab es Geschrei von draußen.

Jetzt sitzt er wieder in seinem Käfig, zwar nicht mehr mit dem Drang, auf die Toilette zu müssen, aber immer noch mit Riesenhunger, eiskalten Händen und dem Ungeheuer, das sich nicht länger beherrschen lässt. Es tanzt wild in seinem Käfig herum und raubt ihm den Atem und die Fähigkeit, klar zu denken. Von draußen hört er Stimmen, Lärm und Brummen, als stünde dort eine riesige Maschine. Er muss hier weg. Weg! Nur weg.

28

»Wir haben eine Hotline eingerichtet, bei der sich Bürger mit ihrem Suchtrupp melden können«, verkündet Chef Erik Tijssen.

»Man sollte diesen Unsinn verbieten!«, ruft jemand aus dem Hintergrund.

Die ganze SOKO – an die sechzig Leute – hat sich versammelt. Inzwischen wurde einer der größten Polizeieinsätze in der Geschichte eingeleitet. Auch die Bürger werden aktiv, und die spontanen, privaten Suchaktionen weiten sich allmählich zum Problem aus.

»Das kann man nicht verbieten«, erwidert Tijssen. »Wir versuchen jetzt, die zivilen Aktionen zu koordinieren, sodass kein größerer Schaden angerichtet wird.«

»Traurig«, motzt ein anderer.

»Uns ist allen klar, dass durch die vielen Leute eventuell Beweismaterial vernichtet wird. Aber seien wir doch mal ehrlich, meine Herren, was sollen wir dagegen tun?«

Meine Herren. So spricht er sie immer noch an, obwohl sie einen so hohen Frauenanteil haben. Maud verschränkt die Arme vor der Brust und unterdrückt ein Seufzen.

»Es haben sich schon Hunderte Leute angemeldet«, fährt Tijssen fort. »Fast stündlich kommt die Nachricht, dass eine neue Suchmannschaft gebildet wurde. Auch nachts. Manche sind sogar mit Nachtsichtgeräten ausgerüstet. Wir sind schon froh, wenn wir den Überblick behalten, was an welchem Ort geschieht.«

Maud Mertens blickt Bingsten besorgt an. Das ist ja wunderbar, dass sich die Bürger so engagieren, aber es besteht die Gefahr, dass sie die Entführer nervös machen.

»Unser Hauptaugenmerk liegt auf der Sicherheit der Kinder«, fährt Tijssen fort. »Wir konzentrieren uns jetzt ausschließlich auf die Fahndung. Solange die Kinder nicht gefunden worden sind, wird es zwei Pressekonferenzen pro Tag geben, um wilden Spekulationen vorzubeugen. Bei der nächsten Konferenz werden wir auf Zurückhaltung drängen. Es wäre eine Katastrophe, wenn die Kinder entdeckt würden und die Bürger selbst die Initiative ergriffen. Eine Festnahme-Einheit ist ständig einsatzbereit. Sie wird aktiv, sobald wir wissen, wo sie sich aufhalten.«

»Abknallen«, murmelt John, der neben Maud sitzt. Sie schüttelt den Kopf.

Der Chef gibt weitere Erklärungen zur Struktur der SOKO, zum Ablauf und zum Stand der Ermittlungen. Je eine Ermittlungsgruppe ist für ein bestimmtes Kind zuständig, andere Gruppen übernehmen Aufgaben wie die Überprüfung möglicher Fluchtrouten von den Tatorten aus.

»Was ist mit den Transportmitteln?«, fragt jemand.

»Bisher ist noch nichts darüber bekannt, aber zum augenblicklichen Zeitpunkt sind Kollegen dabei, die Aufnahmen aller Überwachungskameras in der Nähe der Tatorte zu sichten. Diese Gruppe, dreißig Mann stark, arbeitet an einem anderen Ort.« An seinem ernsten Gesichtsausdruck erkennt Mertens, dass der Chef den Ermittlungen absolute Priorität eingeräumt hat. Es wird oft behauptet, aber diesmal ist es wahr: Sie tun wirklich alles, was in ihrer Macht steht.

Barbara Ruigbot steht neben Tijssen. Sie hat bisher noch nichts gesagt, und ihr Gesichtsausdruck ist undurchdringlich. Von Weitem sieht sie aus wie ein Albino, mit ihrem weißen Haar und ihrem bleichen Gesicht.

Der Mann in Schwarz sei an mehreren Orten gesichtet worden, erzählt Tijssen, manchmal auch mit einem Komplizen, der ebenfalls dunkle Kleidung trug und nicht ganz so groß war. Sie vermuten, dass zwei Teams gleichzeitig an der Entführung der Kinder beteiligt sind. Maud friert und reibt ihre Handflächen aneinander. Die Halle ist zu groß, um richtig geheizt werden zu können.

»Wir arbeiten rund um die Uhr«, fährt Tijssen fort. »Ich erwarte, dass Sie selbst entscheiden, wann Sie eine Pause brauchen. Gönnen Sie sich zwischendurch Ruhe, achten Sie auf Ihren Erschöpfungszustand; es ist fantastisch, welchen Einsatz Sie zeigen, aber es ist genauso wichtig, dass Sie keinen Hinweis übersehen. Sie alle wissen, dass der Teufel manchmal im Detail steckt.«

Er fährt mit einem Überblick über die einzelnen Profile der Kinder fort. Maud erkennt die Arbeit ihres Teams darin und lauscht mit Interesse den Ergebnissen der anderen Gruppen. Das letzte Opfer, Tim Braakmann, ist zehn Jahre alt, wohnt in Castricum und spielt Fußball. Auch er soll sehr begabt sein, heißt es. AZ Alkmaar soll schon Interesse an dem Jungen gezeigt haben. Dies ist die einzige Gemeinsamkeit, die sie bisher entdeckt haben: Zwei Jungen sind besonders begabte Fußballer. Aber das sind nur zwei Kinder von fünf, die diese Begabung besitzen.

»Kein Wort an die Presse!«, mahnt Tijssen. »Ich weiß, dass Sie von den Journalisten belagert werden, aber halten Sie Ihre Aussagen allgemein. Morgen Früh um sechs treffen wir uns wieder hier«, fährt er fort. »Ich möchte zweimal am Tag alle hier zum

Briefing haben. Aber lassen Sie es heute Abend nicht zu spät werden, teilen Sie sich ihre Kräfte ein«, schließt er.

Maud kehrt mit ihrer Gruppe in ihren Teil der Fabrikhalle zurück.

»Maud Mertens leitet die Operation, soweit es um die Kinder selbst geht«, hatte Tijssen noch hinzugefügt, als er die Aufgaben verteilte, und die Worte hallen noch in ihren Ohren nach. Sämtliche Informationen werden an ihre Gruppe weitergegeben. Maud fühlt sich gut, voller Entschlossenheit, den Kindern zu helfen und die Eltern aus ihrer Verzweiflung zu befreien. Zufrieden blickt sie sich um. Innerhalb von zwei Stunden haben sie den ganzen Raum so eingerichtet wie im Präsidium; am Abend ist alles fertig. Die Schreibtische stehen, die Regale sind gefüllt, und an den Wänden hängen wieder ihre eigenen Aufzeichnungen über die Kinder. Sie haben Computer, WLAN und einen Fernseher, auf dem sie die Nachrichten verfolgen können. In den kommenden Stunden werden sie ihre Informationen um die der anderen Gruppen ergänzen. Hinweise, die über die AMBER-Alert-Suchaufrufe und die Hotline sowie die Analysten hereinkommen, die die Informationen auswerten. Die vielen Richtungen, in denen die Ermittlungen verlaufen könnten, die Panik im Land und die Möglichkeit, dass noch andere Kinder entführt werden – als Maud sich das Ausmaß der Arbeit vergegenwärtigt, wird sie erstmals nervös, reißt sich aber sofort zusammen. Jeder hier weiß, worin seine Aufgabe besteht, und stürzt sich hinein, ohne viel Energie mit Formalitäten zu vergeuden.

»So«, sagt Maud nach einer halben Stunde. »Kaffee für alle?«

Eine Stunde später ist es Thomas, der Kaffee holt. Wiederum eine Stunde später kann keiner mehr das eklige lauwarme Gesöff sehen, und sie gehen auf Kaltgetränke über.

Details, Details, denkt Maud. *Wie kann ich sicher sein, dass ich keine Details übersehe?* Sie steht auf und geht in die Küche, um sich ein süßes Teilchen zu holen. Eine Überdosis Zucker, schlecht für ihre sowieso nicht besonders schlanke Linie, aber vielleicht etwas Nahrung fürs Hirn. Sie öffnet die Plastikfolie und schaut aus dem Fenster.

»Ich weiß, an welchen Fall du in den letzten Tagen denkst.« Niels hat sich neben sie gestellt.

»Ja«, sagt sie nur.

»Schon damals war ich der Meinung, dass du nichts dagegen tun konntest«, sagt er. »Genauso wenig wie ich den sexuellen Missbrauch eindämmen konnte.«

Niels hatte als Erster aufgegeben. Zeugen, die er benannte, wurden als unglaubwürdig abgetan. Hausdurchsuchungsbeschlüsse wurden nicht erteilt. Es fraß ihn auf. Und es kam, wie es kommen musste; manchmal ließ es ein wenig nach, dann nahm es wieder zu, wie auf Ebbe unweigerlich Flut folgt. Niels verließ das Dezernat für Sexualdelikte in Rotterdam und ging zur Kripo in Amsterdam. Ein Jahr später rief er Maud an und fragte sie, ob sie nicht auch in die Hauptstadt kommen wolle.

»Ja«, wiederholt sie. Plötzlich hat sie keine Lust mehr auf das Teilchen.

»Wir müssen einfach weiter unser Bestes geben«, sagt Niels. »Sie leben noch, da bin ich mir sicher. Wir dürfen sie nicht gewinnen lassen, Maud. Nicht schon wieder.«

Maud wirft das Teilchen in den Mülleimer und schaut Niels an. »Ich danke dir«, sagt sie ernst. Er nickt, und sie kehren zum Team zurück.

Maud setzt sich, zieht den Stapel mit den uninteressanten Hinweisen heran und fängt an, sie einen nach dem anderen durchzugehen. Fünf Kinder, ein paar Kriminelle und mehrere

Millionen Niederländer. Irgendjemand muss doch etwas gesehen haben, was ihnen weiterhelfen kann? Details. Sehen, was ein anderer nicht sieht, das ist das Entscheidende.

Eine Stunde später kann sie kaum noch die Augen offen halten, und ihre Gedanken wandern in alle Richtungen. Ein Mann, eine Frau, ein Kind, ein Kleinbus. Das Metronom tickt wieder.

Fünf Happy Meals, liest sie. Sie kneift ein Auge zu und liest es noch einmal. Mit dem rechten Auge kann sie besser sehen als mit dem linken, vor allem, wenn sie müde ist. Fünf Kindermahlzeiten und fünf dünne Decken. Sie streckt schon die Hand aus, um das Blatt wegzulegen, zieht sie dann aber wieder zurück. Fünf und fünf.

Sie liest den ganzen Text der Meldung.

Ein Mitarbeiter von McDonald's in Amsterdam-Noord hatte angerufen. Einer seiner Kollegen erhielt eine Bestellung über fünf Happy Meals mit der Frage, ob sie zu einem Bauernhof in Den Ilp geliefert werden könnten. Aber McDonald's liefert nicht. Zusätzlich wurde nachgefragt, ob der Lieferant auch fünf Fleecedecken mitbringen könne, die die Cousine des Anrufers bei Zeeman gekauft habe und vorbeibringen würde.

»Ich habe hier etwas«, sagt Maud und hebt die Hand. Sie liest den Text vor.

Die Gruppe ist für einen Moment still.

»Der McDonald's-Mitarbeiter hat die Bestellung nicht selbst entgegengenommen«, fährt Maud fort. »Er hat einen Kollegen am Handy belauscht. Telefonieren während der Arbeit ist verboten, deswegen fiel es ihm auf. Der Kollege scherzte über die Schönheit der Cousine des Anrufers, die fünf Decken bringen würde, danach entschuldigte er sich, ging hinaus, nahm einen Stapel Decken von einer jungen Frau entgegen und legte sie auf den Rücksitz seines Autos. Kurz darauf fragte er den Chef um

Erlaubnis, die fünf Happy Meals auszuliefern, seine Schicht sei sowieso fast zu Ende.«

Myrna blickt auf. »Genauso viele, wie Kinder vermisst werden. Fünf Kindermahlzeiten und fünf Decken für frierende Menschen.«

»Haben wir eine Adresse?«, fragt Niels Bingsten.

»Ja, Den Ilp, und eine Nummer.«

»Da gibt es keine Straßennamen«, bemerkt Thomas Kuipers. »Es heißt nur Den Ilp und dann eine Hausnummer. Man kann es nicht verfehlen.«

»Ist es ein anonymer Hinweis?«, fragt Maud, an Myrna gewandt. »Haben wir Namen und Telefonnummer des Zeugen?«

Myrna greift zum Telefon und spricht mit einem der Analysten vorne in der Halle.

»Yassin El Hasnaoui«, sagt sie und reicht Maud einen Zettel. »Und seine Handynummer.«

»Ruf du ihn an«, befiehlt Maud. »Und überleg dir vorher ganz genau, welche Fragen du ihm stellst. Es geht darum, seine Glaubwürdigkeit zu überprüfen. Frage ihn, woher er weiß, dass es fünf Decken waren.«

»Und befrage ihn zu seiner Beziehung mit dem anderen Mitarbeiter«, ergänzt John. »Sodass du sicher sein kannst, dass er uns nicht verarscht.«

»Fragt ihn, woher er die Adresse weiß«, fährt Thomas Kuipers fort. »Wir müssen ganz sicher sein, dass es die richtige ist.«

Myrna wirkt immer unsicherer; ihr Stift schwebt über dem Papier, aber sie schreibt sich nichts auf.

»Ruf ihn jetzt einfach an«, schließt Maud. »Stelle ihm ein paar allgemeine Fragen und komm dann auf den Punkt. Wenn nötig, bittest du ihn, ins Präsidium zu kommen.«

Maud wartet geduldig neben Myrna und bedeutet den anderen, mit der Arbeit fortzufahren und sich nicht weiter um den Anruf zu kümmern. Sie setzt sich der jungen Kollegin gegenüber.

Myrnas Gesicht wird von dem fahlblauen Schein ihres Bildschirms erhellt. Manche Kollegen halten Myrna als Polizistin für ungeeignet, weil sie so klein und zierlich ist und riesengroße Augen hat, mit denen sie so kindlich-unschuldig wirkt, dass niemand ihr die harte Ermittlerin abkauft. Ein paar Minuten später hat Myrna die Information, die sie braucht.

»Ich gehe damit zum Chef«, sagt Maud nachdenklich. »Es ist natürlich nur ein Versuch, aber es könnte etwas dran sein. Man weiß nie.«

Fünf Kindermahlzeiten und fünf Decken, die unter ein paar dummen Vorwänden an einen Ort außerhalb der Stadt gebracht werden sollen, nicht weit von den Stellen, an denen die Kinder verschwunden sind. *Niemals mehr »hätte ich doch«*, denkt Maud. Ich leite die Operation, und alles, was die Kinder selbst betrifft, liegt in meiner Verantwortung. Im Kopf hält sie ein Plädoyer für ihre Entscheidung. Sie müssen mit einer Verhaftungseinheit hinfahren, bewaffnet – die Spezialeinheit steht auf Standby, aber sie können nur in einem Fall gleichzeitig eingesetzt werden. Angenommen, in der Zwischenzeit kommt ein anderer, besserer Hinweis herein, genau in dem Moment, in dem sie ihren Verdacht überprüfen?

Maud klopft bei den Chefs an und wartet gar nicht erst auf eine Antwort.

»Ich habe etwas«, verkündet sie und erklärt in knappen Sätzen, was sie gefunden haben.

»Fünf Mahlzeiten, fünf Decken«, sagt Tijssen nachdenklich. Er blickt Barbara Ruigbot an, und diese nickt fast unmerklich. »Hier ganz in der Nähe.«

»Hast du die Information überprüft?«, fragt Tijssen.

»Ja, wir haben mit dem Zeugen gesprochen. Am Telefon. Soll ich ihn reinrufen oder soll ich zu ihm fahren?«

»Wir müssen sofort los«, sagt Tijssen. »Unsere Strategie besteht darin, augenblicklich zu handeln, sobald wir eine Vermutung haben. Wir werden keine einzige kostbare Minute verlieren. Ich veranlasse alles Nötige. In einer halben Stunde fahren wir, Maud. Du kommst mit mir. Bis dahin arbeitet einfach weiter.

Kyra sitzt mit ihren Eltern am Küchentisch. Rund um eine weiße Porzellanteekanne stehen drei dampfende Tassen.

»Ich werde selbst noch einmal anrufen«, sagt Hanno Slagter. »Du hast recht, Kyra, das dauert alles viel zu lange.«

»Ich glaube, momentan hat es aber nicht viel Sinn, wegen der verschwundenen Kinder.« Kyras Mutter verzieht das Gesicht. »Dringende Fälle gehen eben vor.«

»Trotzdem«, erwidert Kyra. »Es ist doch immer etwas los, Mama. Wenn wir nicht die Initiative ergreifen, können wir ewig warten. Notfalls ermittle ich wieder auf eigene Faust. Zwar habe ich Maud und euch versprochen, nicht mehr im Alleingang –«

»Und zwar zu Recht«, brummt ihr Vater.

»Aber wenn es doch so lange dauert!«, fährt Kyra dickköpfig fort. »Dann muss ich doch wieder selbst ermitteln.«

»Ich habe schon so oft angerufen«, seufzt ihre Mutter. »Man erhält immer dieselbe Antwort. Es ist, als hätten wir nichts mit der Sache zu tun. Als sei es nicht unser Fall, sondern der der Justiz.«

»Wir müssen die Hoffnung bewahren«, erwidert Kyras Vater.

»Du hast recht«, sagt Kyras Mutter und pustet in ihren Tee. »Die Hoffnung stirbt zuletzt.«

Kyra folgt dem Blick ihrer Mutter zum Büfett, auf dem Sarinas Foto steht. Die Kerze brennt, wie jeden Tag, nur ist es inzwischen Kyra, die sie ansteckt. Seit der Ankunft der Ansichtskarten scheint sich die Haltung ihrer Mutter verändert zu haben.

»Ich habe noch einmal auf dem Speicher nach Sarinas Tagebuch gesucht«, sagt Kyra. »Es macht mich verrückt, dass ich rein gar nichts über diesen Dave finde.«

»Du hast dein Bestes getan, Kyra«, tröstet sie ihr Vater, während ihre Mutter schweigt.

»Aber warum habe ich nicht erkannt, dass dieser Typ so wichtig für sie war? Ich kann mich zwar daran erinnern, dass sie von ihm erzählt hat, aber ich dachte, es wäre nur eine ihrer hysterischen Anwandlungen. Vor allem weil sie weder seine Handynummer noch Kontakt mit ihm über Facebook hatte.«

»Für Sarina war nur das Unerreichbare begehrenswert«, bemerkt Kyras Mutter.

»Tja, aber letztendlich hat sie ihn gefunden«, widerspricht ihr Kyra. »Und sie haben sich verabredet, um gemeinsam fortzugehen.«

»Es ist mir ein Rätsel, warum sie ihren Rucksack stehen gelassen hat«, bemerkt ihr Vater, obwohl er eigentlich keine Spekulationen mehr anstellen will. »Wenn sie sich wirklich mit diesem Dave verabredet hat, warum hat sie dann ihre Sachen nicht mitgenommen?«

Er hat recht. Es ist vollkommen unlogisch, sich mit jemandem zu einer Reise zu verabreden und dann den Rucksack stehen zu lassen. Kyra hat endlos lange darüber nachgedacht, und schließlich muss sie ihrem Vater wohl oder übel nachgeben. Diese Grübeleien sind sinnlos.

»Sarina fährt nach Texel«, überlegt Kyra laut. »Sie stellt ihren Rucksack an der Rezeption des Campingplatzes ab, zieht sich um und geht laufen, wobei sie nur ihren alten MP3-Player und die Ohrstöpsel mitnimmt.«

»Sie läuft auf jeden Fall mindestens bis zum Naturschutzgebiet«, ergänzt ihr Vater. »Vielleicht sogar weiter.«

»Vielleicht wollte sie keinerlei Spuren hinterlassen«, mutmaßt Kyra. »Und sie hat ihre Sachen und vor allem ihr Handy deswegen nicht mitgenommen, damit sie nicht gefunden werden konnte. Oder vielleicht hat sie Dave dort getroffen und ist gleich mit ihm gegangen.«

»Mit einem Jungen, den sie überhaupt nicht kannte?«, stößt Holly Slagter verächtlich hervor. »Den sie dort auf Texel erst kennengelernt hat?«

Dass ihre Tochter hinter dem Rücken ihrer Mutter Pläne schmiedete, von zu Hause wegzulaufen, kann sie einfach nicht verkraften, und dass niemand genau weiß, wie es abgelaufen ist, kommt noch erschwerend hinzu.

»Ich finde das alles vollkommen unglaubwürdig«, bemerkt die Mutter eingeschnappt.

»Viele Geschichten von Vermisstenfällen klingen unglaubwürdig, Mama.« Kyra trinkt einen Schluck Tee. »Ich habe eine ganze Reihe von ihnen studiert, insbesondere von Teenagern, die irgendwo im Ausland verschwunden sind. Die Frage ist: Haben sich die Vermissten nur verirrt, vielleicht auf einer Wanderung? Oder steckt ein Verbrechen dahinter? Es ist schon vorgekommen, dass sogar sehr erfahrene Wanderer vom Weg abgekommen sind, etwa auf dem Pilgerpfad in Spanien. Und es gibt absolut rätselhafte Fälle, etwa der mit den Mädchen in Panama oder der kleinen Amerikanerin auf Aruba. Solche Fälle sind niemals logisch.« Sie schweigt einen Augenblick. »Denn das Logischste wäre, dass sie einfach nach Hause kommen …«

»Ich werde auf jeden Fall morgen anrufen«, erklärt ihr Vater, während er aufsteht und seinen Rest Tee in die Spüle schüttet. »Und ansonsten müssen wir die Polizei einfach ihre Arbeit tun lassen.«

Auch Kyras Mutter steht auf. Sie bleibt kurz vor dem Büfett stehen. Dann bückt sie sich, bläst die Kerze aus und verlässt die Küche.

Maud sitzt hinten bei Tijssen im Auto und versucht, ruhig zu bleiben. Ihr wäre es lieber gewesen, wenn Niels mitgekommen wäre, aber in dieser Situation kann sie schlecht um einen Gefallen bitten. Das Elektroauto des Chefs saust die Straße entlang, das Sondereinsatzkommando fährt im gepanzerten Kleinbus vor ihnen her. Sie kommen aus südlicher Richtung; der andere Teil des SEKs aus dem Norden. Dadurch schneiden sie den Entführern die Fluchtwege ab, denn es sind die einzigen Zufahrtsstraßen; ansonsten ziehen sich nur Weiden, Wassergräben und das Naturgebiet IJperveld an den Ufern des IJs entlang.

Der Dorfplatz von Landmeer liegt verlassen da. Die Seitenstraßen sind mit Polizeifahrzeugen abgesperrt worden. Daneben stehen Beamte mit ernsten Gesichtern.

So viele blaue Flecke hatte sie nun auch wieder nicht. Die rotwangige Mutter am Küchentisch. *Wer schlägt denn eine Frau?* Der Hundekäfig mit dem Spielzeug in der Zimmerecke. Das Mädchen mit dem Pferdeschwanz oben auf dem Kopf, das sie schüchtern anlächelt, während sie ihr Päckchen Saft trinkt. Sie hätte zurückkehren müssen. Sie hätte nochmals mit der Lehrerin reden müssen, mit den Nachbarn, mit der Mutter. Sie hätte die Zeichen erkennen müssen. Sie waren überdeutlich, aber Maud war blind und taub gewesen.

Vier Monate nach ihrem letzten Besuch wurde in einem Erholungsgebiet der Rumpf eines Mädchens gefunden. Einige Tage später fischte jemand einen Kinderkopf aus dem Fluss. An einer weiteren Stelle fand man eine Hand. Es stellte sich heraus, dass das Mädchen an schweren Misshandlungen gestorben war. Die Erzieherin konnte es anhand des rekonstruierten Kopfes identifizieren – die Frau, mit der Maud über die Blutergüsse gesprochen hatte. Nach der Beerdigung des Kindes war Maud mit Roos zum Friseur gegangen. »Kurz«, hatte sie gesagt. »Ganz kurz bitte.« Sie konnte den hohen Pferdeschwanz nicht mehr ertragen.

»Ankunft in zwei Minuten dreißig«, ertönt es über Funk.

Maud spürt, wie sich ihr Herzschlag beschleunigt. Jetzt fällt die Entscheidung! Fünf Kinder. Fünf Elternpaare und dazu eine Schar Brüder und Schwestern, Babysitter und Omas – unermesslich traurig oder von Herzen froh? Oder werden sie gar nichts finden, keine Toten, keine Lebenden, nur die alles verzehrende Ungewissheit?

»Eine Minute«, krächzt das Funkgerät. Die bleierne Stille lastet noch schwerer auf ihnen. Maud denkt an die Mitglieder der Festnahme-Einheit in ihren schwarzen Schutzanzügen, ihren schusssicheren Westen, den Helmen und Masken, den schweren Waffen, die man nur mit beiden Händen gleichzeitig bedienen kann. Wie still es wohl in ihren Bussen ist?

Sie holt tief Luft und versucht, den Sauerstoff bis in die äußersten Lungenspitzen zu saugen. Ganz kurz begegnet sie Tijssens Blick im Rückspiegel.

Die Polizei ist immer an dem Wer, Wann, Wo und Wie interessiert. Als Psychiater werde ich oft hinzugezogen, nachdem diese Fragen längst beantwortet sind, und dann frage ich mich nach dem Warum.

Kyra klappt das Buch von Michael H. Stone zu. Graue Augen starren sie durch die roten Buchstaben des Titels EVIL hindurch an. Die untere Hälfte des Gesichts scheint in Verwesung begriffen zu sein. *The Anatomy of Evil.* Das Böse auf einer Skala von eins bis zweiundzwanzig. Nachdem der Amerikaner Stone ein Gerichtsgutachten über einen Mann schreiben musste, der seine schwangere Frau und seine Kinder getötet hatte, begann er mit seiner Studie. Der Mann war noch nie zuvor auffällig geworden. Er schien in einem Anfall geistiger Umnachtung gehandelt zu haben, einer Art Psychose. War das böse? Ja. Aber war der Mann gleichermaßen böse wie Ian Brady und Myra Hindley, die, nachdem sie zunächst mehrere andere Kinder entführt hatten, die zehnjährige Leslie Ann Downey kidnappten und ihr Flehen und ihre Schreie auf Band aufnahmen, um ihre monströse Tat auch im Nachhinein noch auskosten zu können?

Musste man einen Mord begangen haben, um auf Stones Liste zu gelangen? Auf welcher Stufe der Skala würde Kindesentführung stehen? Kommt darauf an, was sie mit den Kindern machen, denkt Kyra, und an dieser Stelle stoßen ihre Gedanken auf eine Mauer aus Vernunft und Angst. Sie legt das Buch beiseite.

»Haltet durch!«, flüstert sie Jesse und seinen Leidensgenossen zu. *Lieber Gott, lass sie noch am Leben sein!*

Maud hält den Atem an, als die Autos plötzlich langsamer fahren. Vor ihnen blockieren zwei Kleinbusse die Straße rechts und links vor dem Wohnhaus. Die Fahrzeuge der Festnahme-Einheit biegen in die Einfahrt des Bauernhofs ein, und ein Strom schwarz gekleideter, schwer bewaffneter Kollegen flutet in wenigen Augenblicken das Gelände. Verschiedene Gruppen rennen an beiden Seiten der Gebäude entlang, und auf Maud wirkt die Aktion wie organisiertes Chaos.

Tijssen parkt seinen Wagen am Straßenrand und steigt aus. Maud stellt sich neben ihn. Von ihrem Standort aus haben sie nur eine eingeschränkte Sicht auf das Geschehen. Maud überlegt, wo die Kinder sein könnten. Man weiß so gut wie nie, ob ein Hinweis wirklich nützlich ist oder nicht. Möglicherweise steht sie völlig umsonst hier und macht sich zum Sündenbock für die vielen Leute, die an dem Fall arbeiten. »Ach, du meinst die Maud mit dem Fiasko in Den Ilp?« Nein, Schluss damit. Irgendjemand muss die Entscheidung treffen, welchen Hinweisen nachzugehen ist. Sie, der Chef, die Staatsanwältin. Wenn man immer alles voraussehen könnte, gäbe es keine Kriminalität.

Maud versucht, zwischen den Sträuchern, Bäumen und Gebäude hindurchzuspähen. Auf ihrer Seite des Geländes rücken die beiden Teams langsam vor. Sie bleiben kurz stehen, beratschlagen offenbar mit den anderen Teams und schleichen weiter. Es ist unwirklich. Ein amerikanischer Actionfilm in Waterland.

Sie wünschte, sie wäre drüben und könnte sehen, was sich abspielt, könnte in die Zimmer stürmen, Tür um Tür aufreißen, so lange, bis sie die Scheißkerle einkassieren, die Gesichter der Kinder sehen, sie retten, beruhigen, trösten könnte. Wie gerne würde sie Eltern anrufen und ihnen berichten, dass die Kinder in Sicherheit seien. *Los, macht schon!*, denkt sie. *Beeilt euch!*

Die ganze Operation spielt sich vollkommen lautlos ab. Erst nach ein paar Minuten hören sie die ersten Rufe. Harte, raue Befehle. Dann herrscht wieder Stille. Ein Schrei. Stille. Rufe. Stille. Es ist nicht zum Aushalten! Sie muss etwas tun, sie muss hingehen! Was geschieht dort? Tijssen trommelt mit den Fingern auf sein Autodach, das Gesicht wie aus Stein. Maud tigert hinter ihm auf der Straße hin und her. Vor ihr stehen die Mitglieder des SEKs, die die Straße blockieren, unbeweglich auf ihren Posten. Maud schaut jede Minute auf die Uhr, aber die Zeit lässt sich nicht drängen.

Nach fünfzehn Minuten, gefühlten drei Stunden, kommt ein Kollege auf Tijssen zugerannt.

»Die Kollegen überprüfen noch einmal alles gründlich, aber ich erwarte, dass sie das Gelände gleich freigeben.« Und er fährt fort: »Die Kinder haben wir nicht gefunden. Aber etwas anderes, das Sie sich ansehen müssen.«

29

Der Dicke, der Typ mit der Sonnenbrille, die Frau und noch drei andere sind reingekommen. Sie reißen die Käfige auf und schreien durcheinander. Die dunkle Scheune ist plötzlich voller Menschen, und Tommys Herz klopft wie wild.

»Was?«, schreit Kat wütend. Die Frau zerrt sie an ihrem Pferdeschwanz heraus. »Was ist hier los?«

Kat stürzt hart zu Boden.

»Beeil dich!« Der Dicke winkt Tommy nach vorn. »Sag deinen Freunden, sie sollen sich ruhig verhalten, sonst setzt es was.«

Ein Amsterdamer, das hört man ihm deutlich an. Er redet genau wie die älteren Brüder von Tommys Freunden.

»Mach ich«, antwortet Tommy heiser. »Was ist denn los?« Er blickt sich zu den anderen Kindern um. Jesse und Edo weinen. Sogar Kat sieht verängstigt aus.

»Haltet die Fresse!«, schreit jetzt auch der Dicke die Gruppe an.

Eine eiserne Hand schließt sich um Tommys Nacken, und ein Mann, den er bisher noch nicht gesehen hat, zerrt ihn nach vorn. Er ist groß und schlank und riecht nach einem teuren Herrenduft; wie sein Vater, wenn er zur Arbeit geht. Sie verlassen die Scheune, und die kalte Luft beißt ihm in die Wangen. Der Mann drückt ihn am Nacken hinunter und läuft furchtbar schnell. Ist etwas schiefgegangen? Könnte er die Gelegenheit nutzen, um zu fliehen? Aber wie? Er versucht, sich umzublicken, aber die Hand in seinem Nacken umklammert ihn so unbarmherzig, dass er den Kopf nicht drehen kann. Er hört eilige Schritte hinter sich und das Jammern und Weinen der anderen Kinder. Sie laufen durch Matsch und über Steine, er hat kaum Zeit, umherzuschauen. Jesse hatte recht, es ist ein Bauernhof. Vielleicht haben sie eine andere Unterbringungsmöglichkeit für sie gefunden, vielleicht ist es dort wärmer, oder es gibt Betten, eine Toilette. Vielleicht dürfen sie duschen oder bekommen saubere Kleidung.

»Au!« Hinter ihnen schreit jemand auf und fällt; einer der Erwachsenen flucht in einer fremden Sprache. Es kommt zum Streit. Der Mann, der Tommy festhält, drückt ihn am Nacken noch tiefer hinunter, sodass er nur noch Schuhe sieht. Durch die Stille, die hinter ihm eintritt, wird Tommy klar, dass er der Gefährlichste von allen ist. Irgendjemand flüstert etwas. Lederschuhe, denkt Tommy. Keine Sneakers, sondern feine braune Lederschuhe.

Über seinem Kopf hört Tommy eine schwere Tür quietschen. Er schaut nach vorn und sieht einen dunklen Schatten. Dann wird er hochgehoben, als sei er eine leere Butterbrottüte, so leicht und leer und nichtig, und schon steht er im Laderaum eines großen Lkw. Er wird nach hinten gejagt, und was er sieht, macht ihn wütend. Er weigert sich, noch einen Schritt weiterzugehen, und fängt an zu schreien.

30

Die Leiche liegt vor einer Scheune im hinteren Teil des Geländes. Ein junger Farbiger, leicht übergewichtig. Rücklings liegt er da, beide Arme weit ausgebreitet, die Beine parallel nebeneinander. Fast als sei er in dieser Haltung dort abgelegt worden. Genau ins Gesicht geschossen, sieht Maud. Mit großem Kaliber, denn er hat ein gähnendes Loch im Kopf, direkt über seinem rechten Auge. Was für eine unvorstellbar aggressive Tat.

»Drinnen liegen die Decken«, sagt sie zu einem der Kollegen. »Vielleicht solltet ihr euch dort auch mal umsehen, bevor die SpuSi eintrifft.«

Ein Großaufgebot wurde zusammengetrommelt, und innerhalb kürzester Zeit wird es hier von Kriminaltechnikern wimmeln. Sie werden ein paar Tage, möglicherweise eine ganze Woche beschäftigt sein, ehe sie alle Spuren gesichert haben. Insofern das an einem Ort wie diesem überhaupt möglich ist.

Maud starrt auf den toten Mann. Sie schätzt ihn auf Anfang zwanzig. Er muss derjenige sein, der die Decken angefordert hat. Und die Happy Meals. *Deswegen liegst du hier wahrscheinlich mit einer Kugel im Kopf. Weil du ein Arschloch warst, aber ein Arschloch mit einem Funken Mitleid, wodurch du ungewollt deine Kollegen in Gefahr gebracht hast. Das musstest du mit deinem Leben bezahlen.* So ist es. Sie weiß es einfach.

Sie hockt sich neben den jungen Mann und legt ihm die Finger auf die Wange.

»Noch nicht ganz kalt«, stellt sie fest. »Wir sind nur knapp zu spät gekommen.«

Ihr ist danach, mit den Füßen aufzustampfen oder eine Tür zuzuknallen. Eine Stunde früher, und sie hätten die Kinder vielleicht gerettet. Sie seufzt und richtet sich auf.

»Ich glaube, sie sind Hals über Kopf abgehauen«, bemerkt Tijssen. »Sie haben einen Vorsprung, aber wir sind ihnen auf den Fersen.«

»Verdammt, wir haben nichts für einen Fahndungsaufruf«, sagt Maud. »Sie sind uns wieder ein Stück voraus.«

»Es ist nur eine Frage der Zeit«, erwidert Tijssen grimmig. »Früher oder später geht die Runde an uns.« Er dreht sich um und eilt in die Scheune.

Als Maud durch das Scheunentor tritt, müssen sich ihre Augen erst an die Dunkelheit gewöhnen.

»Ich sehe nichts«, sagt sie zu Tijssen, der vor ihr steht.

»Aber ich«, sagt er. »Und was ich sehe, gefällt mir kein bisschen.«

Der Traum ist ein anderer, aber deswegen nicht weniger beklemmend. Kyra liegt im Bett und schlägt die Decke zurück. Unter der Decke ist es zu warm, im Zimmer aber zu kalt. Sie flucht und deckt sich zur Hälfte wieder zu.

Ein Strand erstreckt sich am nebligen Ufer des IJs. Mitten in der Stadt. Sie rennt. Der Sand ist hart und glatt, und dennoch versinken ihre Füße darin. Hinter sich hört sie dumpfe Schritte. Durch den Nebel kann sie nichts erkennen. Das Stampfen kommt näher, und die Schritte holen sie ein. Sarina! Ihre Schwester reagiert nicht auf ihr Rufen. Sarina! Sie sieht nur den wippenden Pferdeschwanz. Bleib stehen! Warte doch! Sie will losrennen, kommt aber nicht vorwärts. Ihre Füße sinken immer wieder ein. Dann prallt sie ge-

gen die Leiche von Gaullier, die plötzlich aus dem Nebel auftaucht. Am Strand steht ein Laternenpfahl.

Sie wacht wieder auf, weil ein Bein, ein Arm und ihr halber Bauch eiskalt sind. Eigentlich müsste sie aufstehen und sich einen Bettbezug holen. Mit dem könnte sie sich zudecken. Aber warum schwitzt sie so, obwohl es eiskalt ist?

Kyra setzt sich auf und zerrt den Bezug von der Bettdecke, bis sie einen zerknüllten Haufen Baumwollstoff in den Händen hält. Sie lässt sich zurückfallen, breitet den Bezug über sich aus und starrt an die dunkle Zimmerdecke.

Ihre Mutter steht am Strand und schreit. Ihr Gesicht ist so weiß wie Schnee, ihr Mund ein großes rotes Loch. Kyra hält sich die Ohren zu. Sie versucht zu rennen. Ihre Füße sinken tief im Sand ein. Der Pferdeschwanz schwingt von links nach rechts nach links. Ihr wird kotzübel.

Kyra schlägt das Buch von Michael Stone auf. *Die Skala des Bösen*. Er habe nur Mordfälle klassifiziert, erklärt der Autor, aber es gebe genügend andere Straftaten, die ebenfalls als böse einzuordnen seien. Die Skala beginnt mit *justifiable homicide,* so etwas wie Mord mit einem Grund. Dann folgen Eifersuchtstaten von egozentrischen, unreifen Tätern, »Verbrechen aus Leidenschaft«. Kyra blickt zum Ende der Skala. Dort sind psychopathische Mörder angesiedelt, denen es hauptsächlich um das Foltern geht. Etwas weniger böse sind offenbar Psychopathen, die grausam foltern, aber nicht nachweislich jemanden getötet haben.

Kyra geht es schlecht. Sie friert und schwitzt zugleich, schlägt den Bettbezug zurück und greift sich Jogginghose und T-Shirt vom Stuhl. Sie nimmt ihr Handy an sich und öffnet behutsam die Tür. Sie hat das Gefühl, als dürfe sie nicht auf sich aufmerksam machen, als sei sogar die Verdrängung der Luft, durch die sie sich bewegt, schon zu viel. Sie muss unbemerkt bleiben, dann kann das Böse sie nicht finden. Auf Zehenspitzen schleicht sie die Treppe hinunter, und als sie in die Diele kommt, sieht sie ihre Mutter am Küchentisch sitzen, ein kleines, leuchtend blaues Buch in der Hand. Ihr bleibt die Luft weg. *Nein!*

Sie betritt die Küche.

»Mama?«

Ihre Mutter springt vor Schreck auf, klappt das Buch zu und versucht, es zu verstecken.

»Kyra«, sagt sie mit erstickter Stimme. »Was machst du denn hier?«

»Mama!«, sagt Kyra streng. Sie kann es nicht glauben. »Sag mir, dass das nicht wahr ist!«

»Wovon redest du?« Ihre Mutter steckt das Buch in die Tasche ihres Seidenkimonos und setzt ein unschuldiges Gesicht auf. Doch ihr schlechtes Gewissen lässt sich nicht verbergen.

»Verdammt noch mal!«, flucht Kyra. »Das kann doch nicht wahr sein, oder? Gib es mir!«

»Ich gehe ins Bett. Musst du morgen nicht zur Uni?«

»Weich mir nicht aus, Mama, gib es mir!« Kyra geht auf ihre Mutter zu und will ihr das Buch aus der Tasche ziehen. Sie wehrt Kyra ab, und der Küchenstuhl fällt um.

»Gib es mir!«, schreit Kyra wie von Sinnen. »Wie kannst du nur? Wie kannst du nur?«

»Lass mich in Ruhe!«, kreischt ihre Mutter. »Lasst mich alle in Ruhe!«

»Was ist denn hier los, um Gottes willen?«

Als sie die Stimme ihres Vaters hört, tritt Kyra einen Schritt zurück. Keuchend entfernt sie sich noch weiter. Ihre Mutter steht mit leerem Blick neben dem umgestürzten Stuhl. Ihr Kimono ist verrutscht, sodass eine Brust zu sehen ist. Unter einem

Auge ist ihr Make-up verwischt. Zu ihrem Entsetzen stellt Kyra fest, dass sie ihre Mutter am liebsten schlagen, ihr voller Wucht eine knallen würde. *Diese blöde Kuh!*

»Sie hat Sarinas Tagebuch«, sagt Kyra mit tiefer Stimme.

»Holly?« Ihr Vater blickt seine Frau empört an.

Die Mutter schnappt nach Luft und hält sich am Tisch fest. In ihren dramatischen, geradezu hysterischen Zügen ähnelt sie Sarina. Kyras Vater geht zu seiner Frau und richtet den Stuhl auf. Er fasst Holly am Ellenbogen, und sie setzt sich verwirrt hin.

»Versuch bloß nicht abzulenken«, sagt Kyra. Erstaunt stellt sie fest, welchen Widerwillen sie gegenüber dieser Frau empfindet. Ihrer Mutter. Der Frau, bei der man Schutz sucht, Trost, Liebe. Sie darf nicht fühlen, was sie jetzt fühlt.

Schweigend zieht Holly Slagter das kleine blaue Buch aus ihrer Kimonotasche und legt es auf den Küchentisch.

Kyra weint.

»Wie konntest du nur?«, schluchzt sie. »Danach suche ich schon seit Jahren! Ich habe …« Sie denkt daran, wie oft sie Sarinas Zimmer auf den Kopf gestellt hat. Sogar die Bodendielen hat sie abgeschraubt. Stundenlang hat sie den staubigen Speicher durchforstet. Sie haben bei Tisch so oft darüber geredet, und in all der Zeit hat ihre Mutter das kleine Buch besessen.

»Holly«, stottert Kyras Vater und setzt sich an den Tisch. »Ich verstehe das nicht …«

»Da steht nichts drin!«, schreit Kyras Mutter plötzlich. »Überhaupt nichts! Nur dass ich eine schlechte Mutter bin. Die blödeste Kuh der Welt! Das steht darin und sonst nichts.«

Allmählich gewöhnen sich Mauds Augen an die Dunkelheit. Die Fenster sind mit Brettern vernagelt. Gegenüber der Wand mit den Fenstern stehen Metallkäfige. Fünf nebeneinander, in zwei

Reihen übereinander. Ein Tierheim, schießt es Maud durch den Kopf. Die Türen der Käfige in der oberen Reihe sind offen. In der Ecke des Raumes steht ein Eimer mit stinkenden Exkrementen, und daneben liegen mehrere Fleecedecken auf einem Haufen.

Tijssen geht hin und öffnet den hintersten Käfig. Er schaut nach, ob noch etwas darin liegt. Maud kontrolliert rasch die anderen Käfige.

»Hier ist nichts«, sagt Tijssen.

»Augenblick«, sagt Maud, als sie in den zweiten Käfig schaut. »Rausholen?«, fragt sie und zeigt in eine Ecke, in der ein Stück Holz locker sitzt. »Oder auf die SpuSi warten?«

Tijssen überlegt.

»Habt ihr schon etwas?« Barbara Ruigbot betritt die Scheune. Entsetzt bleibt sie stehen.

»Abscheulich«, stammelt sie, als sie die Käfige sieht. »Es handelt sich nicht nur um Entführung, sondern auch um Folter.«

»Hier liegt etwas«, sagt Maud.

»Nicht anfassen!«, befiehlt die Staatsanwältin. »Die Kriminaltechniker müssen jeden Moment eintreffen. Geduld, Maud. Wir müssen sorgfältig vorgehen.«

»Du hast recht«, antwortet Maud, holt tief Luft und tritt zurück.

»Lasst uns rausgehen«, schlägt Ruigbot vor. »Die Techniker müssen in Ruhe arbeiten können. Ich sorge dafür, dass wir noch heute die ersten Resultate bekommen. Sind Fingerabdrücke der Kinder verfügbar?«

»Ja«, antwortet Maud. »Thomas Kuipers hat bei allen Eltern Material für Fingerabdrücke und DNA-Proben gesammelt. Liegt alles im Labor.«

Ruigbot nickt verbissen. Zum ersten Mal, seitdem sie die Staatsanwältin kennt, betrachtet Maud ihre kalte Hartnäckigkeit als etwas Positives.

Kyra hat die Bettdecke über sich gezogen. Sosehr sie sich auch das Hirn zermartert, sie begreift es nicht. Ihre Mutter hat ein entscheidendes Beweisstück zurückgehalten. Eines, das dazu hätte beitragen können, ihre Tochter wiederzufinden. Doch sie behauptet, es stehe nichts Wichtiges in dem Tagebuch und es sei daher ohne Bedeutung. Und selbst wenn nichts darin steht, was ihnen unmittelbar Aufschluss hätte geben können – ist das ein mildernder Umstand dafür, dass sie das Buch für sich behalten hat?

Kyra würde sich gerne selbst ein Bild machen, aber ihr Vater hat das Tagebuch sofort an sich genommen und ist damit in seinem Arbeitszimmer verschwunden. Kyra wischt sich eine Träne weg. Ihr Vater ist immer die Ruhe selbst gewesen. Erst in letzter Zeit hat sein Panzer Risse bekommen. Die Art und Weise, wie er gegen die Post wütete, weil Sarinas Postkarten erst nach vier Jahren zugestellt worden sind, war ungewöhnlich für ihn, und eben hat er mit aschfahlem Gesicht und verzerrtem Mund das Buch angestarrt. Er hat nichts gesagt. Er hat ihre Mutter keines Blickes gewürdigt, hat das Buch an sich genommen und ist hinausgegangen. Bevor er die Küche verlassen hat, hat Kyra gesehen, wie ihm die Tränen gekommen sind. Kyra kneift die Augen zusammen und weint.

Das Buch ist klein und so voluminös, dass der Deckel hochsteht. Wahrscheinlich enthält es Eintrittskarten, getrocknete Blumen, Skizzen, vielleicht auch Fotos. Sarina war sentimental. Romantisch. Sie lebte in einer Fantasiewelt. Sie war verrückt und bewundernswert. Nachdem ihr ein Buch über Yoga in die Hände gefallen war, führte sie die Übungen in ihrem Zimmer durch, inmitten des ganzen Krempels, der dort immer auf dem Boden lag. Einmal kam Kyra herein und fand Sarina in einer bizarren Haltung vor. Sie wirkte wie erstarrt.

»Hilfe!«, keuchte sie. »Ich kann mich nicht mehr bewegen!«

»Was ist denn los?« Erst lachte Kyra, aber als sie feststellte, dass es ernst war, setzte sie sich neben ihre Schwester. Sie traute sich nicht, sie zu berühren.

»Ich habe die Kobra gemacht«, flüsterte Sarina. »Und danach den Bogen, aber plötzlich habe ich einen Hexenschuss bekommen.«

Kyra musste wieder lachen. »Das ist etwas für alte Leute, Saar. Mit sechzehn bekommt man doch keinen Hexenschuss.«

»Ich kann mich nicht mehr rühren. Mein ganzer Rücken ist total verkrampft.«

»Entschuldige«, sagte sie. »Du bist eine echt miese Kobra.«

Da musste Sarina auch lachen. »Das ist nicht lustig«, keuchte sie.

»Stimmt«, bestätigte Kyra. »Du hast recht. Ich ziehe dich zu deinem Bett, einverstanden?«

Ganz vorsichtig schleifte sie ihre große Schwester an den Beinen bis zum Bett und hievte sie dann umständlich darauf. Sie kam sich vor wie eine Möbelpackerin. Pass da auf und pass dort auf, und hier etwas mehr nach rechts. Sarina verbot Kyra, ihren Eltern etwas zu sagen.

»Lass mich einfach einen Moment hier liegen«, bat sie. »Gleich ist alles wieder gut.«

»Willst du das Buch behalten?«, fragte Kyra.

»Wirf's weg.«

31

London

Es ist kalt, aber die Sonne scheint, und Mabel öffnet die Tür zum Garten.

»Ich weiß nicht, ob du Grün magst«, sagt sie. »Aber diese Jacke hat mir gut gefallen. Sie ist von Tenson, daran hast du jahrelang Freude.«

Sie klappt den Kragen hoch, schließt ihn sorgfältig um Janes Hals und schaut das Mädchen zufrieden an. Sie sieht inzwischen besser aus. Als sie sie gefunden haben, war sie nur Haut und Knochen, so mager, dass es fast unmöglich war, ihr Alter zu schätzen. Mittlerweile wissen sie, dass sie ungefähr fünfundzwanzig ist. Ihr Haar ist sorgfältig gebürstet, und ihr Gesicht hat wieder ein wenig Farbe. Ihre wunderschönen blauen Augen blicken weniger panisch als bei ihrer Befreiung aus der Felsspalte und weniger stumpf als die ersten paar Wochen im Krankenhaus.

»Es ist ein herrlicher Morgen!«, sagt Mabel fröhlich. Sie versucht, nicht daran zu denken, dass Jane vielleicht gar nicht nach draußen möchte. Die Ärztin hat gesagt, sie solle es ruhig angehen lassen, aber sie hat das Gefühl, als müsse jetzt endlich mal etwas passieren.

»Wir müssen ein Vertrauensverhältnis zu ihr aufbauen«, hat die Ärztin erklärt. »Das ist augenblicklich am allerwichtigsten. Bei Kindern mit selektivem Mutismus zeichnen wir manchmal die Stimme auf. Sie sprechen zwar, aber nur in einer sicheren Umge-

bung, also zum Beispiel zu Hause. Wir spielen ihnen dann in einer für sie unsicheren Umgebung, etwa in der Schule, ihre eigene Stimme vor. Damit erzielen wir gute Erfolge, aber in Janes Fall müssen wir diese Möglichkeit leider ausschließen.«

Jane bückt sich und zieht ihre Stiefel an. Der Fortschritt zeigt sich in kleinen Schritten; ganz langsam wird sie selbstständiger.

»Ich habe einen Französischkurs belegt«, erzählt ihr Mabel. »Aber ich traue mich noch nicht, etwas auf Französisch zu dir zu sagen, denn ich befürchte, dass ich die Wörter nicht richtig ausspreche mit meinem komischen englischen Akzent.« Sie kichert verlegen. »Ich würde gerne mit dir eine Runde um den See gehen. Was hältst du davon?«

Jane weicht noch immer ihrem Blick aus, schaut aber hinaus. Als sie im Krankenhaus gelegen hat, hat sie den ganzen Tag aus dem Fenster gestarrt. Nun, in der Klinik, findet Mabel sie oft in einem der Freizeiträume, auf einem Stuhl, auch am Fenster. Dennoch erkennt sie einen Unterschied. Aus dem Starren ist ein Beobachten geworden.

Das müsste doch gehen, gemeinsam einen Spaziergang zu unternehmen. Jane braucht dabei keinen Blickkontakt aufzunehmen, aber wenn sie sie begleiten würde, wäre das schon ein großer Fortschritt.

»Bist du bereit?«, fragt Mabel, drückt die Klinke hinunter und öffnet die Tür ganz vorsichtig einen Spalt. Sie blickt sich zu Jane um und beobachtet ihre Reaktion, aber Jane steht nur reglos in ihrer teuren Winterjacke da und wartet.

»Ist das in Ordnung, Jane?«, fragt Mabel. »Ich würde gerne spazieren gehen, aber natürlich möchte ich dir keine Angst einjagen. Bist du einverstanden?«

Sie erhält nicht die geringste Reaktion – das Mädchen hat in all den Monaten noch nie, in keiner Weise, wirklich auf jeman-

den reagiert. Stellt man ihr etwas zu essen hin, isst sie. Gibt man ihr eine Tasse, trinkt sie. Sie hat noch auf keine einzige Frage geantwortet, scheint vollkommen eingeschlossen in ihrer eigenen Welt zu leben. In der Klinik hat man ihr Gehör getestet, ganz einfach, indem man plötzlich etwas fallen ließ oder ein schrilles Pfeifen erzeugte. Sie reagiert darauf, wenn auch auf ihre eigene Art und Weise. Vor ein paar Monaten hat sie auch auf Stimmen in einer fremden Sprache reagiert. Sie hat geschrien und geweint und sich wieder in den Kokon zurückgezogen, aus dem sie gerade ein wenig hervorgekrochen war.

Ihr Herzschlag verändert sich, wenn man ihr bestimmte Arten von Musik vorspielt. Auch das hat man getestet, Gott weiß warum. Sie tanzt gerne. Sie duscht selbstständig, putzt sich die Zähne, und seit einiger Zeit schaut sie sogar ab und zu in ein Englisch-Französisch-Wörterbuch für Kinder, das Mabel ihr mitgebracht hat. Sie scheint normal intelligent zu sein.

Mabel öffnet die Tür ein weiteres Stück. Die Frage ist, ob Jane sie begleiten wird, ob sie die sichere Umgebung der Klinik verlassen und hinaus in die große weite Welt will.

»Riechst du die frische Winterluft, Jane?« Mabel atmet tief ein. »Ich liebe sie.«

Jane steht noch immer reglos vor der offenen Tür. Mabel fragt sich, ob sie sie an der Hand nehmen soll, wagt es aber nicht, sie zu berühren. Sie beschließt, ein paar Minuten zu warten.

»Ich bleibe einfach hier stehen«, sagt Mabel. »In der Sonne, genau vor der Tür, okay? Kommst du raus, wenn du bereit dazu bist?« Sie geht ein paar Schritte und bleibt auf der Terrasse stehen, nur knapp einen Meter von der Tür entfernt. Sie dreht ihr Gesicht zur Sonne und schließt zufrieden die Augen.

32

Das Monster ist mit ihm in den neuen Käfig gezogen. Dieser Käfig ist viel kleiner, und das Monster ist zu einem grauenhaften Ungetüm ausgewachsen, das wie ein brüllender Godzilla in der Käfigecke tobt.

Tommy liegt mit der Wange auf dem Metallgeflecht des Bodens, und wenn der Lkw um eine Kurve oder über eine Unebenheit fährt, schmerzt sein ganzer Körper.

Warum?

Er kann an nichts anderes mehr denken. Was wird aus ihnen werden? Und warum? Was haben sie mit ihm vor, und mit den anderen? Die Fragen machen ihn wahnsinnig. Doch was würden ihm die Antworten nützen? Er könnte ja doch nichts tun.

Er hat gebrüllt wie verrückt, als er auf einmal im Frachtraum des Lkws stand. Von innen war er viel kleiner als von außen, und Tommy schnappte nach Luft, als ihm klar wurde, dass kein Laut herausdringen würde. Die Entführer hatten dafür gesorgt, dass niemand sie je wieder hören würde. Er schrie und schrie und versuchte, mit aller Kraft auszureißen. Er war sich sicher: Aus dem Lkw würden sie nie wieder herauskommen. Er schrie den anderen zu, sie sollten sich nicht vom Fleck rühren, sie sollten nicht in den Lkw gehen, und er wäre lieber auf dem Scheißbauernhof gestorben, auf dem Boden, in der Matsche, als sich in so einen kleinen Scheißkäfig pferchen zu lassen. Doch sofort traf ihn ein harter Schlag am Kopf. Er stürzte auf den Boden der Ladefläche und sah, dass die untere Reihe der Käfige mit Wasserflaschen, Plätzchen, Klopapierrollen und einer Unmenge Feuchttüchern bestückt war.

Er wurde hochgerissen und angeschrien, er solle seine dreckige Schnauze halten, aber er schrie und kämpfte weiter. Über den mit Vorräten gefüllten Käfigen befanden sich noch einmal zwölf, alle leer, zwei Reihen von je sechs übereinander, und sie waren so klein, dass man nur darin liegen konnte.

»Arschloch!«, rief er. »Ich geh da nicht rein!«

Er versuchte, sich wegzudrehen, und trat dem Kerl so fest wie möglich gegen sein Fußgelenk, direkt auf die Knöchel. Er war nicht umsonst im Fußballtraining. Sein Trainer Jake hatte ihm außerdem beigebracht, wie man einen Gegner schachmatt setzte, indem man ihm die Finger zwischen die Rippen bohrte. Tommys Finger stießen wie wild ins Leere. Der Mann nahm ihn in den Schwitzkasten wie in einen Schraubstock, und er bekam keine Luft mehr.

»Ich geh da nicht rein!«, wollte er wieder schreien, aber röchelte nur noch. Tommy schlug um sich, doch er wurde einfach hochgehoben und in den erstbesten Käfig gesteckt. Er stieß sich so fest den Kopf, dass er Sternchen sah, versuchte dennoch, sich außen festzuklammern. Der Mann schloss die Käfigtür und klemmte ihm die Finger ein, bis Tommy loslassen musste. Anschließend lag er keuchend in seinem Gefängnis und wollte lieber tot sein. Danach kamen die anderen.

33

London

»Ich liebe Regen!« Mabel dreht sich zu Jane um, die noch immer reglos dasteht. Mabel hat schon oft versucht, Jane dazu zu bewegen, mit ihr hinauszugehen. Sie gibt nicht auf, obwohl die Psychiaterin meint, es werde ihr nicht gelingen. Der Abstand zwischen den beiden Frauen beträgt keine zwei Meter. Jane bleibt drinnen stehen, dicht neben der Tür.

Mabel legt den Kopf in den Nacken und spürt, wie die kalten Tropfen ihre Frisur und ihr Make-up ruinieren. Sie denkt daran, wie sie früher mit ihren Eltern auf ihrem Segelboot gewesen ist. Einmal, sie war noch ganz klein, vier, vielleicht fünf Jahre alt, seifte ihre Mutter sie am ganzen nackten Körper ein. Die Seife roch nach Blumen, und auf ihrem Bauch entstanden große weiße Seifenblasen.

»Komm rein!«, rief ihr Vater lachend. Er schwamm inmitten Dutzender kleiner Kreise im dunkelgrünen Wasser. Es regnete wie verrückt.

»Na los«, ermutigte ihre Mutter sie und streifte ihr Schwimmflügel über. »Spül dich mal schön ab.«

Kurz zögerte Mabel. Dann sprang sie.

Der Regen prasselt auf ihr Gesicht, und Mabel lacht. Das Make-up, das stets ihr Gesicht bedeckt – weil es sich so gehört, weil man perfekt sein muss – wird weggewaschen.

»Am besten wäre man nackt«, sagt Mabel mit geschlossenen Au-

gen und zum Himmel gerichtetem Gesicht. »Ganz nackt, sodass nichts zwischen dir und der Natur ist, sodass du dich frei fühlst und dir alles egal ist! Ich wünschte, ich wäre frei.«

Was ist nur in sie gefahren? Erst versucht sie, Jane zu beruhigen, und dann redet sie davon, nackt durch den Regen laufen zu wollen. Idiotisch.

Beschämt öffnet sie die Augen und reibt sich das Gesicht mit einem Papiertaschentuch trocken. Als sie umkehren will, steht Jane neben ihr. Draußen. Die Augen geschlossen, das Gesicht den Regenwolken zugewandt.

34

»Wem gehört dieser Bauernhof?«, fragt Maud.

»Das recherchieren wir gerade«, antwortet Tijssen.

Sie haben das Wohnhaus erreicht. Der Küchentisch ist mit Plastikbechern, zusammengedrückten Cola-Dosen und vollen Aschenbechern bedeckt. Überall liegen leere Verpackungen von Keksen, Süßigkeiten und Schokolade herum. Die Wände sind mit schwarzen Tribal-Mustern beschmiert, als wären sie tätowiert. An der Decke brennt eine nackte Glühbirne.

»Reichlich Spuren«, brummt Tijssen.

Maud blickt sich um und versucht, das Chaos zu analysieren, das von Langeweile zeugt. Mindestens zwei, vielleicht auch drei oder vier Personen müssen sich hier aufgehalten haben. Auf der Anrichte stehen Plastikschälchen vom Chinesen; es liegen aufgerissene Tüten von Fastfood aus Wandautomaten und jede Menge Pizzakartons herum. Irgendjemand hat Plastikbecher in Streifen gerissen, ein anderer Eisstiele in Stücke gebrochen.

»Die Gruppe ist nicht allzu groß«, stellt Maud fest. »Und es ist mindestens eine Frau dabei.« Sie beugt sich über einen Aschenbecher und richtet sich wieder auf. »Ich glaube nicht, dass die Kinder die Entführer wiedererkennen würden.« Sie deutet auf mehrere Sonnenbrillen, Mützen und eine Skibrille, die auf einem Stuhl liegen.

»Während sie hier gefangen waren, haben sie sie wahrscheinlich nicht erkannt«, bestätigt Tijssen. »Aber nachdem sie Hals über Kopf aufgebrochen sind, während des Transports …«

Wieder spürt Maud, wie die nackte Wut in ihr aufsteigt. Wären sie doch nur ein kleines bisschen früher gekommen! Sie hätten sie in der Zange gehabt. Gegen die geballte Wucht der bewaffneten Einsatzkräfte hätten diese Typen nicht die geringste Chance gehabt, aber irgendwie haben sie in letzter Minute mitbekommen, dass sie kurz davor waren, aufzufliegen. Wahrscheinlich weil sie den Typen bei der Essensbestellung für die Kinder erwischt haben … es wird nicht richtig klar, wer wen …

Hätte sie irgendetwas anders machen können? Hätte sie schneller sein müssen? War das Telefongespräch mit dem Zeugen, die Überprüfung des Hinweises, schuld daran, dass sie knapp zu spät waren?

Sie verlässt die Küche und geht nach draußen. Der Geruch von verängstigten Tieren, Mist und Fäulnis liegt in der Luft. Die Sockel der Gebäude sind von einer grünen Moosschicht bedeckt; eine Tür hängt schief in den Angeln.

Die Einsatzgruppe hat eine zusätzliche Runde gedreht, um sich davon zu überzeugen, dass niemand zurückgeblieben ist. Maud sieht, wie die Mitglieder, einer nach dem anderen, wieder in die Busse steigen. Ein Trupp Experten wird von einem anderen ersetzt, denkt sie, während sie zusieht, wie die in Schwarz gekleideten Kollegen allmählich von Kriminaltechnikern in weißen Anzügen abgelöst werden. Jetzt beginnt die Fleißarbeit. Mit größter Umsicht muss jeder Fitzel möglichen Beweismaterials sichergestellt, untersucht und dokumentiert werden.

Wenn es sie zu den Scheißkerlen führen würde, würde sie eigenhändig den ganzen Bauernhof mit einer Pinzette zerpflücken.

Maud gähnt. Die vielen Informationen drohen in ihrem Kopf zu einem großen Brei zu verschmelzen.

»Solltest du dich nicht besser mal für eine Stunde hinlegen?«, fragt Tijssen, als sie sich neben ihn stellt. »Soweit ich weiß, bist du schon seit über vierundzwanzig Stunden im Dienst.«

Ich habe heute Nacht zwei Stunden geschlafen, will Maud erwidern, tut es aber nicht.

»Ich bräuchte so eine Kette«, seufzt sie, »so eine wie Hermine aus *Harry Potter*. Mit der man die Zeit zurückdrehen kann, sodass man doppelt so viele Stunden zur Verfügung hat.«

»Komm, steig ein«, sagt Tijssen und steuert auf sein Auto zu. Maud kann nicht mit ihm Schritt halten und gibt nach ein paar Metern auf. Bedächtig folgt sie ihm, dreht sich um, geht ein paar Schritte zurück, tritt zur Seite und bleibt stehen. Sie nimmt ihre Taschenlampe und leuchtet auf den Boden.

»Erik!«, ruft sie. »Komm mal her!«

Gereizt kehrt Tijssen zurück.

»Ich frage mich«, sagt Maud und zeigt auf breite, grobe Reifenspuren im Matsch neben dem Beton, »ob das alte Traktorspuren sind oder ob sie frisch sind, vielleicht von einem Transporter, der weiß Gott was geladen hatte.«

»Interessant«, sagt Tijssen. »Die sehen frisch aus. Ich setze gleich jemanden darauf an. Sieht mir nach einem Lkw aus, auf jeden Fall nach etwas Großem und Schwerem.«

Er winkt einen Kollegen herbei und zeigt ihm die Spuren zur Auswertung. Danach fahren sie los, hinein in die dunkle Nacht. Noch bevor sie Landsmeer erreicht haben, schläft Maud ein.

Kyra erwacht aus einem tiefen Schlaf. Sie ist so müde, es kann nicht später als etwa drei Uhr sein. Dann erinnert sie sich an die Nacht. Ihre Mutter. Sarina.

Was soll sie tun? Sie kann doch nicht Maud Mertens beichten, dass ihre Mutter etwas so Wichtiges wie das Tagebuch ihrer Schwester unterschlagen hat. Was für eine Blamage!

Von der Polizei verlangt sie Offenheit und Informationen über jede Neuigkeit, sie kann das Tagebuch doch unmöglich verschweigen! Sie verflucht ihre Mutter. Warum ist sie bloß immer so egozentrisch?

Was wohl in dem Tagebuch steht? Es muss doch etwas darin stehen, das ihnen weiterhelfen kann!

Kyra greift nach ihrem Handy und verzieht das Gesicht. Schon halb sieben. Sie schließt die Augen und stellt sich vor, dass sie schläft, dass sie sich richtig ausruht. Dann wird sie gleich frisch und munter erwachen, und es wird ein Kinderspiel sein, die Mordfall-Aufgabe für die Uni zu lösen – mehr noch, sie wird fit genug sein, um mithilfe des Tagebuchs von Sarina herauszufinden, dass … Ja, was eigentlich?

Sie rollt sich auf die Seite und betrachtet das Foto ihrer Schwester an der Wand. Lange blonde Haare, genau wie sie. Furchtbar dünn, nicht so wie sie. Dave Kowzinsky, der Junge, den Sarina beim Ausgehen kennengelernt hat. Der Junge, dessen Name Kyra vergessen hat, weil Sarina immerzu dramatisch von Jungs schwärmte und der ganze Wirbel um Dave Wochen vor ihrem Verschwinden stattfand. Im Übrigen hatte sie sowieso nicht angenommen, dass ihr eigener Tagebucheintrag über Sarinas Verliebtheit in Dave in irgendeiner Weise mit ihrem Verschwinden in Zusammenhang stehen könnte. In dem Fall hätte die Polizei diesen Umstand ebenfalls ernst genommen. Sie war doch genauso bestürzt über den Inhalt von Sarinas Ansichtskarten gewesen wie ihre Eltern.

Dave, der romantische Amerikaner. Sie hätten getanzt, hatte Sarina erzählt. Sie seien durch die kleinen Straßen rund um den Leidseplein geschlendert. Er habe eine Rose für sie gekauft. Sie hätten bis zum Morgengrauen auf einer Bank gesessen und sich unterhalten. Nicht schon wieder so eine Geschichte, dachte Kyra.

Einige Tage später lag Sarina weinend im Bett. Sie habe zwei Stunden am Blauen Teehaus im Vondelpark auf ihn gewartet, aber er sei nicht gekommen.

»Dann schick ihm doch eine SMS«, erwiderte Kyra gereizt. *Auch das noch!*

Ihre Schwester stieß einen Schrei aus.

»Was denn?«, fauchte Kyra.

Hysterisches Schluchzen.

»Was ist?!«

Sie hatte weder Telefonnummer noch E-Mail-Adresse, sondern nur einen Namen.

»Mein Gott, dann schick ihm eben eine Freundschaftsanfrage auf Facebook!«

Er sei nicht bei Facebook. Kyra war sprachlos. Von all ihren Freundinnen und Freunden war nur Marte nicht bei Facebook, sonst alle, auch wenn viele Leute nicht wirklich etwas damit anfingen. Kyra setzte sich auf den Bettrand ihrer Schwester.

»Du bist also in einen Jungen verliebt, den du nur ein Mal getroffen hast«, stellte sie fest.

»Wir waren die ganze Nacht zusammen!«, protestierte Sarina.

»Okay, die ganze Nacht«, fuhr Kyra fort. »Und es gibt keine Möglichkeit, Kontakt mit ihm aufzunehmen?«

»Sein Vater ist reich, er macht irgendetwas mit Computern und Datensicherung und will keine digitalen Spuren hinterlassen oder so. Ich habe ihm meine Nummer gegeben. Und wir haben uns verabredet. Er wollte kommen.«

Kyra dachte nach.

»Und du hast ihn im Internet gesucht und findest ihn nicht?«

»Nein, keine Spur von ihm.«

Kyra streichelte das lange Haar ihrer Schwester und begann, es zu flechten.

»Für mich sieht es so aus, als will dein Prince Charming nicht gefunden werden«, sagte sie. »Vielleicht stimmt mit ihm etwas nicht. Ich finde die ganze Sache ziemlich merkwürdig.«

Kyra schlägt die Decke zurück und bekommt eine Gänsehaut. Rasch schlüpft sie in Jogginghose und Pulli. Sie zieht dicke Socken an und schleicht die Treppe hinunter ins Souterrain. Neben dem Schlafzimmer ihrer Eltern – dem Zimmer zum Garten hin, das bis vor ein paar Monaten noch das Zimmer ihres Bruders gewesen ist – liegt das Arbeitszimmer ihres Vaters. Vorsichtig zieht sie die Tür auf und erstarrt, als sie ihren Vater zurückgelehnt in seinem Bürostuhl sitzen sieht. Mit einem Schritt ist sie bei ihm. Sie beugt sich nach vorn und lauscht. Seine Brust bewegt sich. Gott sei Dank!

Auf dem Schreibtisch liegt das Tagebuch ihrer Schwester. Rasch nimmt sie es an sich und schleicht wieder hinaus.

Maud Mertens schreckt auf, als das Telefon läutet. Sie schaut auf die Uhr. Sieben. Ihre Mutter. Na schön, wie immer.

»Ich esse heute ein Ei, aber ohne Speck, denn den hatte ich gestern.«

»Hört sich lecker an, Mama. Ei.«

»Es heißt ja, Speck wäre nicht gesund, aber früher habe ich immer Brot mit Grieben gegessen.«

»Das klingt wiederum nicht so lecker.«

»Also sollte ich auch heute einfach wieder Speck nehmen.«

»Ich glaube nicht, das Speck dir noch groß schaden kann, Mama.«

»Dann mache ich es.« Ihre Mutter legt auf. Maud fragt sich, ob sie an diesem Wochenende die Zeit finden wird, sie zu besuchen.

Sie rappelt sich auf. Rücken und Oberschenkel schmerzen. Muskelkater. Du meine Güte, woher denn? Sie hört die Dusche rauschen und beschließt, das Frühstück für ihre Tochter zu machen. Vielleicht sollte sie auch in Roos' Fitnesscenter gehen. Dann könnten sie zusammen Sport treiben. Keine gute Idee. Roos würde sich für ihre Mutter in Grund und Boden schämen, und Maud würde sich zutiefst unglücklich fühlen inmitten all dieser fitten Menschen.

»Wie geht es Oma?«, fragt Roos, als sie zwanzig Minuten später ein Butterbrot mit Schokostreuseln futtert.

»Gestern war sie ziemlich klar im Kopf, aber heute hat sie wieder nur über das Frühstück geredet.

Roos zuckt mit den Schultern. »Sie ist alt, dann ist das eben so.«

»Kommst du heute Abend zum Essen nach Hause?«, fragt Maud. »Ich könnte versuchen, früher hier zu sein.«

Ihre Tochter zieht die Jacke an und blickt sich nicht einmal um.

»Tu einfach, was du tun musst«, erwidert sie und verlässt das Haus.

35

Keiner sagt mehr etwas, und fast alle weinen. Sie fahren eine Zeitlang und bleiben dann eine Weile stehen. Die Ladeklappe wird geöffnet, ein mit Basecap und Brille vermummter Kerl kommt herein, steckt ein neues betäubtes Kind mit verbundenen Augen in einen Käfig und verschwindet.

»Ich muss Pipi!«, weint Jesse. »Ich muss ganz dringend!«

Von dem altklugen Jungen ist nichts mehr übrig; an seine Stelle ist ein Kleinkind getreten. Jammern hat keinen Sinn. Weinen hat keinen Sinn. Er muss eben noch mal in die Hose machen, auch wenn in einer Ecke des Lkws eine richtige Toilette steht.

Niemand kümmert sich um den neuen Jungen, der bewusstlos in seinem Käfig liegt. Mit lautem Brummen springt der Motor an, und alle stöhnen auf, als sich der Lkw wieder in Bewegung setzt.

In Tommys Kopf kreisen die Gedanken. Warum? Warum sind sie hier? Was wird passieren? Er wünschte, er könnte seinen Kopf abschalten.

Er tastet die Kanten seines Käfigs ab. Das Metall ist dick und stabil, alles sitzt bombenfest. In der Scheune konnte man wenigstens erkennen, wo die Tür war, weil durch die Ritzen ringsum Tageslicht fiel; die Ladeklappe hier ist hermetisch verschlossen. Dennoch können sie einander sehen, weil an der Decke entlang ein Streifen mit LED-Lämpchen geklebt wurde, die einen weichen, gelblichen Schein verbreiten. Im Lkw ist es ganz anders als in der dreckigen Scheune. Hier riecht es nach frischer Farbe. Jeder von ihnen hat eine kleine Flasche Wasser und eine Rolle Kekse aus dem Vorrat erhalten. Und eine Packung Feuchttücher, um sich sauber zu machen.

Dass alles so gründlich durchdacht ist, macht Tommy ganz krank. Irgendjemand hat das sorgfältig geplant. Irgendjemand wusste schon seit geraumer Zeit, dass sie ihn entführen würden, während er ahnungslos zur Schule und zum Fußball radelte.

Zum zigsten Mal rüttelt Tommy an der Tür seines Käfigs. Auch dieser ist mit einem Hängeschloss versehen. Aber die einzige Hoffnung, die sie hatten – das Stückchen Holz mit dem Metalldraht aus seiner Spange –, ist in der Scheune zurückgeblieben.

Tommy kann nicht weg.

Niemand kann weg.

Was immer sie vorhaben, er kann nichts, rein gar nichts dagegen tun.

Das Ungeheuer in seinem Käfig wächst und erdrückt ihn fast. Er kann nicht mehr atmen. Es passt keine Luft in seine Lungen. Plötzlich krampft sich sein Magen zusammen, als hätte er etwas Ekliges gegessen. Er öffnet den Mund, und sein Kopf scheint in Flammen zu stehen. Er übergibt sich, immer wieder, bis nichts mehr herauskommt. Gut dass der Käfig unter ihm leer ist. Es bleibt ein wenig bittere Galle in seinem Mund zurück und ein langer Speichelfaden an der Lippe.

Ohne sich auch nur den Mund abzuwischen, rollt er sich zusammen, so klein wie nur möglich.

36

Jason Pierson, neun Jahre, Scheveningen.

Jede neue Entführung ist für sie wie ein Schlag ins Gesicht. Maud sitzt mit ihrem Team in ihrem Bereich der Fabrikhalle. Sie hören die Stimmen und Schritte ihrer Kollegen, das Klappern der Tastaturen. Beruhigend und beunruhigend zugleich. Das Team wird größer, die Atmosphäre angespannter. Die Bürgerinitiativen haben Zulauf bekommen, aber auch die Öffentlichkeit beginnt zu begreifen, dass es nicht damit getan ist, ein paar Weiden oder Waldstücke zu durchkämmen. Die Geschehnisse erfordern mehr.

Zwei Sender berichten ununterbrochen über die Kinder. Sie wiederholen immer dasselbe, denn neue Erkenntnisse gibt es nicht. Noch immer verschwinden Kinder, und die Polizei hat eine Razzia auf einem Bauernhof durchgeführt. Dort wurden zwar keine Kinder gefunden, aber ein Toter.

Mütter, lasst die Kinder im Haus, das ist das Einzige, was man noch sagen kann. Es sind Diskussionen darüber entbrannt, ob man die Kinder vorübergehend nicht zur Schule schicken und sich im täglichen Leben von Terroristen einschüchtern lassen sollte. Oder sind es gar keine Terroristen? Sind es gewöhnliche Kriminelle? Kinderräuber?

Es gibt Eltern, die sich in einer Bürgerwehr organisieren und zur Pause den Schulhof bewachen, die eigene Hinweissammelstellen einrichten. Wenn siebzehn Millionen Niederländer zusammenarbeiten, muss es doch möglich sein, diese Dreckskerle zu erwischen!

Mauds Handy klingelt. Es ist Kyras Vater. Sofort geht sie ran.

»Guten Tag. Ich wollte mich erkundigen, ob es schon etwas Neues über Sarina gibt.« Seine Stimme klingt müde. »Es ist schon wieder eine Weile her, seitdem wir etwas gehört haben. Es tut mir leid, ich möchte nicht …« Er schweigt.

»Ich verstehe«, sagt Maud und steht auf. Sie geht zwischen den Stellwänden hindurch – manchmal sieht sie, wie auf der anderen Seite ein paar Schuhe hin- und hergehen – und langsam weiter in Richtung Küche. *Der Typ, der die Einteilung gemacht hat, war gar nicht so dumm*, denkt sie, und sucht nach einer Antwort auf Hanno Slagters Frage.

»Ich habe neue Informationen«, sagt sie schließlich. »Über die Familie Kowzinsky. Nachdem ich im September die Genehmigung zur Wiederaufnahme des Falls erhalten hatte, habe ich als Erstes bei Interpol um Informationen über Dave gebeten. Die Kowzinskys sind Amerikaner, wie Sarina Kyra gegenüber schon erwähnt hatte.«

»Das ist …« Wieder schweigt Hanno Slagter.

»Ich glaube, das sind gute Neuigkeiten«, sagt Maud. »Wir haben jetzt nach all der Zeit wieder einen Anhaltspunkt. Viele Informationen habe ich noch nicht. Nur dass bekannt ist, wer die Kowzinskys sind, und dass es eine Akte gibt. Aber es wird eine Weile dauern, bis ich sie erhalte. Ich bin natürlich genauso gespannt wie Sie auf den Inhalt der Akte. Sie wird uns hoffentlich Aufschluss über Dave und seine Pläne mit Sarina geben.«

»Gilt er als Verdächtiger? Dass es eine Akte gibt, muss doch etwas zu bedeuten haben«, fragt Kyras Vater.

»Nicht unbedingt.« Maud weiß, wie die Familie über Dave

denkt und versucht, Hanno Slagters Erwartungen zu dämpfen. »Ich finde, es ist noch zu früh, das zu sagen. Wir wissen weder ob Sarina wirklich mit ihm gegangen ist noch was womöglich unterwegs geschehen ist. Sie könnte zum Beispiel irgendwo von Bord gegangen sein. Wir müssen erst wissen, was Dave zu sagen hat. Ich habe den Antrag, Kontakt mit der Familie aufnehmen zu können, bereits eingereicht, ebenso die Anforderung der Akte.«

»Wunderbar!« Hanno Slagter klingt begeistert. »Und wann rechnen Sie damit, sie zu erhalten?«

»Ich stecke gerade mitten in dem Fall der entführten Kinder …«, antwortet Maud.

»Ich kann mir gut vorstellen, wie ihre Eltern sich fühlen«, sagt Hanno Slagter, und Maud schließt die Augen. Was kann sie ihm sagen? Dass sein Kind nicht wichtig ist?

Sie dreht sich um und sieht, dass Niels Bingsten ihr zuwinkt. Ihre Leute erwarten sie.

»Ich habe auch den Namen eines amerikanischen Kollegen herausgefunden, der die Familie kennt«, fährt sie fort. »Ich werde ihm erklären, dass wir im Fall Ihrer verschwundenen Tochter ermitteln, dabei auf den Namen der Familie gestoßen sind und daher Informationen angefordert haben.« Sie hält kurz inne. »Ich verspreche es Ihnen.«

Niels Bingsten winkt noch einmal. Maud dreht ihm den Rücken zu.

»Sobald ich mehr weiß, rufe ich Sie an«, verspricht sie.

»Ich danke Ihnen«, sagt Hanno Slagter. »Ich verstehe, dass Sie durch die Entführungen unter großem Druck stehen, das ist wirklich ganz furchtbar …«

»Ich muss jetzt leider Schluss machen«, unterbricht ihn Maud. »Mein Team erwartet mich. Ich rufe Sie zurück.«

Sie beendet das Gespräch und kehrt zu ihren Leuten zurück.

»Das war der Vater von Sarina und Kyra Slagter«, erklärt sie Niels.

»O je«, sagt Niels und nickt vielsagend.

»Ich würde so gerne mehr für diese Leute tun«, seufzt Maud.

»Konzentriere dich jetzt erst mal auf diesen Fall«, rät Niels. »Eins nach dem anderen.«

Niels setzt sich an den Konferenztisch, Maud bleibt davor stehen.

»Ich muss noch kurz eine E-Mail verschicken, bevor wir beginnen können«, entschuldigt sie sich. Sie muss es jetzt erledigen. »Dauert nur zwei Minuten.«

Sie setzt sich an den Computer und schreibt eine Zeile an den Kollegen in Amerika. Sie nimmt sich nicht die Zeit, die Mail auf Schreibfehler zu kontrollieren, und klickt auf »Senden«. Hektisch steht sie auf.

Sie holt tief Luft und legt sofort los.

»Ist inzwischen bekannt, um wen es sich bei dem Toten auf dem Bauernhof handelt?«, fragt John plötzlich. Maud atmet wieder aus.

»Er kam aus Amsterdam-West«, antwortet Jolanda. »Ein junger Typ. Keine Vorstrafen. Hat noch zu Hause gewohnt. Seine Eltern stehen unter Schock und wussten von nichts.«

»Behaupten sie.« John lacht höhnisch.

»Wir werden sehen, John«, sagt Maud. »Das finden wir schon noch heraus.« Sie klopft kurz mit den Fingern auf den Tisch und fährt fort. »Gut«, sagt sie ein wenig zu laut. »Die Untersuchung der Spuren auf dem Bauernhof hat bis jetzt nichts gebracht, außer der Erkenntnis, dass dort vor Kurzem schwere Lkws durchgefahren sind. Es wurden Spuren von zwei verschiedenen Reifenprofilen gesichert. Derzeit versuchen wir festzustellen, um welchen Reifentyp es sich handelt. Der Bauernhof liegt etwas abgelegen, aber Nachbarn haben erklärt, dass gestern gegen Mittag tatsächlich ein Lkw auf das Gelände gefahren ist. Naheliegend ist, dass die Kinder in einem Lkw zu einem neuen Versteck gebracht wurden.«

»Gestern Abend«, bemerkt Niels Bingsten. »Sie könnten also inzwischen überall in den Niederlanden sein.«

»Oder sonst wo«, brummt John.

»An den Grenzen wird besonders streng kontrolliert«, erwidert Maud, schweigt und denkt an die unzähligen Grenzübergänge in Europa, die gar nicht mehr kontrolliert werden.

»Thomas?«, fragt sie. »Was habt ihr herausgefunden?«

»Wir können nichts finden, was die Kinder gemeinsam hätten«, antwortet Thomas Kuipers und fährt sich mit der Hand durch das halblange Haar. Früher trug er einen Pferdeschwanz, aber seit er Kinder hat, trägt er das Haar etwas kürzer und offen. Er rollt seinen Stift zwischen den Fingern hin und her. »Auch die medizinischen Unterlagen – soweit wir sie bis jetzt haben – weisen keine Gemeinsamkeiten auf. Es gibt weder Übereinstimmungen bei den medizinischen Untersuchungen noch bei den behandelnden Ärzten. Keine gemeinsamen Kurse wie Selbstbehauptungstraining oder so. Wir haben eine ausführliche Liste möglicher Übereinstimmungen – sie hängt übrigens da –, und nicht eine trifft auf alle Kinder zu.«

Thomas zeigt missmutig auf die Liste, die an einer der Wände hängt.

»Auch äußerlich haben sie nichts gemeinsam. Haarfarbe, Augenfarbe – alles unterschiedlich.«

Alle starren auf die Fotos an der Wand.

»Nicht alle von ihnen sind besonders hübsch«, fährt Thomas fort. »Oder … Tja …«

»Sind alle gesund?«, fragt Maud.

»Ja.«

»Gibt es eine Gemeinsamkeit in den Krankheitsgeschichten der Familien? Einen Gendefekt, der nicht unbedingt die Kinder selbst betrifft?«

»Nicht dass ich wüsste«, antwortet Thomas und macht sich eine Notiz.

»Sind sie adoptiert? Durch künstliche Befruchtung entstanden?«

Kuipers schüttelt den Kopf.

»Trotzdem muss es einen Grund dafür geben, dass ausgerechnet diese Kinder entführt wurden«, erwidert Maud. Wenn es diesen Leuten einfach nur um irgendwelche Kinder gegangen wäre, hätten sie in eine Schule eindringen und eine ganze Klasse mitnehmen können.«

»Wie die Terrorgruppe Boko Haram«, sagt Myrna leise.

»Du hast recht.« Jolanda hat einen entschlossenen Zug um den Mund und einen kämpferischen Blick. »Irgendetwas muss an diesen Kindern besonders sein.«

Noch immer starren alle an die Wand mit den Fotos und Aufzeichnungen. Das Brainstorming setzt sich fort, und schließlich kommt eine Liste mit Sachverhalten zustande, die noch untersucht werden müssen, aber keine Antworten, die ihnen irgendwie weiterhelfen würden.

Einer der anderen Gruppenleiter stürmt herein.

»Fenne Zwiers«, sagt er fast außer Atem. »Elf Jahre alt. Aus Wassenaar. Aber diesmal haben wir Glück. Sie ist gechippt.«

»Wie bitte?« Maud steht auf. »Gechippt? Wie ein Haustier?«

»Gechippt insofern, dass sie einen Peilsender trägt, den wir verfolgen können. Alle Gruppenleiter bitte zur zentralen Besprechung. Kommst du?«

»Gechippt?«, fragt Niels Bingsten. »Das kann doch nicht wahr sein!«

Maud lässt ihr bestürztes Team zurück und begibt sich, so schnell sie kann, zum zentralen Konferenzraum, wo Tijssen schon bereitsteht, um sie zu briefen.

»Bei dem letzten Opfer, Fenne Zwiers, wurde gestern vorübergehend ein Chip implantiert. Die Eltern sind vermögend.« Erik Tijssen verschwendet keine Zeit. »Das Signal wird jedoch nicht routinemäßig ausgelesen, um eine Vierundzwanzig-Stunden-Überwachung auszuschließen. Es wird nur dann angepeilt, wenn es angebracht ist, wie zum Beispiel bei einer Entführung. Wir sind gerade dran. Das Einsatzkommando wartet darauf, dass der exakte Standpunkt durchgegeben wird. Ich erwarte die Meldung jeden Augenblick. Maud, wir fahren dann sofort los. Ich möchte, dass alle Übrigen erst einmal mit ihrer Arbeit fortfahren.« Er schaut auf die Uhr. »Weit weg können sie nicht sein. Das Mädchen ist vor einer Dreiviertelstunde aus dem ziemlich großen Garten des Elternhauses verschwunden, also können sie maximal siebzig Kilometer davon entfernt sein.

Er greift nach seinem Handy. Alle anderen sind still.

»Wir fahren los.« Tijssen winkt Maud. »Das Signal wurde auf der A4 ausgemacht; es bewegt sich in Richtung Norden.«

37

»Ich habe einen Chip!«

Sie können jetzt normal miteinander reden, ohne Angst haben zu müssen, dass einer der Entführer in den Lkw kommt, wenn sie etwas lauter sind oder sogar schreien. Leider kann sie auch sonst niemand hören.

»Wie meinst du das?« Tommy blickt das Mädchen, das im Käfig neben ihm untergebracht wurde, erstaunt an. »Was meinst du mit einem Chip?«

»Gestern habe ich einen Chip implantiert bekommen. Mein Vater wollte das unbedingt, weil er Angst hatte, ich könnte vielleicht auch entführt werden. Also hat er das schnell für mich geregelt, weil er eine Firma hat, die diese Chips herstellt.«

Triumphierend blickt sie in die Runde und zieht dann die Augenbrauen hoch.

»Die ganzen Niederlande stehen Kopf«, sagt sie. »Weil ihr alle weg seid. Sie berichten jeden Tag im Fernsehen darüber, und alle suchen euch.« Kat kriecht so nahe wie möglich an den Käfig des neuen Mädchens heran, und auch Jesse hebt den Kopf.

»Deswegen habe ich einen Chip bekommen. Damit man verfolgen kann, wo ich bin. Und ich habe gelernt, wie man sich verhalten muss, wenn man entführt wird.«

»Wie denn?«, fragt Kat, und Tommy stellt sich vor, dass das Mädchen das Fliehen trainiert hat, das Schlösseröffnen und andere Tricks.

»Man muss einfach ganz ruhig bleiben«, sagt sie stattdessen und zuckt mit den Schultern. »Aber ich weiß auch nicht, wie ich das machen soll.« Plötzlich fängt sie an zu weinen.

»Dann wird die Polizei wohl inzwischen unterwegs sein«, stellt Tommy fest.

»Wo warst du?«, fragt Jesse. »Als du entführt wurdest, meine ich.«

»Zu Hause«, antwortet das Mädchen und schluchzt. »Ich durfte nicht raus, ich durfte nur im Garten spielen, auf dem Trampolin. Ich wollte den Ball holen, den ich vom Trampolin getreten hatte, und plötzlich hat mich jemand gepackt, und mehr weiß ich nicht.«

»Wie heißt du?«, fragt Tommy.

»Fenne, Fenne Zwiers«, sagt sie leise.

»Hi, Fenne.« Jesse ist fast wieder der Alte. »Wir müssen noch ganz in eurer Nähe sein. Du bist noch nicht lange hier drin. Und wenn es stimmt, was du sagst, ist die Polizei schon unterwegs. Dann dauert es nicht mehr lange, bis du wieder zu Hause bist.«

Es wird still.

Zu Hause.

Tommy wünscht sich so sehr, wieder in seinem eigenen Bett zu schlafen. Mit Komm-Her zusammengerollt auf der Decke, wo er nur die Hand nach ihm auszustrecken braucht, damit er daran leckt. Er würde duschen und von Mama ein Brötchen mit Ei bekommen und danach eine Tasse warmen Kakao.

Er friert immer noch, aber weil der Lkw-Anhänger kleiner ist als die Scheune, dicke Wände hat und die Klappe so dicht schließt, ist es wärmer. Er kann nicht aufrecht sitzen. Er kann nur liegen und auf allen vieren kriechen, mehr nicht. Er versucht, nicht daran zu denken, wie klein der Käfig ist, denn sonst würde er verrückt werden.

Seitdem sie den Bauernhof verlassen haben, hat er den Dicken nicht mehr gesehen. Komisch, dass man so jemanden vermissen kann. Er hat Decken in die Scheune gebracht, aber dann kam der Typ mit der Sonnenbrille und hat ihn angeschrien. Der mit der Sonnenbrille hat die Decken auf den Boden geworfen, und dann sind beide rausgegangen. Kurz danach wurden sie aus ihren Käfigen geholt. Jesse sagt, der Dicke wurde niedergeschossen. Jesse war der Letzte, der in seinen neuen Käfig gebracht wurde, und hat gesehen, wie der Mann mit den Lederschuhen zusammen mit dem Sonnenbrillentypen zur Scheune zurückgegangen ist, wo der Dicke einen Feuerkorb mit einem Eimer Wasser zu löschen versuchte. In dem Moment, in dem er in den Lkw gehoben wurde, hörte Jesse einen Schuss und sah den Dicken rückwärts umfallen. Ob das stimmt? Ob der Mann jetzt mit einer Schussverletzung daliegt? Tommy ist sich nicht sicher, ob er ihm das wünschen soll oder nicht.

»Wie ist es hier so?«, fragt Fenne mit zittriger Stimme und reißt Tommy damit aus seinen Grübeleien. Im ersten Moment weiß er nicht recht, was er sagen soll, aber dann erzählt er ihr alles. Von den Männern, dem Sonnenbrillentypen und dem Dicken und dass sie vorher auf einem Bauernhof waren. Dass sie manchmal etwas zu essen bekommen. Dass sie manchmal auf den Eimer dürfen oder auf die Toilette. Wie sie aus der Scheune geholt und in den Lkw gestoßen wurden.

»In der Scheune hat man sofort eine Ohrfeige bekommen, wenn man geschrien hat«, erzählt Tommy. »Hier passiert nichts. Ich glaube, der Anhänger ist schalldicht.«

»Wie funktioniert das mit dem Chip?«, fragt Tim. Alle Kinder sind wach. Tommy sieht, wie sie die Gesichter interessiert zu ihnen drehen.

»Er wurde mit einer dicken Nadel hier in meinen Unterarm geschoben«, erzählt Fenne und zeigt auf ihr Handgelenk. »Es ist nicht gut, wenn er zu lange im Körper bleibt, aber für eine Weile, ein paar Monate oder so, ist es nicht schlimm. In dem Chip steckt ein Minisender, eine Art SIM-Karte, so wie in den Handys. Dadurch können sie einen orten, auf drei Meter genau.« Auf einmal wirkt sie besorgt. »Eigentlich darf ich natürlich nichts davon erzählen. Niemandem. Wir werden doch nicht abgehört, oder?«

»Ich weiß nicht«, sagt Tommy. »Ich habe noch nichts davon bemerkt. Aber es könnte natürlich sein.«

»Ist doch egal«, erwidert Edo. »Die Polizei ist sowieso schon unterwegs. Wetten? Klar, die sind längst hinter uns her.«

»Haben sie dich denn nicht untersucht?«, fragt Kat. »Mich haben sie von Kopf bis Fuß untersucht, glaube ich jedenfalls, sogar nackt, denn ich hatte meine Kleider ganz falsch an, als ich wach geworden bin.«

»Bei mir war das auch so«, sagt Tommy. Es ist furchtbar, in diesen viel zu kleinen Käfigen in einem ständig umherfahrenden Lkw zu hocken, aber wenigstens können sie normal miteinander reden. Es ist ein gutes Gefühl, dass wenigstens etwas ein kleines bisschen normal ist. Alle Kinder bestätigen, dass ihre Kleidung merkwürdig saß, als sie wach geworden sind.

»Ich glaube, diese Männer sind sehr schlau«, sagt Tommy. »Jedenfalls der mit den Lederschuhen. Ich glaube, der ist der Chef und weiß genau, was er tut.«

»Was denn?«, fragt Jesse.

»Keine Ahnung«, gibt Tommy zu. »Aber sie haben uns einfach am helllichten Tag entführt, an einem ganz normalen Ort, nicht in einer dunklen Gasse oder so.«

Die Kinder um Tommy herum nicken.

»Und dann untersuchen sie uns von oben bis unten, während wir noch bewusstlos sind. Schließlich stecken sie uns in einen Lkw, der speziell für uns eingerichtet wurde, so sieht es jedenfalls aus.«

Eines der Kinder fängt an zu weinen.

»Ich weiß nicht, ob sie mich untersucht haben«, sagt Fenne, öffnet die Jacke und schaut auf ihren Pulli. »Bei mir sitzt noch alles richtig.«

»Vielleicht haben sie den Chip nicht entdeckt«, sagt Jesse. »Hast du eine Narbe?«

»Nur ein Pflaster«, sagt Fenne und zieht den Ärmel hoch. Auf ihrem Unterarm hat sie einen ganz kleinen Schnitt, der mit einem Stich genäht wurde. Das Pflaster ist weg. Auf einmal hält der Lkw an.

38

Zum zweiten Mal innerhalb von vierundzwanzig Stunden sitzt Maud in Erik Tijssens Auto.

»Eine Gruppe von Psychologen hält sich für die Kinder bereit«, erklärt der Chef. »Sie werden langfristige fachkundige Betreuung erhalten, aber ich möchte, dass du sie als Erstes in Empfang nimmst. Du weißt alles über diese Kinder.«

»Wie sicher ist es, dass der Chip funktioniert?«, fragt Maud.

»Es ist eine umstrittene Methode«, antwortet Barbara Ruigbot, die neben ihr sitzt. »Aber soweit ich weiß, kann er sehr genau geortet werden.«

»Benno Zwiers verfolgt bereits seit Jahren die Entwicklungen auf dem Gebiet der *Personal Locator*-Geräte«, fährt Tijssen fort. »Er arbeitet mit *Positive-Id* zusammen, ehemals *VeriChip*, einer amerikanischen Firma, die diese Art von Chips herstellt. Daher hat er gleich nach Bekanntwerden der Entführungen dafür gesorgt, dass seine einzige Tochter mit so einem Chip versehen wird. *VeriChip* ist 2007 in die Schlagzeilen geraten, weil einer ihrer Chips in den Verdacht geriet, Krebs zu erregen, obwohl er von der FDA als unbedenklich eingestuft worden war. Er war nur so groß wie ein Reiskorn und wurde meist Tieren implantiert, darunter Zuchthengsten im Wert von mehreren Millionen. Leider entwickelten viele von ihnen Tumore.«

»Das war also das Ende der Chips?«, fragt Maud.

»Ja, zunächst schon«, erklärt Tijssen, »aber die Firma hat unter einem neuen Namen weitergemacht. Die Technik auf diesem Gebiet macht ja rasante Fortschritte. Abgesehen davon besitzt Zwiers seit etwa zehn Jahren eine Firma für Sportwetten-Informationen. Er betreibt in Indien ein Büro voller Jungs, die in Realtime alle großen Sportwettkämpfe weltweit dokumentieren und registrieren. Diese Informationen verkauft er an Wettsyndikate. Damit ist er noch reicher geworden.«

»Was ist mit den anderen Eltern?«, fragt Maud. »Wissen die schon Bescheid?«

»Wir haben sie noch nicht informiert«, antwortet Tijssen. »Wir planen, sie zentral zu betreuen, sobald wir die Kinder haben.«

Sie rasen mit halsbrecherischer Geschwindigkeit über die A10.

»Ja?«, sagt Barbara Ruigbot in ihr Handy. »Okay. Der Parkplatz am Hafen von IJmuiden! Kennemerboulevard!«, ruft sie.

Tijssen zieht mit hoher Geschwindigkeit hinüber auf die A9, während sein Beifahrer die Adresse ins Navigationssystem eingibt.

»Siebenundzwanzig Minuten«, meldet Tijssen und tritt das Gaspedal durch.

Auf allen Kanälen wird über die verschwundenen Kinder berichtet, ob im Fernsehen, im Radio, im Internet oder in der Zeitung. Ihr Verschwinden hat im ganzen Land Spekulationen und Diskussion über die Prävention solcher Verbrechen ausgelöst. Wie kann man verhindern, dass Kinder einfach mitgenommen werden? Der kranke Geist ist immer im Vorteil. Außerdem schafft es niemand, immer aufmerksam zu sein. Inzwischen werden sieben Kinder vermisst. Auch auf Twitter und Facebook gibt es kein anderes Thema. Kyra wird übel davon. Sie klappt das Tagebuch ihrer Schwester zu. Beim ersten Mal hat sie es durchgeblättert, doch dann hat sie sich gezwungen, noch einmal jede Seite gründlich durchzulesen. Doch ihre Gedanken schweifen ab. Langweilig, so ein Teenagerleben. Schule. Freundinnen. Eltern. Liebe. Und noch etwas zieht sich wie ein roter Faden durch die Einträge: Sarinas gestörtes Verhältnis zu ihrem Körper und der ewige Kampf mit dem Essen. Es gab Tage, da ernährte sich ihre Schwester von einer einzigen Apfelsine, lief aber fünf Kilometer, um ihre Kalorien-Balance zu halten, dazu hundert Sit-ups am Morgen und hundert am Abend.

Manchmal zwang Kyra ihre Schwester, etwas zu essen. Ein Stück Käse oder einen Apfel. Sie weigerte sich, ihr Zimmer zu verlassen, bis sie es aufgegessen hatte, aber es half alles nichts. Schlimmer noch, das Thema Essen wurde immer heikler und gab immer mehr Grund für Auseinandersetzungen.

Eines Tages sagte Kyra: »Jetzt ist Schluss! Ich habe die Nase voll. Auf mich hörst du nicht, also sage ich es jetzt Papa.«

»Nein, bitte nicht!«

»Jetzt hör mir mal gut zu, Sarina, du kannst nicht von mir erwarten, dass ich daneben stehe und zusehe, wie du dich zu Tode hungerst. Kapierst du das?«

Sarina gab keine Antwort und zog ihre Joggingsachen an, ohne Kyra auch nur anzusehen. Die lange Hose mit den schrägen Taschen, die Jacke mit dem hochgeschlossenen Kragen. Das Nike-Outfit, auf das sie so stolz war.

Kyra versperrte ihr den Weg.

»Hast du das kapiert?«, wiederholte sie, doch Sarina wich ihr aus und ging ohne ein Wort zur Tür hinaus.

Kyra schaut auf die Uhr. Halb sieben. Ihr Vater ist zu einem Kongress über die multidisziplinäre Herangehensweise bei Krankheitsbildern gefahren. Alles dient dazu, sein geistiges Kind, das

Universal Health Center, aus der Taufe zu heben. Ihre Mutter kommt natürlich erst wieder spät nach Hause, nachdem sie am Nachmittag mit ihren Freundinnen des spirituellen Clubs, bei dem sie seit einigen Monaten Mitglied ist, Channeling betrieben hat. Sie ist ständig entweder bei der Arbeit, mit irgendeinem Hobby beschäftigt, beim Sport oder mit Freundinnen essen, aber nie zu Hause, um vielleicht mal ein bisschen zu kochen oder sich mit ihrer Tochter zu unterhalten.

»Ich habe ein paar Jahre nachzuholen«, argumentiert sie, wenn Kyra sie darauf anspricht. »Nach Sarinas Verschwinden war ich vier Jahre lang wie erstarrt. Ich kann mein Leben nicht länger auf Stand-by halten.«

Seitdem die Stand-by-Phase vorüber ist, verläuft das Leben ihrer Mutter in Zeitraffer, doch Kyra sagt nichts dazu. Außerdem sollte sie mit ihren neunzehn Jahren eigentlich kein Problem damit haben, mal einen Abend allein zu sein. Wenn sie nicht in Amsterdam wohnen würde, hätte sie sich womöglich irgendwo in der Stadt ein Zimmer genommen. Dann hätte sie auch allein zurechtkommen müssen. Sie nimmt Sarinas Tagebuch und steckt es zu ihrem Laptop in den Rucksack. Und beschließt, das Buch nicht eher zurückzugeben, bis sie sicher ist, nichts darin gefunden zu haben, was zur Aufklärung von Sarinas Verschwinden beitragen kann.

39

Tommy kauert sich zusammen, als die Tür des Lkws geöffnet wird. Über seinem Ohr, dort wo er sich den Kopf gestoßen hat, als er so brutal in den Käfig geschubst wurde, hat er einen tiefen Schnitt, und sein Haar ist blutverklebt. Er hatte versucht, die Füße gegen das Metallgitter zu stemmen, sodass der Kerl ihn nicht hineindrängen konnte, und als das nicht half, hielt er sich krampfhaft an den Rändern der Käfigöffnung fest und ließ selbst dann nicht los, als Kat hereingebracht wurde und jemand eine Pistole entsicherte. Er stieß sich den Kopf, sein Bein wurde in einem unnatürlichen Winkel hineingedrückt, sodass es sich anfühlte, als würde es brechen, doch er schaute nur zu Kat und der Pistole an ihrem Kopf. Sie kniff die Augen vor Angst fest zusammen und ließ sich ohne weiteren Protest in den Käfig stecken. Tommy klammerte sich weiterhin an der Käfigtür fest. Bis der Mann sie so fest zuknallte, dass er vor Schmerz aufschrie.

Im schummrigen Licht erkennt Tommy zwei Männer mit Mützen, Schals und Sonnenbrillen. Sie sprechen miteinander. Mit zwei Schritten sind sie bei Fenne, öffnen das Schloss ihres Käfigs und ziehen sie heraus. Rasch blickt Tommy durch die geöffnete Ladeklappe nach draußen, aber er sieht nichts als eine Betonfläche. Der Rest der Welt ist schwarz und kalt, und wieder weht ein eisiger Wind herein. Der Lkw steht auf einem Parkplatz. Irgendwo weit draußen, keine Menschenseele zu sehen. Es gießt wie aus Eimern. Tommy nimmt den Geruch von Müll wahr. Im Inneren des Lkws riecht es nach Putzmittel.

Die Männer nehmen Fenne mit, und die große Ladeklappe schließt sich geräuschlos hinter ihr. Tommy schluckt. Was werden sie mit ihr machen? Werden sie sie untersuchen, so wie sie es mit all den anderen getan haben? Oder haben sie mit ihr etwas anderes vor? Aber was? Was kann es sein? Schon schwirren ihm wieder unzählige Fragen durch den Kopf, und das Ungeheuer kehrt in sein kleines Gefängnis zurück.

40

Hinter den Wohnvierteln eröffnet sich ein Gewerbegebiet. Maud ist nervös. Neben den üblichen Fabrikgebäuden befinden sich zahlreiche Lagerhallen. Es gibt keinen Kundenverkehr, das Außengelände ist vollkommen vernachlässigt. Hier dreht sich alles nur um die Waren, die in den Hallen gelagert werden. Die Straße windet sich zwischen den Gebäuden hindurch. Einige Seitenwege erwecken den Eindruck, als wären sie schon länger nicht mehr benutzt worden.

Der Hafen von IJmuiden. Vor vielen Jahren ist sie einmal mit Edwin und Roos hier gewesen, in einem Fischrestaurant, das ihre Eltern gelegentlich mit Freunden besucht hatten. Es bot Aussicht auf die Flussmündung und die riesige Fabrik auf der gegenüberliegenden Seite, die damals noch Hoogovens hieß. Roos hatte es gut gefallen. Während man Aalpfanne aß, blickte man hinaus in die schwarze Nacht mit ihren zahllosen Lichtern. Man sah Rauch aus den Schornsteinen steigen und ab und zu ein erleuchtetes Schiff vorbeischweben.

Es fängt an zu regnen. Das Trommeln auf dem Autodach wird zunehmend heftiger.

»Gibt es hier so etwas wie ein Café oder Restaurant?«, fragt Maud. »Kann ich die Kinder irgendwo ins Warme und Trockene bringen?«

»Im Sommer schon«, erwidert Ruigbot. »Ich bin hier früher

öfter mit meinen Kindern gewesen. Aber im Winter hat alles geschlossen.«

Barbara Ruigbot und Kinder. Maud kann es sich nicht vorstellen. Die kalte Staatsanwältin mit Eimerchen und Schippchen am Strand.

»Wir hatten hier eine seetüchtige Jacht liegen«, erklärt sie. »Aber wir haben sie vor fünf Jahren verkauft, als es nicht mehr ging wegen Dennis' multipler Sklerose.«

Maud schluckt. Sie wusste nicht, dass Ruigbots Mann krank ist.

»MS«, sagt Maud leise. »Das ist ja …«

»Wir sind am Ziel«, unterbricht sie Tijssen. »Die Zugriffseinheit ist schon da.«

Sie biegen in eine lange, gerade Straße ein. Rechts liegt das Hafengebäude, links ein großer, verlassener Parkplatz. Sie rasen über die Straße bis zum Ende des Geländes, das direkt hinter den Dünen liegt. In der Ferne erkennt Maud eine Phalanx von Polizeibussen. Sie blickt wie gebannt durch die Windschutzscheibe und richtet sich auf. Tijssen biegt links ab, brettert über den dunklen Parkplatz, bremst mit quietschenden Reifen und springt sofort aus dem Auto. Maud stößt die Tür auf und rennt hinter ihm her. Ihre Glieder schmerzen; dennoch rennt sie, als hinge ihr Leben davon ab, zwischen zwei Bussen hindurch. Hoffentlich haben sie die Kinder hier nicht einfach abgelegt! Nicht dass auf der anderen Seite der Wagenreihe lauter kleine tote Körper liegen!

Für den Bruchteil einer Sekunde befindet sie sich wieder im Autopsiesaal. Der gefleckte, lose Rumpf. Die kleine Hand auf dem Stahltisch. Der Kopf, von dem Nase, Ohren und Lippen weggeschnitten, die Zähne kaputt geschlagen waren und – was sie auf merkwürdige Weise am meisten getroffen hatte – das

Haar so schlampig abgeschnitten war. *So viele blaue Flecken hatte sie nun auch wieder nicht.*

Keuchend rennt Maud Mertens auf die schweigenden Kollegen zu. Sie stehen mit gezogenen Waffen im Halbkreis, geschützt von schwarzen, schusssicheren Westen, Helmen und Visieren. Irgendwo in der Ferne hört Maud einen Helikopter. Das Geräusch wird lauter und stört die bleierne Stille, die über dem Parkplatz liegt.

Maud bricht durch die Mauer der schwer bewaffneten Kollegen. Auf dem ansonsten vollständig verlassenen Platz steht ein Mädchen in einer dicken Winterjacke. Ihre Augen sind mit einem Tuch verbunden und sie hält die erhobenen Hände vor der Brust, als wolle sie etwas wegschieben. Ganz langsam hebt sie die Arme, als wolle sie sich ergeben.

Sarinas Jogginganzug, der Nike-Anzug. Kyra hat schon die Hand auf der Türklinke, als sie plötzlich von einem merkwürdigen Gefühl zurückgehalten wird. Sie beißt sich auf die Unterlippe und versucht, sich an die Tage unmittelbar nach Sarinas Verschwinden zu erinnern. Mein Gott, das ist inzwischen schon vier Jahre her. Beinahe viereinhalb. Fünfzehn Jahre alt war sie damals, noch ein halbes Kind, das auf Bäume kletterte, eine Zahnspange und einen zu langen Pony trug. Kyra kehrt zurück in die Diele. Als ihre Eltern und Jarno aus Texel zurückgekehrt waren, haben sie nichts von Sarina mitgebracht. Die Kripo hatte all ihre persönlichen Gegenstände beschlagnahmt, um sie auf Spuren zur untersuchen. Erst Monate später wurden ihre Sachen freigegeben, und Kyra hatte die Möglichkeit, sie durchzusehen. Es gab einen Riesenkrach mit ihrer Mutter, weil Kyra sich sicher war, dass Kleidungsstücke fehlten.

»Ich weiß doch wohl, was ich jede Woche an Wäsche habe«,

hatte ihre Mutter beleidigt erwidert. »Sag mir nicht, dass ich mein Kind nicht kenne!«

Noch am selben Abend hatte Kyra den Kleiderschrank ihrer Schwester durchsucht. Sie zweifelte, aber es kam ihr immer noch so vor, als fehlte etwas. Ein Pullover? Eine Hose? Sarina legte großen Wert auf Kleidung. Oder besser: Sie legte phasenweise großen Wert auf bestimmte Kleidungsstücke und lief dann wochenlang in immer demselben Pullover herum. Wenn sie ihn durchhatte, konnte man ihn gleich in den Mülleimer werfen.

Die Kleidungsstücke, die ihre Schwester in jener Phase am liebsten gemocht hatte, steckten alle im Rucksack. Das hatte auch Kyra festgestellt. Aber der Nike-Anzug, wo war der geblieben?

Kyra wirft ihre Jacke auf die Treppe und sprintet nach oben. Sie geht in das Zimmer, das sie seit vier Jahren als Schlafzimmer benutzt, und öffnet den Kleiderschrank, der noch immer die Garderobe ihrer Schwester enthält. Innerhalb weniger Minuten liegt der Inhalt auf dem Boden. Kein Nike-Anzug.

Wenn er nicht hier ist, muss Sarina ihn noch haben. Kyra kehrt in ihr eigenes Zimmer zurück und starrt auf die Wand mit den Aufzeichnungen über ihre Schwester. Sie kann jedes Wort im Traum herbeten, aber dennoch. In den Zeugenaussagen war von einem Mädchen mit einem violetten Trägertop und einer schwarzen Dreiviertelhose die Rede, das einen schwarzen Pulli um die Taille geknotet hatte. Das violett-schwarze Ensemble war Sarinas Sommeroutfit und das schwarze Nike-Ding für kalte Tage. Weil sie so mager war, fror Sarina häufig, aber der Junitag, an dem sie verschwand, war besonders warm gewesen. Sarina muss den Anzug bei sich gehabt haben, aber Kyra weiß genau, dass er nicht unter den Kleidungsstücken war, die die Kripo ihnen gebracht hatte. Sie flucht. Also hatte sie recht! Es fehlte etwas, aber niemand wollte ihr glauben. Warum hat sie nicht früher an die Sportklamotten gedacht? Schnell geht Kyra ins Schlafzimmer zurück, faltet die Kleider ihrer Schwester zusammen und räumt sie in den Schrank. Sie riechen nach Weichspüler, nicht nach Sarina.

»Kein Sprengstoff«, stellt der Leiter der Zugriffseinheit fest, nachdem das Mädchen kontrolliert wurde. Die Einheit hat sie umzingelt, aber inzwischen halten die Männer die Waffen auf die Dünen gerichtet und nicht mehr auf Fenne. Die Augenbinde hat man ihr abgenommen.

»Darf ich?«, fragt Maud.

Sie erhält grünes Licht.

Behutsam geht sie auf das Mädchen zu. Hinter sich hört sie Befehle, die Umgebung zu kontrollieren. Die Sirene eines Krankenwagens kommt näher, während sich das Geräusch des Hubschraubers entfernt. Maud weiß, dass das Dünengebiet durchkämmt werden wird und die Kriminaltechniker den Parkplatz auf Spuren untersuchen müssen.

»Fenne?«

Das Mädchen nickt. Stocksteif steht es da, eher unsicher als verängstigt. Es trägt gefütterte Kunststoffstiefel und eine kurze Daunenjacke. Maud streckt den Arm aus und hockt sich vor Fenne hin.

»Mein Gott, Kind …«

»Wo ist Papa?«, fragt das Mädchen. Es rührt sich nicht.

»Der kommt gleich. Er ist unterwegs. Es dauert nicht mehr lange.«

Fennes Gesicht ist blass, und Maud sieht ihr an, dass sie geweint hat. Dennoch liegt ein verbissener Zug um ihren Mund und ein entschlossener Blick in den grauen Augen.

»Hattest du große Angst?«, fragt Maud. »Du bist jetzt in Sicherheit, das weißt du, oder?«

Fenne nickt, und dann schmiegt sie sich an Maud und verbirgt das Gesicht in ihrem Wollmantel. Sie sagt etwas, das Maud nicht verstehen kann.

»Was sagst du, Fenne?«

Wieder murmelt das Kind etwas Unverständliches.

»Fenne!«, sagt Maud etwas strenger. »Weißt du, wo die anderen Kinder sind?«

Das Mädchen schüttelt den Kopf.

»Hast du jemanden erkannt, einen Namen gehört, kannst du mir irgendetwas erzählen, damit ich den anderen helfen kann?«

Wieder schüttelt Fenne den Kopf und drückt weinend ihr Gesicht gegen Mauds Mantel.

»Ich weiß nichts«, schluchzt sie. »Ich weiß nicht, wo sie sind. Als ich ausgesetzt wurde, waren alle okay. Mir ist so furchtbar kalt!«

Fenne weint jetzt laut und verzweifelt.

»Weißt du was?« Maud steht auf und zieht ihr Handy aus der Manteltasche. Tijssen nickt ihr zu und geht hinüber zu Ruigbot, die mit dem Einsatzleiter des Sonderkommandos spricht.

»Weißt du die Nummer von deinem Papa auswendig?«, fragt Maud, zieht den Mantel aus und legt ihn über die Schultern des Kindes. Sofort kriecht ihr der beißende Frost unter die Kleider.

Das Mädchen nickt.

»Dann ruf ihn von meinem Handy aus an.« Sie gibt Fenne ihr Telefon.

»Papa?«, schnieft sie. »Kommst du?« Dann lauscht sie, und Maud hört, wie ihr Vater beruhigend auf sie einredet. »Ja.« Fenne flüstert beinahe. Man merkt ihr die Erleichterung deutlich an. Sie gibt Maud das Handy zurück.

»Hast du irgendwo Schmerzen?«, fragt Maud, als sie aus dem Augenwinkel heraus sieht, dass der Krankenwagen eintrifft.

»Nein.«

»Ist irgendetwas passiert, das …«

»Nein.«

Maud bleibt skeptisch. Die Staatsanwältin, die jetzt im Hintergrund mit Tijssen diskutiert, wird in jedem Fall veranlassen, dass das Mädchen von Kopf bis Fuß untersucht wird. Maud blickt sich um. Ihr wäre es am liebsten, wenn sie irgendwo im Warmen mit dem Kind reden könnte.

»Sollen wir uns in den Krankenwagen setzen?«, schlägt Maud vor. »Dort ist es wärmer, und wir können uns ein bisschen unterhalten. Warte mal.« Sie bückt sich und holt eine Rolle Mentos aus der Jackentasche. »Und ein bisschen laut schmatzen.«

Fenne lächelt unter ihren Tränen, und zusammen gehen sie zum Krankenwagen.

»Du bist wirklich sehr tapfer«, meint Maud, als sie drinnen sitzen. Sie hat den Sanitätern erklärt, dem Mädchen gehe es gut und sie sollten sie einen Augenblick zu sich kommen lassen. »Ich möchte dir gerne ein paar Fragen stellen, geht das?«

Fenne nickt.

»Hast du deine Entführer gesehen? Weißt du, wer sie sind?«

»Nein.«

»Hast du gesehen, wo sie hingefahren sind?«

»Nein, sie haben mir die Augen verbunden, als sie mich aus dem Lkw geholt haben. Hier haben sie mich abgesetzt, und bevor sie weggefahren sind, hat der eine Mann gesagt, sie würden mich erschießen, wenn ich das Tuch abnehme.«

Maud flucht in Gedanken. Scheißkerle!

»Erzähl mir doch mal, was passiert ist. Hast du die anderen Kinder gesehen?«

»Ja«, antwortet Fenne, steckt sich noch ein Bonbon in den Mund und erzählt schmatzend weiter. »Alle Kinder waren da. Und es geht ihnen allen gut. Ich meine, sie sind natürlich traurig und so, aber niemand ist verletzt.«

»Wie viele Kinder hast du gesehen?«

»Sechs.«

»Tommy und Jesse«, zählt Maud auf, und Fenne nickt. »Edo, Katinka, Tim und Jason?«

»Katinka, ja, die habe ich gesehen. Und Tim. Und Tommy. Und Jesse. Ich weiß nicht, wie die anderen heißen, aber ich weiß genau, dass es sechs Kinder waren. Ich habe nachgezählt. Ein Mädchen und fünf Jungen.«

Kyra spaziert mit Lot über den Nieuwendammerdijk. Es ist schon spät, und sie hat keine Lust, in den dunklen Vliegenbos zu gehen. Die Schäferhündin muss sich mit einem Spaziergang durch die Straßen und einem kurzen Freilauf auf der Wiese weiter vorn begnügen.

Auf dem Rückweg kommt Kyra am Haus von Myrthe Gaullier vorbei. Sie ist die Witwe ihres Kunstlehrers Marc Gaullier, der vor etwa fünf Monaten tot an einem Laternenpfahl neben der Fähre zum Hauptbahnhof hing. Das Haus ist dunkel, und Kyra bleibt einen Augenblick an der Auffahrt stehen, die zum Atelier führt.

Armer Marc. Er ist einem frustrierten, von Wut zerfressenen Mann zum Opfer gefallen, der von dem Gedanken besessen war, jeden, der ihm in den letzten Jahren irgendwie übel mitgespielt hatte, auf spektakuläre Weise umzubringen. Seltsam, wie die Umstände die Menschen formen können.

»Die meisten Morde werden aus Verzweiflung begangen«, hat ihr Maud Mertens im Mai erklärt. »Wir alle werden manchmal belogen und betrogen, sind hin und wieder frustriert oder wütend und machen Fehler.«

In diesem Gespräch hatte Kyra behauptet, der einzige Grund, sich in einen Täter hineinzuversetzen, bestehe darin, durch die gewonnenen Erkenntnisse weitere Täter fassen zu können. Sie wehrte sich dagegen, Verständnis für einen Täter aufzubringen. Seine Persönlichkeit sollte allein zu dem Zweck ergründet werden, ähnliche Täterprofile schneller zu identifizieren. Sie hatte sich über Mertens Mitgefühl geärgert.

Jetzt, ein paar Monate später, versteht sie ein bisschen besser, was die Polizistin gemeint hat. Jeroen van Vliet war ein erfolgreicher Geschäftsmann gewesen, aber durch widrige Umstände so tief gesunken, dass er von anderen gemieden wurde. Er war auf miese Art von seiner Frau verlassen worden, die sich am Tag vor ihrem Verschwinden so viel Geld von seinem Konto »geliehen« hatte, dass er pleiteging. Nach einem jahrelangen Prozess erhielt er einen Bruchteil zurück und versuchte, wieder auf die Beine zu kommen. Bis ihm ein Geschäftspartner einen Auftrag für die Ausstattung eines Fußballstadions besorgte und van Vliet damit zum zweiten Mal in den Konkurs trieb: Die Betreiberfirma ging bankrott und konnte die Rechnungen nicht zahlen. Dann betrog ihn Marc um seinen Anteil an einem Geschäft mit Luxusdrucken berühmter Kunstwerke, das van Vliet sich ausgedacht und eingefädelt hatte. Zu guter Letzt verlor er durch die Mitschuld von Jurgen IJzer auch noch seine Anstellung als Makler. Er war an einem Punkt angelangt, an dem er glaubte, sich zu rächen und die Welt von den Arschlöchern befreien zu müssen. Als Erster hatte Marc daran glauben müssen, weil van Vliet davon getrieben war, ein Schauspiel nach seinen Vorstellungen zu inszenieren. Er wollte Marcs Leiche an einem Laternenpfahl am IJ hängen sehen, an dem Ort, an dem sich im 18. Jahrhundert das Galgenfeld von Amsterdam befand. Van Vliet hatte dabei eine Zeichnung von Marcs Lieblingskünstler Rembrandt vor Augen, auf der die Leiche der Elsje Christiaens abgebildet war. Die junge Frau war wegen des Mordes an ihrer Hauswirtin zum Tode verurteilt und am Ufer des Flusses zur Schau gestellt worden, um andere Kriminelle abzuschrecken. Er identifizierte sich mit Elsje. Sie sei auch ein Opfer gewesen, hatte er später zu Maud Mertens gesagt. Genau wie er. Und genau wie er hatte sie sich irgendwann gewehrt. Sie hatte der Herbergswirtin, die sie ständig drangsalierte und sogar mit dem Besen schlug, mit einer Axt den Schädel eingeschlagen.

Kyra ruft Lot, die den Parkplatz neben dem dunklen Haus der Gaulliers inspiziert. Als sie daran vorbeigeht, wird das Licht im Wohnzimmer eingeschaltet. Sie sieht Myrthe durch das Fenster und grüßt sie. Myrthe grüßt zurück. Gut, dass sie sich versöhnt haben. Die Deichgegend ist das reinste Dorf. Ständig begegnet man sich auf der Straße, beim Nachbarschaftsgrillen, beim Bäcker. Nach der Auflösung des Falls hatte Kyra sich bei Myrthe dafür entschuldigt, sich eingemischt zu haben. Natürlich hätte sie ihre Nase nie in Marc Gaulliers Angelegenheiten stecken dürfen, aber sie war furchtbar verstört gewesen von den Bildern, die Marc von ihren Freundinnen und Sarina gemalt hatte. Ausgerechnet Sarina, die ihren Körper so sehr ablehnte. Gaullier war mit Aktportraits junger Mädchen bekannt geworden, oder besser: berüchtigt. Man nannte ihn den David Hamilton der Leinwand. War das nun Kinderpornografie oder nicht? Anfangs hatte Kyra diese ganze Diskussion dämlich gefunden. In der Schule waren sie begeistert davon, einen kontrovers diskutierten, bekannten Künstler als Lehrer zu haben. Es gab ihnen das Gefühl, etwas Besonderes zu sein. Doch irgendwann hatte Kyra befürchtet, dass ihre Freundinnen eine Schwelle überschritten, indem sie Gaullier Modell standen. Und dann hing Marc plötzlich tot am Fluss.

Kyra läuft ein Schauer den Rücken hinunter, und sie geht um das Haus von Lots Besitzerinnen herum zur Küchentür. Ein wenig unwillig trottet die Schäferhündin neben ihr her.

»Tut mir leid, Lot«, sagt Kyra, während sie die Tür öffnet. »Morgen gehen wir länger spazieren, im Wald, einverstanden?«

»Morgen«, bekräftigte Nine, eine der drei alten Damen, die noch in ihrem Elternhaus leben. »Gut, dass du nicht mehr in den dunklen Wald gegangen bist, Kyra.«

»Vor allem, wo momentan dauernd Kinder verschwinden«, pflichtet Mina ihr bei, die Jüngste der drei hochbetagten Schwestern. Sie sitzen um den großen Küchentisch, auf dem sich Wolle, Stricknadeln, Schals und Mützen stapeln.

»Die Kinder sind allerdings viel jünger als ich«, erwidert Kyra und setzt sich an den Küchentisch, weil Ella, die Älteste der drei, ihr bereits eine Tasse Tee einschenkt.

»Trotzdem«, bekräftigt Mina, während sie ihr Strickzeug beiseitelegt. »Es ist zu schrecklich! Es raubt mir den Schlaf. Das ist so unvorstellbar, so widernatürlich. Das darf doch nicht sein!«

Nine steht auf und holt eine Flasche Cognac aus einem antiken Globus, der als Barschrank dient. Sie schenkt je einen Fingerbreit von dem goldfarbenen Getränk in vier bauchige Gläser und verteilt sie.

»Natürlich ist das abscheulich«, seufzt sie. »Ich frage mich, warum ausgerechnet diese Kinder entführt wurden. War es Zufall? Waren sie zur falschen Zeit am falschen Ort? Oder steckt etwas anderes dahinter?«

Schweigend trinkt Kyra zuerst von ihrem Tee und dann einen Schluck Cognac. Brennende Wärme fließt hinunter in ihren Magen.

»Wie geht es eigentlich Jesses Eltern?«, fragt Mina. »Die armen Leute!«

»Sophie ist noch ein paarmal bei ihnen gewesen«, erzählt Kyra. »Es ist die reinste Katastrophe. Die Mutter ist zusammengebrochen und liegt nur noch weinend im Bett. Sie will nichts als schlafen.«

Kyra trinkt noch einen Schluck Cognac. Sie kann unmöglich an die Verzweiflung der Eltern denken, ohne dass sich ihr Magen zusammenkrampft. Ihre Mutter hat dasselbe mitgemacht. Sie hat dasselbe mitgemacht.

»Grauenvoll«, wiederholt Ella. »Aber manchmal verläuft ein Leben ganz anders als erwartet; manchmal ist die Lebenslinie kürzer als gedacht.«

»Ich bete dafür, dass die Kinder wohlauf sind«, erwidert Mina und trinkt ihren Cognac in einem Zug aus.

41

London

Die Klinik ist von einem wundervollen Garten umgeben. Wie so oft regnet es; in der Nacht hat der Frost die Landschaft mit feinem Raureif überzogen.

»Ich habe heute kein Make-up aufgelegt«, erklärt Mabel, »und mein Haar nicht geföhnt, sondern nur gebürstet.« Sie zieht die Schuhe aus, stellt sie ordentlich nebeneinander, mit den Spitzen zur Wand neben die Gartentür, und steigt in die Gummistiefel.

»Ich habe mich gefühlt, als wäre ich nackt auf die Straße gegangen«, kichert sie. »Aber ich habe es einfach getan. Ich brauche mich doch nicht dafür zu schämen, wie ich bin?«

Aus Gewohnheit schaut sie hinüber zu Jane und erschrickt, als die junge Frau ihren Blick erwidert. Rasch lächelt Mabel.

»Ich bin bereit!«, sagt sie schnell, um ihren Schreck zu überspielen. »Sollen wir?«

Sie öffnet die Gartentür und tritt hinaus, unmittelbar gefolgt von Jane. Einen Augenblick lang bleiben beide stehen, um sich an die Kälte und das Prickeln der eisigen Wassertropfen im Gesicht zu gewöhnen.

»Bist du schon einmal bei der großen Eiche gewesen?«, fragt Mabel und blickt hinüber zu dem riesigen Baum, der den Garten dominiert. Langsam geht sie darauf zu. »Ich wüsste gerne, wie alt sie ist. Ein so dicker Baum muss mehrere Hundert Jahre alt sein.

Wenn man darunter steht und hinaufblickt, sieht man ein Labyrinth von Ästen, ganz wundervoll.«

Sie gehen den Kiesweg entlang zu dem Baum am Ufer des kleinen Sees. Um den See herum führt ein Weg, an dem hier und da Bänke stehen, so aufgestellt, dass man einander nicht gegenübersitzt.

»In Schweden«, erklärt Mabel, als sie den majestätischen Baum erreicht haben, »wächst in den Bergen von Fulufjälet ein Baum, der über neuntausend Jahre alt ist. Old Tjikko heißt er, nach dem Hund des Entdeckers. Er ist nur fünf Meter hoch und sieht ein wenig traurig und zerzaust aus, denn tausende Jahre lang ist er nur ein Strauch gewesen. Erst in den letzten hundert Jahren ist er durch die Erderwärmung zu einem Baum gewachsen, hoch oben am Berghang, trotz Eis und Schnee.«

Während der Regen niederrauscht, blicken Mabel und Jane hinauf zu den noch von Raureif überzogenen Ästen.

»Es sieht fast so aus, als hätte er Blätter«, meint Mabel. »Lauter winzige weiße Blättchen, und sie singen.« Sie schließt kurz die Augen. »Hörst du?«

Die Eisschicht auf dem Baum knistert leise.

»Beautiful«, sagt Jane, und Mabel hält den Atem an.

42

Fenne ist in Sicherheit und von ihren Eltern nach Hause gebracht worden. Die Familie wird in der nächsten Zeit vollständig von der Presse abgeschirmt; später soll das Mädchen noch einmal von Spezialisten vernommen werden. Maud geht um den Konferenztisch herum, an dem ihr Team vollständig versammelt ist.

»Nichts«, stellt sie fest. »Es gibt nichts, was uns weiterbringt. Keine einzige Spur.«

»Es fällt mir schwer zu glauben, dass sie keinen dieser Kerle irgendwie beschreiben kann«, wirft Niels Bingsten ein.

»Sie ist vom Trampolin geklettert, um den Ball zu suchen, der beim Spielen mit ihrem Bruder über das Netz geflogen war. Sie schlüpfte durch die Hecke zum Küchengarten ihrer Mutter, und von dem Moment an erinnert sie sich an nichts mehr. Sie ist erst in einem der Käfige im Lkw wieder aufgewacht.«

»Du hattest also recht mit deiner Vermutung«, bemerkt Myrna. »Dass sie in einem Lkw transportiert werden.«

»Die Spuren auf dem Bauernhof haben mich darauf gebracht«, erklärt Maud. »Wir können inzwischen davon ausgehen, dass sie tatsächlich von dem Lkw stammen, in dem sich die Kinder befinden.«

»In Käfigen!«, ruft John angewidert. »Ekelhaft!«

»Ja, sie werden wie Tiere behandelt«, bestätigt Maud. »In jeder Hinsicht. Am meisten wundert es mich, wie viel Zeit und Geld in diese Entführungen investiert worden ist. Der Lkw ist speziell zu diesem Zweck umgebaut worden. Sogar eine Toilette und ein Waschbecken wurden eingebaut.«

»Sie müssen also auch Frisch- und Abwassertanks haben«, schlussfolgert Thomas Kuipers.

»Myrna«, sagt Maud. »Ich möchte, dass du morgen herausfindest, welche Firmen in den Niederlanden einen Lkw derartig ausstatten würden, und sie alle der Reihe nach anrufst. Stimme das bitte mit dem Team von Rob Franssen ab, das die Spuren analysiert.«

Myrna nickt.

»Wissen wir etwas darüber, wie der Lkw von außen aussieht?«, fragt Niels. »Farbe? Marke? Größe?«

»Bisher noch nicht.« Maud seufzt und setzt sich hin. »Derzeit werden die Profile der Reifen untersucht, und es wird analysiert, auf welche Lkws sie passen, aber es gibt noch keine Ergebnisse. Doch zurück zum Thema. Unsere Aufgabe ist es, uns auf die Kinder zu konzentrieren, und so gerne ich auch die ganze Nacht weitermachen würde, schlage ich doch vor, dass wir uns jetzt ein paar Stunden Ruhe gönnen. Es ist jetzt zwei Uhr. Sagen wir, morgen Früh um sieben wieder hier?«

Maud tritt hinaus auf den dunklen Parkplatz, lässt die Journalisten links liegen, die dort ihr Lager aufgeschlagen haben, und geht weiter zum Kai, wo ihr Auto steht. So nah am Wasser weht ein starker Wind, und sie erschauert. Schnell steigt sie ins Auto und schlägt die Tür zu. Ihr Handy meldet sich, und sie schaut auf die Nachricht, die sie empfangen hat.

Der Kollege aus Amerika. Hat sicher ein schlechtes Gewissen, weil er vergessen hat, auf ihre letzte Mail zu antworten.

Sarina komme in der Akte von Dave Kowzinsky nicht vor, schreibt er. Sie hätten allerdings Urlaubsfotos von Dave gesehen, und auf einem davon sei er mit einem Mädchen abgebildet. Möglicherweise handle es sich dabei um Sarina. Maud solle bitte diesbezüglich Kontakt mit ihm aufnehmen. Er wisse inzwischen so viel: Dave habe eine Verabredung mit einem Schiffer gehabt, der später in jenem Jahr eine alte Segeljacht, die Daves Vater erworben hatte, in die Karibik überführen sollte. Dave war, wie immer im Sommer, ein paar Wochen lang mit der Jacht seines Vaters unterwegs. Er plante, irgendwann allein rund um die Welt zu segeln. Das erste Treffen mit dem Schiffer fand auf Ameland statt; danach habe sich Dave noch einmal bei seinem Vater gemeldet und ihm davon berichtet. Von Ameland aus sollte es weitergehen nach Norderney.

Maud blickt kurz auf und schaut über den dunklen Parkplatz zum verlassenen Fabrikgebäude. Also ist Sarina erst nach Ameland und von da aus weiter nach Deutschland gefahren.

Die Mail aus Ameland sei das letzte Lebenszeichen gewesen, das Daves Eltern von ihrem Sohn erhalten haben. Vier Wochen später sei seine Leiche am Strand von Fanø angespült worden, der nördlichsten Wattenmeerinsel vor der Küste Dänemarks.

Kyra hat das Licht wieder eingeschaltet. Sie schaut auf den Wecker. Zwei Uhr und schon wieder wach. In ihrem Doppelbett liegen mehrere Bücher. Auf der einen Seite *The Serial Killer Files* neben *The Anatomy of Evil* und auf der anderen Seite Sarinas Tagebuch.

Kyra hat es inzwischen zweimal durchgelesen und muss ihrer Mutter zähneknirschend recht geben: Es steht nichts darin, womit irgendjemand etwas anfangen könnte. Auffällig ist nur, dass Sarinas Ton sich in der letzten Woche verändert hat. Sie klagt weniger, wirkt ausgeglichener und vielleicht auch ein klein wenig selbstsicherer. Liegt es daran, dass sie ihre Flucht bereits geplant hatte? Dass sie Dave wiedergesehen hatte? Aber wenn es so war, warum hat sie darüber nichts geschrieben? Sie hat von ihrer ersten Begegnung mit Dave in der Disco berichtet, dieselbe, in die auch Kyra manchmal geht. Dort ist immer etwas los, man trifft Bekannte und lernt neue Leute kennen – ja, sogar die Liebe seines Lebens, wie Sarina oft behauptete. Über Dave schrieb sie anders als über die anderen Jungen. Verhaltener, ruhiger. Ernsthafter.

Vielleicht, denkt Kyra, war sie zum ersten Mal richtig verliebt. Nicht so Hals über Kopf und überdreht, wie vom Blitz getroffen, sondern still und glühend wie ein schwelender Torfbrand. Vielleicht war ihr Kummer darüber, dass Dave nicht zu ihrer Verabredung erschienen war, keine postpubertäre Hysterie gewesen, sondern echte Verzweiflung.

Mist! Warum hat sie ihre Schwester damals nicht ernst genommen? Ob das der Grund ist, weshalb Sarina ihr nichts von ihren Fluchtplänen erzählt hat? Das liegt Kyra am meisten auf der Seele. Dass Sarina ihr vielleicht nicht mehr vertraut hat. Dass dieses Band zwischen ihnen durchtrennt worden ist.

Na schön, jetzt kennt sie Sarinas Tagebuch, in dem aber die Flucht mit Dave mit keinem Wort erwähnt wird. Dieser Dave, den Kyra für verdächtig hält und über den sie keinerlei Informationen findet – ja, nicht einmal suchen darf. Das musste sie ihren Eltern und Maud Mertens versprechen. Und was soll sie jetzt mit dem Tagebuch anfangen? Soll sie es Maud geben? Und damit ihre Eltern bloßstellen?

Kyra dreht sich auf die Seite, weg von dem Tagebuch, denn die Grübelei macht sie schier verrückt. *The Serial Killer Files.* Auch sehr erheiternd. Widerlich! Gerade hat sie einen Abschnitt über die Atlanta-Kindsmorde gelesen. Innerhalb von zwei Jahren verschwanden neunundzwanzig Kinder, die anschließend ermordet aufgefunden wurden. Ein zwölfjähriges Mädchen wurde sechs Tage nach ihrem Verschwinden entdeckt, festgebunden an einem Baum, ein Stromkabel um den Hals, erstickt an einem fremden Slip, den man ihr in den Mund gestopft hatte. Es gab keinen wiedererkennbaren Modus Operandi. Die Opfer waren verschieden alt, es traf Jungen und Mädchen, und sie wurden immer wieder auf andere Weise ermordet. Die organisierte Treibjagd auf den Mörder führte zu nichts. Ganz Atlanta war in Panik. Bis eines Morgens die Polizei zufällig ein lautes Klatschen bei einer Brücke über den Fluss Chattahoochee hörte und Wayne Williams anhielt. Sie ließen ihn gehen, doch als zwei Tage später eine Leiche aus dem Fluss gefischt wurde, holten sie ihn wieder ab. Er wurde anhand von Indizien verurteilt – Hundehaare und andere Fasern, die an mehreren Opfern gefunden worden waren, stimmten mit Spuren von Williams Automatten, Teppichboden und Bettdecke überein.

Kyra schiebt die Bücher vom Bett. Sie will gar nicht daran denken. Vielleicht sollte sie wegfahren. Wieder nach Texel, an den Ort, an dem sich die Spur ihrer Schwester verliert. Ihre Mutter hasst die Insel inzwischen, aber sie versteht sehr gut, warum Sarina dort nach dem Abi einige Tage mit ihren Freundinnen verbringen wollte. Der Wind, der Strand, die kleine Einkaufsstraße in De Koog mit den Kneipen und Klubs. Die kleine Wattenmeerinsel hat Charme. Kyra schaltet das Licht aus und die Meditationsmusik ein, die sie vor einem Jahr von ihrer Mutter bekommen hat. Dr. Wayne W. Dyer, *I am. Wishes fulfilled*. Die hohe Singstimme und die mysteriösen Flötentöne gehen Kyra auf die Nerven. *Die singende Säge*, denkt sie. *Nein, lass das. Nicht quengeln. Entspann dich*. Sie beruhigt sich. Konzentriert sich auf ihren Atem. Dann durchströmt sie plötzlich eine Wärme, und sie hat das Gefühl, durch einen grünen, lebendigen Wald zu gehen, in dem sie jemanden singen hört. Sie versucht, die Sängerin zu finden, und als sie in ihrer Nähe ist, legt sie sich zufrieden ins Moos. Die kleinen Pflänzchen fangen sie mit ihren unzähligen kleinen Händen auf, sie sieht das Sonnenlicht, das durch das Laub der Bäume gefiltert wird, und über ihrem Kopf fliegt eine Libelle vorüber zum anderen Ende der Lichtung.

43

Fenne ist nicht zurückgekommen, und im Lkw ist es kalt geworden, weil die Entführer irgendwo eine Klappe geöffnet haben. Tommy hat sich zusammengerollt und gegen die Rückwand seines Käfigs geschmiegt, um sich warm zu halten. Trotzdem zittert er. Sie fahren immer noch. Das Brummen nervt, das Holpern noch mehr, und ihm fällt nichts ein, was er dagegen tun könnte. Vielleicht sollte er ein Lied singen, um auch die anderen aufzuheitern, aber ihm fällt keines ein. Er könnte ihnen auch eine Geschichte erzählen, ein Märchen, irgendetwas Lustiges mit einem guten Ende, aber sosehr er sich auch das Gehirn zermartert, ihm kommt nichts in den Sinn.

Er ist der Älteste, und weil er zusammen mit Jesse als Erster in diese Lage geraten ist, fühlt er sich für die anderen verantwortlich. Zu Hause hat er eine kleine Schwester, auf die er oft aufpassen muss. Er ist der Kapitän der Fußballmannschaft. Es muss doch irgendetwas geben, was er tun kann.

Plötzlich hält der Lkw an. Der Motor geht mit einem Röcheln aus, und es wird still. Eines der Kinder fängt an zu weinen.

Tommy macht sich noch kleiner. Er versucht zu ignorieren, dass die Türen aufgehen. Er will das Dunkel draußen nicht sehen, er will die Kälte, die wie eine Schneelawine hereindringt, nicht fühlen. Er will nicht hier sein. Er will zu Hause sein, in seinem Zimmer, an seinem Computer, bei seiner Playstation. Er will das alles hier nicht.

»*You!*« Der Mann öffnet das Schloss seines Käfigs und dann die Tür. »*Here!*«

Tommy klettert hinunter und wird zur Toilette bugsiert, die an der Rückwand der Ladefläche steht. Der Mann gafft ihn die ganze Zeit an, mit seiner blöden Mütze, dem Schal und der Sonnenbrille, aber trotzdem öffnet Tommy seine Hose und setzt sich auf die Brille. In der Regel werden sie nur ein-, zweimal innerhalb von vierundzwanzig Stunden auf die Toilette gebracht, und er hat gelernt, die Chance zu nutzen.

Er pinkelt und versucht, auch noch einen Haufen zu machen, aber es kommt nichts. O nein, wenn er wieder im Käfig ist, muss er bestimmt. Das ist so gemein! Los, sagt er zu seinem Bauch. Komm, mach was!

»*Go, go!*«, drängt ihn der Mann missgelaunt. »*Quick!*«

Es klappt nicht, denkt Tommy, und daraufhin klappt es natürlich nicht.

»*Go!*« Der Mann zerrt ihn hoch, und Tommy versucht hastig, sich die Hose hochzuziehen, während er zum Waschbecken gestoßen wird.

»*Wash!*«, Befiehlt der Mann.

Tommy wäscht sich Hände und Gesicht mit eiskaltem Wasser, und sofort darauf wird er wieder in seinen Käfig gesteckt.

»*You!*« Der Mann ist bei Kat angekommen. Ohne etwas zu sagen, ohne den Mann auch nur eines Blickes zu würdigen, klettert Kat herunter und setzt sich auf die Toilette. Sie stinkt ekelhaft, und Tommy verkneift sich ein Grinsen.

Kat putzt sich ab, reckt arrogant die Nase in die Luft, wäscht sich und klettert zurück in den Käfig, während der Mann Nase rümpfend daneben steht.

»You!« Der Nächste ist an der Reihe. Wieder ekliger Gestank. Gut so.

Als der Mann weg ist, fängt Tommy an zu lachen.

»Tut mir leid, dass ich nicht scheißen konnte«, merkt er an, und Kat stimmt in sein Lachen ein. »Ich wollte, aber es ging nicht. Aber habt ihr gesehen, wie der Kerl das Gesicht verzogen hat?«

»Ich hatte Durchfall«, sagt Jesse, und daraufhin fangen alle laut an zu lachen. Keine Minute später schlägt das Lachen in Weinen um.

44

Kyra hat den Hund bei den drei Schwestern abgeholt und einen langen Spaziergang unternommen. Sie muss raus. Alles bedrückt sie. Ihr Vater hat sie gebeten, bei einer Versammlung der Gründer des Universal Health Centers Protokoll zu führen, aber sie mochte nicht einmal daran denken. Das Gebäude, das das Zentrum beherbergen soll, wird inzwischen umgebaut. Die Finanzierung steht, und die Organisatoren sind dabei, Personal einzustellen. Seit der Versammlung, an der auch der Mörder und Folterer Jeroen van Vliet teilgenommen hat – der ihr damals noch vollkommen unauffällig erschienen war –, hat sie nur noch ein Mal Protokoll geführt und seitdem immer eine Ausrede gefunden. Im Grunde sollte sie einfach sagen, dass sie es nicht mehr möchte, aber sie will ihren Vater nicht enttäuschen.

Sie verlässt den Deich und geht hinüber zum Florapark. Dort beginnt sie zu joggen. Sie hat mit dem Laufen angefangen, weil Sarina es getan hat. Sie wollte fühlen, was ihre Schwester gefühlt hat, als sie über den Strand von Texel rannte. Sarina konnte stundenlang laufen. Bis zum Umfallen. Buchstäblich. Sie war besessen davon, Kalorien zu verbrennen.

Kyra joggt gemächlich durch den Park und überquert eine der neuen Brücken hinüber zum Buiktuin. Sie rennt über den langen, unebenen Weg, bis sie die Schleuse erreicht, dort biegt sie rechts ab. Der Weg entlang des Noordhollands Kanaals ist ein

Traum für Läufer. Lot rennt begeistert neben ihr her. Es ist kalt. Über dem Gras am Wegesrand liegt weißer Dunst. Ein herrlicher Tag für Sinterklaas, der traditionsgemäß mit seinen Zwarte Pieten auf einem Dampfschiff aus Spanien eintrifft und dessen Ankunft überall im Land gefeiert wird. Wenn es doch nur nicht so viele Diskussionen darüber gäbe! Vor einer Woche ging es in den Zeitungen ständig darum, ob die Zwarte Pieten schwarz sein dürften oder ob das Diskriminierung sei; jetzt geht es um nichts anderes als um die Kinder. Wie viele Kinder werden wohl heute verschwinden? Zwei oder drei, wie in den vergangenen Tagen, oder mehr? Beim Sinterklaas-Umzug wimmelt es von Kindern auf den Straßen. Oder wird die Serie plötzlich abbrechen? Darf man mit seinen Kindern überhaupt noch das Haus verlassen?

Als sie den Kinderbauernhof erreicht, läuft Kyra langsamer. Ihr fällt ein, dass sie mit Maud Mertens gar nicht über die Stelle am Spielplatz gesprochen hat, wo man leicht ein Kind über den Zaun heben könnte. Spielt es eine Rolle? Wahrscheinlich nicht. Das ganze Gelände ist gründlich untersucht worden, natürlich auch der Spielplatz und der Zaun. Sollte sie es trotzdem melden? Besser sie fällt ihr nicht mehr auf den Wecker. Sie darf sich nicht einmischen, nicht schon wieder, auch wenn sie alles dafür tun möchte, dass Jesse gefunden wird.

Lot interessiert sich für die frei herumlaufenden Hühner und zerrt an der Leine. Kyra läuft weiter, unter der Unterführung der IJdoornlaan hindurch und den Fahrradweg entlang, der am Wohnviertel von Jesse und Sophie vorbeiführt. Auch hier haben die Polizisten gesucht das weiß sie. Man hat den Kanal mit Schleppnetzen abgesucht, und auch den Graben auf der anderen Seite des Fahrradwegs. Ein Stück weiter zerrt Lot plötzlich wild an der Leine und springt auf einen Reiher zu.

»Holla!« Der Angler, neben dem der Reiher gestanden hat, scheucht Lot lachend weg. »Ein bisschen vorsichtig mit meiner Freundin, ja?«

Kyra bleibt stehen. »Entschuldige, Henk«, sagt sie. »Ich habe einen Moment nicht aufgepasst.«

»Ist doch nicht schlimm, Kleines«, erwidert Henk de Vries. »Dafür hat so ein Reiher ja Flügel.«

»Wie geht's denn so?«, fragt Kyra. »Hast du immer noch Krach mit den Nachbarn, weil du die Reiher fütterst?«

»Nein, die geben derzeit Ruhe.«

»Gott sei Dank.«

»Wie geht's denn meinem kleinen Freund?«, erkundigt sich Henk. »Du kennst ihn doch auch, oder?«

»Wen meinst du?«

»Jesse. Ich habe am Mittwoch gesehen, wie ein Mann ihn auf dem Arm getragen hat. Er ist doch nicht krank, oder?«

Kyra bekommt Gänsehaut.

»Augenblick mal, Henk«, sagt sie atemlos und wischt sich den Schweiß von der Stirn. »Du hast Jesse mit einem Mann gesehen?«

»Ja, ein Mann hatte ihn auf dem Arm. Sie sind hier vorbeigelaufen, ziemlich schnell. Ich habe mir Sorgen gemacht und gedacht, Jesse wäre etwas passiert, hingefallen oder so. Ich dachte noch: Das Krankenhaus liegt doch in der anderen Richtung.«

»Henk, Jesse ist eines der Kinder, die am ersten Tag entführt wurden!«

Henk lässt beinahe die Angel ins Wasser fallen. Er dreht sich zu Kyra um, die Augen weit aufgerissen. »Jesse?«, fragt er. »Jesse?«

»Jesse wurde letzten Mittwoch vom Buiktuin entführt.«

»Nein! Jesse? Warum denn Jesse?«

»Keine Ahnung. Hast du es denn nicht in der Zeitung gelesen oder im Fernsehen gesehen?«

»Ich bin Mittwochabend zu meiner Schwester gefahren. Sie musste ins Krankenhaus, und ich habe auf die Tiere aufgepasst. Meine Schwester lebt von der Welt total abgeschnitten. Sie hat weder Fernseher noch Internet noch Tageszeitung. Keine Ahnung, wie sie das aushält. Ich bin einfach früh zu Bett gegangen. Am nächsten Tag habe ich sie nach Hause geholt und für sie gekocht. Ich bin erst heute Morgen zurückgekommen. Natürlich habe ich das mit den Kindern gehört, das ist ja in aller Munde, aber ich wusste nicht, dass auch Jesse dazugehört.« Er schüttelt den Kopf. »Was wollen die denn mit Jesse? Er ist so ein lieber Junge …«

Kyra zieht ihr Handy aus der Hosentasche. »Ich rufe bei der Kripo an«, informiert sie Henk. »Du bist ein wichtiger Zeuge!«

»Sophie war nicht mit dabei. Ich habe nur einen Kerl gesehen, der Jesse auf dem Arm hatte. Jedenfalls dachte ich, es wäre Jesse.« Plötzlich zweifelt er an seiner Erinnerung.

»Egal«, erwidert Kyra. »Die Kripo muss das wissen. Maud? Hallo, hier ist Kyra.«

Sie erklärt, was sie gerade herausgefunden hat.

»Ich sage ihm Bescheid«, verspricht sie Maud Mertens, als diese ihr erklärt, dass sie sofort jemanden vorbeischickt. »Er bleibt hier.« Sie zwinkert Henk zu, der sie verblüfft anschaut.

Maud sagt am Telefon zu ihr: »Übrigens habe ich Neuigkeiten über deine Schwester.« Kyra spürt ein Ziehen im Bauch. »Sie ist mit Dave nach Ameland gefahren und von dort aus weiter nach Norderney. Deinem Vater sage ich auch noch Bescheid.«

»Norderney?«, fragt Kyra.

»Ja, erst nach Ameland, dann nach Norderney. Mehr weiß ich im Moment noch nicht. Ich erwarte weitere Informationen und muss noch einmal mit meinem Kollegen Rücksprache halten.«

»Sind Sie sicher?«, fragt Kyra. »Darf ich es meinen Eltern erzählen?«

»Natürlich. Ich warte noch auf die Akte. Sobald ich die habe, rufe ich deinen Vater an.«

»Okay«, sagt Kyra und hat das Gefühl, dass Maud ihr nicht alles erzählt. Doch sie will sie nicht drängen. Im Moment weiß sie genug. So wie sie ihre Mutter kennt, wird diese bestimmt darauf bestehen, dass ihr Vater Maud sofort anruft. »Vielen Dank.«

»Ich melde mich«, versichert Maud Mertens und legt auf.

Nach dem Gespräch bereut es Maud beinahe, mit Kyra über Sarina gesprochen zu haben. Doch sie hat momentan keine Zeit, sich mit der Familie Slagter zu beschäftigen, und deswegen Gewissensbisse. Sie muss unbedingt dem amerikanischen Kollegen antworten. Je mehr Informationen sie an ihn weitergibt, desto mehr bekommt sie möglicherweise zurück. Vielleicht sollte sie ihn einfach anrufen. Die Akte über Dave muss umfangreich sein. Dass der arme Junge tot ist, hat sie Kyra noch nicht erzählt, denn das wirft eine Flut neuer Fragen auf. Alles zu seiner Zeit.

Sie parkt auf dem Parkplatz neben dem breiten Flusslauf des IJ und wickelt ihren Schal fest um den Hals. Mein Gott, ist das kalt! Richtiges Winterwetter. *Allüberall auf den Tannenspitzen, sah ich goldene Lichtlein blitzen. He, Knecht Ruprecht, alter Gesell, hebe die Beine und spute dich schnell.* Heute wird der Einzug von Sinterklaas gefeiert. Was wird als Nächstes geschehen? Werden weitere Kinder verschwinden? Wann wird es aufhören? Maud eilt die Treppe in den ersten Stock hinauf und erreicht keuchend die Kaffeemaschine.

In der Fabrik ist bereits viel los. Ein Großaufgebot an Einsatzkräften arbeitet hier Tag und Nacht. Maud sieht die Analysten. Die Gruppe, die die technischen Daten koordiniert. Mehrere niederländische Labore sind mit der Auswertung der Spuren beschäftigt. Die Gruppe von Rob Franssen ist auch schon da. Sie konzentrieren sich auf die Entführung von Tommy und koordinieren sämtliche Zeugenaussagen. Auch die anderen Gruppen, von denen sich jede um ein Kind kümmert, sind vollzählig. Hinten im Saal konferieren Erik Tijssen und ein paar weitere hohe Tiere.

So ermitteln wir heute gegen Straftäter. Nicht mehr auf der Straße, mit einer Waffe in der Hand, sondern an einem Bildschirm. Wie auch immer. Alles, was nötig ist.

Sie begrüßt Niels Bingsten, der als Einziger aus ihrer Gruppe anwesend ist. Er sitzt vor einem Fernsehbildschirm, auf dem sich die Berichte über das Verschwinden der Kinder ständig wiederholen, darunter ein neuer, in dem vor den Gefahren des Sinterklaas-Umzugs gewarnt wird.

»Ich möchte alle Kinder noch einmal durchgehen«, bestimmt Maud. »Es muss eine Schnittmenge geben, irgendetwas, das sie gemeinsam haben, aber ich erkenne es nicht. Sind die Daten der letzten Gespräche mit den Eltern schon reingekommen?«

»Ja, hier«, antwortet Niels und überreicht ihr einen Stapel Papier. Er wirft ihr ein Grinsen zu. Wir sind ein gutes Team, denkt Maud. Sie mag seine sture Art und seine Geradlinigkeit.

»Schon reingeschaut?«, fragt Maud.

»Ist gerade erst gekommen.«

»Okay.« Maud hängt ihren Mantel an die Garderobe – sogar daran hat der Einrichtungsfuzzi gedacht, jeder Raum hat eine eigene Garderobe. »Lass uns anfangen.« Zusammen mit Bingsten legt Maud die Informationen zu jedem einzelnen Kind auf einen Stapel, daneben jeweils ein leeres Blatt Papier und einen Stift.

»Also gut«, seufzt sie. »Jesse. Lies vor, was fällt dir auf?«

Bingsten setzt sich, trinkt einen Schluck von seinem Kaffee und liest die Aussagen der Eltern vor. Essgewohnheiten, Schlafgewohnheiten, Hobbys, Ausflüge, Urlaube – alles wurde abgefragt, von Januar dieses Jahres bis jetzt.

»Sie sind Vegetarier«, bemerkt Niels. »Vielleicht ist es unbedeutend, aber es fällt mir auf. Nicht im Skiurlaub gewesen, im Frühjahr ein Wochenende in einem Center Parc, im Sommer am Gardasee Zelten, zu Hause geblieben in den Herbstferien, über Weihnachten keine Ausflüge geplant. Jesse geht in den Schwimmunterricht, hat darüber hinaus keine Vorliebe für Sport. Hat ein Anti-Mobbing-Training mitgemacht. Ansonsten ist er Mitglied in einer Art Verein für besonders intelligente Kinder.«

»Hochbegabt«, bemerkt Maud und verzieht ihr Gesicht.

»Hochbegabt, übersensibel, hyperaktiv – heutzutage gibt es keine normalen Kinder mehr«, brummt Niels und liest noch ein paar Angaben über den Alltagsablauf der Familie vor.

»Die Eltern arbeiten beide«, wiederholt Maud und blickt auf die Wand mit den Informationen. »Aber das hatten wir schon.« Kein Elternteil hat denselben Beruf oder Arbeitgeber, auch hier gibt es also keine Übereinstimmungen.

Maud dreht eine Runde um den Tisch. Sie wird ganz verrückt von diesem Stillsitzen, dem Herumhängen an den Schreibtischen und dem Blättern in Papieren. Sie muss raus, etwas tun, jemanden retten. Sie nimmt das Blatt Papier, das Niels abgelegt hat.

»Vegetarier«, liest sie vor. »Center Parc, Italien, Schwimmunterricht, steht schon an der Tafel, und das mit dem Verein für Talentförderung auch.« Sie legt das Papier wieder zurück.

»Was sonst noch?«

»Ich sehe nichts«, erwidert Niels und trinkt noch einen Schluck Kaffee.

»Der Nächste«, bestimmt Maud. »Tommy.«

»Keine Vegetarier.« Niels stellt seine Tasse ab, und Maud tritt ans Fenster. »Aber hier steht, es kommt nur Bio-Essen auf den Tisch.« Er blickt auf. »Notieren?«

Maud zuckt mit den Schultern. »Lies erst noch mal weiter.«

Niels fasst die Hobbys der Familienmitglieder zusammen, dazu ein paar Infos über die Großeltern.

»Reiselustige Leute«, fährt Niels fort. »Wintersport, über Silvester und im Frühling. Ein Wochenende im Center Parc, im Mai sind sie in Griechenland gewesen, im Sommer in Spanien, dort haben sie ein Haus gemietet. Nur in den Herbstferien waren sie zu Hause. Tommy ist im Fußballverein.« Er blickt auf. »Aber das steht auch schon an der Tafel.«

Maud kehrt zum Tisch zurück und zieht ein leeres Blatt zu sich hin. Bio, schreibt sie auf, und zum Schluss: reiselustig.

Sie legt das Blatt Papier zurück und stützt sich mit beiden Händen auf die Tischplatte. Plötzlich ist sie todmüde. Sie kann das nicht mehr, tagelang durchhalten mit nur ein paar Stunden Schlaf. Heute Morgen hat sie sogar den täglichen Anruf ihrer Mutter nicht angenommen, zum ersten Mal seit Monaten.

»Soll ich dir mal was zu trinken holen?«, fragt Niels.

Norderney, wo genau liegt das?

Kyra ist zu Hause. Auf dem Rückweg ist ihr das Laufen plötzlich viel leichter gefallen. Sie schaltet ihren Mac ein und zieht die Schuhe aus. Von Ameland nach Norderney.

Sie gibt ihr Passwort ein und sucht auf Google nach der Lage der Insel.

Ostfriesland. Oberhalb des Ortes Norden. Lustig, denkt Kyra. Also unser Groningen liegt eingeklemmt zwischen einem niederländischen und einem deutschen Friesland. Niedersachsen. Von den Ortsnamen kennt sie nur Bremen und Hamburg, aber die liegen ein ganzes Stück von der Nordseeküste entfernt. Norderney, was wollte Sarina da bloß? Oder besser: Was wollte Dave dort?

Die Insel gleicht allen anderen Inseln im Wattenmeer. Meer, Strand, ein Leuchtturm. Kyra klickt auf die Webcam und blickt eine Zeitlang auf das Bild des Kurplatzes, wo nichts Besonderes zu sehen ist. Eine Wiese, Fußgänger, Gebäude.

Vielleicht wurde Sarina mit dieser Webcam gefilmt. Oder hat sie vor vier Jahren noch nicht dort gehangen? Bestimmt, aber die Bilder existieren sicher schon längst nicht mehr.

Sie steht auf. Ameland und Norderney. Jahrelang ist sie an Texel hängen geblieben, und jetzt gibt es plötzlich neue Namen, neue Orte, neue Bilder.

Kyra wirft ihre Kleider in den Wäschekorb und geht unter die Dusche. Was hat das zu bedeuten? Was soll sie mit dieser Information anfangen?

»Okay, der Nächste.« Maud sitzt mit einer frischen, heißen Tasse Kaffee am Tisch. Myrna kommt herein.

»Edo Schilder«, antwortet Niels und beginnt wieder mit den Gewohnheiten der Familie. »Spielt Tennis und singt in einem Chor.« Er blickt auf. »Haben wir noch andere Sänger? Chöre?«

Myrna schüttelt den Kopf. »Die Familie ist dieses Jahr gar nicht in Urlaub gewesen«, fährt sie fort. »Nur ein Wochenende im Frühjahr.«

»Wo?«, Fragt Maud.

»In einem Center Parc«, antwortet Niels.

Maud zieht die Augenbrauen hoch und klopft mit dem Stift auf den Tisch.

»Tja«, seufzt Niels und blättert in seinen Unterlagen.

»Was?«, fragt Myrna und sieht Maud erstaunt an. »Was ist?«

»Schau dir noch mal die Daten ein.« Maud stellt sich hinter Niels, obwohl sie weiß, dass er es hasst, wenn man ihm über die Schulter blickt.

»Vierter bis einschließlich sechster April«, sagt Niels.

»Was ist mit den anderen?«

Niels blättert hektisch durch die Papiere.

»Verdammt!«, fluchte er.

Er legt die Papiere hin, und Maud setzt sich.

»Was?«, fragt Thomas Kuipers, der gerade mit einer frischen Tasse Kaffee hereinkommt. »Was habt ihr?«

»Ich glaube, wir haben einen Zusammenhang entdeckt«, sagt Maud bedächtig.

»Ich habe gerade erfahren, dass schon wieder ein Kind vermisst wird«, bemerkt Thomas müde. »Vlinder Steenders, acht Jahre, aus Delft.«

45

»Was können wir tun, um hier rauszukommen?« Tommy will nicht aufgeben. »Hat irgendjemand noch etwas in den Taschen oder an den Schuhen? Etwas Scharfes an der Jacke?«

»Was haben sie wohl mit Fenne gemacht?«, fragt Vlinder. Sie ist neu und steht noch unter Schock. »Vielleicht haben sie sie freigelassen. Aber darüber war nichts im Fernsehen. Meint ihr, ich werde auch schnell wieder freigelassen?«

Stille.

»Vielleicht wollen die keine Mädchen«, fährt Vlinder fort. »Hat Fenne wie ein Junge ausgesehen?«

Vlinder steckt in dem Käfig, in dem Fenne gesessen hat, neben Tommy, und ihm ist aufgefallen, dass sie sehr hübsch ist. Große Augen, lange blonde Locken und ein Schmollmund mit vollen Lippen. Wie ein Model im Fernsehen.

»Ich bin doch auch noch da«, wirft Kat ein. »Mich haben sie nicht freigelassen. Nein, ich glaube nicht, dass es damit etwas zu tun hat.«

»Hey«, versucht Tommy es noch einmal. »Unsere Chance besteht darin, die Schlösser zu knacken. Hat irgendjemand etwas an der Jacke, einen Metallreißverschluss oder einen Metallring, den wir benutzen könnten? Oder an den Schuhen oder Stiefeln?«

»Ich habe nichts«, antwortet jemand ganz hinten im Lkw. »Ich habe schon alles dreimal abgesucht.«

»Ich habe auch nichts.«

»Ich auch nicht.«

Niemand findet etwas Brauchbares. Im Übrigen weiß Tommy genau, dass die Käfige nicht zu knacken sind, aber er will es nicht akzeptieren. Mutlos lässt er den Kopf auf die Arme sinken. Er hat sich jetzt auf den Bauch gelegt. Wenn er sich reckt, berühren seine Füße und Ellenbogen den Käfig; die Arme kann er nicht mal ganz vorstrecken. Er hat das Gefühl, dass sein Rücken grün und blau ist. Wenn er sich auch nur ein bisschen aufrichtet, tut ihm alles weh.

»Ich habe solchen Hunger«, jammert Edo. »Warum bringen sie uns nichts zu essen?«

Ein weiteres Kind fängt an zu weinen, und auch Vlinder schluchzt noch immer. Tommy umfasst das kalte Metall. Er würde sie so gern in die Arme nehmen, er würde alle gern umarmen, und er wünscht sich, dass sie alle eng beieinandersitzen, sich aneinanderkuscheln und endlich aufwärmen könnten.

46

London

»Möchtest du Tee?«, fragt Mabel. »Oder lieber Kaffee?«

»Kaffee«, antwortet Jane.

»Mein Gott, bin ich froh, dass ich dich jetzt einfach fragen kann, Jane.« Mabel steht auf, um den Kaffee zu holen. »Vorher mussten wir immer erraten, was du gerne hättest.«

Sie geht hinüber zum Kaffeewagen im Aufenthaltsraum und schenkt zwei Tassen Kaffee ein.

»Bestimmt hast du vieles vorgesetzt bekommen, was du gar nicht mochtest«, fährt sie lachend fort.

Jane nickt und gibt einen Löffel Zucker in den Kaffee. Vorsichtig rührt sie um und sieht Mabel dann lächelnd an.

»Hmmm«, sagt sie.

Bisher reden sie nur über Alltägliches und führen keine tiefgreifenden Gespräche. Auch bei der Suche nach ihrer Identität sind sie noch nicht weitergekommen, aber immerhin hält sie Blickkontakt und sagt ab und zu etwas. Ihre behandelnden Ärzte waren höchst erstaunt darüber, und Mabel musste sich zusammenreißen, um nicht bis über beide Ohren zu grinsen vor Stolz.

Hatte sie den Durchbruch erzielt? Sie war sich nicht sicher. Möglicherweise hatte die Natur das Ihre dazu beigetragen, der mit Eis bedeckte Baum im Klinikpark. Vielleicht hätte es auch jede andere Person schaffen können, die sich intensiv um Jane bemüht hätte.

Mabel überlegt, die junge Frau zu fragen, ob sie ihre Familie sehen möchte oder ob es jemanden gibt, den sie vermisst, den sie gerne in die Arme schließen würde. Es muss doch jemanden geben! Aber vorerst sagt sie nichts. Zu groß ist ihre Sorge, dass Jane sich daraufhin wieder in ihr Schneckenhaus verkriechen könnte. Sie ist noch sehr instabil.

»Meine Mutter hat früher nur Cappuccino getrunken«, erzählt Mabel. »Und zwar zu einer Zeit, in der das niemand sonst tat und man nicht an jeder Ecke Latte macchiato, Kaffee mit Sirup und andere Spezialitäten bekommen konnte.«

Während sie von ihrer Mutter erzählt, sucht Mabel in Janes Gesicht nach einer Regung, doch sie rührt unbeeindruckt in ihrem Kaffee.

»Meine Mutter war da sehr speziell«, fährt Mabel fort. »Um nicht zu sagen schwierig, aber sie brachte uns mit ihrem Tick immer zum Lachen. Sie wollte Cappuccino, und die Milch musste genau so auf den Kaffee gegossen werden, dass man ein Herz hineinmalen konnte. Ja, sie war nicht einfach, meine Mutter, aber andererseits war sie so glücklich mit ihrem Cappucino und dem Herz darauf, dass es schon rührend war.«

Mabel schweigt und trinkt von ihrem Kaffee. So unauffällig wie möglich versucht sie, Janes Reaktion zu analysieren, aber die junge Frau sagt nichts. Sie führt die Kaffeetasse an die Lippen, bläst nicht, trinkt nicht, starrt nur ausdruckslos vor sich hin.

47

»Ameland«, wiederholt Kyra, »und danach Norderney.«

Jarno ist sofort nach Hause gekommen, und sie sitzen zu viert am Küchentisch.

»Aber warum erfahren wir das jetzt erst?«, fragt Kyras Mutter verständnislos.

»Weil wir all die Jahre nicht das Geringste von Dave wussten, Mam«, erwiderte Jarno gereizt. »Die Mertens hat es doch auch gerade erst erfahren.«

»Haben sie ihn schon ausfindig gemacht?«, fragt Kyras Vater. »Ich will mit ihm reden. Heute noch, wenn möglich. Und auch mit seinen Eltern.«

»Maud Mertens hat weiter nichts über die Familie Kowzinsky gesagt, aber ich bin ganz deiner Meinung, Papa.« Kyra steckt sich ein Stück von dem Gewürzkuchen in den Mund, der mitten auf dem Tisch steht. »Diese Information kann nur von der Familie stammen.«

»Ich verstehe das nicht«, wiederholt die Mutter zum soundsovielten Mal. »Ein Segelboot. Sarina hatte doch mit Segeln gar nichts am Hut!«

»Woher willst du das wissen, Mama?«, fragt Jarno und trommelt mit den Fingern auf den Tisch. Nachdem er ausgezogen ist, scheint er noch weniger Geduld mit seinen Eltern zu haben, als fielen ihm ihre Eigenarten jetzt erst auf. »Hast du je mit ihr darüber geredet?«

Ihre Mutter steht auf, klappert mit den Schranktüren und rappelt mit der Kaffeedose, die Tassen klirren, als sie sie hervorholt. Niemand sagt etwas. Eine bleischwere Stille lastet auf ihnen – die Art von Stille, die sich schon seit Langem nicht mehr über das Haus gelegt hat. Jene Stille, die Sarina ersetzt hat.

Kyras Vater durchbricht sie: »Gleich rufe ich die Mertens an.«

»Gleich«, wiederholt Holly Slagter höhnisch, stellt die Kaffeetassen mit einem Knall auf den Tisch und lehnt sich gegen die Anrichte.

»Na schön, dann eben jetzt.« Mit gerunzelter Stirn steht Hanno Slagter auf und kramt sein Handy aus der Hosentasche. Er dreht seiner Familie den Rücken zu und schaut aus dem Küchenfenster, während er darauf wartet, dass Maud Mertens sich meldet.

Zu Kyras Überraschung geht Maud ans Telefon. Etwas ungeschickt versucht ihr Vater, seinen Kopf durchzusetzen.

»Das verstehe ich«, sagt er, »das verstehe ich vollkommen …« Er hört einen Augenblick lang zu. »Danke«, sagt er dann, »vielen herzlichen Dank.«

Er steckt das Handy wieder in die Hosentasche und bleibt reglos stehen. Draußen scheint die Sonne. Der Himmel ist blau, nur da und dort treiben weiße Schleierwolken vorbei.

»Dave Kowzinsky ist tot«, sagt Hanno Slagter schließlich und dreht sich um. »Ein paar Wochen, nachdem er auf Norderney war, wurde seine Leiche in Dänemark angespült, auf Farnø, einer Insel vor der Westküste.«

Holly Slagter dreht sich um und öffnet den Wasserhahn. Sie sucht ein Glas, scheint aber vergessen zu haben, wo die Gläser stehen.

»Mein Gott«, sagt Jarno und fährt sich mit beiden Händen durchs Haar. »Mein Gott, das sind schlechte Nachrichten.«

»Wir hätten sie nicht fahren lassen dürfen«, sagt Kyras Mutter verbittert. »Sie war zu labil, zu unsicher. Wir hätten sie nicht fahren lassen dürfen.«

»Holly.« Hanno geht zu seiner Frau. »Sag doch so was nicht. Sie wollte nach Texel, nichts weiter. Sie hatte sich einen Urlaub verdient und war auf einem guten Weg mit dem Job und so weiter.«

»Das sagst du nur deswegen immer wieder«, faucht Holly ihren Mann an, »weil du es nicht geschafft hast, sie in die Klinik einweisen zu lassen.«

Das Wasser läuft noch immer, und jetzt macht sich Kyras Mutter auf die Suche nach einem Glas. Ihr Vater tut nichts. Wie gelähmt steht er da und scheint das zu verarbeiten, was seine Frau zu ihm gesagt hat, den Mund zu einem schmalen Strich zusammengepresst.

Kyra steht auf, nimmt ein Glas, füllt es mit Wasser und stellt es ihrer Mutter hin. Sie hasst es, sie so zu sehen. Verwirrt. Wütend. Vorwurfsvoll. Einerseits macht es sie zornig, andererseits zutiefst traurig. Dass sie nichts daran ändern kann, belastet sie.

Sie schenkt sich eine Tasse Kaffee ein, nimmt sie in die Hand und sagt: »Ich geh dann mal nach oben.«

Mauds Mannschaft ist vollzählig. An der Wand mit den Daten zu jedem vermissten Kind hängt inzwischen neben jedem Foto ein leeres DIN-A-4-Blatt mit der Aufschrift: *Center Parc, 4-6 April 2014.*

»Myrna, John«, sagt Maud. »Ich möchte, dass ihr die Familien anruft und fragt, in welchem Park sie waren.«

Sie wandert vor der Stellwand auf und ab.

»Jolanda, Thomas, würdet ihr bitte bei Center Parcs nachfragen, ob es an diesem Wochenende auffällige Buchungen gegeben hat, Gruppen zum Beispiel? Wer, was, wo warum – ihr wisst Bescheid.«

Maud kehrt an den Tisch zurück und baut sich vor ihrer Mannschaft auf.

»Niels, wir fahren zu Jesses Eltern und fragen sie nach dem Wochenende im Park. Ich will alles darüber wissen: was sie wo gegessen haben, ob sie Bowling gespielt haben, was sie sonst unternommen haben, das ganze Drum und Dran.«

Sie wirft einen Blick auf ihre Armbanduhr und sagt: »Eine Stunde. Dann will ich die vollständigen Informationen haben.«

»Solltest du nicht vorher die Leitung informieren?«, fragt Niels, während sie ihre Mäntel von der Garderobe reißen und loseilen.

»Ich rufe Erik aus dem Auto an«, erwidert Maud. Sie rennen die Treppe hinunter. Draußen attackiert sie ein scharfer Wind.

»Gibt es etwas Neues, Maud?«, fragt sie einer der Journalisten, die vor dem neuen Hauptquartiert kampieren. »Entwicklungen? Neue Opfer? Wie steht es mit den Vorbereitungen auf den Einzug von Sinterklaas? Wird es als Zwarte Pieten verkleidete Undercoverermittler geben?«

Maud schüttelt nur den Kopf und entgegnet: »Du weißt, dass ich nichts sagen kann, Joris. Tut mir leid.«

Im Auto ruft sie Tijssen an.

»Sehr interessant«, sagt er. »Melde dich, wenn du zurück bist, dann setzen wir uns zusammen.«

»In Ordnung.«

Dann fährt er fort: »Gerade erhalte ich die Nachricht von einer neuen Entführung, Maud.« Der ansonsten so kaltschnäuzige Ermittler klingt niedergeschlagen. »Rutger Bolhof aus Rotterdam, elf Jahre alt. Das macht zusammen mit Vlinder Steenders von gestern neun Kinder, von denen bisher nur Fenne freigelassen wurde, also acht Opfer.«

»Unfassbar!«, stößt Maud hervor. »Bei den anderen Entführungen haben die doch viel früher am Tag zugeschlagen, oder?«

»Ich befürchte das Schlimmste für heute Nachmittag«, erwidert Tijssen. »Ich glaube, dass trotz allem viele Leute mit Kindern auf den Beinen sein werden, um Sinterklaas zu sehen.«

»Wir sprechen uns in einer Stunde«, schließt Maud mit einem Blick auf die Uhr im Armaturenbrett. Halb eins. Vermutlich wird sie bei Jesses Eltern nicht lange brauchen.

Kyra hört, wie sich ihre Eltern und Jarno in der Küche streiten. Sie versteht nicht, was genau sie sagen, aber es interessiert sie auch nicht. Es hat keinen Sinn, sich gegenseitig Vorwürfe zu machen, aber die Gefühle schlagen zu hohe Wellen, um ruhig zu bleiben. Norderney – dort endet die Spur ihrer Schwester. Fanø, dort endet die Spur von Dave. Entsetzlich! Ob er über Bord gegangen ist? Und sich Sarina daraufhin mit dem führerlosen Schiff verirrt hat? Aber sie müssen doch ein Funkgerät an Bord gehabt haben! Sie hätte doch einen Notruf absetzen können!

Kyra erscheint es unmöglich, dass Sarina auf der stark befahrenen Nordsee nicht von einem anderen Schiff aufgegriffen wurde. Wenn Sarina eines konnte, dann die Drama-Queen spielen. Sie hätte sofort die Leuchtpistole gefunden und einen Schuss nach dem anderen in den Himmel gefeuert.

Ob die Jacht gefunden wurde? Wie hieß sie eigentlich? Und war Dave verletzt? Was steht im Autopsiebericht? Hat man an Bord irgendwelche Hinweise gefunden? Vielleicht ein aktuelles Tagebuch ihrer Schwester? Nein, dann hätte eine Spur von Dave zu Sarina geführt, und Mertens sagte, seine Familie wisse nichts von ihr. Kyra ist vollkommen frustriert, sie wird so bald keine Antworten auf ihre Fragen erhalten. Sie ist von Maud abhängig, und diese ist wiederum abhängig von den Amerikanern. Außerdem hat sie gerade andere Sorgen.

Kyra flucht, springt auf und beginnt damit, ein paar Klamotten in eine Reisetasche zu pfeffern. Norderney. Mit der Fähre von Norddeich aus. Dreieinhalb Stunden Fahrt.

»Es war eine Einladung«, erklärt Jesses Vater. Seine Frau sitzt neben ihm auf dem Ledersofa. Während sie zu Anfang der Woche noch kämpferisch aufgetreten ist, wirkt sie jetzt wie erloschen. Ihr Gesicht ist bleich. Ihre Lippen sind aschfahl.

»Ein Wochenende in Het Heijderbos, alles bezahlt vom Verein.«

»Von welchem Verein?«, fragt Maud.

»Vom Niederländischen Verein für Talentförderung.«

»Kenn ich nicht«, wirft Niels ein.

»Ich kannte den Verein vorher auch nicht«, erwiderte Jesses Vater. Er kann seine Hände nicht stillhalten, schlägt die Beine abwechselnd übereinander oder reibt sich die Nase.

»Wie hat der Verein Sie kontaktiert?«, fragt Maud.

»Wir haben ein Schreiben erhalten«, sagt Ilonka van Dijk. »Es war an die ganze Familie adressiert. Eine Einladung, sich ein Wochenende lang in einem Bungalowpark zu entspannen, mit der Möglichkeit, andere Eltern mit außergewöhnlich begabten Kindern kennenzulernen und Erfahrungen auszutauschen.«

Während sie miteinander reden, blickt sich Maud im Wohnzimmer um. Modern. Helle Farben, viele Bücherregale und ein Flachbildschirm an der Wand.

»Und warum wurde Jesse eingeladen?«, fragt Niels.

»Er ist hochbegabt«, antwortet Ilonka. »Wir wissen das schon seit einiger Zeit, und es ist eher eine Belastung. Die Leute behandeln ihn wie ein kleines Kind, aber er versteht viel mehr, als man glaubt.«

»Ich brauche die Namen der Institutionen, mit denen Sie zu tun hatten«, sagt Maud. »Oder stand in der Einladung, woher der Verein Ihre Adresse hatte?«

»Nein.« Jesses Vater wirkt immer bedrückter.

»Haben Sie das Schreiben noch?«

»Nein, leider nicht«, erwidert Ilonka. »Das habe ich längst weggeworfen.« Sie fängt an zu weinen. »Woher hätte ich denn wissen sollen, dass es irgendwann wichtig sein würde!«

»Haben Sie eine Adresse oder eine Telefonnummer des Vereins, vielleicht auch den Namen einer Kontaktperson, mit der Sie zu tun hatten?« Niels wartet mit Block und Kugelschreiber in der Hand.

»Nein, das ist ja das Verrückte: Wir haben an diesem Wochenende niemanden von dem Verein getroffen. Kurz nach dem Brief mit der Einladung kamen die Papiere des Center Parcs. Warum nicht, dachten wir. Gratisurlaub, wie schön, und dazu ein Abenteuerspielplatz, wie Kinder ihn lieben. Bei unserer Ankunft lag eine Broschüre der Stiftung auf unserem Zimmer, das war alles.«

»Es war schon seltsam«, seufzt Jesses Mutter. »So im Nachhinein betrachtet. Aber wir haben uns zu dem Zeitpunkt einfach keine Gedanken darüber gemacht, sondern ein schönes Wochenende mit der Familie genossen. Ich habe hinterher gar nicht mehr daran gedacht, wie es dazu gekommen war.«

»Was ist mit den anderen verschwundenen Kindern?«, fragt Maud. »Haben Sie die an diesem Wochenende kennengelernt?«

»Nein, wir wussten gar nicht, wer außer uns sonst noch von dem Verein eingeladen worden war«, antwortet der Vater. »Wir haben sogar an der Rezeption nachgefragt, ob es noch andere

Gäste des Vereins gäbe und in welchen Häusern sie untergebracht seien, aber die Leute dort wussten von nichts.«

»Wenn ich ehrlich bin, habe ich die Nachrichten in den letzten Tagen nicht mehr verfolgt«, gesteht Jesses Mutter. »Ich kann es einfach nicht ertragen. Zeitung, Fernsehen – diese negative Berichterstattung macht mir nur noch mehr Angst.«

Niels nennt die Namen der anderen Kinder, aber das Ehepaar kennt keines von ihnen.

Blass und ernst sitzen die beiden auf dem Sofa. Maud erhebt sich und sagt: »Wir gehen der Sache nach. Vorläufig wissen wir genug. Ich möchte Sie bitten, alles über das Wochenende im Center Parc aufzuschreiben. Und auch alles über den Verein. Jedes Detail, wenn möglich auch über jeden, mit dem Sie im Zusammenhang mit Jesses Hochbegabung Kontakt hatten.«

»Warum habe ich bloß nicht früher daran gedacht?«, fragt Jesses Mutter reuevoll. »Steef, warum sind wir nicht eher darauf gekommen?«

»Das ist ganz normal, Frau van Dijk«, beruhigt sie Niels. »Sehr oft erweisen sich scheinbar nebensächliche Dinge als entscheidend, aber man kann es nie vorher wissen.«

»Ich verstehe«, sagt Jesses Vater. »Wir machen uns sofort an die Arbeit. Ich schicke Ihnen unsere Notizen noch heute.«

48

Sie fahren. Der Lkw brummt und holpert. Jedes Mal, wenn sie stehen bleiben, geht die Tür auf und ein neues Kind wird hereingebracht. Gestern war es Vlinder, heute kommt Rutger hinzu. Tommy versucht, durch die geöffnete Tür hindurch etwas zu erkennen und auszumachen, wo sie sind, aber er sieht nichts als Wiesen, Wald, eine Mauer. Nichts, was ihm einen Hinweis auf ihren Aufenthaltsort geben könnte.

Die Männer haben es jetzt eilig. Tommy versteht nicht, was sie sagen, aber sie wirken gereizt und hastig und streiten miteinander. Manchmal hört er sie auf Englisch fluchen.

Die neuen Kinder erzählen von den Nachrichten im Fernsehen.

»Die ganzen Niederlande sind auf der Suche nach euch«, sagt Rutger. Er ist elf und kommt aus Rotterdam. »Im Fernsehen haben die etwas von so einer schrägen Sekte erzählt, die Kinder stehlen, eine Art Boko Haram oder so, das waren die, die die ganzen Mädchen in Afrika entführt haben. Jetzt soll es so eine Gruppe auch in den Niederlanden geben, und bestimmt würden sie bald ein Riesenlösegeld für euch verlangen, um damit ihre Terroraktionen zu finanzieren.«

»Ein Lösegeld für uns«, verbessert ihn Kat. »Du gehörst jetzt auch dazu.«

Dieser Rutger kann einem auf die Nerven gehen. Er scheint

es spannend zu finden, dass er entführt wurde. Aber er hat noch keine Schläge bekommen und ist gerade erst geschnappt worden. Als er wach wurde, war er zunächst sehr verwirrt und hat geweint. Aber jetzt spielt er sich mehr und mehr auf.

»Heute kommt Sinterklaas«, sagt Rutger. »Seit zwei Tagen wird darüber diskutiert, ob man alle Veranstaltungen absagen und ob Eltern mit ihren Kindern hingehen sollten. Angeblich werden sogar als Zwarte Piet verkleidete Ermittler eingesetzt. Cool oder?«

»Und?«, fragt Jesse. »Wärst du hingegangen?«

»Nein.« Rutger zieht die Nase hoch. »Bei uns zu Hause feiern wir Sinterklaas nicht mehr.«

»Aber wo bist du denn entführt worden?« Jesse gibt nicht auf.

»Als ich mit dem Fahrrad vom Fußballtraining nach Hause gefahren bin.«

»Haben dir deine Eltern noch erlaubt, allein zu fahren?«

»Klar, wir lassen uns keine Angst einjagen«, erwidert Rutger lässig. Tommy schnaubt. »Gute Idee. Und jetzt bist du hier.«

Der Lkw ist schon eine ganze Weile unterwegs. Tommy fragt sich, wo sie wohl hinfahren. Man könnte glauben, sie hätten die Niederlande längst hinter sich gelassen, aber Rutger, der Letzte, wurde in Rotterdam entführt. Vielleicht fahren die immer im Kreis, auf der Ringautobahn um Rotterdam herum.

»Wie spät ist es?«, fragt Rutger.

»Keine Ahnung«, erwidert Tommy. »Wenn es einer wissen müsste, dann du. Wann bist du entführt worden?«

»Äh … mein Spiel war um zwölf Uhr zu Ende, und danach haben wir noch geduscht und so weiter. Keine Ahnung, ich denke, ich bin so um Viertel vor eins losgefahren.«

»Dann muss es jetzt ungefähr zwei Uhr sein«, meint Jesse.

»Die meisten waren noch ungefähr zehn Minuten lang bewusstlos, nachdem sie hier reingebracht worden sind«, erklärt Tommy. »Du warst sehr lange weg. Bestimmt eine halbe Stunde.«

»Okay«, sagt Rutger und sieht jetzt doch ein bisschen blass aus.

Endlich, denkt Tommy.

49

Zurück im Hauptquartier, wie das Krisenzentrum inzwischen genannt wird, eilen Maud und Niels zu ihrer Abteilung.

»Heijderbos«, stößt Thomas unvermittelt hervor. »Sie waren alle im Park Het Heijderbos, dem Ding mit dem Jungle Dome!«

»Ohne voneinander zu wissen«, fügt Maud hinzu. »Hast du schon eine Rückmeldung von Center Parcs? Können die uns irgendetwas über die Buchungen an diesem Wochenende sagen?«

»Sie kümmern sich darum«, antwortet Jolanda. »Sie haben sofort nach unserer Anfrage begonnen, zu recherchieren.«

Erik Tijssen kommt herein.

»Und?«, fragt er.

»Alle Familien sind in Het Heijderbos gewesen«, berichtet Maud. Sie sollte Erik einen Stuhl anbieten, aber sie kann nicht stillsitzen, sie muss herumlaufen, sich bewegen.

»Jesses Eltern sind vom Niederländischen Verein für Talentförderung eingeladen worden.«

»Die anderen auch«, sagt Thomas.

»Aber während des Wochenendes haben sie von dem Verein weder etwas gesehen noch gehört.«

»Die anderen auch nicht«, ergänzt Thomas.

»Wir haben es also mit einer ganzen Gruppe von Eltern und Kindern zu tun«, wirft Erik ein, »die offenbar alle unter einem Vorwand in einen Bungalowpark gelockt wurden.«

»So sieht es aus«, bestätigt Niels.

»Und ein halbes Jahr später werden die Kinder dieser Familien entführt.«

»Genau.« Maud hängt ihren Mantel auf und zieht sich einen Stuhl heran, bleibt aber stehen.

»Jesse van Dijk ist hochbegabt«, sagt sie. »Ich nehme also an, dass er deswegen von dem Verein eingeladen wurde.«

»Hochbegabung würde ich nicht als Talent bezeichnen«, wendet Niels ein.

»Kann schon sein, aber soweit ich mich erinnere, ist Tommy ein ausgezeichneter Fußballer, oder? Ist er nicht von Ajax Amsterdam gescoutet worden?«

»Man hat ihn eingeladen, am Training teilzunehmen«, erwidert Myrna. »Aber er spielt immer noch ganz bescheiden bei Swift.«

»IQ«, sagt Maud. »Schreib auf. Und: Fußball.«

Myrna schreibt jedes Wort groß auf je ein Blatt und hängt sie neben die Profile der beiden Kinder an die Wand.

»Katinka van den Berge spielt sehr gut Klavier«, fährt Myrna fort. »Obwohl sie erst acht Jahre alt ist, spielt sie bereits Bach und Mozart.«

Tijssen sagt: »Schreib auf: Klavier.«

»Fenne Zwiers tanzt Ballett«, meldet sich Jolanda zu Wort. »Sie nimmt bereits an einem Programm für talentierte Tänzerinnen teil.«

Myrna braucht keine Anweisung; schon hängt sie ein Blatt Papier mit dem Stichwort »Ballett« neben das Profil des Mädchens.

»Edo Schilder«, sagt Thomas, während er die Unterlagen durchblättert. »Tennis.«

»Und er singt auch«, fügt Jolanda hinzu. »In einem Chor, scheint eine sehr schöne Stimme zu haben. Vlinder Steenders ist Kindermodel. Sie war dieses Jahr Junior Miss Pageant der Niederlande.«

»Wie bitte?«, fragt Maud.

»Ich habe auch keine Ahnung, was das ist«, erwidert Jolanda. »Eben irgend so eine Misswahl. Ansonsten ist sie übrigens niederländische Schachjugendmeisterin.«

Nach ein paar Minuten ist jedem Kinderprofil an der Stellwand ein Begriff zugeordnet:

IQ
Fußball
Gesang/Tennis
Klavier
Fußball
Malen
Ballett
Schönheit/Schach

»Niederländischer Verein für Talentförderung.« Erik Tijssen lehnt sich auf seinem Stuhl zurück und legt die gefalteten Hände flach auf den Kopf. Unter den Achseln zeichnen sich große Schweißflecken auf seinem blauen Hemd ab. Dennoch bleibt er ungeniert so sitzen. Das ist der Vorteil, wenn man ein Mann ist, denkt Maud. Würde ich das machen, würden sich alle scheckig lachen.

»Was wissen wir über diesen Verein?«, fragt Tijssen.

John antwortet: »Im Internet habe ich nichts über ihn gefunden, weder im Vereinsregister noch bei der Handelskammer. Scheint also ein fiktiver Verein zu sein.«

»Die Aufenthalte in dem Park müssen aber von irgendjemandem bezahlt worden sein«, wirft Maud ein. »Finde heraus, von wem.«

Eine Stille breitet sich aus, während alle über die neuen Entwicklungen nachdenken.

»Jolanda, ruf auf der Stelle bei Center Parcs an und frage nach, wer sonst noch von diesem Verein ein Wochenende in Het Heijderbos spendiert bekommen hat. Wir müssen die Leute sofort warnen!«

»Das hat höchste Priorität!«, fügt Tijssen hinzu. »Ich ziehe das Team von Rob Franssen hinzu. Maud, du kümmerst dich um die anderen Familien. Sofort! Auf den Verein setze ich jetzt Rob an.« Er überlegt kurz. »Und Willems Team kümmert sich um die Gruppenbuchungen, die offenbar durchgeführt worden sind.«

»Notiert rasch für die anderen, was ihr bisher gemacht habt«, befiehlt Maud. »Schnell, stichwortartig, denn die Kollegen müssen sofort loslegen, und wir müssen uns unbedingt auf die Familien konzentrieren. Jolanda?«

Die kleine blonde Kollegin nickt. Sie sieht aus wie die ideale Nachbarin, eine Art altmodische Kassiererin aus der Zeit, als die Keksrollen noch Preisaufkleber trugen. Eine, die die Preise aller Artikel im ganzen Supermarkt auswendig kannte. Doch Maud weiß, dass man sich besser nicht mit ihr anlegen sollte, denn wenn sich Jolanda in etwas verbeißt, verwandelt sie sich in einen Pitbull.

Mein Gott, ist diese Landschaft öde. Flach und grün, nichts als Wiesen und Weiden. Träge drehen sich die Räder der Windmühlen, an denen sie vorbeifährt. Kyra stellt fest, dass es in Norddeutschland erstaunlich viele schiefe Kirchtürme gibt. Ein Dorf nach dem anderen hat hier seinen eigenen Turm von Pisa. Kyra gähnt. Sie spürt, wie ihre Lider schwer werden, aber sie darf nicht einschlafen. Sie stellt das Gebläse im Auto auf kalt und richtet es auf ihr Gesicht.

Ihre Mutter wird bestimmt sauer sein, weil sie ohne Rücksprache mit ihr losgefahren ist. Manchmal fragt sich Kyra, ob sie überhaupt wissen will, was mit Sarina geschehen ist. Das Verschwinden ihrer Tochter scheint sie in gewisser Weise als persönliche Beleidigung aufzufassen, als sei es absurd, dass sie als Mutter nicht über alle Details im Leben ihres Kindes informiert ist. Sie scheint die Wahrheit lieber im Dunkeln lassen zu wollen.

Es könnte sein, dass es tatsächlich besser wäre, sie nicht zu erfahren. Wie viele Eltern auf der Welt müssen mit einer erschütternden Gewissheit leben? Die fünfzehnjährige Tammy Homolka wurde von ihrer zwanzigjährigen Schwester Karla und deren Freund Paul am dreiundzwanzigsten Dezember zu einem gemütlichen Vorweihnachtsessen eingeladen. Karla gab ihrer Schwester ein Betäubungsmittel ins Getränk, das sie aus der Tierklinik geklaut hatte, in der sie arbeitete. Um das Mädchen bewusstlos zu halten, während Paul es vergewaltigte, drückte ihr Karla zusätzlich ein Tuch mit dem Mittel ins Gesicht. Das Mädchen erstickte an seinem eigenen Erbrochenen. Das Paar behauptete, ihr sei während des Essens plötzlich schlecht geworden. Alle hatten es geglaubt. Der Arzt fand den großen, knallroten Fleck auf Tammys Wange nicht verdächtig. Karla und der Serienvergewaltiger Paul ermordeten danach noch mindestens zwei andere Mädchen, bis sie erwischt wurden und man Tammy exhumieren ließ. Welchen Preis haben Vater und Mutter Homolka für die Wahrheit bezahlt? Er muss unmenschlich hoch gewesen sein.

Welchen Preis werden ihre Eltern, sie und Jarno irgendwann bezahlen müssen? Kyra schaudert. Von dem Gebläse ist ihr eiskalt geworden. Sie stellt es ab.

Sofort wird sie wieder schläfrig.

Verdammt, sonst liegt sie nächtelang wach, und jetzt wird sie müde! Sie schaut auf den Routenplaner. Noch knapp eine Stunde zu fahren.

In der Fabrikhalle liegt eine nervöse Energie in der Luft. Erik Tijssen hat in seinem Büro mit Aussicht eine Sitzung einberufen. Ein hohes Tier nach dem anderen durchquert die Halle. Der Bürgermeister, der Minister, Barbara Ruigbot, alle sind erschienen.

Im kalten Vorraum der Toilette lässt Maud das Wasser über ihre Hände fließen, während sie ihr Gesicht im Spiegel betrachtet. Sie wird heute Abend wieder nicht nach Hause kommen. Wieder nicht mit ihrer Familie zu Abend essen, mit Roos, die noch vor ein paar Monaten so widerspenstig war und plötzlich alarmierend ruhig erscheint. Maud ist misstrauisch, aber Edwin meint, sie sähe Gespenster.

Maud greift zu ihrem Handy, um ihrer Tochter eine Nachricht zu schicken, weiß aber nicht, was sie schreiben soll. Was hat ihre Tochter heute gemacht? Ob sie im Fitnessstudio war?

Maud sieht, dass sich Edwin vor zwei Stunden erkundigt hat, ob alles in Ordnung sei, und sie antwortet ihm, alles sei okay. Sie würde gerne hinzufügen, dass sie einen Anhaltspunkt haben. Besser nicht.

Wieder fühlt sie sich entsetzlich müde. Sie hat keine Ahnung, wie sie durchhalten soll. Ihr ist ganz übel vor Müdigkeit. Sie hat nicht die geringste Lust, wieder nach oben zu gehen, durch das kalte Treppenhaus, durch den langen Flur, zurück zu ihrem Team, dessen Hektik sie nach ihrer Ankunft sofort wieder verschlucken wird. Sie strafft den Rücken, hebt ein wenig das Kinn und macht sich auf den Weg.

»Wissen wir schon etwas über die Gruppenbuchungen?«, fragt Maud, als sie zurück ist.

Jolanda schüttelt den Kopf. Ihr Telefon klingelt.

»Jetzt erfahren wir bestimmt mehr«, meint sie.

Jolanda lauscht konzentriert, und Maud muss sich beherrschen, das Telefon nicht per Knopfdruck auf Lautsprecher zu stellen.

»Es gab mehrere Gruppenbuchungen«, erklärt Jolanda, als sie aufgelegt hat. »Für insgesamt drei größere Gruppen. Center Parcs recherchiert jetzt noch die Einzelheiten. Es heißt, eine Gruppe habe aus Saudi-Arabien gestammt.«

»Was wollen die denn in einem vermoosten Bungalowpark?«, fragt John. »Solche Leute mieten doch normalerweise eine ganze Zimmerflucht im Krasnapolsky?«

»Kümmere dich darum«, befiehlt Maud. »Ich will alles über sie wissen. Namen, Ausweisnummern, Mailadressen, alles. Und das übrigens auch von den anderen Gruppen, denn wir sollten keine voreiligen Rückschlüsse ziehen.«

Rob und sein Team haben zu klären versucht, über wen das Geld für die Finanzierung der Buchungen geflossen ist, und sind bisher nur auf ein Konto auf den Philippinen gestoßen. Maud hört ihn jenseits der verschiebbaren Wand mit internationalen Institutionen telefonieren, weiß aber selbst sehr genau, dass solche Recherchen alles andere als einfach sind. Vielleicht sollte er den Minister um Hilfe bitten, oder gleich den Ministerpräsidenten. So etwas hilft manchmal, wenn man es sehr eilig hat.

»Die Liste von Center Parcs kommt gerade herein«, verkündet Niels.

»Wie viele sind es?«, fragt Maud und sieht Niels sofort an, dass sie das lieber nicht wissen will.

»Sechsunddreißig«, sagt er.

»Wie bitte?«, fragt Maud entsetzt. Sechsunddreißig Familien! Acht vermisste Kinder, eines wieder aufgetaucht, also schweben noch siebenundzwanzig Kinder in unmittelbarer Gefahr? »Haben wir von allen Kontaktdaten?«

»Ja, von den meisten«, sagt Niels. »Auf jeden Fall Adressen. Alle Telefonnummern habe ich noch nicht.«

»Ich werde sofort mit Erik sprechen«, verspricht Maud.

Kyra parkt das Auto ihrer Mutter auf dem Parkplatz vor der Anlegestelle der Fähre, steigt aus und schlägt die Tür hinter sich zu. Sie zieht den Rucksack etwas höher auf die Schultern und geht an den Schalter, um eine Karte zu kaufen. Die Überfahrt dauert zwischen einer Dreiviertelstunde und einer Stunde, hat sie auf der Website gelesen. Das ist schon etwas anderes als die Überfahrt nach Texel; die dauert keine Viertelstunde.

Während sie auf das Ablegen wartet, schickt sie ihren Eltern eine Nachricht. Sie werden sich bestimmt aufregen, aber das ist ja nichts Neues. Kurz darauf erhält sie eine Nachricht von ihrem Bruder.

Du hättest mir ja wenigstens mal Bescheid sagen können!, schreibt er. *Dann wäre ich mitgefahren.*

Ja, das hätte sie wirklich tun sollen. Aber Kyra ist daran gewöhnt, immer alles allein erledigen zu müssen, auch wenn sie ihrem Bruder inzwischen sehr nahe steht.

Mit dem Handy filmt sie die dunkle See und die erleuchtete Fähre, die sich zum Ablegen bereit macht.

Jetzt fühle ich mich plötzlich allein, antwortet sie. *Ich schicke dir morgen Videos und Fotos.*

Jahrelang waren Sarina und Kyra unzertrennlich gewesen. Die Älteste und die Jüngste. Jarno, das Sandwichkind, fand seine Schwestern nervig. Kaum fingen sie an, sich über Mode, Musik, oder – schlimmer noch – Jungen zu unterhalten, reagierte er mit zynischen Witzen und verschwand spätestens nach fünf

Minuten in seinem Zimmer. Dadurch hatte Kyra immer das Gefühl, ihrem älteren Bruder irgendwie überlegen zu sein. Bis Sarina verschwand. Da durfte Jarno auf einmal mit nach Texel, um sie zu suchen, weil er schon fast siebzehn war, während Kyra zu Hause bleiben musste, weil sie ihnen mit ihren gerade mal fünfzehn Jahren doch nur im Weg sein würde.

»Du bist ein Mädchen«, hatte ihr Vater gesagt und ihren Einwand, dass Jarno schließlich auch mitdürfe, vom Tisch gewischt. »Das ist etwas anderes.«

Damit – Kyra hatte es sofort gewusst – hatten sich die Rollen ein für allemal verkehrt. In den folgenden Monaten war ihr ganzes Leben von Trauer überschattet, während Jarno die Zeit nutzte, sich seine Position zurückzuerobern.

Er bot auf einmal seiner Mutter an, die Einkäufe für sie zu erledigen, was Kyra schleimig fand. Er lernte Kochen, jedenfalls einfache Gerichte, Nudeln und so weiter. Mister Megaperfekt wuchs in seine Glanzrolle hinein. Das Schlimmste war, dass er in diesem Jahr nicht sitzen blieb, im Gegensatz zu ihr.

Doch nach einem Jahr hatte Jarno seine neue Rolle satt. Wenig später machte er das Abitur und schrieb sich für Jura ein. Er war immer seltener zu Hause und wurde Sarina zunehmend ähnlicher. Widerspenstig. Er stritt sich mit seinen Eltern, weil er ihrer Meinung nach zu spät nach Hause kam. Kyra stellte zufrieden fest, dass sich der Kontakt zwischen ihr und Jarno mit der Zeit verbesserte. Mehr noch – inzwischen hätte sie nicht mehr gewusst, was sie ohne ihn anfangen sollte.

Auf der Fähre sucht sie sich ein ruhiges Eckchen vorn am Bug, wo sie aus dem Fenster schauen kann. Es ist Samstagabend und mehr los, als sie erwartet hat. Wahrscheinlich sind die Leute unterwegs zu ihren Wochenendhäuschen oder Hotelzimmern. Kyra hat keine Übernachtung gebucht, und ihr fällt ein, dass sie heute Abend auf keinen Fall mehr zurückfahren kann. Über ihre Buchungs-App findet sie ein freies Zimmer im Inselhotel Vier Jahreszeiten. Siebzig Euro. Im Hotel König könnte sie auch noch unterkommen, aber es ist teurer. Es gibt ein paar Ferienhäuser, alle belegt. Egal, sie geht einfach ins König. Auf dem Bild sieht es auf jeden Fall hübsch aus, und auf ihrem Sparkonto ist das Geld für das Protokollieren geparkt, das jetzt endlich mal zu etwas nutze ist.

Kyra holt sich etwas zu essen und starrt aus dem Fenster hinaus auf das schwarze Wasser. Hatten Sarina und Dave denselben Ausblick? Es war Sommer und ungewöhnlich warm für Mitte Juni. Saßen sie gemeinsam an Deck? Unter einem romantischen Sternenhimmel, der die Blicke nach oben zog anstatt hinunter auf das dunkle Wasser, in dem tief unter ihnen unsichtbare Wesen ihre Bahnen ziehen? Schauten sie hinauf in die Unendlichkeit, zu den unzähligen Lichtpunkten und den Träumen, die dazwischen schweben?

Als die Fähre im Schneckentempo anlegt, kann Kyra wenig von der Umgebung erkennen. Die Nacht scheint hier dunkler zu sein als zu Hause. Morgen wird sie den Hafen besuchen, um sich in einem Café oder Restaurant zu erkundigen. Sie hofft, dass ihre Intuition sie nicht im Stich lässt und sie spüren wird, ob Sarina jemals dort gewesen ist.

50

»Wir müssen alle Familien irgendwo anders unterbringen«, drängt Maud ihre Zuhörer. Es ist später Samstagabend, und sie hat das Gefühl, endlich etwas bewirken zu können, Kinder retten zu können. Sie versucht, nicht daran zu denken, dass die Aufmerksamkeit all dieser hohen Beamten allein auf sie gerichtet ist. »Wir haben eine Liste mit Namen und Adressen, und ich schlage vor, zu jeder Adresse einen Wagen zu schicken, um die Leute so schnell wie möglich in Sicherheit zu bringen.«

»Und wo willst du sie hinbringen?« Barbara Ruigbot ist wieder in ihre Rolle als scharfe Kritikerin geschlüpft.

»Ich weiß es nicht. Vielleicht in ein Hotel? Irgendein Gebäude, das wir überwachen können.«

»Der Marinekomplex hier in Amsterdam?«, schlägt der Minister vor.

»Kasernen haben wir reichlich«, pflichtet der Bürgermeister ihm bei. Nach kurzer Unterredung beschließen sie, die Familien auf jeden Fall nach Amsterdam zu bringen.

»Was ist bisher über den Verein bekannt?«, fragt die Staatsanwältin, nachdem die Anweisungen zur sicheren Unterbringung der Familien erteilt sind.

Willem und Rob erklären den Stand der Ermittlungen.

»Der Verein existiert nicht«, beginnt Rob. »Die Buchungen wurden von dem Konto einer gewissen Soraya GmbH bezahlt.

Es handelt sich vermutlich um eine deutsche Firma mit Wurzeln in Asien. Soweit ich bisher weiß, ist das Konto jedoch ein Scheinkonto, das nur für diese Buchung benutzt wurde. Die einzige Geldanweisung darauf erfolgte von einem Konto auf den Philippinen. Aber auch darauf ist der Betrag von wieder einem anderen Konto überwiesen worden. Die Spur endet bei einem Konto in Syrien auf den Namen Soruya. Besser gesagt: Es handelt sich um verschiedene ausländische Konten, die alle auf den Namen Sor-irgendetwas-ya eingetragen sind. Ich habe bereits alle möglichen Strippen gezogen, bin bisher aber nicht weitergekommen. Ich habe keine Ahnung, was oder wer hinter den Konten und dem Geldfluss steckt.«

»Syrien«, wiederholt der Minister. »Sind Sie sicher?«

»Ja«, antwortet Rob. »Aber ich bin überzeugt, dass es sich bei den Drahtziehern nicht um Syrer handelt. Es können genauso gut Eskimos aus Alaska dahinterstecken. Das sind falsche Fährten, um uns in die Irre zu führen.«

»Scheint so«, seufzt der Minister. »Aus Syrien Informationen zu erhalten ist derzeit nicht gerade einfach. Geben Sie mir die Kontonummern und die anderen Bankdaten, und ich bitte den Ministerpräsidenten um Unterstützung.«

Zu Mauds Erleichterung denkt der Minister praktisch und versucht gar nicht erst, selbst irgendwo anzurufen. Meistens hat man bei solchen Recherchen nur eine einzige Chance.

»Ich befürchte allerdings, dass wir nicht weiterkommen werden«, schließt der Minister und seufzt leise. »Nicht schnell genug jedenfalls.«

»Sonst noch etwas?«, fragt Tijssen wie ein Bäcker, der hofft, noch ein Brot zu verkaufen. Rob schüttelt den Kopf.

»Was ist mit den Gruppenbuchungen?«, hakt Tijssen weiter nach. Für diese Ermittlungen war Willem zuständig. Maud runzelt die Stirn, als er aufsteht. Willem ist nicht gerade ihr Lieblingskollege, und sie ärgert sich oft über seine Herangehensweise.

»An dem betreffenden Wochenendende fand das jährliche Treffen eines Schnulzenchors aus Beijerland statt«, beginnt er, »bestehend aus einundfünfzig Niederländerinnen, einer Französin und einer Ungarin.«

Niemand reagiert.

»Außerdem gab es ein Familientreffen, zu dem ein Ableger aus Australien angereist ist. Insgesamt zweiunddreißig Leute.« Willem macht es spannend, und Maud knirscht mit den Zähnen. Sie hasst es, wenn Leute in solchen Situationen nicht sofort auf den Punkt kommen. Jetzt sag schon, denkt sie, und dann kommt es.

»Und zu guter Letzt war da noch eine Gruppe von fünfzehn Familien aus Saudi-Arabien, Indien und Nigeria.«

Willem wartet einen Augenblick, bis alle die Information erfasst haben. Maud zählt bis drei.

»Für sie wurden die luxuriösesten Häuser reserviert, unmittelbar nebeneinander. Die Bungalows ringsherum wurden ebenfalls bezahlt, blieben aber leer. Ich vermute, sie dienten als eine Art Sicherheitszone.«

Tijssen nickt zustimmend.

»Die Familien brachten eigene Wachleute mit, die in den Häusern um den leeren Ring herum wohnten. Die Gruppe traf am Samstag im Laufe des Tages ein. Alle getrennt voneinander. Die Männer sind nachmittags schwimmen gegangen, und die ganze Gruppe hat später am Tag gemeinsam in einem der Restaurants gegessen, das sie reserviert hatten.«

»Welches Restaurant?«, fragt Maud.

»Keine Ahnung«, antwortet Willem mürrisch. »Ich glaube, die Pizzeria.«

»Finde es heraus«, befiehlt Tijssen. »Und gib die Information an Maud weiter. Dann kann sie die Familien entsprechend befragen.« Dann fragt er weiter: »Namen, Geburtsdaten, Adressen?«

»Wir sind dran«, antwortet Willem ein wenig nachgiebiger. »Aber die ersten beiden Namen, die wir überprüfen wollten, haben sich als gefälscht herausgestellt, deswegen vermute ich, dass wir nirgendwo weiterkommen. Wahrscheinlich alles falsche Namen und im Sande verlaufende Spuren.«

Jemand klopft an die Tür, und Niels Bingsten tritt ein. Sein Haar ist durcheinander, und die Ränder unter den Augen sind dunkler geworden.

»Ab van Dongen«, meldet er. »Zehn Jahre alt, aus Den Haag.«

Er bleibt in der Tür stehen und sieht verloren aus.

»Verdammte Scheiße!«, flucht Willem. »Jedes Mal hoffe ich, dass es damit vorbei ist.«

Tijssen schüttelt den Kopf.

»So viel steht fest«, fährt Barbara Ruigbot fort, »in irgendeiner Weise waren sehr viele Leute an der Aktion beteiligt, und sie wurde außergewöhnlich sorgfältig vorbereitet.« Sie klingt müde, und ihr typischer knallroter Lippenstift lässt sie noch ausgezehrter aussehen. »Diese Leute haben alles darangesetzt, die Polizei an der Nase herumzuführen.«

»Und jetzt?«, fragt Maud. Eine Welle der Empörung steigt in ihr auf. Für wen halten diese Scheißkerle sie? Für einen Haufen verwöhnter Holländer, die nicht gelernt haben, zu kämpfen? Fehlanzeige! Sie spürt, wie sie die Zähne noch fester aufeinanderpresst. Alle im Raum schauen sie an.

»Und jetzt machen wir denen die Hölle heiß!«

51

Kyra schwingt den Rucksack über die Schulter und verlässt das vornehme Hotel. Es ist Sonntagmorgen, und sie hat ein paar Stunden Zeit, die Insel zu erkunden. Danach will sie die Fähre nehmen und wieder nach Hause fahren. Sie wirft einen kurzen Blick zurück. Gestern Abend sah das weiße Gebäude mit dem Türmchen, den Dachgauben und den Bogenfenstern richtig anheimelnd aus. Der Name des Hotels leuchtete in hellgelber Neonschrift an der Fassade. Sie hat Jarno ein Foto davon geschickt. Im Tageslicht setzen sich die modernen Geschäfte in der Umgebung hart von den alten Gebäuden ab, aber dennoch haben die weißen Häuser mit ihren Balkonen und Wintergärten etwas Gemütliches und wecken in Kyra eine unbestimmte Hoffnung.

Langsam überquert sie den kleinen Platz mit dem großen Baum, geht den weißen Holzzaun des Hotels entlang und dann einmal um die ganze Kreuzung herum. Strandstraße. Strand. Da wäre ihre Schwester hingegangen. Kyra folgt der Straße, bis sie das Meer sieht. Dann bleibt sie stehen. Es weht ein kalter Wind, der ihr nichts ausmacht. Im Gegenteil: Es ist, als blase er ihr den Kopf frei und öffne ihren Geist. Der Strand hat etwas Derbes. Der Weg verläuft erhöht, und der Deich ist mit Steinblöcken verstärkt, die wie Legosteine schräg übereinandergestapelt sind. Hinter dem Strand erheben sich Apartmenthäuser, potthässlich und fehl am Platze, so wie überall an der Küste, aber dazwischen stehen kleine weiße Häuser mit gelben Sonnenschirmen und spitzen Dächern, die aussehen wie von Kinderhand gemalt. Die See liegt da wie eine graue Riesin und wartet gelassen ab, bis sie sich wieder bewegen darf. Ebbe, Flut, ruhige Düngung oder Sturm, ihr ist es gleich.

Kyra verlässt den Deich, geht hinunter ans Wasser und dreht sich um. Sie macht ein Foto von einem runden Gebäude mit spitzem Dach, oben auf einer Düne – Konditorei Café steht an der Fassade –, und schickt das Bild ihrem Bruder. Sie macht noch ein Foto, diesmal vom Strand und der See, und auch dieses verschickt sie. Nach kurzem Zögern sendet sie die Fotos auch an ihre Eltern.

Sehr viel Sand auf einer kleinen Insel, schreibt sie dazu. *Die Strände sind riesig, die Torten auch* ☺

Im Sommer ist es hier bestimmt schön, aber das wagt sie ihren Eltern nicht zu schreiben. Norderney scheint ein sehr beliebter Urlaubsort zu sein. Sie hat gestern Abend eines der letzten Zimmer auf der ganzen Insel erwischt. Das hat sie erstaunt, doch jetzt, da sie die Gegend erkundet, versteht sie es.

Sie verharrt einen Augenblick, bevor sie die Düne hinaufgeht und die Konditorei betritt. Sie holt Sarinas Foto aus der Tasche und hält es fest in der Hand. Ein aussichtsloses Unterfangen. Trotzdem muss sie nachfragen. Man weiß nie. Das runde Gebäude ist von innen viel geräumiger, als man von außen vermuten würde. Die Betreiber haben es mit grünen, samtbezogenen Stühlen vollgestellt bis zum Platzen. In der Mitte des Raumes steht eine große welke Palme. Kyra geht zu der protzigen Theke, in der die Kuchen und Torten ausgestellt sind.

»Ich suche meine Schwester«, sagt sie in ihrem besten Deutsch und zeigt das Foto. »Sie ist vor vier Jahren hier gewesen und wird seitdem vermisst.«

Die junge Frau hinter der Theke erschrickt, und ihr strahlendes Lächeln erstirbt. »O je!«, sagt sie. »Ist sie hier verschwunden, auf Norderney? Ich habe gar nichts davon gehört.«

»Nein, nicht hier«, erwidert Kyra schnell. Ehe man sich versieht, steht irgendetwas in der Zeitung, oder es kursiert eine Fantasiegeschichte im Internet. »Zum letzten Mal wurde sie auf Texel gesehen.«

»Ach, in Holland.«

»Ja. Aber sie scheint danach noch hier gewesen zu sein. Mit einem Segelboot. In Norderney endet ihre Spur, soweit ich weiß.«

»Ach, herrje.« Obwohl die Frau nicht älter als fünfundzwanzig sein kann, spricht sie seltsam altmodisch. Sie denkt einen Augenblick nach. »Sie könnten es bei den Hafenbehörden versuchen«, schlägt sie vor. »Wissen Sie das genaue Datum? Vielleicht steht etwas über das Schiff in den Akten, oder der Hafenmeister kann sich an etwas erinnern. Sie könnten auch zur Polizei gehen. Wer weiß, vielleicht haben die Webcams auf der Insel oder die Überwachungskameras etwas aufgezeichnet.« Sie beugt sich über die Theke zu Kyra und flüstert ihr zu: »Ich lese gerne Krimis. Kennen Sie die Bücher von Nele Neuhaus oder von Sebastian Fitzek? Die sind toll.« Sie reißt sich zusammen und richtet sich wieder auf. »Wie furchtbar für Sie.« Sie betrachtet noch einmal das Foto. »Es tut mir leid, aber ich kann mich nicht erinnern, sie gesehen zu haben. Möchten Sie vielleicht ein schönes Stück Kuchen?« Sie deutet auf die Torten in der Vitrine.

»Nein, vielen Dank.« Kyra schüttelt den Kopf. »Ich geh dann mal wieder. Vielen Dank für die Tipps.«

Kyra schlendert am Strand entlang und macht sich Vorwürfe, weil sie ihre Hausaufgaben nicht besser gemacht hat. Tja, wann genau waren Sarina und Dave hier? Wenn sie von Texel aus losgefahren sind, müssten sie am selben Tag noch im Hafen von

Ameland angekommen sein, so weit ist die Strecke nicht. Von da aus könnten sie direkt weiter nach Norderney gefahren sein, oder nicht? Nein, sie hat keine Ahnung. Sie weiß nichts über das Reisen mit einem Schiff. Was tut sie hier eigentlich? Glaubt sie wirklich, dass sich irgendjemand noch an Sarina erinnert? Sie hätte nicht kommen sollen. Missmutig geht sie weiter bis zur Nordseite der Insel, über den Wanderweg ohne Wanderer, an geschlossenen kleinen Lokalen und aufgestapelten Strandstühlen vorbei, die festgezurrt und unter dicken Plastikschutzhüllen auf die nächste Saison warten.

Als Maud am Sonntagmorgen in aller Frühe ins Krisenzentrum zurückkehrt, hat Niels Bingsten schon ein großes Stück Papier an die Wand gehängt und darauf die Anzahl der in Sicherheit gebrachten Familien notiert. Ganz oben steht in großen Ziffern die Zahl 36. Schräg darunter eine Neun: die Anzahl vermisster Kinder. Und dann eine Eins: Fenne, das einzige zurückgekehrte Kind. Darunter die Anzahl der übrig gebliebenen Familien: 27, und dahinter eine Reihe durchgestrichener Zahlen. Ab und zu schauen Kollegen vorbei, um nachzusehen, wie weit die Operation vorangeschritten ist. Bis jetzt steht der Zähler auf der 18.

»Schon wieder ein Anrufbeantworter«, murmelt John und gähnt ausgiebig. Er hat die ganze Nacht durchgearbeitet. »Die Leute sind sicher alle in der Kirche oder beim Sonntagsspaziergang.«

Die Rettungsaktion verläuft langsamer als vermutet.

»Ich verstehe das nicht«, sagt Jolanda. »Es ist keine Urlaubszeit. Man sollte doch meinen, dass die meisten Leute mit kleinen Kindern zu Hause wären. Sinterklaas kommt, dann stellen die Kinder ihren Schuh raus. Heute ist doch Sonntag, oder?«

»Scheinbar sind viele Leute auch da, wo der Pfeffer wächst«, motzt John.

»Das Problem ist«, sagt Thomas, »dass wir nicht alle Handynummern haben. Die Leute haben beim Einchecken oft nur die Festnetznummer angegeben.«

»Können wir die Handynummern nicht herausfinden?«, fragt Maud. »Wir können doch mithilfe der Adresse bei den Providern nachfragen?«

»Müsste klappen«, stimmt John ihr zu und zieht eine Tastatur zu sich hin.

Jolanda steht auf, streicht die Zahl 18 auf der Tafel durch und schreibt eine 19 darunter.

»Wie sieht es mit den Restaurants aus?«, fragt Maud.

»Die Eltern von Jesse und noch ein paar andere Eltern haben angegeben, am Samstagabend im Grillrestaurant gegessen zu haben«, sagt Jolanda. »Es ist ein großer Laden, der einen mexikanischen Abend veranstaltet hat. Mit Sombreros, einem Sänger und so weiter.«

»Hast du mit Leuten vom Park über den Abend gesprochen?«

»Ich habe angerufen, aber niemand kann sich an Besonderheiten erinnern.«

Maud schüttelt den Kopf. Der Ansatz war so vielversprechend, aber jetzt hat sie das Gefühl, schon wieder in eine Sackgasse geraten zu sein. Warum wurden die Familien zu einem Urlaubswochenende inklusive Abendessen eingeladen? Und warum werden ein halbes Jahr später ihre Kinder entführt?

52

»Sind sie weg?«, flüstert der neue Junge. Es ist der fünfte Tag, und immer noch kommen weitere Kinder hinzu.

»O Gott!«, stößt Kat hervor, die im Käfig neben ihm sitzt. »Ich hab mich zu Tode erschreckt!«

»Ja, sie sind weg«, antwortet Tommy. »Gleich fahren wir wieder los.«

Der Junge fängt an zu weinen.

»Der ist ganz plötzlich wach geworden«, sagt Kat zu Tommy, als würde er das nicht selbst sehen. »Hab ich mich erschrocken, Mann!«

»Ich habe nur so getan, als wäre ich noch bewusstlos«, sagt der Junge mit erstickter Stimme. »Aber ich war es schon eine ganze Weile nicht mehr. Sie haben alles kontrolliert, sämtliche Taschen, und sie haben mich auch ausgezogen.«

Als er das hört, ist Tommy zum ersten Mal froh darüber, eine Zeitlang bewusstlos gewesen zu sein.

»Ich wollte weglaufen«, fährt der Junge schluchzend fort. »Aber es hat nicht geklappt.«

»Wie heißt du?«, fragt Tommy.

»Ich verstehe, was die sagen«, sagt der Junge und verbirgt weinend sein Gesicht.

»Ich heiße Tommy.« Tommy dreht sich zu dem Jungen um, der zwei Käfige weiter hockt. »Und wie heißt du?«

»Ab van Dongen«, antwortet der Junge.

»Was sagen sie denn?«, fragt Kat.

»Sie sind wütend, weil ihnen jemand fehlt, der Klavier spielen kann.«

»Wie bitte, was?« Alle schreien durcheinander. »Klavier? Wieso? Klavier?«

»Sie vermissen jemanden, der Klavier spielt, und jemanden, der singt.«

»Mann, hör doch auf!« Tim sagt nie viel, aber jetzt schimpft er drauflos. »Wollen die etwa eine Band gründen? Ist doch Scheiße.«

Ab fängt schon wieder an zu weinen. Er schluchzt, schnieft und schnappt hysterisch nach Luft.

»Sie wollen uns irgendwohin bringen«, sagt er. »Und dann werden wir irgendwo ins Ausland verschifft, aber ich weiß nicht, wohin. Sie streiten sich die ganze Zeit darüber, wer wen anrufen soll, in welchem Forum die Berichte stehen und wo sie hinfahren sollen.«

Da sieht man mal, dass sie nicht wissen, was sie tun sollen, denkt Tommy. Sie fahren einfach querbeet, um Verfolger in die Irre zu führen.

»Haben sie etwas über Fenne gesagt?«, fragt er. Er würde so gerne hören, dass es ihr gut geht.

»Nein, nichts«, antwortet Ab und weint schon wieder wie ein kleines Kind.

»Hey!«, ruft Kat. »Hey, das hilft uns auch nicht weiter!«

»Lass ihn am besten in Ruhe«, rät Vlinder mit sanfter Stimme. »Er muss sich erst daran gewöhnen. Wir mussten uns alle daran gewöhnen.«

»Wo kommen die Leute denn her?«, fragt Tommy. »Und wo kommst du her, wenn du sie verstehen kannst?«

»Woher sie kommen, weiß ich nicht. Einer spricht Arabisch mit einem anderen Mann, und die anderen sprechen schlechtes Englisch«, sagt der Junge. »Meine Mutter kommt aus Tunesien, und ich verstehe Arabisch.«

»Appie van Dongen«, meint Tim höhnisch. »Du willst aus Tunesien stammen?«

»Abdel«, erwidert der Junge gereizt. »Nicht Appie. Meine Mutter kommt aus Tunesien, und mein Vater ist in den Niederlanden geboren. Und eigentlich heiße ich Abdel, aber meine Mutter wollte mich nicht so rufen, weil man mit dem Namen Abdel einen Nachteil hat, wenn man Arbeit sucht. Ich heiße Abdel Hendrik van Dongen.«

Kat fängt an zu lachen.

»Was ist denn?«, fragt Vlinder schnippisch.

»AH van Dongen, wie Albert Heijn«, kichert Kat. »Appie heißt eigentlich AH.« Und sie lacht noch lauter.

»Du bist ja verrückt«, sagt Tommy lachend. »Vollkommen verrückt.

»Ich verstehe kein Wort«, sagt Vlinder. »Wovon redet ihr?«

»Sie haben eine Reserveliste«, sagt Ab. »Darüber haben sie sich auch gestritten. Jemand hätte seine Hausaufgaben nicht richtig gemacht; der Chef ist stinksauer darüber. Er hat geschimpft, alles müsste er allein machen, weil die anderen Idioten wären, und sie müssten jetzt auf die Reserveliste zurückgreifen.«

»Reserveliste«, flüstert Tommy.

»Ich habe Angst«, sagt Ab, und Stille tritt ein. Er ist der Erste, der es laut ausspricht.

53

London

Mabel hat Locken. Wahrscheinlich zieht sie sie mit einem Glätteisen heraus, aber jetzt, da sie es seltener benutzt, kringeln sich ihre Haare, als wären sie endlich befreit worden.

Sie nennt sie Jane. Zunächst war ihr der Name egal. Dann begann sie, ihn zu hassen. Jetzt ist er ihr vertraut. Ob sie ihren alten Namen überhaupt noch einmal wiederhaben möchte?

Sie holt sich ein Glas Wasser und kehrt zum Tisch zurück, an dem sie meistens sitzt. Den mit der Aussicht auf den Garten und möglichst weit weg von der Teeküche, damit niemand an ihr vorbeigeht.

Sorgfältig legt sie das Wörterbuch hin. Tausend erste Wörter. Genau so ein Buch hatte sie früher für Französisch, so großformatig, dass es nicht in eine normale Tasche passte. In der Mitte gab es Blätter mit Aufklebern, und die Wörter darauf konnte man neben die Abbildungen der Zimmer im Haus, der Tiere auf dem Bauernhof, Flugzeuge, Autos oder Schiffe kleben. Jetzt übt sie dasselbe mit englischen Wörtern. Airplane. Bathroom. Cow.

Vielleicht sollte sie nie wieder ein Wort Französisch sprechen. Nie wieder.

Darf man so etwas überhaupt denken? Hasst sie ihre Vergangenheit?

Sie erinnert sich an ihre frühe Kindheit. Sie ist draußen im Freien. Das Meer ist in der Nähe. Sie kann es riechen und fühlt den Wind auf der Haut. Papa rechts und Mama links. Hand in Hand in Hand.

»Eins, zwei«, sagt Papa. Und sie fliegt. Hoch in den blauen Himmel hinein. Dann landet sie sicher auf der grünen Wiese.

So fliegen zu können und zu wissen, dass man immer, immer sicher auf zwei Beinen landet. Wie lange ist das her?

Gleich kommt Mabel. Sie ist sich nicht sicher, ob sie ihr sagen soll, dass sie Beatrice heißt. Dass sie aus der Bretagne kommt. Irgendetwas ist mit dieser Vergangenheit.

Aber was?

Sie weiß, dass nicht ihr Zuhause das Problem ist. Aber irgendetwas steht ihr im Weg, sodass sie sich nicht weiter zurückerinnern kann als bis zur letzten Woche, höchstens zum letzten Monat. Augenblick mal. Wie lange ist sie jetzt schon hier? Sie weiß es nicht.

Sie wurde gefangen, als es kalt war, manchmal aber auch warm. Im Frühling. Nein, sie wurde nicht gefangen, sie wurde gefunden. Sie war ja vorher gefangen gewesen. Aber sie war weggelaufen. Geflüchtet.

Sie kann hier zwar auch nicht einfach so weg, aber trotzdem kann man es nicht als Gefangenschaft bezeichnen. Hier gibt es diese Angst nicht. Hier gibt es nicht das Gefühl, auf Zehenspitzen gehen zu müssen, nie etwas richtig zu machen, erst einen ekligen Kuss zu bekommen, eine unwillkommene Zärtlichkeit, und gleich darauf einen Schlag ins Gesicht, der einem die Nase bricht.

Die Tür des Aufenthaltsraums öffnet sich knarrend, und Jane zuckt zusammen.

54

»Das sind also Araber«, stellt Tim fest.

»Ich habe nur gesagt, dass zwei von ihnen Arabisch sprechen«, erwidert Ab. »Das ist etwas anderes.«

»Es sind Leute, die Arabisch sprechen«, entgegnet Tim übertrieben deutlich. Er klingt genervt.

»Einer von ihnen spricht mit einem Akzent«, erklärt Ab. »Aber ich weiß nicht, was für einer es ist.«

»Wie meinst du das?«, fragt Kat.

»Es ist wie bei einem Engländer, der sehr gut Niederländisch spricht. Man hört ihm trotzdem an, dass er kein Niederländer ist.«

»Aber es ist kein englischer Akzent?«

»Ich bin mir nicht sicher. Ich glaube … Ich weiß nicht genau, aber ich glaube, kein englischer. Obwohl … Nein, ich weiß es wirklich nicht.«

Der Lkw hält an.

»Jedes Mal erschrecke ich mich zu Tode«, sagt Tommy.

Jesse fängt an zu weinen. Er steckt die anderen an, und das Schluchzen wird immer lauter.

Die Tür wird geöffnet, und drei Männer kommen herein. Einer trägt ein Mädchen über der Schulter. Sie wird in einen der untersten Käfige gesteckt. Der Mann passt nicht auf und stößt ihren Kopf heftig gegen eine Kante. Sie stöhnt auf, wird aber nicht wach. Jetzt werden sie die Käfige wieder öffnen, damit die Kinder auf die Toilette gehen und sich die Hände waschen können. Tommy sehnt sich danach, das Metall der Käfige ist schmutzig. Und er wünscht sich, sie würden endlich wieder einmal etwas zu essen bekommen.

Erschrocken sieht Tommy zu, wie sie Abs Käfig öffnen.

»Nein!«, schreit der Junge. »Nein!«

»Hab keine Angst!«, ruft Tommy, aber Ab scheint es nicht wahrzunehmen.

»Nein!« Ab schreit und versucht, sich am Käfig festzuhalten. Plötzlich ist das Monster wieder da. Nur hockt es nicht in Tommys Käfig, sondern steht draußen, bei den Männern. Es ist so entsetzlich, dass er kaum hinsehen kann. Tommy hält den Atem an, weil er den widerlichen Gestank des Biests nicht riechen will, den Gestank nach Matsch und Scheiße und Dreck, für den es keine Worte gibt.

Ab ruft etwas auf Arabisch, und daraufhin werden die Männer noch wütender als zuvor. Sie schreien einander an, und der mit der Sonnenbrille dreht völlig durch. Dann reißen sie Ab los und nehmen ihn mit. Die Tür des Lkws wird zugeschlagen, und Tommy bleibt keuchend in seinem Käfig zurück. Das Monster ist noch da. Sabbernd und dampfend. Die Tür von Abs Käfig steht noch offen.

55

Kyra schlendert ein Stück am Meer entlang in Richtung Norden, und als sie genug davon hat, kehrt sie zurück zu der kleinen Stadt und zu dem Hafen, an dem Dave angelegt haben muss.

BIERSTUBE UM SÜD liest Kyra und geht hinein, um einen Kaffee zu trinken und sich aufzuwärmen. Es ist noch früh, und da sie erst die Fähre um sechs nehmen will, hat sie noch Zeit. Sie setzt sich an einen Tisch am Fenster mit einer himmelblauen Tischdecke und trinkt einen wässrigen Kaffee. Ein Stück entfernt liegt der Jachthafen. Auf der Insel gibt es eine Segelschule, hat sie in einer Informationsmappe des Hotels gelesen. Und eine Surfschule. Im Hafen ist Platz für zweihundertfünfzig Schiffe, aber die Liegegebühren sind hoch. Die Familie Kowzinsky ist nicht arm, so viel ist sicher, und dass ein junger Mann mit Vaters Jacht herumschippern darf und auch kann, kommt bestimmt nicht allzu häufig vor.

Kyra bezahlt den Muckefuck und verlässt das Lokal. Lieber würde sie den Moment des Aufbruchs noch etwas hinausschieben. Angenommen sie steht gleich im Hafen, und der Ort sagt ihr nichts? Angenommen sie kann sich nicht einmal vorstellen, dass Sarina dort gewesen ist? Ist sie dann ganz umsonst hierhergekommen?

Sie macht ein Foto und schickt es an Jarno.

In der Ferne der Hafen, schreibt sie dazu.

Sie überquert die Straße und geht an einem Naturschutzgebiet auf der Wattseite entlang. Hier ist die See ruhiger und offenbar nicht tief. Ein Stück weiter beginnt wieder der Strand. Dort wirbt die Surfschule um die Urlaubsgäste. Im Sommer ist es hier bestimmt sehr nett, aber Ende November wirkt der Strand trostlos. Sie geht schneller. Plötzlich hat sie Lust, durch den Hafen zu laufen, über die Stege zu schlendern und sich danach im Bootshaus aufzuwärmen. Sie ignoriert das Schild »Für Unbefugte verboten« und betritt den langen Steg genau vor dem Bootshaus. Zwei Schiffe liegen dort. Wie lange dauert die Segelsaison eigentlich? Oder fährt ein echter Seebär auch im Winter hinaus? Ganz bestimmt.

Sie bleibt stehen. Hier also.

Hier.

Sie blickt sich um. Versucht, sich vorzustellen, der Himmel sei blau und die Sonne scheine. Es ist warm, und der Hafen liegt voller Boote. Leute tragen frischen Proviant hin und her. Auf dem Achterdeck einer Jacht sitzt man draußen und trinkt ein Glas Wein.

Kyra zittert. Es ist kalt. Sie dreht sich um, stellt sich mit dem Gesicht gegen den harten Wind und blickt hinüber auf die andere Seite des Hafens.

Nein. Es geschieht genau das, was sie befürchtet hat. Sie kann sich nicht vorstellen, dass ihre Schwester hier gewesen ist. Sarina erscheint nicht vor ihrem inneren Auge. Weder das Schiff noch Dave noch ihre Schwester, die sich auf das große Abenteuer freut. Da ist nichts, nur Kälte, Wind und grauer Himmel.

Kyra macht Fotos vom verlassenen Hafen, fotografiert das Bootshaus und die Gebäude auf der gegenüberliegenden Seite. Irgendetwas muss sie schließlich tun. Dann geht sie rasch zurück zum Kai.

»Oh, mein Gott!« Maud schlägt die Hände vors Gesicht. »Bitte sag, dass es nicht wahr ist!«

Erik Tijssen steht mit aschgrauem Gesicht im Durchgang zwischen den Stellwänden.

»Er wurde doch gerade erst entführt!«, protestiert Maud. »Er ist erst seit ein paar Stunden weg! Die Informationen über ihn haben wir eben erst aufgehängt. Das passt doch gar nicht ins Muster!«

»Er wurde bei Noordwijk gefunden«, erwidert Tijssen. »Ich möchte dich bitten, mit mir zu kommen.«

Maud nickt, schaltet auf Autopilot und nimmt ihren Mantel und ihre Tasche.

»Du auch, Niels«, sagt Tijssen, und auch Niels greift schweigend nach seiner Jacke. Im Flur liegt eine bleierne Stille, als würde jeden Moment ein heftiges Unwetter ausbrechen. Maud hat das Gefühl, in einem Flugzeug zu sitzen, das in Turbulenzen geraten ist. Auf dem Weg die Treppe hinunter muss sie sich am Geländer festklammern, um nicht zu stürzen. Ihr scheint es, als würde sie hinuntergedrückt, als stecke ihr Kopf in einem unsichtbaren Schraubstock, der immer fester zugedreht wird.

Hör auf!

Hör bitte damit auf!

Nein, nicht noch mal.

Sie hätte sich mehr anstrengen müssen. Härter arbeiten müssen. Sie hätte die Hinweise früher noch einmal durchgehen müssen, dann wären sie vielleicht rechtzeitig in Den Ilp gewesen. Warum ist sie heute Nacht zu Bett gegangen? Wenn sie durchgearbeitet hätte, dann … Ja, was dann eigentlich? Hätte sie dann plötzlich gewusst, welcher von den tausenden Lkws in den Niederlanden, ja, in ganz Europa, seine Spuren dort auf dem Bauernhof hinterlassen hat? Und handelt es sich dabei eigentlich um den Wagen, in dem die Kinder jetzt noch sind, oder stecken sie längst in einem anderen?

So viele blaue Flecken hatte sie nun auch wieder nicht.

Er hat es knapp eine Stunde nach ihrem Besuch getan. Welche Rolle die Mutter spielte, konnte nicht mit Sicherheit geklärt werden. Schläge oder Tritte in den Bauch, hatte die Autopsie als Todesursache ergeben. Zu viele Schläge in den Bauch, die zu inneren Blutungen geführt hatten.

So viele blaue Flecken hatte sie nun auch wieder nicht.

Während Maud nach Hause gefahren war – damals wohnte sie in Kralingen, nur einen Steinwurf von der Weidse Maas entfernt –, schlug der Mann das vierjährige Mädchen mit seiner großen Faust, nachdem er es aus dem Hundekäfig geholt hatte, in den es schon seit Monaten täglich eingesperrt wurde, weil es frech gewesen war. Er schlug es, wie er es so oft geschlagen hatte.

Währenddessen saß Maud am Tisch und schöpfte für Roos Makkaroni mit Soße und Hackbällchen auf einen Teller. Roos versuchte sofort, die Hackbällchen aus der Soße zu fischen.

»Na, na!«, mahnte Maud, bevor die kleinen Finger in die Soße tauchten. »Weißt du, was das ist?« Sie hielt den Löffel hoch.

»Löffel!« Roos war sichtlich stolz. »Mein Löffel!«

Zusammen mit Gijs' Mutter hatte Maud Roos zum ersten Geburtstag ein Kinderbesteck gekauft. Zwar aß sie damals noch nicht mit Messer und Gabel, aber ihre Schwiegermutter war ganz entzückt von dem Geschenk, und so hatte sie sich einverstanden erklärt. *Roos* war in Schnörkelschrift auf die Griffe graviert. Es war nicht aus Silber, denn es sollte ja spülmaschinentauglich sein, fand Mauds Schwiegermutter. Roos hatte das Besteck geliebt und aß jahrelang damit.

Während Maud zufrieden zuschaute, wie ihre Tochter die Makkaroni über den ganzen Tisch verteilte und sich die Soße bis über beide Ohren schmierte, zerrte der Stiefvater des Mädchens das Kind aus dem Käfig und setzte es zur Abwechslung unter die eiskalte Dusche, weil es über Bauchschmerzen geklagt hatte.

»Wer möchte einen Nachtisch?«, fragte Maud fröhlich.

»Ich!«, rief Edwin.

»Ein Eis!«, rief Roos, und Maud konnte der Versuchung nicht widerstehen.

»Na dann«, sagte sie, »eine Rakete.«

Roos strahlte vor Freude, als sie das gelb-orange-rote Wassereis sah.

Auf dem Weg zu Tijssens Auto zieht Maud die Schultern nach vorn, um sich vor der Kälte zu schützen. Sie verspürt einen zunehmenden Druck auf ihren Ohren, als würde sie tief hinabtauchen. Dumpf hört sie die Kameras der stets wachsamen Journalisten klicken.

Hör auf!

Nachdem es tot war, steckte der Mann das Kind in die Gefriertruhe. Ein paar Tage lang lag es dort drin. Wie kann man als Mutter mit dem Mann und der jüngeren Tochter am Esstisch sitzen, wenn man weiß, dass die ältere in der Tiefkühltruhe liegt? Dieses Bild nahm in Mauds Kopf lebensgroße Dimensionen an, nachdem festgestellt worden war, wem der Kopf gehörte und was mit dem Mädchen geschehen war.

Sie steigen ins Auto und schlagen die Türen zu. Die Stille überfällt Maud. Sie räuspert sich.

»Er ist am Strand von Noordwijk gefunden worden«, wiederholt Tijssen. »Langevelderslag. Kopfschuss.«

Das Café im Bootshaus hat nur von zwölf bis zwei geöffnet und dann erst wieder ab fünf. Der Besitzer, ein freundlicher Mann mit dunklem Haar und dunklen Augen, beklagt sich lächelnd darüber, dass im Winter so wenig zu tun sei. Er habe das Geschäft vor zwei Jahren übernommen, erzählt er. Im Sommer sei es toll, viele Leute und immer etwas los.

»Ich mag Menschen«, fährt er fort. Kyra stellt fest, dass die Leute hier auf achtundsiebzig Umdrehungen reden. »Ich mag Trubel um mich herum.« Missmutig starrt er zum Fenster hinaus auf den verlassenen Hafen.

»Aber auf der Insel ist doch viel los, fast alle Hotels sind ausgebucht«, erwidert Kyra.

Der Mann nickt. »Aber sie kommen nicht in den Hafen. Niemand kommt im Winter in den Hafen. Ich denke, ich werde nächsten Winter einfach schließen.« Er sieht Kyra nachdenklich an. »Nach Norderney kommen meist ältere Leute. In der Hochsaison sind viele Familien mit Kindern hier, aber in der Nebensaison steigt das Durchschnittsalter erheblich.«

»Ich suche meine Schwester«, sagt Kyra unvermittelt.

Der Mann schaut sie erstaunt an.

»Na ja, ich suche Spuren meiner Schwester«, versucht sie zu erklären, aber die Falten auf seiner Stirn werden nur noch tiefer.

»Vor vier Jahren ist meine Schwester verschwunden«, fährt Kyra fort. »Während ihres Urlaubs mit ein paar Freundinnen auf Texel.«

»Texel«, sagt der Mann. »Das kenne ich.«

»Nachdem sie verschwunden war, sah es lange Zeit so aus, als gäbe es keine Spur von ihr, aber in diesem Jahr haben wir erfahren, dass sie einem Mann gefolgt ist, der mit seiner Jacht auf Texel war.«

Der Mann schüttelt den Kopf.

»Das ist schlimm«, sagt er und reicht ihr über die Theke hinweg die Hand. »Ich heiße Andreas.«

Kyra schüttelt ihm die Hand. »Kyra Slagter«, sagt sie. »Meine Schwester heißt Sarina. In dieser Woche habe ich erfahren, dass sie von Texel aus über Ameland nach Norderney gefahren ist.«

»Viele Leute machen auf ihrer Rundfahrt durch das Wattenmeer hier auf der Insel Station. Zu uns kommen vor allem Niederländer und Deutsche, aber auch Dänen, Norweger und Engländer, neben der üblichen Gruppe von Seglern, die weite Reisen unternehmen.«

»Aber soweit ich verstanden habe, waren Sie vor vier Jahren noch nicht hier?

»Ich habe im Hafen gearbeitet, aber das Café hatte ich noch nicht. Jetzt möchtest du bestimmt wissen, ob ich mich an deine Schwester erinnere.«

Kyra nimmt ihre Tasche, holt ein Foto von Sarina heraus und reicht es ihm. »Das ist sie.«

56

Das Ungeheuer steht jetzt draußen vor dem Käfig, weiter weg von ihm. Er muss aufs Klo. Er muss so dringend, dass er mit seinen Füßen wie ein Depp hin und her schaukeln muss, sonst würde er in die Hose machen. Er ist Jesse, und er ist erst sieben, und er pinkelt in die Hose. Nein, er ist Tommy, und er ist elf, und er hält es ein. Halte es ein!

Igitt, wie das Monster stinkt! Nicht auszuhalten. Es ist gewachsen und nimmt in seiner haarigen Gestalt den ganzen Raum neben den Käfigen ein. Es ist ganz dicht bei mir gewesen, denkt Tommy. Es hat mit seinem stinkenden Maul in meinem Käfig gesessen und mich angesteckt. Allmählich werde ich auch zum Monster, und dann bin ich stark genug, um den Käfig aufbrechen zu können. X-Men. Und dann stecke ich einfach meine Hand durch die Seitenwand des Lkws, reiße ein Loch hinein und flüchte.

Der blaue Himmel.

Wolken.

Stell dir vor, du könntest einfach rauslaufen. Auf einen Fußballplatz.

Grün.

Gras.

Stell dir vor, du könntest dir eine Tüten Fritten holen. Du könntest einfach in die Schulkantine gehen und sagen: Einmal Fritten mit Mayo. Stell dir vor!

Der Geruch von Frittenfett.
Stell dir vor, du müsstest für deine Mutter einkaufen gehen.
Milch.
Brot.
Käse.
Und dann dürftest du noch eine Süßigkeit für dich kaufen.
Rosa Cadillac-Weingummis.
Bounty.
Maltesers.
Der blaue Himmel.
Wolken.
Stell dir vor, du hättest Tageslicht. Du könntest weg.
Stell dir vor, du wärst bei deiner Mutter.

57

London

»Ich hätte gerne Englischunterricht«, sagt Jane.

Die Psychiaterin lehnt sich in ihrem Stuhl zurück.

»Es ist lobenswert, dass du dich weiterbilden möchtest, Jane. Wie fühlst du dich mit der neuen Dosierung deiner Medikamente?«

»Gut.«

»Träumst du noch häufig?«

Sie nickt. Es wird nicht mehr lange dauern, bis sie herausfinden, wer sie ist.

»Im Bericht steht, dass du in der Kreativtherapie engagiert mitarbeitest.«

Diesmal reagiert sie nicht. Sie hat eine Bitte geäußert und wartet auf die Antwort.

Die Psychiaterin blättert durch ihre Unterlagen.

»Du bist sehr talentiert«, sagt sie, über den Rand ihrer Brille hinwegschauend. »Das sagt der Therapeut, und ich sehe hier auch einige Fotos deiner Bilder. Sehr schön.«

Sehr schön. Mit dieser hohen Stimme. Als rede sie mit einem Kind. Sehr schön.

Jane fällt plötzlich ein, dass sie Psychiater noch nie leiden konnte. Sie halten sich für etwas Besseres, obwohl sie nur die Symptome einer psychischen Krankheit behandeln und mit praktischen Methoden zu heilen versuchen. Tabletten. Elektrostimulation. Eine wirksame, ursächliche Behandlung dagegen verläuft viel mühse-

liger; man muss tief in die Seele eines Patienten eintauchen, in die Wesenszüge und Erlebnisse, die eine Persönlichkeit konstituieren. Dies ist die Arbeit der Psychologen.

Psychologie! Sie hat Psychologie studiert. Das ist es. Plötzlich fühlt sie sich in einen Vorlesungssaal zurückversetzt. Groß. Weitläufig. Therapeutisches Theater. Sie sitzt weit hinten, weil sie möglichst nicht auffallen will. Erstes Semester, Einführung in die Psychologie. Sie hat sich so sehr auf das Studium gefreut.

Ihr Vater hielt es für Unsinn und Geldverschwendung. Ihre Mutter hatte wie immer keine Meinung.

Und dann saß sie tatsächlich in einem echten Vorlesungssaal, an einer echten Universität, mit einem eigenen Zimmer bei einer Vermieterin, die genau beobachtete, wann sie abends nach Hause kam und ob sie nicht heimlich jemanden mitbrachte, aber egal. Sie war frei. Arbeitsgruppen mochte sie nicht so sehr. In diesen kleinen Gruppen konnte sie sich nicht verstecken und kam nicht umhin, hin und wieder etwas zu sagen. Und damit anderen automatisch eine Angriffsfläche zu bieten. Sie hatte Angst, angestarrt zu werden, wenn sie ihre Meinung zu einem Thema äußerte. War sie wirklich klug genug für dieses Studium? War es nicht ein hoffnungsloses Unterfangen?

»Wir könnten noch eine zusätzliche Sitzung Kreativtherapie in das Wochenprogramm einbauen«, sagt die Psychiaterin, und Jane taucht langsam aus den Erinnerungen an ihr Studium wieder auf. Sie hat studiert, fantastisch! Sie erinnert sich sogar an ihre Examensarbeit. Sie hat über den Einfluss von Emotionen – Angst – auf die Effektivität psychologischer Behandlungen geforscht. Kognitive Therapie, Verhaltenstherapie, Gruppentherapie, Schematherapie.

»Hältst du das für eine gute Idee?«, fragt die Psychiaterin, sieht Jane dabei aber nicht an und vermerkt etwas in den Akten.

Daher die Angstlöser, denkt sie. Sie glauben, besser an mich herankommen zu können, wenn sie die Angst mildern. Das stimmt. Guter Ansatz.

»Die Dosierung ist besser so«, sagt Jane und nickt zustimmend. »Gut gemacht. Glückwunsch.«

Die Psychiaterin schlägt die Akte zu und lächelt.

»Schön, das wäre dann abgemacht«, sagt sie.

58

Die Leiche des Kindes liegt bäuchlings im Sand, am Rand einer Düne, ein Arm unter dem Bauch, der andere hilflos neben dem Körper. Die Handfläche zeigt nach oben, die Finger sind leicht gekrümmt.

Maud starrt die Kinderhand an.

Rings um den Kopf des Jungen ist der Sand blutig, und sie darf gar nicht daran denken, wie sein Gesicht aussieht. Sie schließt die Augen und fragt sich, ob die Eltern sich von ihrem Sohn werden verabschieden können. Sie schluckt. Der Junge trägt Jeans und Turnschuhe. Seine kurze schwarze Winterjacke und das T-Shirt darunter sind ein wenig hochgerutscht, und Maud muss den Impuls unterdrücken, das T-Shirt über den nackten Rücken zu ziehen, um den kleinen Jungen vor dem kalten Wind zu schützen.

Sie und Niels Bingsten bleiben in einigen Metern Abstand stehen, während Tijssen über den provisorisch angelegten Weg aus Plastikplatten hinüber zu den Kollegen geht. Die Spurensicherung steckt schon mitten in der Arbeit. Auf dem schmalen Weg herrscht reger Verkehr. Alle geben sich große Mühe, mögliche Spuren im Sand nicht zu kontaminieren.

Maud hört, wie Niels tief Luft holt. »Ich will mich verändern«, sagte er damals, als er von Rotterdam nach Amsterdam wechselte. »Ich will mich mit Gewalttaten zwischen gleichberechtigten Parteien beschäftigen. Erwachsene gegen Erwachsene.«

Er war überzeugt davon, dass das ermordete und in Stücke geschnittene Kind Opfer von organisiertem Kindesmissbrauch geworden war und auch dass seine Ermittlungen von unsichtbaren Feinden behindert wurden. Maud dachte damals, er sähe Gespenster und solche Dinge gäbe es nicht in den Niederlanden. Oder doch?

Von den Dünen bis ans Meer wurde mit Absperrband ein etwa zwanzig Meter breites Stück Strand abgesperrt. Die Kollegen, die auf beiden Seiten des Bandes stehen, haben eine schwere Aufgabe. Einige Spaziergänger regen sich darüber auf, dass sie nicht passieren können. Sie betrachten den Strand als ihr Eigentum, ganz so, als habe niemand das Recht, ihren Spaziergang zu stören.

Maud nickt Niels zu und betritt den Weg. Mit jedem Schritt krampft sich ihr Inneres mehr zusammen.

Sie zwingt sich, das Kind ausgiebig zu betrachten. Schöne dunkle Locken. Sie geht um den Jungen herum und kauert sich neben sein Gesicht. Sie mustert die feinen Lippen. Die Haut, die noch jahrzehntelang faltenfrei geblieben wäre. Glatt und jung ist er. Und blutverschmiert. Sie streift einen Handschuh über und streicht vorsichtig ein paar Locken beiseite. Diese Seite des Gesichts ist unbeschädigt. Und so entsetzlich blass.

»Er ist es«, stellt sie fest, als hätte sie daran gezweifelt. »Abdel Hendrik van Dongen, von seinen Eltern Ab genannt, von seinen Freunden Appie. Tunesische Mutter, niederländischer Vater. Muslime und Christen in einer Familie. West und Ost miteinander verbunden.«

»Und jetzt dieser furchtbare Schicksalsschlag«, sagt Niels Bingsten mit bedrückter Stimme hinter ihr. Maud stützt sich mit einer Hand am Boden ab.

Wie bringt man es fertig, einem Kind in den Kopf zu schießen? Was für ein Mensch muss man sein, um so etwas zu tun?

Als das Mädchen aus der Kühltruhe geholt wurde – Tage später, es muss um die Zeit gewesen sein, als Roos ihre erste Schwimmstunde hatte –, schnitt der Stiefvater sie in Stücke. Hat die Mutter mitgeholfen? Es stand nicht in der Akte, und Maud war nicht mehr in der Lage, danach zu fragen.

Sie war während des Verhörs hinausgelaufen, als die Mutter stur wiederholte, so viele blaue Flecken hätte ihre Tochter nun auch wieder nicht gehabt. Später kam heraus, dass die Mutter und ihr Mann nach dem Zerteilen des Kindes ihre Sachen gepackt, die jüngere Tochter in den Mietwagen verfrachtet und auf der Fahrt quer durch die Niederlande in Richtung Grenze die Überreste des Mädchens an verschiedenen Orten abgelegt hatten.

»Tschüss, Schatz, wink deinem Schwesterchen noch mal, tschüss!«

Maud wartet, bis sie sich wieder etwas sicherer auf den Beinen fühlt, und richtet sich vorsichtig auf. Sie holt Luft, um zu fluchen, um auf die Täter zu schimpfen oder vielleicht etwas Sanftes und Vernünftiges zu sagen, etwas zu Ehren des Kindes, aber ihr fällt nichts ein.

»Es tut mir furchtbar leid«, sagt der Wirt, »aber ich erinnere mich nicht an sie.« Er blickt das Foto aufmerksam an.

»Sie hatte gerade das Abitur gemacht«, erzählt Kyra. »Sie war mit Freundinnen auf Abi-Reise.«

Der Mann schüttelt den Kopf.

»Tragisch«, bemerkt er. »Wie furchtbar für dich und deine Eltern.«

Kyra streckt die Hand nach dem Foto ihrer Schwester aus.

»War sie krank?«, fragt der Mann, der noch immer auf Sarina blickt. »Sie sie so dünn aus.«

»Sie hatte eine Essstörung«, erklärt Kyra.

Sarinas Probleme hatten mit einem Jungen aus ihrer Klasse begonnen, Delano, in den sie verliebt war. Er hatte eine Bemerkung über ihre Figur gemacht. Von dem Moment an war es vorbei mit den Süßigkeiten aus der Schulkantine – Plätzchen mit Zuckerguss, gefüllte Teilchen, Sirupwaffeln, Snickers. Daran war noch nichts Krankhaftes. Das wurde es erst nach dem katastrophalen Zwischenfall mit diesem Gino während des Besuchs bei ihrer Tante. Sie hatte sich standhaft geweigert, darüber zu reden, und entwickelte ein besonderes Talent für das Erfinden von Ausreden, wenn es ums Essen ging. Sie hätte eine Verabredung zum Sport, sie würde später etwas essen. Sie hätte Magenprobleme. Sie hätte schon bei einer Freundin gegessen oder einen Döner mit Freunden. Das Erstaunliche war, dass ihre Eltern die Taktik nicht zu durchschauen schienen. Dass sie immer magerer wurde, verbarg sie zu Hause unter Pullovern mit Rollkragen, Schals und weiten Jogginghosen.

»Eine komplizierte Krankheit«, bemerkt der Wirt. »Meine Schwester hat das auch gehabt. Kann ich dir vielleicht eine Tasse Kaffee anbieten?«

Kyra lacht.

»Gerne«, sagt sie. »Und ich würde auch gern etwas essen, wenn es geht.«

»Dir brutzle ich etwas besonders Gutes.« Er lächelt, während er ihr den Kaffee einschenkt. »Du wirst sehen.«

Kyra setzt sich ans Fenster, und er bringt ihr die Mittagskarte.

»Wie hieß das Boot, mit dem sie hier war?«, fragt er. »Du könntest dich beim Hafenmeister danach erkundigen.«

»Ich weiß es nicht«, gesteht Kyra. »Als ich gehört habe, dass die Spur meiner Schwester hier endet, bin ich ziemlich Hals über Kopf losgefahren. Es gibt so vieles, was ich noch nicht weiß. Ich nehme an, die Polizei wird weiter ermitteln. Ich wollte nur … Ich weiß nicht. Mir ansehen, wo sie gewesen ist, glaube ich.«

Kyra bestellt einen Hamburger mit Fritten und Salat. Sie kann sich nicht vorstellen, aufs Essen zu verzichten, und isst eher mal ein bisschen zu viel als zu wenig. Eines Dienstagabends, ein paar Monate vor ihrem Verschwinden, hatte Sarina vergessen, die Badezimmertür abzuschließen. Sie duschte nach dem Hockeytraining immer zu Hause. Kyra öffnete die Tür und sah ihre Schwester nackt. Ihre Rippen und Hüften stachen hervor. Ihre Schultern schienen zu groß für ihren Körper zu sein, schlimmer noch, es sah aus, als bestünde sie nur noch aus einem Kopf auf Schultern und als wäre der Rest ihres Körpers verschwunden.

Erschrocken hatte Sarina nach einem Handtuch gegriffen und losgeschimpft.

»Die Tür war offen«, verteidigte sich Kyra.

»Ich dusche immer um diese Zeit!«

»Mein Gott, Sarina, ich habe nicht darauf geachtet. Jetzt mach doch nicht so ein Drama daraus.« Sie schauten einander an.

»Sarina«, sagte Kyra leise und zeigte auf den Spiegel. »Das geht so nicht weiter. Schau doch mal.«

»Das geht dich gar nichts an!«

Kyra hatte schon mehrmals versucht, mit ihrer Schwester zu reden, aber Sarina war ihr immerzu ausgewichen.

»Das sieht schlimm aus. Lass mich dir doch …«

Sarina schlug das Handtuch um ihren mageren Körper und stürmte ohne ein Wort aus dem Badezimmer. Kurz darauf stand Kyra selbst nackt vor dem Spiegel. Sie war rundlich, ganz normal, mit ein bisschen Speck um den Bauch, einem vollen Hintern und Busen, Körbchengröße B.

Stell dir vor, du schaust in den Spiegel und siehst eine Frau mit abstoßendem Körper, und du denkst: Schlecht, schlecht, ich muss mich mehr anstrengen, um das hinzukriegen. Noch weniger essen. Noch mehr trainieren.

Sie betrachtete sich noch eine ganze Weile: langes blondes Haar, rundes Gesicht, rote Lippen, athletisch. Sie strengte sich nicht besonders an, war aber trotzdem muskulös. Sie drehte sich um die eigene Achse und zuckte mit den Schultern. Nichts Besonderes.

Behutsam umrundet Maud die mit Absperrband gesicherte Fläche. Es weht ein leichter Wind, und sie fragt sich, wie man an einem Strand vernünftig Spuren sichern soll. Am Fuße einer Düne, südlich des Fundortes des Jungen, bleibt sie stehen. Wie haben sie ihn hierhergebracht? Zu Fuß. Aber wie? Am Strand entlang? Von Süden oder von Norden her? Auf ihrem Handy betrachtet sie die Karte der Umgebung. Mehrere Straßen führen nahe an diesen Strand. Am Randweg, gleich hinter den Dünen, gibt es einen kleinen Parkplatz. Bis dahin könnten sie mit dem Auto gefahren sein.

Aber warum, warum haben sie verdammt noch mal den kleinen Jungen umgebracht? Warum ausgerechnet ihn, warum genügte er nicht mehr? Und warum jetzt?

Maud steigt die Düne hinauf und bleibt oben stehen. Hier fühlt sich der Wind kräftig, die Kälte eisig, das Meer größer an.

Sie verschränkt die Arme vor der Brust, stellt die Füße schulterbreit auseinander und atmet tief ein. Sie genießt den kühlen, sauberen Meereswind, der weder von Industrie noch Verkehr verschmutzt ist. So scheint es. Sie starrt hinaus auf die graublaue, unendliche Oberfläche, die ruhig auf und ab wogt. Einmal hatte sie Gijs noch getroffen, auf seinem neuen Bauernhof in den Pyrenäen. Sie hatte mit Roos eine endlose Strecke in Regionalzügen zurückgelegt. Sie mussten mehrmals umsteigen und auf Anschlusszüge warten, und schließlich brachte sie ein Taxi zu dem kleinsten Bauernhof, den sie je gesehen hatte. Gijs war nicht da. Maud holte die Schlüssel aus dem Versteck, das Gijs ihr genannt hatte, und stellte ihre Sachen ins Haus. Danach wartete sie draußen auf ihn, weil es sich nicht richtig anfühlte, ohne ihn in seinem Haus zu sein. Eine Stunde lang hatte Maud auf dem Boden gesessen und mit Roos gespielt und hübsche Kunstwerke aus Kieselsteinen gebaut. Danach war Roos in ihrem Kinderwagen eingeschlafen, und als Maud so dasaß, am Berghang, neben dem schäbigen kleinen Häuschen, umhüllt vom Duft der Kräuter, die dort wuchsen, und den Strahlen der untergehenden Sonne im Tal, dachte sie, dass sich die Mühe gelohnt hatte, hierherzukommen, auch wenn ihr ehemaliger Geliebter, der Vater ihres Kindes, an jenem Tag nicht von seiner Arbeit als Hirte zurückkehren würde. So war das mit Gijs. Er war immer dafür, den Dingen ihren Lauf zu lassen und im Hier und Jetzt zu leben, und wenn das bedeutete, dass er oben auf dem Berg gebraucht wurde, dann würde er dort bleiben – ob unten jemand auf ihn wartete oder nicht. In diesem Moment, in der Ruhe der Natur, warm und zufrieden in der Abendsonne, während Roos vertrauensvoll im Kinderwagen schlief, verstand sie ihn. Aber sie konnte nicht damit leben.

Wie klein er ist, der tote Junge am Fuß der Düne. Von hier aus wirkt er noch jünger als zehn Jahre. Eine Kinderleiche, umringt von einer Handvoll Erwachsener. Seine Stille gegenüber der grimmigen Energie jener, die alles rings um ihn untersuchen und sich langsam in großen Kreisen auf ihn zuarbeiten, bis er später selbst von außen und innen untersucht werden wird. *Pass auf!,* würde sie am liebsten rufen. *Steh auf und renn weg!*

59

Er hätte Appie fragen sollen, ob sie im Fernsehen über Fenne berichtet haben. Jetzt ist er weg. Wenn mit Fenne alles in Ordnung ist, bedeutet das dann, dass auch mit Ab alles gut ist? Ab hat die Männer verstanden. Vielleicht hat er etwas gehört, was er nicht hören durfte.

Tommy wünscht sich, er könnte beten. Er faltet die Hände und denkt an Fenne und Ab. Bitte lass sie in Sicherheit sein, sagt er, zu wem auch immer. Wie schön es wäre, wenn es jemanden gäbe, der für einen sorgt. Jemanden, der Gebete erhört und über die Menschen wacht. Seine Eltern glauben nicht an Gott, und Tommy weiß wenig über Glaube und Religion. Nur das, was er in der Schule gelernt hat, aber die Geschichten waren immer so merkwürdig, dass er sie kaum verstanden hat. Vielleicht lag es auch an der Art und Weise, wie sie erzählt wurden.

Der Lkw bleibt stehen, und mit einem giftigen Zischen kommt der Motor zur Ruhe. Tommy duckt sich in die hinterste Ecke seines kleinen Käfigs. Sein Körper schmerzt ihn jetzt noch mehr. Er ist ein einziger großer blauer Fleck und weiß gar nicht mehr, wie er noch liegen soll, aber in dem Moment denkt er nicht daran. Hauptsache er ist so weit weg wie möglich von der Tür, so unsichtbar, wie es nur geht.

Er hält den Atem an und sieht zwei Männer hereinkommen. Einer von ihnen trägt ein Mädchen über der Schulter. Sie stecken sie in Abs Käfig, dicht neben ihm, und reglos schaut Tommy zu, wie sie die Tür zuschließen und sich davonmachen.

Scheißkerle!, würde er am liebsten schreien. *Widerliche Mistkerle!*

Aber er wagt nicht einmal zu atmen.

60

»Eine Tragödie«, sagt Tijssen zu seinen Mitarbeitern. Sie haben sich außerhalb der Arbeitszonen in der großen Fabrikhalle versammelt, und eine bedrückende Stille liegt in der Luft. »Nur noch einmal zur Bestätigung: Bei dem Opfer handelt es sich um Abdel Hendrik van Dongen, zehn Jahre alt, aus Den Haag, doppelte Staatsbürgerschaft, zweisprachig aufgewachsen, ein großes Tennistalent.«

Die Ermittler lauschen ihrem Vorgesetzten mit ernstem Blick.

»Der Junge wurde heute Morgen um 9:45 Uhr von Spaziergängern gefunden. Die Spurensicherung am Tatort ist noch nicht abgeschlossen und wird auf jeden Fall bis zum späten Abend dauern. In diesem Augenblick kann ich nicht viel mehr sagen, als dass die Berichterstattung in den Medien stimmt: Ab wurde mit einer Feuerwaffe in den Kopf geschossen.«

Sofort erheben sich wütende Stimmen.

»Eine äußerst aggressive Tat«, bestätigt Tijssen mit belegter Stimme. »Unfassbar, bei einem Kind.«

Er fügt noch ein paar Worte über den weiteren Verlauf der Ermittlungen hinzu und schließt mit der Bitte an alle, die begonnenen Aufgaben voranzutreiben. Oberste Priorität haben weiterhin die Auffindung und Abschirmung der Familien, die auf der Liste des Vereins stehen. Ferner wird unter Hochdruck nach den Hintermännern des dubiosen Vereins und den Leuten gefahndet, die sich zur selben Zeit wie die eingeladenen Kinder im Bungalowpark aufgehalten haben.

»Maud«, spricht Tijssen sie an. »Wie viele Familien haben wir inzwischen erreicht?«

»Zweiundzwanzig«, antwortet Maud.

»Rob, Willem.« Tijssen nickt den beiden zu. »Ihr kümmert euch weiterhin um die ausländischen Banken und lasst euch nicht abwimmeln. Wie müssen kreativ sein!«

Er blickt in die Runde und jedem Einzelnen in die Augen.

»Danke«, schließt er, und sofort brandet ein Durcheinander von Stimmen auf. Alle kehren zurück an ihre Plätze, besessen davon, diesen Wahnsinn zu beenden. Maud fühlt sich zu erschöpft, um aufzustehen.

»Das wird ein hartes Stück Arbeit«, sagt sie, als alle weg sind. »Das Verbrechen an Ab zeigt, dass offenbar keiner aus dem näheren Umfeld der Kinder infrage kommt. Diese Option brauchen wir also nicht weiterzuverfolgen. Aber wir haben weiterhin keinerlei Hinweise auf die Gruppe, die dahintersteckt.«

Tijssen setzt sich zu ihr an den Tisch.

»Bleib bitte noch einen Moment sitzen, Maud«, sagt er. »Ich erwarte unsere Rechtspsychologin und Sam van Velzen, der die Ermittlungsgruppe Organisierte Kriminalität leitet. Wie wollen noch einmal gemeinsam über ein Motiv für die Taten nachdenken.«

»Alles klar«, antwortet Maud. »Ich geh kurz rüber zum Team, bin gleich wieder da.«

Sie zwingt sich aufzustehen, geht zur Tür und dreht sich noch einmal um.

»Wissen wir inzwischen schon mehr über die Transportmittel?«, fragt sie. »Ich meine, die Kinder wurden mit einem Lastwagen transportiert. Wissen wir schon etwas über Fahrzeugtyp und

Größe? Wie wurde Fenne nach IJmuiden gebracht und Ab nach Noordwijk? In dem Lkw oder in Pkws? Wohin sind die Entführer unterwegs, bleiben sie in den Niederlanden, oder werden die Kinder ins Ausland gebracht?«

Barbara Ruigbot und Erik Tijssen sehen müde aus. Sie scheinen in den letzten paar Tagen um zehn Jahre gealtert zu sein. Der Schlafmangel fordert allmählich seinen Tribut – auch von Maud, obwohl sie heute Nacht ein paar Stunden geschlafen hat. Sie unterdrückt ein Gähnen.

»Die Kollegen sind dabei, die Aufnahmen der Kameras an den mit Sicherheit genutzten Straßen und Wegen auszuwerten. Der Lkw muss durch Landsmeer oder an Purmerend vorbeigefahren sein, so viel steht fest. IJmuiden, Noordwijk – auch das Material der dortigen Kameras wird ausgewertet. Steht die Planung für die Vernehmung der Familien schon?«

Maud nickt und geht. Sie hört noch, wie Ruigbot und Tijssen über die bevorstehende Pressekonferenz reden. Draußen in der Welt – die sie schon seit Tagen nicht mehr so wahrgenommen hat wie sonst: als Kundin beim Bäcker, als Radfahrerin am Kanal oder als Mutter – geschehen merkwürdige Dinge; jetzt, da die Panik immer höhere Wellen schlägt. Gestern Abend noch wurde eine groß angelegte Suchaktion in einem Wald bei Rosmalen gestartet, nachdem Spaziergänger einen Mann mit einem weinenden kleinen Jungen beobachtet hatten. Hubschrauber, Spürhunde, mobile Einheiten, alles kam zum Einsatz. Die ganze Nacht über wurde weitergesucht. Am nächsten Morgen meldete sich ein Vater. Er hatte keine Ahnung gehabt, dass er die Ursache für die Aufregung gewesen war. Er war mit seinem Kind spazieren gegangen, weil es sich nicht beruhigen ließ.

Bevor Maud langsam an ihren Platz zurückkehrt, geht sie zum Kaffeeautomaten. Die Kollegen, denen sie begegnet, reden über ihre Theorien, Prioritäten, die nächsten Schritte. Es ist gut, dass sie so viele sind, und zugleich beängstigend, da selbst dieses Aufgebot an Kollegen den Wahnsinn offenbar nicht stoppen kann. Maud tritt ans Fenster und starrt über das Dach des angrenzenden Gebäudes hinweg. Wie viele Kinder werden noch verschwinden? Höchstens vier. Vorausgesetzt ihre Liste ist vollständig.

Die Müdigkeit hat ihren Körper fest im Griff. Am liebsten würde sie nach Hause fahren und sich aufs Sofa verziehen. Einen Film ausleihen, ihren Mann und ihr Kind in ihrer Nähe haben. Sie fragt sich, ob Roos in Sicherheit ist. Doch mit ihren siebzehn Jahren fällt sie nicht unter die Alterskategorie der bisher verschwundenen Kinder. Das Älteste ist elf. Nein, Roos ist nicht in Gefahr.

Mit dem Kaffee in der Hand geht Maud zu ihrem Team, erklärt, dass sie sich noch mit Tijssen und Ruigbot beraten müsse, und kehrt in Tijssens Büro zurück. Ihr kommt es vor, als zerre sie eine schwere Kette mit einer Eisenkugel hinter sich her.

Kyra steht auf, geht an die Theke und bezahlt den Hamburger. Plötzlich hat sie die Insel bis obenhin satt. Diese verdammte Idylle, die gemütlichen Häuser, der Glanz der Vergangenheit, die Illusion von Urlaub. Sarina muss hier gewesen sein, und was immer auch passiert ist: In irgendeinem Moment hat sich die Idylle in einen Albtraum verwandelt.

War Dave ein Psychopath? Oder steckte er voller guter Absichten und Träume? Wenn sich Sarina ernsthaft in ihn verliebt hatte, musste er doch etwas Besonderes gewesen sein. Oder nicht? War ihre Schwester durch ihre psychischen Probleme verblendet gewesen? Nein, so weit will sie nicht gehen, dafür waren sie sich zu ähnlich.

Sarina, voller Hoffnung und Aufregung. Auf der Flucht vor einem Vater, der sie in eine Klinik sperren will. Vor einer Mutter, die alles besser weiß und einen immerzu spüren lässt, dass nichts, was man tut, gut genug ist, dass alles im Leben viel besser sein könnte. Die Leistungen in der Schule. Die Freundinnen. Die Zukunftspläne.

Sarina wollte eine Ausbildung an einer Mode-Akademie beginnen, aber ihre Mutter hatte es ihr verboten. Ihre älteste Tochter würde nicht in einer knallharten Branche voller Idioten vor die Hunde gehen. Nein, sie würde Jura studieren und Spitzenanwältin in irgendeiner international renommierten Kanzlei werden. Unter kultivierten Leuten. Als sich Sarina unsicher über ihren beruflichen Werdegang zeigte, verwandelte sich ihre Mutter plötzlich in eine Berufsberaterin. Sie führte einen Test nach dem anderen durch und gelangte immer zu dem einen Ergebnis: Anwältin. Sarina hatte sogar eine Weile daran geglaubt.

»Fährst du jetzt wieder zurück nach Hause?«, fragt der Wirt.

»Ehrlich gesagt, weiß ich im Moment gar nicht mehr genau, warum ich eigentlich hergekommen bin«, antwortet Kyra und lächelt.

»Das Gefühl kenne ich.« Der Mann erwidert ihr Lächeln und schüttelt mitfühlend den Kopf.

»Ich gehe noch mal kurz zur Toilette«, sagt Kyra.

»Da hinten.« Er zeigt ihr den Weg.

Nach Hause. Sie wird froh sein, wenn sie gleich wieder auf der Fähre ist. Sie schaut in den Spiegel. Ihr Haar ist zerzaust und ihre Nase gerötet. Kälte und Wind ruinieren ihr Aussehen. Schade, schade. Sie öffnet die Toilettentür und beschließt, fürs Erste nicht mehr in den Spiegel zu schauen. Ist sowieso eine blöde Erfindung. Der Mensch ist zu einem frustrierten Häuflein Elend geworden, seitdem er sich selbst sehen kann. Nie schön genug. Selbst die attraktivsten Hollywood-Stars lassen sich zu nicht wiedererkennbaren Schauergestalten verstümmeln, weil sie von ihrem Spiegelbild beherrscht werden.

Und wie sich Sarina erst terrorisieren ließ!

Kyra schaut vor sich hin auf die Tür mit den Dutzenden Aufklebern, Namen und kleinen Zeichnungen und erstarrt plötzlich. Sie richtet sich auf. Nein! Das ist unmöglich! Rasch wischt sie sich ab, zieht die Hose hoch und beugt sich nach vorn.

Ein blauer Aufkleber mit einem roten Hockeyschläger. AMHC Fit Amsterdam. Sarinas Verein. Wie kommt der Aufkleber hierher?

Ohne den Blick von dem Sticker abzuwenden, zieht Kyra ihr Handy aus der Tasche und macht eine Aufnahme. Was soll sie tun? Die Polizei rufen? Den Aufkleber ablösen? Die Tür mit nach Hause nehmen?

Sie zieht ab, setzt sich auf den Toilettendeckel und denkt angestrengt nach. Der Aufkleber eines Hockeyvereins aus Amsterdam Noord auf einer Toilette im Hafen von Norderney. Absurd.

Er muss von Sarina stammen. Oder könnte eine andere Spielerin hier gewesen sein? Am liebsten würde Kyra den Aufkleber abziehen, aber sie wagt es nicht. Sie betrachtet die Namen an der Tür, ein Wirrwarr von Kritzeleien. *Johann was here. Maxim liebt Danesha. Elias. Annika.* Ein Aufkleber von einem Strandfest vor drei Jahren. Einer vom Seglerverein hier auf Norderney.

Die Tür wurde intensiv bearbeitet. Garantiert ist kein Fingerabdruck von Sarina mehr darauf zu finden.

Kyra verlässt die Toilette und holt den Wirt hinzu.

»Der stammt vom Hockeyverein meiner Schwester«, erklärt sie.

Der Mann studiert den Aufkleber. »Grausam«, sagt er.

»Wird diese Tür ab und zu komplett abgezogen?«, fragt Kyra.

»Da muss ich meine Frau fragen«, antwortet der Mann. »Sie kümmert sich um die Reinigung. Aber als wir vor zwei Jahren das Lokal übernommen haben, hat sie einen Putztrupp angeheuert. Damals wurde jeder einzelne Quadratzentimeter desinfiziert, um den Geruch anderer Leute zu vertreiben, wie sie selbst gesagt hat. Ich glaube also nicht, dass hier noch ein Fingerabdruck zu finden ist, wenn es dir darum geht.«

Kyra nickt. »Schade«, sagt sie.

»Aber die Chance wäre ohnehin gering gewesen«, fährt der Mann fort. »Im Sommer ist hier viel los, und die Toiletten sind ständig in Gebrauch. Hast du Fotos davon gemacht?«

»Ja«, antwortet Kyra und greift noch einmal zum Handy. »Aber noch nicht genug.«

Sie macht Bilder von der ganzen Tür und eine 360°-Aufnahme der gesamten Toilette.

»Versuch, den Sticker abzuziehen. Nimm ihn mit, als Beweis. Soll ich eine Plastiktüte holen?«

Kyra starrt die Tür an.

»Sollte ich ihn nicht für die Polizei daranlassen?«, fragt sie.

»Meinst du, die kommt wegen eines Aufklebers?«

Kyra hat keine Ahnung. Natürlich ist sie der Meinung, die Polizei sollte jedes noch so winzige Stückchen Beweismaterial untersuchen, aber tatsächlich haben die anderes zu tun.

»Ich versuch's mal«, sagt sie.

Vorsichtig schiebt sie einen Fingernagel unter den Rand des Aufklebers und beginnt, ihn abzulösen. Dann zieht sie den Aufkleber Stückchen für Stückchen herunter. Der Wirt steht reglos daneben.

»Allzu fest sitzt er nicht«, bemerkt Kyra, ohne aufzublicken. Als sie den Aufkleber vollständig abgezogen hat, starrt sie entsetzt auf die Tür.

In der kurzen Zeit, in der Maud weg gewesen ist, haben Tijssen und Ruigbot rings um den Konferenztisch Tafeln mit Daten und Fakten aufgestellt.

Kaum hat Maud Platz genommen, legt Tijssen los.

»Alle Kinder besitzen ein bestimmtes Talent.«

Maud blickt sich um, während er die Fakten auflistet, die sie bereits kennt. Rob ist da, Willem auch, außerdem jemand von der Einheit für Organisierte Kriminalität und eine Rechtspsychologin. Kurz nachdem sie angefangen haben, kommt ein Finanzexperte hinzu, der ihnen mehr über den Geldfluss des Vereins und die Buchungen im Bungalowpark erzählen kann.

Tijssen geht zur nächsten Tafel.

»Zehn Kinder im Alter zwischen sieben und elf Jahren, Jungen wie Mädchen, ohne gemeinsame äußere Merkmale und mit unterschiedlichen Begabungen, werden im Abstand von vier Tagen an öffentlichen Orten entführt, in einem Fall aus dem elterlichen Garten.«

Maud blickt auf die Informationen auf der Tafel, die ihr nur allzu vertraut sind. Neun verängstigte Kinder, eines getötet, zehn verzweifelte Familien.

»Die Spur der Entführungen verläuft eindeutig in eine bestimmte Richtung«, fasst Tijssen die Angaben auf der nächsten Tafel zusammen. Maud starrt auf die Karte der Niederlande mit den daraufgeklebten Ziffern von eins bis zehn. Die Spur verläuft von Amsterdam über Nordholland bis zur Küste und dann in südlicher Richtung an der Nordsee entlang nach Rotterdam. Neben jeder Ziffer hängt eine Beschreibung des jeweiligen Entführungsortes.

»Kommen wir kurz auf einige andere bedeutsame Orte zu sprechen«, fährt Tijssen fort, »und richten wir unsere Aufmerksamkeit auf weitere Details.« Er tritt zur nächsten Tafel.

»Den Ilp«, sagt er. »Leer stehender Bauernhof. Der Besitzer ist alt und dement, lebt in einem Heim. Seine Kinder wussten nicht, dass jemand den Bauernhof benutzte. Er steht schon einige Zeit zum Verkauf, aber die Familie ist sich uneins über den Preis.« Er deutet auf die Bilder von den Käfigen und der unordentlichen Küche. »Es wurden Spuren von mindestens sieben Leuten gefunden. Nur die Spuren dieses Opfers« – er zeigt auf das Foto des getöteten jungen Mannes – »konnten eindeutig identifiziert werden. Ansonsten befand sich niemand aus unseren Datenbanken unter den Personen.«

Er spricht über den ermordeten jungen Mann.

»Interessant ist vor allem«, fährt er fort, »dass er zu seiner Mutter gesagt hat, er bräuchte seinen Reisepass, weil er etwa zwei Monate lang für einen Job ins Ausland müsse. Dabei hat er seiner Mutter versichert, er würde nicht fliegen, da diese offenbar Flugangst hat. Er könne ihr nicht sagen, wohin es ginge, aber jedenfalls nicht nach Afrika, denn danach hat sie ihn explizit gefragt. Er habe davon gesprochen, dass es weiter weg sei. Wir sind noch dabei, zu recherchieren, mit wem er im Laufe des letzten Jahres Kontakt hatte. Es könnte sein, dass er über ein Fitnessstudio, eine Ausbildungsstelle oder Ähnliches mit der Gruppe in Verbindung gekommen ist.«

Tijssen berichtet weiter, dass am Fundort von Fenne Zwiers in Ijmuiden nichts gefunden worden sei, keine einzige Spur.

»Die Ermittlungen rund um den Tod von Ab van Dongen laufen auf Hochtouren«, schließt er. »Im Sand wurden verschiedene Spuren gesichert. Die Fußspuren der Spaziergänger, die die Leiche gefunden haben, aber auch einige andere. Wir vergleichen sie derzeit mit den Spuren auf dem Bauernhof, aber angesichts der Menge des Materials kann es noch eine Weile dauern, bis wir valide Ergebnisse haben. Übrigens hat man uns Hilfe aus dem Ausland angeboten. Sowohl Belgien als auch Deutschland stellen uns Kriminaltechniker zur Verfügung. Die große Herausforderung besteht darin, den Überblick zu behalten.«

Maud versucht, sich zu konzentrieren und Muster in dem zu erkennen, was Eric Tijssen erzählt, aber ihr schwindelt. Ihr Blick wandert zurück zur ersten Tafel, und sie geht aufmerksam sämtliche Informationen durch, bis ihr Blick wieder auf Tijssen ruht.

Der Experte für Organisierte Kriminalität, ein Mann von etwa einem Meter neunzig und hundert Kilo, steht auf und ergreift das Wort:

»Bei der Entführung der Kinder können verschiedene Interessen im Spiel sein. Meistens stoßen wir in solchen Fällen auf ein Netzwerk. Pädophilie. In größerem Maßstab werden weltweit auch Kinder als Arbeitssklaven gehandelt oder gegen Geld zur Adoption angeboten, obwohl Letzteres inzwischen nicht mehr so häufig vorkommt.«

Der Mann, der sich als Samuel van Velzen vorgestellt hat, faltet die Hände und runzelt die Stirn. Seine Augen sind dunkel und haben etwas Kaltes.

»In allen Fällen geht es am Ende ums Geld«, schließt er.

Die Rechtspsychologin ergreift das Wort.

»Ich befürchte, dass ich in solchen Fällen sehr wenig zur Klärung beitragen kann«, sagt sie. »Mein Name ist Maryam Assaoudi. Meistens habe ich mit Fällen zu tun, in denen einer oder sehr selten auch zwei Täter operieren. Von den Tätern hier wissen wir nicht viel. Sie sprechen wahrscheinlich Arabisch und Englisch. Fenne Zwiers hat ausgesagt, es seien verschiedene Männer gewesen und sie hätten eine Art Marokkanisch gesprochen. Das war ihr Ausdruck, also gehen wir von Arabisch aus und damit kommen wir nicht sehr viel weiter, denn Arabisch wird auf der Welt von 280 Millionen Menschen gesprochen. Dass einige Entführer offenbar Englisch mit einem Akzent sprechen sagt uns lediglich, dass die Gruppe wahrscheinlich aus verschiedenen Nationalitäten besteht, woraus wir ableiten können, dass es sich um eine internationale Operation handelt. Ansonsten entnehme ich Fennes Zeugenaussage, dass es eine klare Hierarchie zwischen der Leitung der Operation und den Ausführenden gibt. Einer der Männer hält sich abseits vom praktischen Ablauf und scheint die Entführungen zu koordinieren.«

Sie berichtet anhand der Zeugenaussagen Fennes von den Vorgängen in der Scheune und dem Lkw.

»Sie hat niemanden erkannt«, sagt Maryam. »Nicht einmal die Person, die sie aus dem Garten entführt hat. Man hat sich ihr von hinten genähert, und danach ist sie erst wieder im Käfig im Lkw wach geworden. Als sie auf dem Parkplatz in IJmuiden ausgesetzt wurde, waren ihre Augen verbunden.«

Maud blickt auf die Tafel, auf der die Daten über die Täter festgehalten sind. Das Foto des dicklichen jungen Mannes. Lebendig und tot. Darüber sechs Schatten von gesichtslosen Menschen.

»Über die Täter kann ich sagen, dass sie offenbar gut organisiert sind. Diese Operation wurde von langer Hand vorbereitet. Sie sind klug, es steckt Geld dahinter, denn es wurde schließlich in das Wochenende im Bungalowpark investiert, die Scheune wurde umgebaut, um die Kinder unterzubringen, und auch der Lkw wurde speziell ausgerüstet. Dies deutet darauf hin, dass es um viel Geld geht.«

Sie lässt eine kurze Stille eintreten.

»Sam und ich haben verschiedene Szenarien durchgespielt, aber was auch immer das Motiv sein mag, Geld spielt eine große Rolle dabei. Adoption, Kinderraub – das kommt eher bei kleineren Kindern vor. Außerdem sind die Gewinnspannen nicht mehr so hoch wie früher, weil sich die Möglichkeiten für eine legale Adoption wesentlich verbessert haben.

»Wir kennen Fälle, in denen Kinder durch pädophile Netzwerke entführt wurden«, ergänzt Sam van Velzen Maryams Bericht. »Aber nie sind wir dabei auf eine derart minutiös vorbereitete und groß angelegte Operation gestoßen. Häufig trifft es zudem arme Kinder in unterentwickelten Regionen, die den Eltern abgekauft oder geraubt werden. Sie landen in Bordellen, wo sie unter erbärmlichen Umständen leben. Diese Vorgänge sind typisch für Asien, und der Profit der Händler ist erheblich, generiert sich aber eher über die Menge der Kinder, die im Umlauf sind. Der Gewinn pro Kind ist nicht hoch genug für eine solche Operation.«

Rob Franssen seufzt.

Maud wendet sich an Maryam: »Du hältst es für eine kommerzielle Operation?«

»Ja, davon gehen wir aus«, erwidert sie. Maryam ist Anfang dreißig und auffallend schön. Ihre glatte Haut, ihre wundervollen braunen Augen und die vollen, rosa geschminkten Lippen werden durch ihr schwarzes Kopftuch noch betont.

»In diesem Fall handelt es sich wahrscheinlich um eine Operation, die ganz besonders lukrativ sein muss, denn sie haben viel investiert«, gibt Maud zu bedenken.

»Stimmt«, erwiderte Maryam. »Und die Beträge, die dabei im Spiel sind, können nicht von den Eltern gefordert werden. Zwar sind die Eltern von Fenne Zwiers vermögend, und es gibt noch ein bis zwei Kinder, die aus wohlhabenderen Familien stammen, aber Lösegeld wurde bisher nicht gefordert und scheint auch nicht das Motiv zu sein.«

»Also was dann, Organhandel?«, fragt Maud. »Klonexperimente?«

»Klone!«, wirft Willem ein und schüttelt den Kopf. »Das klingt für mich nach Science-Fiction. Und Organhandel – tja, aber warum dann ausgerechnet diese Kinder? Dafür könnte man jedes x-beliebige Kind von der Straße zerren. Und warum hier? In den Niederlanden?

Maryam nickt zustimmend.

»Vielleicht sollen sie versklavt werden«, überlegt Maud. »Wie im Fall von Natascha Kampusch. Oder diesem Kerl in Amerika letztes Jahr, mit den Frauen im Keller. Wie viele Fälle es wohl gibt, von denen wir nichts wissen?«

»Aber wenn man Sexsklaven sucht, denn darum geht es hier«, wirft Maryam ein, »warum sollte man es dann so kompliziert machen? In den Fällen, die du genannt hast, haben die Täter in ihrer unmittelbaren Umgebung zugeschlagen. Manchmal benutzen sie sogar ihre eigenen Kinder wie dieser Josef Fritzl in Österreich. Weltweit werden täglich Kinder gestohlen oder für einen kleinen Betrag von ihren Eltern ›ausgeliehen‹. Kinder aus den Niederlanden mitzunehmen ist viel riskanter.«

»Was ist denn nur so besonders an diesen Kindern?«, fragt Willem missmutig.

»Dass sie ein bestimmtes Talent haben?«, antwortet Maud.

»Dass sie jünger sind als zwölf?«, meint Barbara.

»Dass sie niederländisch sind?« Maud denkt laut. »Dass sie sich gut ausdrücken können, auch ein wenig Englisch sprechen?«

Sam van Velzen nimmt einen Stift und schreibt die Stichwörter auf ein neues Blatt Papier.

Talent
< 12 Jahre
Niederländisch/Englisch?

»Was sonst haben sie gemeinsam?«, fragt er.

»Sie sind alle durchgeimpft«, antwortet Barbara. »Äh … Schulbildung. Sie können schwimmen.«

»Und sie sind alle sehr weiß«, gibt Willem zu bedenken. »Außer diesem Ab.«

Tijssen wirft ihm einen bösen Blick zu.

»Ich denke ja nur laut«, verteidigt sich Willem. »Dieser Appie war anders als die anderen Kinder, durch seine tunesische Mutter. Ach, hat er eigentlich Arabisch gesprochen?«

»Ja, vielleicht hat er etwas gehört, was er nicht hätte hören dürfen«, pflichtet Maryam ihm nachdenklich bei. »Du könntest recht haben.«

»Oder er war ihnen nicht weiß genug«, meint Willem. »Das wäre auch möglich.«

Sam ergänzt die Liste mit Stichwörtern. Auf der rechten Seite des Blattes legt er eine weitere Liste an. *Sklaven*, schreibt er. *Prostitution. Adoption. Medizinische Gründe?*

»Das ist doch abartig!«, stößt Wilhelm hervor. »Was ist das für ein kranker Scheiß?«

Dave †

Kyra starrt wie gebannt auf die Stelle, wo der Name des jungen Mannes ungeschickt ins Holz geschnitzt ist. Darunter stehen die Buchstaben: SAS.

»Sarina Allette Slagter«, flüstert Kyra. »Sie wusste, dass Dave tot war. Aber wie konnte sie es wissen, wenn sie noch hier im Hafen war? Und warum ist sie dann nicht zur Polizei gegangen, zu einem Arzt oder … zu wem auch immer, verdammt noch mal …«

»Vielleicht solltest du doch besser die niederländische Polizei einschalten«, rät der Wirt. »Ich werde auf jeden Fall die Polizei hier auf der Insel benachrichtigen. Keine Ahnung, was sie damit anfangen aber … «

Alle möglichen Szenarien wirbeln Kyra durch den Kopf. Sie versucht, ruhig zu bleiben.

»Sie war hier, auf der Insel«, sagt sie jetzt auf Niederländisch. Der Wirt sieht sie erstaunt an. »Sie war hier, im Hafen, sie ist zur Toilette gegangen. Sie hatte etwas Scharfes, Hartes dabei. Sie hat etwas auf die Tür geschrieben und den Sticker vom Hockeyverein darübergeklebt.«

Sie schweigt einen Moment.

»Diesen Aufkleber muss sie in ihrem Trainingsanzug gehabt haben. Noch vom Sponsorenlauf, der war im Februar. Vielleicht trug sie sogar den Nike-Anzug. Ich wusste es.«

Wieder schweigt sie. Mein Gott, was hat das zu bedeuten?

Sarina. Sie hat eine Nachricht hinterlassen. Vielleicht sogar speziell für sie. Sie schwebte in Gefahr, etwas anderes ist kaum denkbar. Plötzlich wittert Kyra die Gefahr von allen Seiten.

61

Ein neues Mädchen wurde hereingebracht, aber es interessiert ihn nicht mehr. Leonie heißt sie, und sie ruft die ganze Zeit *Oh my God* und weint wie bescheuert.

Tommy dreht sich in seinem eisernen Sarg um. Aufrecht hinsetzen ist nicht möglich. Er könnte sich ein klein wenig auf Hände und Knie stützen, bringt aber die Energie nicht mehr auf.

Die anderen reden übers Essen.

Pfannkuchen.

Fritten.

Bockwürste.

Lakritz.

Sirupwaffeln.

Käse.

Bratkartoffeln.

Spaghetti bolognese.

Er hat so großen Hunger, dass es sich anfühlt, als sei sein Magen eingerissen. Dass Hunger so wehtun kann, wusste er nicht.

Erdbeeren mit Sahne, denkt er. Das vergesst ihr immer, ihr mit euren Fritten. Er denkt an den besten Nachtisch der Welt. Rote, frische Sommerkönige. Das hat seine Oma immer dazu gesagt. Sommerkönig. Winterkönig.

Es ist kalt im Lkw.

Er hat Hunger, und die anderen reden weiter übers Essen.

»*Oh my God*«, seufzt das neue Mädchen wieder.

Er wünschte, sie würde den Mund halten.

Sein Rücken schmerzt, aber wenn er sich auf die Seite dreht, wird es noch schlimmer.

»Halt den Mund«, flüstert er.

Niemand reagiert. Er hat Jesse schon seit einer ganzen Weile nicht mehr gehört. Er hebt den Kopf und schaut zu dem Käfig, in dem der kleine Junge liegt. Er liegt da und starrt die LED-Lämpchen an. Weil er ab und zu blinzelt, weiß Tommy, dass er nicht tot ist. Trotzdem sieht er leblos aus. Seine Lippen sind aufgeplatzt, und er hat dunkle Ränder unter den Augen. Wahrscheinlich kann er auch nicht schlafen. Genau wie Tommy. Wo immer sie auch hinfahren, was immer dort auch geschehen wird, er wünschte, sie wären schon dort. Alles ist besser, als in diesem Käfig zu liegen und zu warten.

62

»Jolanda?«, fragt Maud. »Die Kollegen kontrollieren doch alle Aufnahmen der Kameras auf der Route, die Lkw und Fluchtwagen möglicherweise zurückgelegt haben?«

Jolanda nickt.

»Aber sie müssen auch tanken.« Maud kann kaum noch einen klaren Gedanken fassen, so müde ist sie. Vielleicht schießt gerade deswegen eine wahnsinnige Idee nach der anderen aus den moosigen Windungen ihres Gehirns.

»Bitte die Kollegen, auch alle Tankstellen auf der Route von IJmuiden nach Rotterdam zu kontrollieren. Lass sie nach der Kombination eines Lkws und einem oder zwei Pkws suchen, die gleichzeitig ankommen und gleichzeitig wegfahren. Noch besser ist es, wenn die Fahrer miteinander reden. Das sind sie. Fangt mit der A4 an. Kontrolliert vielleicht auch noch die A44. Nehmt zuerst die großen Tankstellen, mit großen Parkplätzen oder einem Restaurant. Sie müssen auch essen.«

»Maud, ich hab dich verstanden«, sagt Myrna. »Ich frage Tijssen, welches Team das übernimmt, und klemme mich sofort dahinter.«

»Gut«, sagt Maud. Sie bleibt reglos auf ihrem Stuhl sitzen, kämpft gegen eine bleierne Schwere an.

»Ein neuer Name auf der Liste«, verkündet John düster. »Hast du schon gehört? Leonie Schepens, zwölf Jahre, aus Rotterdam.«

Zwölf, sie werden älter. Auch das noch.

»Nein«, antwortet sie. »Wusste ich noch nicht.«

»Vor einer Stunde entführt«, fährt John fort.

»Eine von unserer Liste?«, fragt Maud.

Er nickt.

»Zwei haben wir noch nicht erreicht. Die van Vlotens und die Dirksens. Alle anderen haben wir.«

»Wo waren die Schepens bloß, warum konnten wir sie nicht erreichen?«, fragt Maud zornig.

»Sie sind umgezogen«, erklärt Niels ruhig. »Sie haben ein neues Haus gekauft, und solange es umgebaut wurde, wohnten sie in einem Ferienhaus in der Nähe. Zwei Monate lang. Die Mutter hat außerdem eine neue Handynummer, deswegen konnten wir sie nicht ausfindig machen.«

»Und die zwei anderen dämlichen Familien?«

Sie kann sich nicht bremsen. Warum können sich diese Leute nicht ordentlich ummelden?

»Eine Familie ist wie vom Erdboden verschluckt«, sagt Niels. »Das andere Elternpaar ist geschieden, und die Mutter ist mit dem Kind untergetaucht. Wir konnten sie bisher nicht aufspüren. Hoffen wir, dass die Entführer es auch nicht können.«

So viele blaue Flecken hatte sie nun auch wieder nicht.

Maud erhielt den Anruf damals von Dick Louwe, ihrem Chef. Sie hätten die Identität des in Stücke geschnittenen Mädchens ermittelt. Ihr wurde übel, als er den Namen nannte.

So viele blaue Flecken hatte sie nun auch wieder nicht.

Maud litt von da an unter Schlafstörungen. Sie musste die ganze Zeit an die großen Hände des Kerls und das kleine, abgeschnittene Händchen auf dem Autopsietisch denken. Es dauerte Jahre, bis sie Roos' Hand wieder unbekümmert in ihre nehmen konnte.

»Überprüft die Mietwagenfirmen«, fährt Maud fort. »Sucht nach den Namen van Vloten und Dirksen sowie den Nummern ihrer Reisepässe.«

»In Ordnung«, sagt Niels. »Machen wir. Und jetzt bring ich dich nach Hause.«

»Nein, nein. Auf keinen Fall. Ich hole schnell Kaffee.«

Kyra hat weitere Fotos gemacht, vom Waschbecken, sogar von der Decke, von allem. Sie muss sich beeilen. Eben hatte sie noch Zeit genug, aber jetzt muss sie Gas geben, um die Fähre zu erreichen.

»Kommen Sie, ich bringe Sie zur Fähre«, bietet der Polizist ihr an. Er hat bereits bei dem Fähr-Unternehmen angerufen. Das Schiff wird zehn Minuten warten, aber keine Sekunde länger. Es ist die letzte Fähre, und Kyra will nach Hause.

»Vielen Dank«, sagt sie, als der Polizist die kurze Distanz bis zum Dock mit heulenden Sirenen zurücklegt.

Kurz darauf steht sie vor der Laufbrücke zum Schiff. Einige Passagiere beugen sich bereits über die Reling und sehen mürrisch auf sie herab.

»Ich habe Ihre Daten aufgenommen«, sagt der Polizist. »Wir halten Sie auf dem Laufenden. Danke für die Informationen und Ihre Mitarbeit.«

Kyra hat auch die Kontaktdaten von Maud Mertens hinterlassen. Sie hat den Namen Dave Kowzinsky genannt und erzählt, dass seine Leiche in Dänemark angespült wurde. Wieder fühlte sie sich dumm, als sie gestehen musste, dass sie weder den Namen des Schiffes noch den Wohnort der Kowzinskys kennt.

Sie winkt dem Norderneyer Polizisten noch einmal zu und betritt die Fähre. Warmer Kakao. Und nach dem Anlegen noch drei Stunden Autofahrt.

»Kyra Slagter hat gerade angerufen.« Maud sitzt mit Roos und Edwin am Tisch. Niels Bingsten hat sie gezwungen, zu Hause zu essen, und sie ist ihm dankbar dafür. Wenn sie mitten in einem Fall steckt, vergisst sie gelegentlich, wie sehr sie ihren Mann und ihr Kind braucht. Und die beiden sie. Hofft sie jedenfalls.

»Hat sie wieder etwas entdeckt?«, fragt Roos und grinst. Roos hat Kyra nie kennengelernt, aber sie hat eine Sympathie für sie entwickelt, allein aufgrund der Tatsache, dass sie ihre Mutter ab und zu ganz schön nervt. Dass Maud Kyra erst vor wenigen Monaten das Leben gerettet hat, ist eher unerheblich.

»Sie war auf Norderney«, erzählt Maud weiter. »Weil Sarina wahrscheinlich von Texel aus mit der Jacht von diesem Dave dorthin gefahren ist.«

»Cool«, kommentiert Roos. »Würde ich auch so machen wie Kyra.«

»Dann kann ich ja froh sein, dass du deinen Führerschein noch nicht hast«, erwidert Maud lachend.

»Und, was hat sie entdeckt?«, fragt Roos mit herausforderndem Blick.

»Sie hat auf der Toilettentür des Hafencafés einen Aufkleber von Sarinas Hockeyverein entdeckt.« Wenn sie ehrlich ist, geht es ihr tatsächlich auf die Nerven, dass Roos recht hat: Kyra hat wieder etwas entdeckt.

»Wirklich?« Roos wirkt ehrlich erstaunt.

»Und unter dem Aufkleber hatte Sarina etwas eingeritzt. Ihre Initialen und Daves Namen mit einem Kreuzzeichen daneben.«

»Also ist er tot«, sagt Roos leise.

»Ja, aber das wusste ich schon. Seine Leiche wurde in Dänemark angespült. Aber das Besondere ist, dass Sarina gewusst haben muss, dass er tot war. Trotzdem war sie auf Norderney, ist in ein Café gegangen und hat dort einen Hinweis hinterlassen.«

Edwin folgt aufmerksam dem Gespräch der beiden Frauen.

»Sie steckte also in Schwierigkeiten.« Roos ist aufgeregt, der Fall bekommt eine neue Wendung.

»Ja, das glaube ich auch.« Maud schenkt sich noch ein Glas Rotwein ein. Wie gut es tut, mit der Familie zusammenzusitzen, bei einem guten Essen und einem Glas Wein. Wenn Spannung buchstäblich von einem abfallen könnte, dann läge jetzt ein ziemlicher Haufen davon rings um ihren Stuhl.

»Und die Kinder?«, fragt Roos. »Was ist mit ihnen?«

»Du weißt, dass ich darüber nicht reden darf«, erwidert Maud. »Im Grunde übrigens auch nicht über die Sache mit Kyra und Sarina.«

»Ich verrate nie etwas, Mum.«

»Weiß ich doch.« Maud trinkt noch einen Schluck Wein. »Wir kommen nicht richtig weiter. Es gibt verschiedene Hinweise, aber uns fehlt noch das eine Puzzleteilchen, um sie genau ins Visier zu bekommen.«

»Ihr schaut durchs Fernglas, seht aber nichts«, sagt Roos.

»Weißt du denn schon, wonach du suchen musst?«, fragt Edwin.

»Nein«, antwortet Maud. »Das ist es ja. Wir hängen wie eine Art Regenwolke über den Niederlanden, und ich sehe alles Mögliche, aber nicht detailliert genug. Auch nicht den einen Ort, von dem ich denke: Da müssen wir hin.«

Edwin steht auf und fängt an, den Tisch abzuräumen.

»Hast du schon deine Klassenarbeiten zurückbekommen?«, erkundigt sich Maud bei ihrer Tochter.

Roos spielt mit der Spitze ihres Pferdeschwanzes.

»Mathe«, sagt sie. »Eine Drei minus. Und Kunst, eine Eins.«

»Prima!«

Roos steht auf und schiebt ihren Stuhl zurück.

»Ich geh dann jetzt ins Fitnessstudio«, sagt sie.

Komm nicht zu spät nach Hause, würde Maud gerne sagen. Und bleibt in einer Gruppe beisammen. Sei vorsichtig. Hüte dich vor unheimlichen Männern. Aber sie sagt nichts.

Sie gibt Roos einen Kuss und hilft Edwin, das schmutzige Geschirr in die Spülmaschine zu räumen. Während er die Küche sauber macht, kehrt Maud ins Wohnzimmer zurück. Sie hat keine Ruhe mehr, um sich hinzusetzen, und geht ein wenig umher.

»Sie werden ins Ausland gebracht«, sagt sie vor sich hin. »Das ist am wahrscheinlichsten. Die Route verläuft in Richtung Rotterdam. Also zum Hafen. Oder zum Bahnhof. Das könnte auch sein. Mit dem Zug nach Belgien, vielleicht nach Frankreich.«

Vor der großen Glastür zum Garten geht sie auf und ab.

»Wo ist die Gefahr aufzufallen am geringsten? Die Bahn? Man könnte doch den Anhänger des Lkws einfach auf die Schiene setzen. Das wäre schlau. Andererseits: Wie viele Container werden im Hafen umgeschlagen? Rotterdam, der größte Hafen Europas.«

»Sag mal, würdest du nicht besser einfach wieder zur Arbeit gehen?« Edwin steht mit einer Tasse dampfendem Kaffee vor ihr. Er küsst sie. »Natürlich fände ich es schöner, wenn du hierbleiben würdest. Oder kann ich dir vielleicht beim Nachdenken helfen?«

Sie lacht. Edwin ist ein großer Mann mit blonden, leicht rötlichen Locken. Er bekommt allmählich einen kleinen Bauchansatz, und eigentlich findet sie das durchaus charmant. Es passt zu seinem gutmütigen Charakter. Er arbeitet als Biologe bei der niederländischen Wasserbehörde. Er weiß alles über Ratten. Wasserkaninchen nennt man sie in Belgien. Und auch sonst weiß er alles über jene Lebewesen, die man rings um Wassergräben findet.

»Stimmt, ich muss wieder los«, sagt Maud und trinkt einen Schluck Kaffee. »Die Zeit drängt. Ich befürchte, sie wollen die Kinder ins Ausland schaffen.«

»Das erscheint mir auch logisch.«

»Wirklich?«

»Natürlich«, sagt Edwin. »Was willst du denn in den Niederlanden mit ihnen machen? Es sei denn, man würde sie einsperren für den eigenen … Gebrauch. Aber ich weiß nicht, das wäre vermutlich nicht das Werk einer Gruppe, oder? So etwas passt eher zu Einzeltätern. Oder zu einem durchgeknallten Paar. Wenn sie in einer Gruppe operieren, so hieß es zumindest in den Nachrichten, dann geht es in irgendeiner Form um organisiertes Verbrechen.«

Wenn die Journalisten in den Nachrichten weiterhin alles hinausposaunen, dann wird ihr Wissensvorsprung schnell verloren sein. Oder geht es hier um eine Gruppe, die sich nicht im Geringsten für ihre Verfolger interessiert? Die eiskalt ihr Ding durchzieht, selbst wenn man ihr dicht auf den Fersen wäre? Irgendwie sagt ihr das ihr Instinkt.

»Wenn wir doch bloß etwas früher in Den Ilp gewesen wären!«, seufzt Maud. »Wenn ich die Hinweise früher durchgegangen wäre, wenn wir –«

»Stopp!«, sagt Edwin energisch. »Wer hat das Elend verursacht?«

Maud schweigt.

»Maud, wer ist hier der Täter?«

»Diese Leute, diese Gruppe.«

»Genau.« Er nimmt ihr die leere Tasse ab. »Und was ist deine Aufgabe?«

»Ihnen auf die Spur zu kommen, sie zu fassen.«

»Macht dich das verantwortlich für ihre Taten?«

Sie schüttelt den Kopf. Sie weiß es, aber wie kann sie ihre Arbeit gut machen, ohne Verantwortung zu spüren?

»Du bist gut, in dem was du tust, Maud. Das bist du immer gewesen. Es ist dein Charakter, deine Erfahrung, das, was du bist, was dich auszeichnet. Aber wenn du dich wieder auffressen lassen willst, dich zermarterst, wie damals bei diesem Mädchen – dann arbeitest du gegen dich.«

Sie nickt.

»Du hast recht«, sagt sie. »Ich gehe jetzt.«

»So ist es gut.« Edwin lächelt und küsst sie zum Abschied. »Du gehst jetzt. Und ich setze mich aufs Sofa und schau mir einen Krimi an.«

»Bist du zu Hause?« Kyra hat nicht die geringste Lust, nach Hause zu fahren.

»Ja.« Sophie klingt um einiges stabiler als bei ihrem letzten Gespräch.

»Ich komm gleich noch mal kurz vorbei, okay?«

»Wann ungefähr?«

Kyra wirft einen Blick auf das Navi. Es ist schon zehn, aber sie möchte sich aussprechen, und zwar nicht unbedingt mit ihren Eltern. Sie hat keine Lust, zurechtgewiesen zu werden.

»In zehn Minuten.«

»Alles klar. Worum geht's denn?«

»Ich erzähl's dir gleich.«

Kyra nimmt die Ausfahrt in Richtung Amsterdam und geht ein wenig vom Gaspedal. Jetzt nicht rasen.

Kurz darauf parkt sie den Wagen ihrer Mutter auf einem kleinen Parkplatz. Sie steigt aus, schlägt die Autotür zu und zieht ihre Jacke fest zusammen. Als sie um die Ecke biegt, um zu Sophies Haus zu gehen, bleibt sie stehen. Die schmale Straße wird von Dutzenden, vielleicht sogar Hunderten Kerzen erleuchtet. Vor der Tür von Jesses Familie bis zu den Nachbarhäusern liegen Blumensträuße, Kuscheltiere, selbst gemalte Bilder. Eine Ode an das verschwundene Kind. Für einen Moment setzt ihr Atem aus vor Rührung. Es ist wunderschön, märchenhaft und hat doch einen grauenhaften Anlass.

Es weht ein leichter Wind, und die Kerzen flackern. Sie stehen in Glasgefäßen, Plastikhaltern und kleinen Laternen. Kyra geht zwei Schritte und meint für einen Augenblick, die Wärme all dieser kleinen Flammen spüren zu können, als wehe eine Sommerbrise durch die Straße. Jesses betagte Nachbarin kommt aus dem Haus, geht bis ans Ende der Straße und beginnt, mit einem langen Feuerzeug die ausgewehten Kerzen wieder anzuzünden. Hier und da ersetzt sie ein heruntergebranntes Teelicht durch ein neues. Schweigend arbeitet sie sich die ganze Straße entlang, bis sie Kyra fast erreicht hat.

»Es ist das Einzige, was ich tun kann«, sagt sie zu Kyra, die sich wieder in Bewegung setzt und ergriffen an den Kerzen und Plüschtieren vorbeigeht.

»Den ganzen Tag über kommen Leute und bringen etwas«, sagt Sophie, als sie die Tür öffnet. »Schon seit vorgestern. Ich habe in den Nachrichten gesehen, dass auch vor den Häusern der anderen verschwundenen Kinder Berge von Blumen und Kuscheltieren liegen.«

Kyra zieht die Tür hinter sich zu, und die Mädchen setzen sich ins Wohnzimmer. Sophies Mutter kocht Tee.

Kyra erzählt, was sie auf Norderney entdeckt hat.

»Mein Gott«, sagt Sophie. »Was hat das zu bedeuten?«

»Ich weiß es nicht.« Kyra pustet in ihre Tasse. »Ich will keine voreiligen Schlüsse ziehen. Zu leicht verrennt man sich in eine Idee, die zu einer falschen Fährte führt.«

Sie denkt an Antoine. Eigentlich sollte sie ihm den ganzen Fall einmal darlegen. Antoine ist klug und scharfsinnig. Vielleicht findet er ganz neue Zusammenhänge.

Sie reden eine Weile über Sarina, über die Schule. Linda bringt ihnen eine Schüssel Lakritze, und Kyra stürzt sich auf die weichen, süßen Bärentatzen.

»Ich geh jetzt nach Hause«, sagt sie. »Sonst esse ich die alle auf.«

»Ja, und dann ab ins Bett mit euch beiden«, sagt Linda. »Sophie ist seit Mittwoch todmüde. Es wühlt sie alles doch sehr auf.«

Kyra nickt. Sie muss ihren Eltern noch gegenübertreten. Wenn man sich wünscht, sie wären da, sind sie unterwegs, und wenn man ihnen nicht begegnen will, erwarten sie einen.

Sie läuft zurück durch die Allee der Kerzen und Kuscheltiere, steigt ins Auto und fährt nach Hause. Der Deich erscheint ihr plötzlich kahl und dunkel, genau wie ihr Haus. Nachdem sie den Wagen geparkt und abgeschlossen hat, bleibt sie kurz daneben stehen. Es ist kalt. Und es gibt weder Kerzen noch Plüschtiere noch Bilder. Obwohl auch hier jemand verschwunden ist.

63

London

»Sie heißt Béatrice Régal, ist sechsundzwanzig Jahre alt und stammt aus Brest.«

Die Psychiaterin läuft mit Teetassen hin und her, und Phil sieht Mabel an, dass sie wünschte, die Frau würde sich endlich hinsetzen.

Seitdem Jane – nein, er würde sie von jetzt an Béatrice nennen müssen – wieder spricht, hat sich Mabel verändert. Sie föhnt ihre Haare nicht mehr jeden Tag glatt, sondern lässt zu, dass sie sich locken, und sie trägt nicht mehr täglich eine dicke Schicht hellbraunes Make-up auf. Sie lacht öfter.

»Ihre Mutter – ihr Vater lebt nicht mehr – hat sie vor drei Jahren als vermisst gemeldet und danach nie wieder etwas von der Polizei gehört.« Die Psychiaterin rührt vorsichtig in ihrem Tee und setzt ihre Lesebrille auf. »Soweit ich verstanden habe, hat sich die Mutter, äh, sagen wir, etwas gehen lassen, nachdem der Vater verstorben ist. Das ist …« – sie sucht in der Akte – »zwölf Jahre her. Béatrice hat einen Bruder, der aber im Moment im Gefängnis sitzt. Die Mutter ist nach dem, was ich hier lese, nicht ganz gesund.«

»Was geschieht denn jetzt?«, fragt Mabel. »Hat Béatrices Mutter Anspruch auf sie erhoben, oder wie geht das in solchen Fällen? Haben Sie damit Erfahrungen?«

»Béatrice ist volljährig und nun, da sie wieder spricht, auch nicht mehr unzurechnungsfähig. Sie kann im Prinzip selbst bestim-

men, was sie möchte. Ich habe ihr die Neuigkeit noch nicht erzählt. Vorher wollte ich sie erst mit Ihnen besprechen.«

Mabel greift schweigend nach ihrer Tasse Tee. Sie bläst hinein und trinkt vorsichtig einen Schluck. Phil weiß, dass sie das Innere der Menschen lesen kann. Schnell und fehlerlos. Wie sie das macht, hat er in all den Jahren nicht herausgefunden, und er bewundert sie dafür. Die meisten Topmanager, die er kennt, haben sündhaft teure Fortbildungen besucht, um diesen Instinkt zumindest simulieren zu können, und bleiben trotzdem Stümper.

»Welchen Eindruck haben Sie von ihren Fortschritten?«, fragt Mabel.

»Sie macht eine wunderbare Entwicklung durch.« Die Psychiaterin lacht zufrieden. »Wirklich ungewöhnlich. Ihr Sprachvermögen wird beinahe täglich besser. Inzwischen sagt sie sogar manchmal von sich aus etwas und wartet nicht mehr, bis man eine Antwort von ihr verlangt.«

»Fantastisch.« Mabel nickt. »Ich kenne mich damit ja nicht aus, aber auch wir finden diese Entwicklung sehr beeindruckend.«

»Vor allem in der Kreativtherapie macht sie ihre Sache sehr gut.« Die Psychiaterin steigert sich in ihre Begeisterung hinein. »Sie kann sehr konzentriert arbeiten und zeichnet inzwischen auch gegenständlich, während sie früher nur Striche und Flächen gemalt hat. Ich habe auch gehört, dass sie sich für einen Englisch-Onlinekurs angemeldet hat.«

Phil sieht, wie Mabel unwillkürlich grinst.

»Ein unglaubliches Erfolgserlebnis für Sie und Ihr Team«, sagt sie und wischt das Lächeln wieder von ihrem Gesicht.

»Sie spielen dabei auch eine wichtige Rolle«, erwidert die Psychiaterin.

»Aber selbstverständlich kann man ihr auch in Frankreich eine hochqualifizierte Therapie bieten«, sagt Mabel. »Wahrscheinlich ist

es wichtig für ihre Genesung, möglichst schnell mit ihrer Mutter und ihren anderen Familienmitgliedern vereint zu werden.«

»Tja«, sagt die Psychiaterin zögernd. »Genau darüber wollte ich mit Ihnen reden. Vielleicht wäre es gut, wenn Sie ihr die Nachrichten über ihre Identität und ihre Familie überbringen. Obwohl wir das natürlich auch im Zuge der Therapie tun könnten.«

Mabel nickt bedächtig, und Phil sieht ihr an, dass sie am liebsten schon wieder grinsen würde.

»Na gut«, sagt Mabel. »Ich werde sehen, ob ich es zur Sprache bringen kann. Béatrice, haben Sie gesagt? Ein schöner Name. Béatrice Régal. Und wie heißt die Mutter?«

»Geraldine van Damme«, antwortet die Psychiaterin. »Sie stammt ursprünglich aus Belgien. Ich weiß nicht, ob wir sie hier so bald erwarten können.«

»Ach?«, fragt Mabel, aufrichtig erstaunt.

»Hier steht, sie habe den Kriminalbeamten, der ihr die Nachricht überbrachte, gefragt, ob die Versicherung die Reisekosten erstatten würde.«

64

Der Lkw hält an. Tommy öffnet die Augen. Die Hoffnung darauf, etwas zu essen zu bekommen, hat er aufgegeben. Die Entführer sind schlechter Laune und schnauzen sich gegenseitig an. Die Kekse liegen genau unter ihm. Mehrere Kinder haben in die Hose gemacht, weil man sie nicht mehr zur Toilette gehen lässt.

Tommy liegt auf der Seite und schaut zur Toilette in der Ecke des Lkws. Und zum Waschbecken daneben.

Putz dir die Zähne, Tommy! Zwei Minuten lang! Nicht weniger! Zähl dabei bis hundertfünfzig.

Wie sehr er sich jetzt über diese Ermahnungen freuen würde!

Warum baut man ein Waschbecken in einen Lkw ein, wenn man es praktisch nicht benutzt? Ist doch sinnlos.

Alles ist sinnlos.

Zermürbt und teilnahmslos sieht er zu, wie einer der Männer einen Jungen in den letzten Käfig steckt und wieder geht. Ein paar Kinder weinen. Er weiß nicht wer, und auch das ist ihm egal.

Weint nur. Wenn ihr euch dann besser fühlt. Er weint nicht, er redet nicht, er versucht nicht einmal mehr, nachzudenken.

65

Maud parkt ihr Auto so nahe wie möglich am Kai und steigt aus. Sie geht zwischen ein paar großen Betonblöcken hindurch und bleibt am Rand des Wassers stehen. Für einen Moment scheint es, als trüge der Wind die salzige Meeresluft vom Nordseekanal hierher. Sie denkt an den toten kleinen Jungen am Strand. An die erbarmungslosen Mörder, die die anderen Kinder noch in ihrer Gewalt haben. Sie beißt die Zähne zusammen und versucht, sich auf ihre Gegner zu konzentrieren. Kalt, hart, egozentrisch. Menschen, für die Geld und Eigeninteresse an oberster Stelle ihrer persönlichen Maslow-Bedürfnispyramide stehen, denen es egal ist, ob der Rest der Welt zu ihren Füßen krepiert, solange nur ihr lächerliches reiches Leben Bestand hat. Wird man mit einem so eiskalten Herzen geboren oder entwickelt es sich im Laufe der Zeit?

Sie lässt den Blick über die Apartments an der Sumatrakade schweifen. Vor dem Mövenpick Hotel liegt ein riesiges Kreuzfahrtschiff. Das schwimmende Feriendorf ist so groß wie ein auf die Seite gelegtes Apartmenthaus. Eine Weile lang starrt sie zu dem motorisierten Urlaubstraum hinüber und wundert sich, was so alles auf niederländischen Gewässern herumschippert. Dann trifft sie einen Entschluss.

»Niels!«, ruft sie, sobald sie das Krisenzentrum betritt. Er kommt auf sie zu. »Ich fahre zu den Familien, die wir evakuiert haben, und stelle ihnen ein paar Fragen. Komm mit.«

»Gute Idee«, sagt er. »Ich werde noch ganz verrückt von dem Herumzusitzen und Datenanalysieren.«

Sie kündigen ihren Besuch an, und kurz darauf erreichen sie in Begleitung des verantwortlichen Betreuers das schwer bewachte Gelände der Marinekaserne an der Kattenburgerstraat.

»Alle sind gut untergebracht«, informiert sie der Mann. »Früher gab es hier ein Ausbildungszentrum, deswegen haben wir genügend Schlafzimmer und sogar einen Speisesaal, einen Aufenthaltsraum und so weiter. Nicht luxuriös, aber ausreichend.«

Er zeigt Maud und Niels den Weg.

»Übrigens kann diese Leonie Schepens sehr gut Klavier spielen«, berichtet Niels, während sie auf ein dunkles Backsteingebäude zugehen. »Und der zuletzt entführte Junge, Lucas Verbeek, ist ein Tennistalent, genau wie Appie van Dongen.«

»Es geht also um die Talente der Kinder«, erwidert Maud. »Aber was wollen sie damit anfangen? Sind die Kinder so gut, dass man mit ihnen Geld verdienen kann?«

»Und selbst wenn«, entgegnet Niels. »Wenn man sie ausbeuten und Geld verdienen wollte, müsste man sie an die Öffentlichkeit lassen, bei einem Tennisturnier zum Beispiel. Da werden die Kinder doch sofort erkannt.«

Sie gehen die Stufen zur Eingangstür des Gebäudes hinauf, und in den kommenden zwei Stunden schütteln sie Hände und ziehen von einem Zimmer zum anderen, wo sie immer dieselben Geschichten über die Einladung des Vereins und das merkwürdige Wochenende im Bungalowpark zu hören bekommen. Es sei ein wunderbarer Ausflug gewesen, ohne dass die Talente der Kinder eine besondere Rolle gespielt hätten.

»Jetzt, da wir alle hier so zusammensitzen«, sagt eine der Mütter, als sie mit weiteren Elternpaaren in der Kantine einen Tee trinken, »habe ich das Gefühl, die anderen zu kennen. Das kommt sicher daher, dass wir vor ein paar Monaten alle am selben Ort waren … Wir haben gemeinsam gegessen, ohne dass wir voneinander wussten, und jetzt sind wir alle hier. Es ist sehr …«

»Woran können Sie sich noch im Zusammenhang mit diesem Essen erinnern?«, fragt Maud.

»Nicht alle Eltern waren dabei«, erzählt die Mutter. »Das haben wir festgestellt, nachdem wir uns hier kennengelernt haben. Natürlich reden wir dauernd darüber. Aber *wir* waren dort. Es war ja umsonst.«

Maud nickt verständnisvoll.

»Wir sind ins Restaurant am Wasser gegangen. Es ist sehr groß, und in der Mitte stehen Pflanzkübel, die den Raum aufteilen. Ich glaube, dass sie uns sehr klug über die Tische verteilt haben, sodass wir nicht miteinander ins Gespräch kommen konnten. Es fand eine Art mexikanischer Abend statt. Wir bekamen alle einen Sombrero auf den Kopf, den Kindern wurden Sambarasseln in die Hand gedrückt, und ein Sänger ist aufgetreten, der übrigens ziemlich falsch gesungen hat. Es war sehr nett. Die Leute haben sich große Mühe gegeben. Die Kinder haben einen Tanz aufgeführt, eine Art Polonaise durch das ganze Restaurant. Alle, die mitgemacht haben, erhielten ein kleines Geschenk, ich weiß nicht mehr, was es war, ehrlich gesagt.«

»Sie durften ihren Hut behalten«, ergänzt eine andere Mutter.

»Ach ja, stimmt. Und alle Kinder wurden fotografiert, es gab solche Fotowände, wo man den Kopf durchstecken muss. Einer wurde so zum Mexikaner und der andere zum Esel oder Kaktus.«

»Haben Sie das Foto noch?«, fragt Niels.

»Man konnte es später abholen, aber das haben wir vergessen.«

»An der Rezeption?«, fragt Maud. »Also im Park selbst?«

Die Frauen nicken.

Maud schaut Niels kurz an, und dieser versteht den Wink und greift sofort zum Handy. Vielleicht haben sie die Fotos noch. Sie gehen mit den Eltern den restlichen Aufenthalt durch bis zum Auschecken und der Abreise sowie der Ankunft im eigenen Haus, aber sie erfahren dabei nichts Neues.

»Ich nehme an, dass die Bungalows auch alle kontrolliert wurden, oder?« Maud kann Niels kaum folgen. Seine Beine scheinen zwei Meter lang zu sein.

»Natürlich«, antwortet Niels. »Ohne Ergebnis. Keine Wanzen, keine verborgenen Kameras, nichts. Aber trotzdem müssen die Familien der Opfer genauestens überwacht worden sein, denn die Täter wussten genau, wann und wo sie zuschlagen konnten.«

»Oder es war nur eine Frage der Zeit«, meint Maud.

»Wie meinst du das?«

»Mir kommt es eher so vor, als wären die Entführer einem genauen Plan gefolgt und hätten die Kinder einfach nur zu einem Zeitpunkt ›abgeholt‹, der ihnen passte, wo immer sie in diesem Moment auch waren.«

Niels schweigt. Am Auto angekommen, sagt er: »Da könntest du durchaus recht haben.« Er öffnet die Tür und setzt sich ans Steuer. »Das bedeutet, dass sie in der Phase vor ihrer Entführung beschattet wurden. Ist das niemandem aufgefallen? Gibt es dafür keine Zeugen?«

Kyras Eltern und ihr Bruder erwarten sie bereits, und zum zweiten Mal innerhalb kurzer Zeit sitzt Kyra mit ihnen am Küchentisch, um über Sarina zu reden.

Auf dem Tisch liegt der Aufkleber des Vereins, ordentlich in einer Plastiktüte, obwohl Kyra genau weiß, dass höchstwahrscheinlich keine Spuren von Sarina mehr darauf zu finden sind.

»Ich will nicht, dass du so etwas machst«, sagt Kyras Mutter.

»Aber ich musste einfach dorthin, ich musste die Insel sehen. Ich musste ein Gefühl für Sarina entwickeln, da, an dem letzten …«

»Es ist gefährlich«, erwidert ihre Mutter schnell. »Und du hattest dich nicht gut vorbereitet.«

»Ich bin froh, dass du gefahren bist«, unterbricht Jarno das Gemecker ihrer Mutter. »Jetzt wissen wir, dass sie dort gewesen ist.«

»Könnte dieser Aufkleber nicht von jemand anderem stammen?«, fragt die Mutter.

»So ein Quatsch«, fährt Jarno sie an. »Sarinas Verein. Sarinas Initialen und die Mitteilung, dass Dave tot ist.«

»Ich glaube auch, dass es eindeutig eine Nachricht von Sarina ist«, pflichtet der Vater ihm bei.

»Nur schade, dass wir sie erst jetzt gefunden haben«, erwidert Kyra. Der verfluchte Postbote, der die Postsäcke einfach auf seinen Speicher gestellt hat!

»Auf der anderen Seite …«, wirft sie ein, »selbst wenn wir den Aufkleber früher gefunden hätten, sie wäre trotzdem verschwunden.«

»Da hast du recht«, stimmt Jarno zu. »Es hätte nichts geändert. Sie wollte offenbar einfach nur weg. Aber irgendwo unterwegs, zwischen Texel und Norderney, ist etwas gründlich schiefgegangen.«

»Was sollen wir jetzt damit anfangen?«, fragt Kyras Vater. »Wir wissen also, dass Dave schon tot war und Sarina im Hafen von Norderney gewesen ist.«

»Und dass sie auch von dort wieder abgereist ist«, ergänzt Jarno.

»Das muss nicht sein«, entgegnet Kyra.

»Willst du damit sagen, sie ist noch da?« Ihr Bruder sieht sie spöttisch an.

»Man kann es nicht ausschließen«, kontert Kyra.

»Okay«, sagt Jarno. »Du hast recht. Dann müsste die Insel gründlich durchkämmt werden.«

»Das wird auch bestimmt geschehen«, sagt Hanno Slagter. »Aber ich kann mir nicht vorstellen, dass sie dort noch irgendwo ist.«

»Glaub ich auch nicht.« Kyra nimmt die Teekanne und schenkt sich den letzten Rest ein. »Vor allem, weil Daves Leiche in Dänemark angespült wurde. Ich weiß nicht genau, wie die Strömungen dort verlaufen, aber ich vermute, dass seine Leiche irgendwo vor der Küste im Meer gelandet sein muss.«

»Ich gehe ins Bett«, verkündet Kyras Mutter plötzlich. »Ich habe morgen schon früh eine Klientin und bin todmüde.«

Sie stellt ihre Tasse in die Spülmaschine und wirft den anderen eine Kusshand zu.

»Gute Nacht.«

Eine Stunde später liegt auch Kyra im Bett. Es gab nicht mehr viel zu sagen. Die endlosen Spekulationen ermüden sie. Sie schaut auf die Tüte mit dem Aufkleber. Das erste von ihr sichergestellte Beweismaterial eines echten Falls. Bizarr.

»Als Nächstes möchte ich gerne bei der Mutter des toten jungen Mannes vorbeifahren, den wir in Den Ilp gefunden haben«, sagt Maud.

»Nein«, erwidert Niels schroff. »Es ist halb eins. Das machen wir nicht jetzt, sondern morgen früh.«

»Wir könnten sie wenigstens anrufen«, sträubt sich Maud.

»Kommt gar nicht infrage. Den Leuten geht es so schon schlecht genug. Morgen früh, Maud, dann fahre ich sofort mit dir hin, aber jetzt lassen wir diese Leute in Ruhe. Außerdem halte ich es für klug, auch mal eine Nacht länger als zwei Stunden zu schlafen.«

»Wo wohnt Tommy?«, fragt Maud. »In der Henry Polaklaan, oder?«

»Diese Leute lassen wir auch in Ruhe.« Niels schüttelt den Kopf.

»Ich will nur kurz an dem Haus vorbeifahren«, verteidigt sich Maud. »Reine Intuition.«

Diesmal setzt sie sich selbst ans Steuer und nimmt Kurs auf das Plantagenviertel. Das Haus von Tommys Eltern liegt keine zwei Minuten von der Marinekaserne entfernt. Als sie in die Straße einbiegen, sehen sie schon von Weitem, dass rings um die Eingangstür von Tommys Haus ein Meer von Blumen und Lichtern entstanden ist. Im Schritttempo fährt Maud die Straße entlang und bleibt vor dem Haus des Jungen stehen. Sie steigen aus und betrachten ein paar Minuten lang nachdenklich die Blumen, Kuscheltiere, Bilder und Kerzen.

Maud ist damals zur Beerdigung des Mädchens gegangen. Im Dezember, es war genauso kalt wie jetzt. Die Mutter saß in Haft, ebenso wie der Stiefvater. Die jüngere Tochter wurde von Pflegefamilie zu Pflegefamilie gereicht, weil sich die Behörden nicht darüber einig waren, ob sie zu ihrem leiblichen Vater zurück oder aber von den Großeltern aufgenommen werden sollte. Mit schwerem Herzen hatte Maud der Zeremonie am Grab beigewohnt. Unheilbar, dieses Wort kam ihr an jenem Tag wiederholt in den Sinn. Unheilbares Leid war angerichtet worden, und sie fühlte sich dafür mitverantwortlich.

66

Plötzlich bleiben sie stehen, aber es geschieht nichts.

Tommy liegt auf der rechten Seite, weil die am wenigsten schmerzt. Vielleicht ist es doch besser, sich auf die linke Seite zu legen. Aber dann müsste er sich umdrehen, sich mit den Händen hochdrücken, mit den Ellenbogen, und alles, jeder Millimeter seines Körpers tut ihm weh. Derjenige, der diese Käfige entworfen hat, ist ein Idiot.

Tommys Vater ist kein geschickter Heimwerker, dafür aber der Nachbar. Der kommt manchmal zu ihnen rüber und repariert etwas mit Brettern oder einer Bohrmaschine, und dann funktioniert es wieder, was es vorher ganz lange nicht getan hat. Die Badezimmerlampe zum Beispiel. Sein Vater ist ein Mann, der, anstatt sie zu reparieren, lieber eine Lampe mit Kabel daran auf den Schrank stellt. Die gibt ja auch Licht.

Dies ist ein Käfig, den sich jemand ausgedacht hat, der nicht nachdenkt. Zum Beispiel darüber, wie eine Person sich darin aufhalten soll. Zum Sitzen ist er zu niedrig.

Warum haben sie nicht mal eine dünne Matratze für sie auf den Boden gelegt? Warum besteht der Boden nicht einfach aus Holz, warum muss er den ganzen Tag auf einem Metallgitter liegen?

Oh my God hockt genau unter ihm, und sie macht ihn schier wahnsinnig. *Wihihi* heult sie den lieben langen Tag.

»Halt den Mund«, sagt er, aber er ist heiser, und es kommt nur ein seltsames Flüstern aus seinem Mund.

Scheiße. Ist ja auch egal.

Tommy schaut zur Tür. Der Lkw steht, doch die Ladeklappe geht nicht auf. Warum nicht? Er will den Himmel sehen. Etwas Blaues. Etwas Weißes. Er will frische Luft und die vage Illusion, weglaufen zu können, nach draußen zu können, aus dem Lastwagen hinaus und in die Kälte, unter den blauen Himmel, und dann das Gefühl haben, einfach weitergehen zu können, weggehen, weiter und weiter, ganz weit weg von dieser Scheiße hier.

67

Als Maud nach Hause kommt, ist das Haus dunkel, ebenso wie alle anderen Häuser in der Straße. Das Fahrrad von Roos steht vor der Tür. Gott sei Dank. Egal ob es berechtigt ist oder nicht, sie macht sich immer noch Sorgen um ihre Tochter.

Sie geht ins Wohnzimmer und bleibt vor der Schiebetür zum Garten stehen. Die größte Attraktion ihres Hauses in dem Neubauviertel war der Garten. Ein eigenes Fleckchen Erde. Sie hatte sich einen Kräutergarten und Rosen gewünscht. Eine Terrasse mit einer großen Bank und einem Topf mit Bambus. Eine Überdachung, so, dass man nicht ganz im Schatten saß, sich aber ein gemütliches, geschütztes Eckchen darunter einrichten konnte. Ein kleines Stück Rasen und ein paar Sommer- und Herbstblumen in den Beeten.

Bisher sind jedoch nur die Terrasse und die Eckbank fertig geworden. Ansonsten besteht der Garten noch immer aus dunkler Erde. Sie hat keine Zeit gehabt. Edwin hat die Terrasse angelegt, ihm kann sie nichts vorwerfen. Roos interessiert sich kaum für den Garten.

Aber im nächsten Frühjahr, dann wird sie ein Gartenzentrum plündern und die vierzig Quadratmeter vollständig bepflanzen. Sie holt den Tabak und das Tütchen Gras aus einer der oberen Küchenschubladen, zieht die Schiebetür auf und setzt sich hinaus. Der Himmel ist klar, es ist eiskalt.

Rauchend sitzt sie auf der Bank und träumt von Kletterrosen, Brombeeren, Johannisbeeren, Thymian und Lavendel, Obstbäumen und Steingärten, Wasserfällen und Berggipfeln und weitläufigen Wiesen und vor allem von der Ruhe und Zeit, das alles zu genießen.

Kyra schreckt aus einem Traum auf, an den sie sich nicht richtig erinnern kann. Einen Moment lang versucht sie, sich die verwirrenden Bilder wieder ins Gedächtnis zu rufen, gibt aber schnell auf. Am besten denkt sie nicht zu lange darüber nach. Sie schaut auf die Uhr. Sechs. Sie sollte noch ein wenig schlafen.

Vorsichtig nimmt sie die Tüte mit dem Aufkleber aus Norderney vom Nachtschränkchen und starrt auf den roten Hockeyschläger vor blauem Hintergrund. Weiße Buchstaben, ein bisschen jugendstilmäßig. Vor ein paar Jahren klebten die Dinger überall in der Schule. Bis heute findet man hier und da einen. Es hatte ein großes Fest zu irgendeinem Jubiläum gegeben. Sarina und ihre Mannschaft hatten den ganzen Stadtteil mit Plakaten für den Sponsorenlauf tapeziert, und in der Schule flogen die Aufkleber überall herum, zur Verzweiflung des Hausmeisters.

Erst nachdem der Trainer von Sarinas Mannschaft mit ihren Eltern über die prekäre körperliche Konstitution ihrer Tochter gesprochen und seine Sorge darüber geäußert hatte, hatten sich ihre Eltern eingestanden, dass etwas nicht stimmte.

»Ich werde besonders lecker und gesund kochen«, nahm sich Kyras Mutter in ihrer Naivität vor.

»Ich kenne eine gute Klinik«, sagte der Vater. »Dort werde ich mich mal erkundigen.«

»Auf keinen Fall!«, entgegnete die Mutter energisch. »Wie soll ich erklären, dass meine Tochter in eine Klinik eingewiesen werden muss? Wir werden schon selbst damit fertig.«

Ein paar Monate später machte sie ihrem Mann Vorwürfe, weil es ihm immer noch nicht gelungen war, Sarina in der Klinik unterzubringen.

Also, Sarina gerät an Bord von Daves Jacht in Schwierigkeiten. Oder besser: Sie geraten alle beide in Schwierigkeiten. Dave stirbt. Sarina weiß das. Dennoch geht sie im Hafen ins Café und klebt einen Sticker des Hockeyvereins auf die Tür. Um eine Botschaft zu verbergen und zugleich ein deutliches Zeichen für die Spürnase zu hinterlassen, die sie am besten kennt. Für ihre Schwester.

Das kann nur eines bedeuten: Es ist noch eine andere Person mit an Bord gekommen, und danach ist etwas mit Dave geschehen. Sarina wurde überwacht. Vielleicht ist Dave verunglückt, und weder Sarina noch die andere Person trauten sich, es zu melden. Vielleicht war es ihre Schuld? Vielleicht ist ihre Schwester gar nicht tot, verloren und verschwunden, sondern auf der Flucht, weil sie irgendeine Dummheit gemacht hat?

»Das macht mich alles so traurig.«

»Das verstehe ich, Mama. Aber wir tun alle unser Bestes.«

»Tust du dein Bestes?«

»Und wie.«

»Ich glaube, ich lasse das Frühstück heute ausfallen.«

»Gibt es keinen Speck?«

»Mir geht's nicht so gut. Gibst du dir auch wirklich Mühe?«

»Leg dich noch ein bisschen hin, Mama.«

Mauds Mutter hat bereits aufgelegt. Maud seufzt und schenkt sich noch eine große Tasse Kaffee ein. Ihre Mutter ist immer eine schöne Frau gewesen. Ja, sie ist auch heute noch schön, aber inzwischen sieht man ihr an, dass sie geistig verfällt. Als Mauds Bruder Ton bei einem Unfall mit einem Geisterfahrer ums Leben kam – Geisterfahrer, schon allein dieser Begriff –, war sie unglaublich stark gewesen, aber der Tod ihres Mannes hat sie gebrochen. Da war sie natürlich schon wesentlich älter.

Maud deckt den Frühstückstisch für Edwin und Roos, legt jedem einen Zettel mit *Küsschen!* auf den Teller und macht sich auf den Weg ins Krisenzentrum.

Eine Stunde später ruft Kyra Slagter an und fragt, um welche Uhrzeit sie den Aufkleber vorbeibringen kann. Maud sitzt an ihrem Schreibtisch, blickt hinauf zur Decke der ehemaligen Fabrik und betrachtet den abblätternden Putz. Sie versucht, sich auf ihren aktuellen Fall zu konzentrieren.

»Es eilt nicht«, meint Kyra. »Rufen Sie mich einfach an, wenn Sie Zeit haben, dann machen wir eine Uhrzeit aus. Ich muss gleich zur Uni, aber heute Nachmittag ginge es.«

Kyra muss zur Uni, denkt Maud. Sie studiert jetzt Kriminalistik. Gute Wahl, obwohl die Aussichten, hinterher eine Stelle zu finden, verschwindend gering sind. Bei ihnen fehlt an allen Ecken und Enden Personal, und jedes Jahr verlassen Dutzende gut ausgebildeter, motivierter junger Leute die Uni, aber es gilt Einstellungsstopp. »Niels«, sagt Maud, die auf einmal ein beklemmendes Gefühl verspürt, »sollen wir fahren?«

Zum ersten Mal empfindet sie den eisigen Wind, der gesättigt mit Sauerstoff über den IJ fegt, als belebend. Sie hat das Gefühl, dass etwas passieren, dass sich das Blatt wenden wird. Das muss doch zwangsläufig irgendwann geschehen, wenn so viele Leute so hart an einem Fall arbeiten. Ein paar Stunden Schlaf wirken Wunder, stellt sie fest. Als sie ins Auto steigt, verdrängt sie mit aller Macht den Gedanken, dass sich tatsächlich nichts verändert hat und auch heute wieder zwei bis drei Kinder verschwinden werden.

»Erstaunlich, dass du auf Norderney wirklich etwas gefunden hast«, bemerkt Antoine. Die anderen aus der Arbeitsgruppe sind Kaffee holen oder auf die Toilette gegangen. Währenddessen hat Kyra Antoine und ihrem Dozenten von ihren Aktivitäten auf Norderney berichtet.

»Du willst das Beweismaterial also heute Nachmittag der Kripo übergeben?«, fragt der Dozent. »Hast du es bei dir?«

Kyra nickt.

»Zeig mal«, sagt Antoine neugierig.

Kyra zieht die Tüte mit dem Aufkleber zwischen den Seiten von Michael Stones *Evil* hervor.

»Liest du das?«, fragt der Dozent.

»Ja«, stottert Kyra, die sich ertappt fühlt. Sie will nicht als Streberin gelten. Rasch hält sie die Tüte hoch. »Hier ist er.«

Antoine nimmt die Tüte vorsichtig in die Hand, schaut sich den Sticker an und fragt: »Bist du sicher, dass er von Sarina stammt?«

»Ich habe natürlich keinen konkreten Beweis dafür«, antwortet Kyra matt, »und ich kann ihn nicht selbst untersuchen. Vermutlich sind keine Fingerabdrücke mehr darauf.«

»Im Gegenteil, wahrscheinlich sind hundert Fingerabdrücke drauf«, erwidert der Dozent lakonisch.

»Das meine ich ja«, sagt Kyra. »Aber schaut mal ...« – sie sucht die Fotos auf ihrem Handy – »das sind tatsächlich ihre Initialen, und Daves Name steht da auch nicht zufällig.«

Der Dozent schaut sich das Foto aufmerksam an und streckt dann die Hand nach dem Aufkleber aus. »Darf ich?«

Antoine hält die Tüte ins Licht, damit er besser sehen kann, und sagt: »Ich glaube, da klebt ein Haar dran.«

Kyra sieht ihn mit offenem Mund an. Nein! Das kann sie doch nicht übersehen haben!

»Man kann es kaum erkennen«, meint Antoine. »War sie blond? Ganz hellblond? Heller als du?«

»Ja«, flüstert Kyra.

Antoine reicht die Tüte dem Dozenten, der seine Brille abnimmt und die Rückseite des Stickers durch die Plastikhülle hindurch studiert.

»Du hast recht«, pflichtet er Antoine bei. »Das müsste dann von deiner Schwester stammen, Kyra. Ich gehe davon aus.« Er zeigt auf die Stelle, wo das Haar am Sticker klebt.

»Das hat sie absichtlich getan«, sagt Kyra leise. »Ich kenne Saar. Sie hat mir einen Hinweis hinterlassen.«

»Es wird nicht leicht sein, daraus DNS zu erhalten«, bemerkt der Dozent. »Das würde nur funktionieren, wenn noch eine Haarwurzel daran hinge, und das halte ich für ziemlich unwahrscheinlich.«

»Für mich ist das Haar schon Beweis genug«, erwidert Kyra.

»Und wenn du einen Richter überzeugen müsstest?«, fragt der Dozent, während er Kyra die Tüte zurückgibt und einen Schluck von seinem Kaffee trinkt.

»Rechtsgültige und überzeugende Beweise«, wiederholt Kyra das Thema ihrer Lektionen.

»Mittels einer morphologischen Untersuchung könnte man jedoch zeigen, dass dieses Haar in zahlreichen Punkten identisch mit den Haaren deiner Schwester ist«, erklärt der Dozent. »Wurden vor vier Jahren Haare von Sarina sichergestellt?«

Kyra nickt.

»Man wird die Übereinstimmung vielleicht nicht hundertprozentig nachweisen können, aber doch mit an Sicherheit grenzender Wahrscheinlichkeit. Das hoffe ich, denn das würde ja schon etwas mehr Gewissheit bringen, auch für deine Eltern.«

Er kehrt an seinen Schreibtisch zurück.

»Sollen wir uns auch noch schnell etwas zu trinken holen?«, fragt Antoine.

»Gute Idee«, antwortet Kyra, legt die Tüte mit dem Sticker sorgfältig zurück ins Buch und steckt dieses in ihre Tasche.

»Ich bin doch wirklich zu blöd!«, schimpft sie auf dem Weg zum Kaffeeautomaten. »Wie konnte ich bloß dieses Haar übersehen? In einer Prüfung wäre ich mit Pauken und Trompeten durchgefallen.«

»Glaube ich nicht, schließlich hast du den Aufkleber gefunden. Das nenne ich gute Ermittlungsarbeit! Und deine Intuition hat dich auf die richtige Fährte gesetzt. Also auf jeden Fall ein dickes Befriedigend.«

»Hm«, brummt Kyra. Gegen Antoine kommt man nicht an, wenn er einmal seine Kiste mit den Argumenten geöffnet hat. »Bringst du mir einen Orangensaft mit? Ich könnte ein paar Vitamine gebrauchen.«

»Das mit Ihrem Sohn tut mir sehr leid«, sagt Maud mitfühlend.

»Er ist immer mit den falschen Freunden zusammen gewesen«, erwidert die Mutter des toten jungen Mannes. Sie bittet Maud und Niels, sie Esra zu nennen. Ihr Mann sei bei der Arbeit. Sie stellt ein goldfarbenes Tablett mit kleinen goldverzierten Teetassen und einem Schälchen goldbrauner Kekse auf den niedrigen Tisch vor dem wuchtigen Ledersofa.

»Er war ein lieber Junge«, sagt sie. »Sehr lieb. Und auch klug. Aber sensibel.«

Das Wohnzimmer ist klein, wodurch der beigefarbene Dreisitzer überdimensioniert wirkt. Neben dem weißen Fernsehmöbel steht eine Vitrine voller Kristallfigürchen. Die weiße Wandtapete ist mit cremefarbenen Reliefs verziert. Alles im Haus ist weiß, golden und ordentlich.

»Er hat Sie doch nach seinem Reisepass gefragt«, sagt Maud, und Esra nickt. »Was genau hat er Ihnen über sein Vorhaben erzählt?«

»Oh, ich hatte solche Angst, dass er fliegen würde! Wo es auf der Welt so viele Kriege gibt, vor allem im Osten. Denken Sie nur an dieses Flugzeug in Russland. Einfach schrecklich!«

»Woher wussten Sie, dass er nach Osten wollte?«

»Ich fragte: ›Afrika‹? Aber er sagte Nein. ›Dann vielleicht Amerika?‹ Da musste er lachen und sagte: ›Ich werde nicht fliegen, Mama.‹ Er weiß, dass ich eine Heidenangst davor habe.«

»Es klingt, als hätte er Sie sehr geliebt«, stellt Maud fest.

»Er hat mich immer geneckt!« Die Frau lacht, trotz ihres Kummers. »Er hat mich damit aufgezogen, dass ich so dumm bin. ›So ein großer Container passt doch nicht in ein Flugzeug‹, meinte er und hat den ganzen Abend über mich gelacht.« Sie wischt sich eine Träne von der Wange. »Er hat viel gelacht.«

»Er hat also etwas über einen Container gesagt?« Niels wirft Maud einen raschen Blick zu.

»Ja, das hat er gesagt: ›So ein großer Container passt doch nicht in ein Flugzeug.‹« Sie klingt sehr bestimmt.

»Wann sollte es losgehen?« Maud sieht die Mutter mitfühlend an. Was immer ihr Sohn auch getan hat, worin er auch verwickelt war, er ist ihr Sohn gewesen, und sie wird ihn begraben müssen.

»Das weiß ich nicht.« Die Frau nickt müde. »Möchten Sie noch Tee?«

Maud lächelt sie freundlich an. »Nein, vielen Dank. Hat er gesagt, wie lange er unterwegs sein würde?«

Esra schüttelt den Kopf. »Nicht lange«, antwortet sie, und Tränen treten in ihre Augen. »Er sagte: ›Ich bin schneller zurück, als du glaubst, Mama.‹«

Sie stellen der Frau in dem goldenen Wohnzimmer noch einige Fragen, aber sie scheint ihnen keine relevanten Informationen mehr geben zu können.

»Mein Beileid«, sagt Niels beim Abschied.

Maud schüttelt ihr beide Hände.

»Ich halte Sie auf dem Laufenden«, verspricht sie.

»Ich wage mich nicht raus«, sagt Esra, als sie an der Tür stehen. »Ich werde angepöbelt, wegen meines Sohnes.«

»Wenn wir Ihnen irgendwie behilflich sein können, sagen Sie uns Bescheid.« Maud betrachtet die Frau in dem langen Kleid und steckt ihr ihre Visitenkarte zu. »Rufen Sie mich bitte an.«

Esra nickt und schließt die Tür.

»Ein Container«, sagt Niels. »Das wundert mich nicht, aber neu ist, dass er das ausdrücklich erwähnt hat. Die Kinder bleiben also in dem Container einsperrt, während sie ins Ausland gebracht werden.«

Maud nickt nachdenklich.

»Also kommt nur ein Transport über die Schiene oder die Straße infrage«, schlussfolgert Niels.

»Ich dachte eher an ein Schiff.« Maud öffnet das Auto mit der Fernbedienung.

»Die meisten Container kommen aber über die Schiene oder die Straße nach Europa. Und die Kinder stecken doch jetzt auch in einem Lkw?«

»Sie könnten auch vom Hafen aus mit einem Schiff außer Landes gebracht werden«, erwidert Maud. »Ich glaube nicht, dass die Kinder irgendwo ins nähere Ausland gebracht werden sollen, sondern eher weit weg.«

»Osteuropa ist auch weit«, erwidert Niels.

»Wolltest du etwa als kleiner Junge Lkw-Fahrer werden oder Lokführer?«

»Ja, na ja…« Ihr Kollege klingt gereizt, und Maud wird klar, dass sie ihn unabsichtlich beleidigt hat.

»Ich gebe ein belegtes Brötchen von Van Willes aus«, sagt sie, als sie zurück zum Krisenzentrum fahren.

»Dann will ich aber eines von den großen«, erwidert Niels und grinst. »Ein doppeltes mit Tatar, Ei und Zwiebeln. Und ein süßes Teilchen.«

»Gehst du gleich mit zum Schweigemarsch?«, fragt Antoine.

»Ja«, sagt Kyra, obwohl sie noch keine Sekunde lang darüber nachgedacht hat. Der Schweigemarsch für die vermissten Kinder. Ein Ausdruck der öffentlichen Anteilnahme. Eine Gelegenheit, an Jesse und die anderen zu denken. »Ja, das ist eine gute Idee.«

Sie sitzen in der großen, von grellen Lampen erleuchteten Unimensa. Kyra ist zwar mit Maud verabredet, aber es fällt ihr schwer, sich von Sarinas Aufkleber zu trennen. Es fühlt sich an, als würde sie damit eine Verbindung kappen. Angenommen, er geht bei der Polizei verloren? Oder sie lassen ihn monatelang in einer dunklen Schublade liegen, bis er endlich analysiert wird?

»Ich begleite dich«, bietet ihr Antoine an. »Komm, wir treffen uns vor dem Zooeingang. Dort beginnt der Marsch, weil einer der entführten Jungen ganz in der Nähe wohnt.« Er schaut auf die Uhr. »Du fährst aber jetzt erst noch mal nach Hause, oder?«

Kyra nickt.

»Sagen wir Viertel vor fünf?«

Zu Hause setzt sich Kyra an ihren Computer. Sie will die Fotos von der Toilettentür noch einmal genauer betrachten, um ganz sicherzugehen, dass sie nichts übersehen hat, so wie dieses Haar. Das darf ihr nicht wieder passieren.

Sie vergrößert die Fotos und schiebt sie hin und her. Hunderte Namen, Nachrichten, Zeichnungen und Aufkleber wandern vorüber. Ihr wird schwindlig vom Heranzoomen und Verschieben der Fotos, und sie lehnt sich kurz zurück.

Da, in der Ecke – etwas Helles. Ihr Blick bleibt an einer hellen Schrift hängen, Buchstaben, die nicht aufgekritzelt, sondern eingeritzt sind. Sie geht näher ran, um es besser erkennen zu können. Ein Name. Jerry. Ihr Herz schlägt schneller. Das sieht doch genauso aus wie die Kritzeleien von Sarina! Mist! Schnell öffnet sie das Foto von der Nachricht, die ihre Schwester hinterlassen hat, und vergleicht die Buchstaben. Ja, das »e« ist gleich. »Jerry«, was hat das zu bedeuten? Verdammter Mist! Sie setzt sich aufrecht hin, zoomt das Bild noch näher heran und betrachtet die Stelle genau. Das Wort steht etwas unterhalb des Aufklebers, ungefähr in Kniehöhe.

Ja! Sie vergrößert das Foto so lange, bis sie die Buchstaben entziffern kann. »Hastings«. Ein Nachname? »Jerry Hastings.« Mit angehaltenem Atem starrt sie auf den Bildschirm. Das Blut pocht in den Ohren. Das »a« ist auch gleich. Es ist eine weitere Nachricht von ihrer Schwester, und sie hat sie gefunden! Die nächste halbe Stunde lang untersucht sie die übrigen Kritzeleien auf der Tür, ohne Ergebnis. Sie muss los, sonst kommt sie zu spät zum Schweigemarsch.

Blitzschnell zieht sie sich um und springt auf den Roller, um noch rasch bei Maud Mertens vorbeizufahren. Sie biegt um die Ecke des Restaurants Stork, über dem sich das Krisenzentrum befindet, und stellt den Roller vor der Fabrikhalle ab. Sie fühlt sich von der Handvoll Journalisten angestarrt, die um ihre Kleinbusse herumlungern und auf einen Durchbruch hoffen.

Schnell zieht sie die schwere Tür auf und schlüpft hinein, dann meldet sie sich bei der Sicherheitskontrolle.

»Warum hast du den Aufkleber eigentlich von der Tür abgezogen?«, fragt Maud. »Hast du in der Uni nicht richtig aufgepasst?«

Kyra steht vor dem Kaffeeautomaten und wundert sich über den Umfang der Operation. Wie viele Ermittler hier untergebracht sind! Sie hat den Eindruck, als seien sämtliche Einsatzkräfte der Niederlande in der Fabrikhalle versammelt.

Auf Mauds Frage antwortet Kyra: »Der Sticker hat schon viereinhalb Jahre lang auf der Tür geklebt, und der Wirt hat erzählt, dass das gesamte Inventar vor zwei Jahren von einer Reinigungsfirma gründlich geputzt und desinfiziert wurde. Ich war ehrlich gesagt der Meinung, dass nicht die geringste Spur auf dem Aufkleber zurückgeblieben ist. Also dachte ich mir, ich nehme ihn mit. Ich habe allerdings viele Fotos gemacht. Von der ganzen Tür. Und dabei habe ich noch etwas entdeckt.«

Maud betrachtet den Aufkleber gründlich und nickt. »Was denn?«, fragt sie geistesabwesend.

»Einen Namen«, antwortet Kyra. Warum ist Maud nicht interessierter?

»Einen Namen«, wiederholt Maud und versucht, das Haar auf der Rückseite des Stickers zu erkennen.

»Jerry Hastings«, erwidert Kyra mürrisch. »Es ist dieselbe Schrift wie Sarinas Initialen und Daves Name. Ich bin mir ganz sicher, dass sie das eingeritzt hat.«

Endlich sieht Maud sie an. »Kommt dir der Name bekannt vor?«

»Nein, überhaupt nicht. Ich habe im Internet nachgesehen, aber schon allein auf LinkedIn gibt es eine ganze Reihe von Männern mit diesem Namen. Aber Sarina hat ihn garantiert nicht umsonst in die Tür geritzt.«

»Sehr gut, Kyra«, lobt Maud.

»Er stand praktisch genau neben dem Aufkleber«, fährt Kyra fort. »Schräg darunter. Ich verstehe nicht, dass er mir nicht schon vorher aufgefallen ist.«

»Manchmal ist man einfach nicht fokussiert genug«, erklärt Maud. »Dann schaut man dorthin, wo alle hinsehen, und es entgeht einem ein wichtiges Detail.«

»Und jetzt?«, fragt Kyra.

»Jetzt schicke ich das Material zur Untersuchung ins Labor.«

»Können Sie ungefähr sagen …«

»Wie lange es dauern wird?«, ergänzt Maud. »Bestimmt mehrere Monate. Ich weiß nicht genau, wie lang die Wartezeit momentan ist.«

»Ich verstehe.« Kyra wirft noch einen letzten Blick auf den Sticker, als sei er ein guter Freund, von dem sie sich verabschieden muss. Maud Mertens sieht müde aus, und Kyra spürt, wie gehetzt sie ist und was für eine nervöse Energie die Halle erfüllt. Sehnsüchtig blickt sie sich um. Wenn sie doch nur etwas tun könnte!

»Ich fahre jetzt nach Hause«, sagt sie. »Ich nehme gleich am Schweigemarsch teil.«

»Gut so«, sagt Maud Mertens. »Wenn dieser Fall abgeschlossen ist, unterhalten wir uns noch mal in Ruhe, Kyra. Einverstanden?«

Kyra nickt und hebt die Hand.

»Viel Erfolg«, sagt sie, aber Maud ist schon verschwunden.

»Die Mutter des jungen Mannes, den wir tot auf dem Bauernhof gefunden haben, ist sich sicher, dass er von einem Container gesprochen hat. Er hat zum Scherz gesagt, dass ein Container nicht mit einem Flugzeug transportiert würde.«

Als Maud ihr Team brieft, fällt ihr auf, wie blass und müde

alle aussehen. John hat ganz kleine Augen, und die Ränder darunter haben eine seltsam bräunliche Farbe. Sogar Myrna, die Jüngste in der Gruppe, muss ein Gähnen unterdrücken.

»Natürlich wussten wir schon, dass sie in einem Lkw transportiert werden, wegen der Reifenspuren in Den Ilp«, fährt Maud fort. »Und auch von Fenne Zwiers.«

Durch das Fenster hinter ihrem Ermittlungsteam sieht Maud, wie dunkelgraue Wolken heraufziehen und sich die ersten nassen Schneeflocken ans Fenster heften. Gleich wird sich der Schweigemarsch in Bewegung setzen. Er beginnt an Tommys Haus und verläuft anschließend über die Prins Hendrikkade hinter dem Bahnhof entlang und über speziell eingerichtete Pontonbrücken nach Amsterdam-Noord, zum Haus von Jesse. Natürlich erfordert das wiederum zahlreiche Einsatzkräfte, und wieder sind viele Kinder unterwegs, die geschützt werden müssen. Aber es bleibt eine schöne Geste.

»Am wichtigsten ist jetzt, dass Jolanda uns die Auswertung der Kameraaufnahmen bringt und wir nochmals die Aussagen der Eltern und der anderen Kinder durchgehen, um Hinweise auf Personen zu finden, die die Familien möglicherweise beschattet haben. Ich bekomme gleich noch ein Update darüber, wie weit die Kollegen mit der Untersuchung der Finanztransaktionen sind.«

Maud schaut hinaus zu den dunklen Wolken. Die bedrohliche Masse schiebt sich langsam über die Stadt.

»Wie spät ist es?«, fragt sie plötzlich.

»Drei Uhr«, antwortet Thomas.

»Ist heute ein weiteres Kind entführt worden?«

Alle schütteln erstaunt die Köpfe.

»Ist das ein gutes oder ein schlechtes Zeichen?«, fragt Maud nachdenklich.

»Maud!« Jolanda kommt mit leuchtenden Augen und knallroten, wie aufgemalten Flecken auf den Wangen hereingestürmt. Alle springen auf.

»Wir haben etwas!«, ruft sie. »Die Bilder werden in diesem Moment an Tijssen und dich weitergeleitet.«

»Raus damit!«, drängt Niels.

Jolanda zieht den Mantel aus, wirft ihn über einen Stuhl und geht zu Maud ans Kopfende des Tisches.

»Die Kollegen haben die Aufnahmen sämtlicher Tankstellen ausgewertet, und an dem Tag, an dem Fenne und Jason verschwunden sind, hat ein Lkw mit einem großen Auflieger bei Shell an der A4 in Richtung Süden getankt. Begleitet wurde er von zwei Pkws – einem Golf und einem Peugeot –, deren Fahrer erst miteinander und dann auch mit dem Fahrer des Lkws geredet haben. Sie sind alle zusammen reingegangen, aber nur einer der Männer hat die Rechnungen bezahlt. Als du darum gebeten hattest, Maud, waren die Kollegen schon dabei, das Material der Tankstellen zu sichten.«

John stößt einen Pfiff aus.

»Dieselben Fahrzeuge«, fährt Jolanda fort, »sind am Samstag an einer Tankstelle in der Nähe von Rotterdam gefilmt worden, und auch auf diesen Aufnahmen unterhalten sich die Fahrer. Einer der Männer ist auffallend hochgewachsen, schwarz gekleidet und trägt eine Sonnenbrille.«

»Kennzeichen?«, fragt Maud.

»Wird alles gerade überprüft, und auch, ob sie noch anderswo gesehen wurden. Die Kollegen checken alles, EC- und Kreditkarten, Rechnungen, Nummernschilder.« Aufgeregt blickt sie in die Runde und seufzt: »Endlich haben wir etwas in der Hand!«

Tijssen kommt herein.

»Wir haben eine Spur!«, verkündet er. »Der Container hinten

auf dem Lkw trägt eine Nummer, und diese Nummer taucht bei einem Bahntransport auf. Die geplante Route ist offenbar Rotterdam, Brüssel, Paris, Marseille.«

68

Sie stehen schon seit einer ganzen Weile still. Niemand kommt, um sie auf die Toilette gehen zu lassen oder ihnen etwas zu essen zu geben.

Tommy ist eingeschlafen. Weil die Tür schon so lange nicht geöffnet wurde, hat er keine Ahnung, wie spät es ist. Er sehnt sich nach Tageslicht anstatt der schwachen LED-Lämpchen.

Jason und Tim sprechen schon wieder übers Essen.

Leonie jammert immer noch vor sich hin.

Auch der Junge, der zuletzt hereingebracht wurde, Lucas Zinkstal, weint die ganze Zeit, aber er versucht, es so leise zu tun, dass ihn niemand hört.

»Tom«, sagt Kat. Er dreht ihr das Gesicht zu. Da ist sie wieder. Schön, lustig, tapfer und wütend.

»Tommy«, wiederholt sie.

Er weiß nicht, ob er sich noch bewegen kann. Er ist wie erstarrt. Ein Wunder, dass er noch mit den Augen blinzeln kann.

»Hältst du durch?«

Kat ist ganz in seiner Nähe. Alle sind in seiner Nähe. Die Welt ist geschrumpft. Das Universum ist geschrumpft, und alles passt in diesen Raum. In jenen Raum, der die ganze Zeit gebrummt, geholpert und sich bewegt hat und jetzt auf einmal still ist.

Das Weltall ist elastisch. Erst wird es ganz weit gedehnt, weiter und immer weiter, so weit, dass es nicht mehr weitergeht, ohne zu zerreißen, und dann – kurz vor dem Moment, in dem man denkt: Jetzt höre ich ein »Peng«, genau in diesem einen Moment, in dem es im Grunde keine Bewegung mehr gibt, weder vor noch zurück, in diesem Moment zieht es sich wieder zurück, dorthin zurück, wo alles hergekommen ist. Punkt.

»Tommy?«

Er blinzelt mit den Augen.

Sind wir da?, will er fragen. Sie stehen still. Das Brummen ist verstummt.

Sind wir da?

69

Auf der Schiene – Niels hatte also doch recht. Die Schiene, die Straße, das Wasser. Mehr Möglichkeiten gibt es nicht, es sei denn, die Entführer hätten ein Privatflugzeug gechartert, aber dann müssten sie die Kinder verdeckt an Bord bringen, und das wäre gar nicht so einfach. Jetzt, da die ganzen Niederlande in Alarmbereitschaft sind.

Bleibt also alles übrig, was rollt und auf dem Wasser schwimmt. Die Bahn ist keine schlechte Idee. Die Niederländer transportieren jährlich an die 14 Millionen Container über Schienen, hat sie heute Nachmittag im Netz recherchiert. Die kann man unmöglich alle kontrollieren.

Also, man sperrt die Kinder in einen Container, jedes in seinen eigenen Käfig, sodass sie sich leicht kontrollieren lassen. Man fährt herum, um sie aufzulesen, und dann stellt man sie inklusive Container auf einen Waggon. Entsetzlich. Skrupellos.

Oder haben sie inzwischen alle einen Tunnelblick? Gibt es noch andere Möglichkeiten? Vergessen sie etwas? Werden die Kinder am Ende doch auf eine andere Art und Weise abtransportiert?

Auf der Straße wird es für die Entführer immer schwieriger werden, denn schon bald werden die Beschreibung des Lkws und das Kennzeichen zur Fahndung freigegeben. Da müsste man schon sehr ausgefuchst sein, um ungehindert über die Grenze zu kommen.

Per Schiff. Auf einem Binnenfrachter? Das wäre kompliziert. Ich würde sie im Hafen verladen und hinaus auf See bringen, denkt Maud. Dort ist man freier und hat mehr Möglichkeiten. Aber mein Gott, der Riesenhafen von Rotterdam … Wie zum Teufel soll man da einen Container finden? Oder ein paar gut versteckte Kinder? Gijs hat dort gearbeitet und sich in den ersten Wochen mehrmals verlaufen. Sie hatte ihn kennengelernt, als er noch im Büro arbeitete. Ein paar Monate später kündigte er und fand über seinen besten Freund einen Job im Hafen. Er wolle mit den Händen arbeiten, sagte er, nicht mit dem Kopf. Dafür sind wir nicht gemacht, flüsterte er ihr über einem Glas Bier zu, nur zum Denken, wir müssen etwas mit unseren Händen tun. Unglaublich, wie beeindruckt sie damals von ihm war. Während sie mit ihrer blauen Uniform ganz und gar in ein Netz von Vorschriften und Gesetzen eingebunden war, bewegte er sich frei durchs Leben. Seine Arbeitszeiten waren so ungefähr das Einzige, woran er sich hielt. Die Arbeit im Hafen gefiel ihm. Eine selbst gedrehte Zigarette im Mundwinkel, seinen gelben Helm auf dem Kopf, arbeitete er im Güterumschlag. Er erzählte seinen Kollegen Witze, die sie nicht verstanden, aber trotzdem arbeiteten sie gern mit ihm zusammen. Auf Gijs war Verlass. Sie selbst faszinierte vor allem sein göttlicher Körper, diese Lässigkeit, die Romantik der Freiheit. Die Kehrseite erkannte sie erst nach Roos' Geburt.

Maud greift zu ihrem Handy und sucht nach Adils Nummer. Ob sie noch stimmt? Wird sich die vertraute Stimme melden? Adil hatte Gijs den Job im Hafen besorgt. Und ihn heftig kritisiert, als er Maud und Roos Hals über Kopf verließ. Wie lange das schon her ist!

»Hallo, Adil.«

»Maud! Wie geht es dir? Und wie geht es Roos?«

Maud schließt kurz die Augen, weil die Erinnerung an jene Zeit, in der sie sorglos glücklich gewesen ist – mit Gijs, ihrer Tochter und dem ganzen neuen Leben –, zu sehr schmerzt.

»Es geht uns gut, Adil. Wie schön, deine Stimme zu hören!«

Sie erkundigt sich nach ihm und seiner Familie, aber schon bald fragt Adil, warum sie ihn angerufen hat. Er ist nicht dumm. Das ist er nie gewesen.

»Angenommen«, beginnt sie, »ich will einen Container aus dem Hafen schmuggeln. Wie stelle ich das an?«

Adil schweigt.

»Du bist immer noch bei der Polizei, oder?«, fragt er.

»Ja. Kripo Amsterdam.«

»Und was ist in dem Container? Irgendwelche … Waren, meinst du das?«

»Lebendfracht«, erwidert Maud. »Äh … etwas Lebendiges.«

»Dazu müsste der Container speziell ausgerüstet sein«, meint Adil. »Und speziell transportiert werden.«

Wieder überlegt er einen Moment.

»Wenn der Transport ordnungsgemäß durchgeführt wird und der Container geschickt ausgestattet wurde, ich meine so, dass nicht auffällt, was drin ist, könnte es klappen. Wenn man allerdings zufällig kontrolliert wird – das geht hier stichprobenartig –, ist es schwer, äh … Lebendfracht verborgen zu halten. Denn ich nehme an, die macht Geräusche.«

Es sei denn, sie ist betäubt, es sei denn, der Raum ist schalldicht verkleidet, es sei denn …

»Ja«, sagt sie. »Gehen wir mal davon aus.«

»Man wird wahrscheinlich versuchen, eine Kontrolle zu vermeiden.«

»Genau.«

»Okay.«

»Ich habe eine Nummer für dich«, sagt Maud. »Eine Containernummer. Könntest du sie kontrollieren?« Sie gibt ihm die Nummer durch.

»Ich kann es versuchen«, sagt Adil. »Aber warum rufst du mich an? Warum versuchst du es nicht über den offiziellen Weg?«

»Weil meine Kollegen in eine andere Richtung recherchieren. Ehrlich gesagt, weiß ich es nicht, Adil. Ich probiere eine Seitentür aus.«

»Man weiß nie«, sagt er. »Das hast du schon damals immer gesagt.«

»Das ist es. Ich will mich absichern.«

»Ich rufe dich zurück. Ich check das mal und melde mich bei dir. Es eilt, richtig?«

Sie lacht.

»Dachte ich mir schon«, erwidert die vertraute Stimme.

Kyra holt schnell noch Lot bei den Nachbarinnen ab.

»Ich habe nur wenig Zeit«, begrüßt sie die alten Damen. »Ich möchte am Schweigemarsch teilnehmen, deswegen drehe ich heute nur eine kleine Runde.«

Der Hund schaut sie schwanzwedelnd an.

»Wir gehen auch zum Schweigemarsch«, entgegnet Mina.

Kyra ist erstaunt. »Aber es ist ein ganzes Stück zu laufen, von der Innenstadt bis zurück nach Amsterdam-Noord.«

»Wenn wir nicht mehr können, nehmen wir einfach ein Taxi«, beruhigt sie Ella. »Geh du jetzt mal mit dem Hund, dann ziehen wir uns in der Zwischenzeit um.«

Kyra geht mit Lot auf direktem Weg nach Hause und klingelt. Ihre Mutter öffnet.

»Kannst du mir dein Auto leihen?«, fragt Kyra. »Die alten Damen möchten mit zum Schweigemarsch, dann ist es besser, wenn wir mit dem Auto fahren.«

Kyra sieht ihre Mutter an und beschließt, den Namen Jerry Hastings noch nicht zu erwähnen. Schließlich hat ihre Mutter auch nicht immer mit offenen Karten gespielt. Kyra fühlt sich noch immer schuldig, weil sie Maud nichts von Sarinas Tagebuch erzählt hat. Geheimnisse bringen nichts als Ärger.

»Und wie bekomme ich dann das Auto wieder zurück?«, fragt Kyras Mutter.»Weißt du was, ich fahre euch«, schlägt sie plötzlich vor. »Ich gehe ein Stück mit und fahre dann wieder nach Hause. Wenn es für die Damen zu weit wird, kann ich sie unterwegs auflesen.«

»Das wäre toll, danke dir.« Damit hat Kyra nicht gerechnet. Ursprünglich wollte sie mit dem Fahrrad fahren und sich am Zoo mit Antoine treffen, und jetzt sind sie auf einmal zu fünft.

»Ich drehe schnell eine Runde mit Lot«, sagt sie. »Bin gleich zurück.«

»Wir fahren nach Rotterdam«, informiert Tijssen Maud und Niels. »Ich habe keinen Platz mehr im Auto, aber ich möchte, dass ihr mitkommt.«

»In Ordnung«, sagt Maud. »Wir fahren dir hinterher.«

»Ich lasse die Adresse an euch weiterleiten«, erwidert Tijssen, dreht sich um und macht sich auf den Weg.

Niels nimmt seinen Mantel.

Maud betrachtet die Informationstafeln. Auf den Fotos sieht sie lauter fröhliche Kindergesichter. Genau wie das Mädchen auf dem Foto, das durch die Presse ging. Den Kopf ein wenig schräg geneigt, hoher Pferdeschwanz, schüchternes Lächeln.

»Warte einen Augenblick«, bittet Maud. »Ich möchte noch

schnell etwas überprüfen. Ich muss sichergehen, dass ich nichts übersehen habe.«

So viele blaue Flecken hat sie nun auch wieder nicht.

Eine Puppe im Hundekäfig. Sie nimmt sie wahr, reagiert aber nicht, hält sie für Hundespielzeug.

Niels schaut sie fragend an.

»Jolanda«, sagt Maud. »Hast du die Bilder des Lkws für mich? Von beiden Tagen bitte.«

Sie muss sicher sein. Details. Details sind alles.

»Ja, ich habe sie schon hier«, antwortet die Kollegin. Maud schiebt ihren Bildschirm neben den von Jolanda.

»Öffne bitte auf jedem Schirm ein Bild«, sagt sie. Niels stellt sich neben sie, und auch die anderen Teammitglieder kommen zusammen, um auf die Bildschirme zu schauen.

»Was hast du vor?«, fragt John.

Jolanda öffnet ein Foto auf ihrem Monitor und loggt sich in Mauds Computer ein.

»Ich muss einfach sichergehen, dass wir auch wirklich nichts übersehen haben«, erklärt Maud. Sie denkt an Kyra, die das Haar auf dem Aufkleber nicht entdeckt hat und beinahe auch Sarinas zweite Nachricht übersehen hätte. Jerry Hastings. Dieser Name stand praktisch genau neben dem Aufkleber, und dennoch hat sie ihn zunächst nicht wahrgenommen.

»So«, sagt Jolanda. »Hier sind sie.«

Auf jedem Bildschirm ist ein Lkw zu sehen, schräg von der Seite fotografiert.

»Zoom mal auf die Container-Nummern.«

Jolanda vergrößert das Bild auf ihrem Monitor, bis die Nummer in undeutlichen Ziffern und Lettern zu sehen ist.

»SORA453356 – 8«, liest Jolanda vor. »Den Code haben wir doch schon.«

»Und jetzt den daneben«, bestimmt Maud.

Jolanda vergrößert den Code auf dem anderen Foto.

»SORA453856 – 8«, liest sie. Die Acht neben der Drei ist ein wenig undeutlich.

»Verdammte Scheiße!«, stößt John hervor. »Miese Schweine!«

»Los, wir fahren«, sagt Maud und winkt Niels. »Ich rufe euch gleich an«, verspricht sie ihrem Team, und sie sind verschwunden, bevor jemand etwas dagegen einwenden kann.

Kyra fährt am Hortus Botanicus vorbei und biegt links zum Zoo ab. Sie sind rechtzeitig losgefahren, aber die Straßen sind überfüllt, und vor dem Zoo-Parkplatz hat sich eine lange Schlange gebildet. Kyras Mutter und die Nachbarinnen steigen aus und machen sich auf den Weg in Richtung Tommys Haus. Kaum ist Kyra durch den Schlagbaum gefahren, wird der Parkplatz abgesperrt: alles belegt. Sie marschiert zu ihrem Treffpunkt mit Antoine, gerät in einen Strom von Fußgängern und sieht zahlreiche Autos auf der Suche nach einem Parkplatz ihre Runden drehen.

»Kyra!« Antoine steht bei den Kassen des Zoos, genau gegenüber der Straße, wo sich die Teilnehmer des Schweigemarsches versammeln.

»Meine Mutter ist auch mitgekommen«, erzählt Kyra. »Und unsere drei Nachbarinnen. Wir haben uns da hinten verabredet.« Sie deutet auf die überfüllte Straße.

»Okay.« Antoine zieht die Nase kraus. Er ist Weltmeister im Grimassenschneiden und ein richtiger Komiker; ein knapp zwei Meter großer Ryan Gosling mit einem Schuss Mister Bean. Oder umgekehrt.

»Gehen wir«, sagt er und bahnt sich lächelnd und unter Entschuldigungen einen Weg durch die Menge. Kyra schwimmt in seinem Kielwasser.

»Unsere Nachbarinnen sind schon etwas älter«, erklärt Kyra. »Genau genommen schon sehr betagt, klein und verhutzelt. Meine Mutter ist blond und wie aus dem Ei gepellt, Make-up, goldene Ohrringe und so weiter. Auch nicht besonders groß.«

Antoine reckt sich und versucht, über die Menschenmenge hinwegzublicken. »Ich suche also Dolly Parton und ihre drei Mütter?«

Sie drängen sich nach vorn. Die Menschen haben sich um Tommys Haus versammelt. Gerührt betrachtet Kyra die Blumen und Kuscheltiere, die im Vorgarten und auf der Straße liegen. Jemand hat eine Glasplatte mit einem Fußball spielenden Kind bemalt und rechts und links davon brennende Kerzen aufgestellt.

Die Tür des Hauses wird geöffnet, und es erscheinen zwei junge Mädchen mit einem großen Karton Tragekerzen, Teelichter in Haltern auf einem Stock.

»In zehn Minuten geht es los«, verkünden die Mädchen, während sie die Kerzen austeilen. Kyra nimmt auch eine. »Ihr könnt sie gleich anzünden.« Von beiden Seiten strömen Menschen in die Straße, und Kyra ahnt, dass sich auch in den umliegenden Straßen eine große Menschenmenge versammelt hat.

»Kyra!« Ihre Mutter winkt. Sie steht in der Nähe des Vorgartens und kommt mit Ella, Mina und Nine auf sie zu.

»Wirklich beeindruckend«, bemerkt Kyra. »Die vielen Menschen, die Blumen …«

Sie stellt Antoine den Damen vor, und gemeinsam warten sie darauf, dass sich der Marsch in Bewegung setzt.

Wo steht ihr?, schreibt Kyra ihrer WhatsApp-Gruppe mit Sophie, Chantal und Luna.

Am Zoo, schreibt Sophie zurück. *Kommen nicht weiter, zu viel los*. Ein paar Minuten später öffnet sich die Haustür erneut, und

Kyra hält den Atem an, als Tommys Eltern, ihre kleine Tochter, die Eltern von Jesse und eine Reihe anderer Eltern und Kinder ganz in Weiß gekleidet heraustreten. Auch sie tragen brennende Kerzen. Tommys Mutter hat einen Schal von Tommys Fußballverein umgelegt. Einige Leute fangen an zu weinen. Es ist ungewöhnlich still in der Straße und die Ruhe voller Ehrfurcht, als schließlich die Eltern von Ab van Dongen herauskommen. Die Frau ist klein und zart, der Mann groß und blond.

Kyra schluckt. An dem Marsch teilzunehmen und stellvertretend für die anderen Eltern auf die Rückkehr der Kinder hoffen, während man weiß, dass das eigene Kind nie mehr zurückkommt – das muss unfassbar schwer sein.

Die Menschen zünden ihre Kerzen und Laternen an. Viele haben eigene Kerzen mitgebracht, und die Feuerzeuge wandern von Hand zu Hand bis ans Ende der Prozession. Die Leute weichen auseinander und bilden ein Ehrenspalier für die Eltern, die dem Zug vorangehen. Kyra, ihre Mutter, die alten Damen und Antoine schließen sich an.

Niemand sagt ein Wort, und es ist nichts zu hören außer raschelnder Kleidung und Schritten in der schmalen Straße. Als sie die Ecke der Anne Frankstraat erreichen, schiebt ein Bewohner der neuen Mietshäuser sein Fenster hoch, stellt einen Lautsprecher auf die Fensterbank und spielt *Tears in Heaven* von Eric Clapton. Kyra sieht, dass ihre Mutter weint, und legt den Arm um sie.

An der nächsten Ecke, bei der Feuerwehrkaserne, bilden die Feuerwehrleute in Uniform eine Gasse entlang des Weges; die Fahrzeuge haben sie herausgefahren. Kyra hat in der Zeitung gelesen, dass einer der entführten Jungen Feuerwehrmann werden möchte.

Sie folgen dem Ufer des Flusses, und überall, wo sie hinkommen, wartet bereits eine Schar von Leuten und schließt sich dem

Ende des Zuges an. Kyra kann nicht mehr ausmachen, wie lang die Prozession inzwischen ist.

»Geht es noch?«, fragt sie die Nachbarinnen. »Gehen wir euch nicht zu schnell?«

Mina lächelt »Noch geht es ganz gut.«

Eigentlich wollte Kyras Mutter schon nach einer kurzen Strecke umkehren und das Auto holen, aber jetzt liegt ein verbissener Zug um ihren Mund, und Kyra traut sich nicht, sie zu fragen, wann sie umdrehen will. Schweigend gehen sie weiter.

»Adil?« Maud sitzt auf dem Beifahrersitz, damit sie telefonieren kann. Niels fährt in hohem Tempo über die Autobahn in Richtung Rotterdam.

»Die Nummer, die du mir gegeben hast, habe ich nicht gefunden«, sagt Adil. »Dieser Container befindet sich nicht hier im Hafen.«

»Das weiß ich inzwischen. Ich habe eine andere Nummer für dich.« Sie liest sie vor.

»War die erste falsch?«, fragt Adil.

»So ähnlich.«

»Es ist sicher wichtig?«

»Sonst würde ich dich nicht behelligen.«

Es bleibt einen Moment still.

»Ich verstehe«, sagt Adil. »Ich gehe dann noch mal ins System. Es dauert einen Moment. Ich rufe dich gleich zurück.«

»Solltest du nicht Tijssen anrufen?«, fragt Niels.

»Sofort«, antwortet Maud, ruft den Chef an und erklärt die Lage.

»Zwei verschiedene Nummern?«, fragt er. »Bist du sicher?«

»Ja.«

»Das klingt sehr unwahrscheinlich, Maud. Wir sollten das

noch einmal nachprüfen. Inzwischen sind schon Kollegen vor Ort. Sie haben den Container gefunden. Ich habe ein Foto gesehen, und es ist genau der Container, der auf dem Lkw stand. Der Zug wird jetzt aufgehalten. Das SEK ist fast da.«

»Ich lasse die Nummern noch einmal kontrollieren«, verspricht Maud. »Aber ich …«

»Ruf mich an, sobald du mehr weißt«, unterbricht sie Tijssen. »Ich bin jetzt gleich da.«

»Ich finde, wir sollten einfach zu Tijssen und den anderen fahren«, meint Niels.

»Nein«, erwidert Maud nur. »Ich sag dir, wo du hinmusst. Ich kenne den Weg.«

Sie hat Gijs damals regelmäßig morgens zur Arbeit im Hafen gefahren: zum Waalhaven, dem Delftshaven, dem Vondelingenhaven, je nachdem, wo er gebraucht wurde. Abends holte sie ihn in der Kneipe wieder ab. Sie lächelt verbittert bei der Erinnerung an die langen Abende mit Gijs.

Schweigend fahren sie weiter, und Maud erschrickt, als ihr Handy klingelt. Sie meldet sich.

»Maud«, sagt Joris Verstraten. »Kannst du bestätigen, dass es Verdächtige gibt? Dass ein Einsatz im Gange ist?«

»Tut mir leid, Joris, du weißt, dass ich dir nicht helfen kann. Ruf den Pressesprecher an.«

»Der sagt nie etwas, Maud. Du hast doch nicht vergessen, dass ich dir beim letzten Mal geholfen habe?«

»Nein, Joris, das habe ich nicht vergessen. Wirklich nicht. Ich bin gerade unterwegs. Sobald ich etwas weiß und sagen darf, rufe ich dich an, okay? Du erfährst es aus erster Hand.«

70

Die Türen werden geöffnet, und die Außenwelt dringt eiskalt und grellweiß herein.

Päng!

Die Helligkeit ist Tommy nicht mehr gewöhnt.

Zwei Männer stehen vor der Tür des Lkws, zwei andere öffnen alle Käfige.

Ist das das Ende?

Die ganze Zeit über hat sich Tommy verboten, darüber nachzudenken, was wohl geschieht, wenn sie angekommen sind. Jetzt sind sie da, und es wird geschehen.

Das, worüber er nicht nachdenken darf.

Er will es nicht.

Es wäre besser, hier im Käfig zu bleiben, denn hier weiß er zumindest, wie es ist. Wo werden sie hingebracht?

Der Mann zerrt an seinem Knöchel. So fest, dass Widerstand zwecklos ist. Er rutscht aus dem Käfig, wird trotz seiner blauen Flecken so erbarmungslos herausgezogen, dass er heftig über die scharfen Metallkanten schrammt. Er fällt wie ein neugeborenes Baby in die Arme eines der Mistkerle.

Nein, er will das nicht!

Er will lieber drinbleiben.

Die Luft ist so entsetzlich kalt und enthält so viel Sauerstoff, dass er plötzlich hellwach wird und nach Luft schnappt.

Und was jetzt?

Tommy steht auf beiden Beinen. Er schwankt hin und her, aber er soll laufen. Er stakst wie ein Fohlen. Seine Beine erscheinen ihm zwei Meter lang und einen Zentimeter dünn. *Du schaffst das!*, sagt er sich.

Der Mistkerl versetzt ihm einen Stoß, und er fällt fast vornüber. Gerade rechtzeitig fängt er sich und stolpert weiter bis zum Rand der Ladefläche.

Soll er hinausgehen? Soll er ihren Befehlen gehorchen?

In der Schule hat er einen Film über Treblinka gesehen und über die Leute, die dort mit dem Zug ankamen. Sie waren auf engstem Raum zusammengepfercht, für lange Zeit, und wussten nicht, wo sie hingebracht wurden, ahnten nicht, was sie erwartete. Dann geht plötzlich die Tür auf, und man muss raus. Man sehnt sich danach, endlich rauszukommen, denn draußen ist es früher immer schön gewesen. Man konnte Atem schöpfen, Fußball spielen und alles Mögliche machen. Doch jetzt muss man dorthin laufen, wohin sie wollen, man wird gezwungen, aber man will nicht, denn was erwartet einen am Ende?

Wieder erhält Tommy einen schmerzlichen Rippenstoß und schnappt nach Luft.

Los!

Weiterlaufen!

Er steht auf festem Boden. Er sollte sich jetzt umsehen und feststellen, wo er ist, aber sieht nur Himmel. Grau in Grau. Schneeflocken rieseln herab.

He, Knecht Ruprecht, alter Gesell, hebe die Beine und spute dich schnell! Er hatte früher ein Buch mit Sinterklaasliedern, auf dem vorne ein verschneites Hausdach und der Sinterklaas in rotem Mantel auf einem weißen Pferd abgebildet waren.

Tommy steht mit dem Gesicht zum Himmel da, spürt, wie

die kalten Schneeflocken ganz weich auf seinen Wangen landen und seine Stirn küssen, und dann spürt er plötzlich wieder den flammenden Schmerz in der Seite.

Weiter!

71

Hinter dem Hauptbahnhof liegen zwei Fähren bereit, um auf die andere Seite des Flusses überzusetzen. Als die Fähre ablegt, auf der sich Kyra befindet, sieht sie, dass die Menge inzwischen derart angewachsen ist, dass die Fähren wahrscheinlich eine ganze Weile hin- und herfahren müssen. Draußen auf dem Wasser weht ein eiskalter Wind.

Auf dem IJ liegen Boote und Schiffe, deren Lichter sich im dunklen Flusswasser widerspiegeln. Vor dem Laternenpfahl, an dem nur wenige Monate zuvor die Leiche ihres Lehrers Marc Gaullier hing, liegt ein langes Plattschiff. Eine Gruppe dick eingepackter Menschen steht darauf, zündet Schwimmkerzen in Form von Seerosen an, setzt sie aufs Wasser, und sie bilden ihren eigenen schweigenden Zug.

Als sie das andere Ufer erreichen, entfernen sich Kyra, Antoine und die Frauen ein Stück von den anderen und blicken auf das Wasser, die Kerzen und die Menschenmasse an beiden Ufern des Flusses. Kyra steckt den Stock ihres Teelichts zwischen die Bodenplatten am Laternenpfahl, an dem Marc gefunden wurde, und denkt an jenen nebligen Morgen im Mai zurück, der sich als Vorbote für Abscheulichkeiten erweisen sollte, die sie sich in ihren kühnsten Fantasien nicht hätte ausmalen können. Sie kann hier nicht der Kinder gedenken, ohne auch Marc zu ehren.

Obwohl nach seinem Tod die Diskussion über seine Aktporträts der etwas zu jungen Mädchen wieder aufflammte und auch die Polizei lange Zeit dachte, dass sein Tod etwas mit seinem Werk zu tun hätte, stellte sich später heraus, dass der Mord an ihm der Racheakt eines von Hass zerfressenen Mannes gewesen war. Eines Mannes, der die Geschäftspartner, die ihm übel mitgespielt hatten, einen nach dem anderen auf spektakuläre Weise umbringen wollte.

Nach der Verhaftung von Jeroen van Vliet stritt man darüber, ob seine Motive wirklich glaubwürdig waren oder lediglich eine von seinem Rechtsanwalt empfohlene Verteidigungsstrategie. Rache, so hieß es, könne doch nie und nimmer das Motiv für derart grausame Verbrechen sein.

Fasziniert von diesem Argument, hatte Kyra in einschlägigen Büchern recherchiert. Wut, Rache, Groll, Neid, Frustration – das waren sehr häufige Motive. Im Mai, ungefähr um dieselbe Zeit, als van Vliet seine abscheulichen Taten verübte, tötete der zweiundzwanzigjährige Elliot Rodger in den USA aus Wut sechs Menschen, verletzte weitere dreizehn und erschoss sich am Ende selbst. Er hatte eine Wut auf Frauen, weil keine etwas von ihm wollte, und hasste sexuell aktive Männer aus Neid und Eifersucht. Kurz vor seiner Tat stellte er einen Film über seine Motive auf YouTube und verschickte ein Manuskript über sein Leben und seine Motive an Freunde und Bekannte.

Dennoch erschien es seltsam, was mit Marc Gaullier geschehen war. Auch Kyra hatte eine Weile lang gedacht, sein Tod hätte etwas damit zu tun, dass er mit Schülerinnen geflirtet hatte. Später musste sie Sophie, Chantal und Luna um Verzeihung bitten, weil sie zu voreilig in ihrem Urteil gewesen war. Was Marc getan hatte, hatte vielleicht die Grenze konformem Verhaltens überschritten, aber er hatte niemandem wehgetan und keine der

Frauen, auch nicht seine eigene Ehefrau, auf irgendeine Weise verletzt.

Marcs Werk und Verhalten hatten van Vliet zwar zu seinen Mordszenarien inspiriert, sein Motiv war jedoch ein anderes gewesen.

»Ich nehme die nächste Fähre zurück«, verkündet Holly Slagter auf einmal und schreckt Kyra damit aus ihren Grübeleien. »Ich hole das Auto, und wenn ihr wollt, lese ich euch nachher am Hagedoornplein auf.«

Doch Mina, Ella und Nine wollen nichts davon wissen. Sie fühlten sich noch fit genug, versichern sie.

»Dann sagt mir doch einfach Bescheid, wenn ich euch abholen soll«, erwidert Holly und drängt sich gegen den Strom in Richtung Fähre.

Kyra schaut ihrer Mutter nach und schließt sich gemeinsam mit Antoine und den alten Damen wieder dem Marsch an.

»Mein Kollege sucht weiter für dich nach der Nummer«, informiert Adil Maud. »Aber ich habe etwas anderes für dich.«

»Schieß los.«

»Den Antrag eines Schiffes, das in einem Dock liegt und vier Tage vor der geplanten Abreise ablegen will. Das kommt nicht häufig vor. Meistens ziehen sich Wartungsarbeiten eher länger hin als vorgesehen. Du hast mich doch nach Methoden gefragt, wie man einen Container aus dem Hafen bekommt. Schiffe, die im Dock liegen, sind oft leer und werden nach der Abfahrt nur selten kontrolliert.«

»Weißt du, welches Ziel das Schiff hat?«

»Das kann ich hier nicht sehen. Ich sehe nur, dass sie bereits den Lotsen bestellt haben.«

»Was weißt du sonst noch über das Schiff?«

»Es fährt unter syrischer Flagge.«

»Das ist interessant. Wie heißt es?«

»Es ist die Soraya.«

»Soraya«, wiederholt Maud. »Unter syrischer Flagge.«

Niels schaut sie mit hochgezogenen Augenbrauen an.

»Die Konten«, sagt er.

»Genau«, antwortet Maud. »Soraya GmbH, hat Konten in Syrien und anderswo, aber in Syrien verliert sich die Spur der Finanztransaktionen. Adil, wo liegt dieses Schiff? Ich bin jetzt bei Schiedam. Hast du eine Adresse für mich? Ich wette, dass der Container irgendwo in der Nähe ist.«

72

Sie laufen im Gänsemarsch hintereinander. Kat geht voran, dann folgen Jesse und Tim. Tommy folgt ein ganzes Stück dahinter, aber er ist nicht der Letzte.

Er geht weiter, weil er gezwungen wird. Sein Körper schmerzt ihn von Kopf bis Fuß, aber es ist ein anderer Schmerz als der vom Liegen im Käfig. Wenn er stehen bleibt, weil vor ihm Gedränge entsteht, wird ihm ein Stoß versetzt. Beeilung, Beeilung!

Der Lkw steht auf einem Kai, und zu seiner linken Seite ist Wasser.

Sie sind in einem Hafen!

Alle sind nervös. Die Kinder, aber vor allem die Männer. Es muss schnell gehen, sie sollen rennen, aber sie können nicht, denn sie haben seit Tagen nicht auf den Beinen gestanden und ebenso lange kaum etwas gegessen. Tommy muss dringend auf die Toilette.

Sie werden über den Kai gejagt. Es ist eiskalt und dunkelt schon. Nasse Schneeflocken wirbeln durch die Luft. Tommy hat im Lkw jedes Zeitgefühl verloren.

Beeilung! Schneller, schneller!

Sie gehen an Bord eines Schiffes, Kat vorneweg. Auf dem Schiff steht ein Mann, neben der Laufbrücke, die seitlich am Schiff angebracht ist. Sie müssen bergauf gehen. Ein ganzer Zug Kinder schwankt aufwärts, und Tommy muss mit. Er stolpert und fällt gegen das Absperrseil, wäre beinahe ins Wasser gefallen, läuft dann aber weiter, weil er schon wieder geschubst wird.

Oben angekommen, müssen sie auf einmal warten. Sie stehen auf dem Deck. Neben den Rettungsbooten, die großen Tonnen gleichen. Tommy blickt sich benommen um. Stahl, überall Metallrohre, Treppen, Türen, Stahlträger und Rost, sehr viel Rost. Die Männer schreien aufgebracht. Sie sind sich über irgendetwas uneins, aber Tommy versteht nicht, was los ist. Der mit der Sonnenbrille hat Streit mit einem der anderen Kerle. Sie stehen Stirn an Stirn, und jeder versucht, sich durchzusetzen. Ob es um Geld geht? Es scheint so, als weigere sich der eine, irgendetwas zu tun. Der mit der Sonnenbrille zieht seine Waffe, und die Kinder reißen entsetzt die Augen auf. Tommy arbeitet sich unauffällig rückwärts. Wenn die nur nicht aufeinander schießen! Er hat Angst.

Ein dritter Mann mischt sich ein, auf unterwürfige Art. Er redet beruhigend auf die beiden ein, lächelt kriecherisch und falsch.

Niemand achtet auf Tommy, und er zieht sich noch weiter zurück. Kat stellt sich vor ihn. Sie scheint zu begreifen, was er vorhat. Ganz kurz, nur einen winzigen Augenblick, zögert er – ist es nicht unvernünftig, was er da macht, ist es nicht gefährlich? –, aber dann schlüpft er zwischen zwei verrosteten Rettungsbooten hindurch und rennt vornübergebeugt zum Bug des Schiffes.

73

London

»Wir tun das nur, wenn du es wirklich willst, Jane.«

Mabel nennt sie weiterhin Jane, weil sie den Eindruck hat, dass die junge Frau ihren richtigen Namen ablehnt. Sie hat noch nicht gewagt, sie nach dem Grund dafür zu fragen. Das hat Zeit. Jane spricht, allein das ist ein Wunder. Sie hat gesagt, sie wolle noch in der Klinik bleiben, bis sie sich sicherer fühlt und selbstständig leben kann. Sie möchte weiterhin Therapie erhalten, intensive Therapie. Und sie möchte ihr Gedächtnis trainieren.

»Bitte hilf mir!«, hat sie zu Mabel gesagt. »Ich möchte über das reden, was mit mir passiert ist, aber ich komme an meine Erinnerungen nicht heran. Manche Schubladen bleiben verschlossen. Vielleicht sollte ich besser gar nicht wissen, was darin ist.«

Mabel hat versprochen, ihr zu helfen.

Sie erwiderte: »Das, was geschehen ist, wird dich zerfressen, selbst wenn du dich nicht deutlich daran erinnern kannst. Stellen wir uns lieber dem Kampf mit der Vergangenheit.«

Sie schlossen einen Pakt.

»Ich will es«, sagt Jane zu Mabel. »Ich muss es tun.«

»Sollen wir ein Zeichen vereinbaren, wenn es nicht geht?«

Jane schaut sie unsicher an.

»Gib mir einfach zu verstehen, wenn es dir zu viel wird«, wiederholt Mabel. »Dann legen wir eine Pause ein, oder ich überlege mir etwas anderes.«

Jane lächelt und schaut zu Boden. Sie blinzelt häufig, und ihr Mundwinkel zuckt nervös.

»Sie soll ruhig kommen«, sagt sie leise.

Mabel steht auf, um die Mutter des Mädchens zu holen. Sie hat die Frau vor einer Stunde kennengelernt, als diese von der Psychiaterin kurz über Janes Zustand informiert wurde. Sie brauchten einen Dolmetscher, weil die Mutter kein Englisch spricht. Sie musterte Mabel argwöhnisch, als sie sich die Hände schüttelten.

Als Mabel die Tür öffnet, steht die forsche Französin bereits davor. Sie verzieht kurz den Mund zu einem gespielten Lächeln und marschiert an ihr vorbei.

»Ma chérie!«, *ruft sie laut und fällt Jane um den Hals. Jane erstarrt.* »Béatrice, ma chérie!«

»Möchten Sie Kaffee?«, versucht Mabel einzugreifen. »Oder Tee?«

Die Mutter reagiert nicht. Sie redet wie ein Wasserfall, und Mabel versteht kein Wort. Jane reagiert weder auf die Umarmung noch auf die Worte ihrer Mutter. Sie steht nur da und starrt ins Leere. Ganz kurz sucht sie Mabels Blick.

Mabel greift nach dem Teller mit den Macarons und verschiedenen Sorten Butterplätzchen. Sie hat sie in der besten Konditorei gekauft, die sie kennt, weil sie dachte, dass man Französinnen nicht irgendetwas vorsetzen kann.

»Ein Plätzchen?«, fragt Mabel und hält der Frau den Teller hin.

Sie blickt sich um, zögert kurz, doch dann nickt sie und setzt sich an den Tisch.

»Café«, *sagt sie gebieterisch.*

Mabel schenkt ihr eine Tasse ein und stellt sie ihr hin. Sie weiß, dass die Polizei die Frau darüber informiert hat, dass Phil und sie ihre Reise bezahlen, und dennoch hat sie bisher kein freundliches Wort für sie übriggehabt.

»Es tut mir leid, dass ich kein Französisch spreche«, sagt Mabel

und dirigiert Jane behutsam zu dem Stuhl schräg gegenüber ihrer Mutter. »Pardon«, *sagt sie.* »Non français.«

Jetzt erkennt sie den Anflug einer Reaktion bei Jane. Sie schaut sie mit einem leichten Lächeln an, doch schon ist der Moment wieder vorbei. Hoffentlich wirft dieser Besuch sie nicht wieder zurück! Sie hat so erstaunliche Fortschritte gemacht.

Jetzt herrscht Schweigen, und Mabel lächelt die Mutter nervös an. Normalerweise ist sie nicht um eine Reaktion verlegen, aber in diesem Fall fühlt sie sich hilflos.

Wieder fängt Janes Mutter an zu reden. Laut und energisch. Anhand ihres Tonfalls und ihrer Gesten errät Mabel, dass sie etwas sagt wie: Ich kann auch nichts daran ändern.

Unbekümmert redet sie weiter, monoton, fast kalt. Sie stellt Jane keine Fragen. Sie hält einen Monolog und schließt mit einem kurzen Nicken. Das wäre dann geregelt, scheint sie zu sagen.

»I am not coming home«, *sagt Jane plötzlich. Sie schaut nicht ihre Mutter an, sondern den Tee, den Mabel ihr eingeschenkt hat.*

»Pardon?«, *fragt die Mutter.*

Das versteht Mabel.

»I am not coming home.« *Jane steht auf und verlässt das Zimmer.*

»Sie …«, stottert Mabel. »Mein Gott, wie sagt man das auf Französisch? Sie will nicht.«

Janes Mutter sieht mit offenem Mund zu, wie ihre Tochter geht. Mabel folgt ihr und spricht schnell eine der Pflegerinnen an.

»Da sitzt eine Frau im Zimmer, könnten Sie sie bitte hinausbegleiten? Sie ist Französin. Sie spricht kein Englisch. Bitte sagen Sie ihr, dass ich mich bei ihr melde.«

Jane hat sich aufs Bett gelegt. Sie liegt auf der Seite, mit dem Rücken zur Tür, und starrt zum Fenster hinaus. Es ist ein schöner, kalter Tag. Ein blauer, wolkenloser Himmel kündigt Nachtfrost an.

»Jane?«

Sie reagiert nicht. Mabel setzt sich auf den Stuhl neben dem Bett und wartet. Nach ein paar Minuten hört sie Lärm draußen im Flur. Eine schrille Stimme. Französisch. Janes Mutter versucht, das Zimmer ihrer Tochter zu finden.

Jane liegt reglos auf dem Bett. Mabel steht auf und schließt die Zimmertür. Als sie zu ihrem Stuhl zurückkehrt, schaut das Mädchen sie an.

»Please call me Sarah«, *sagt sie leise. »Mein neuer Name soll Sarah sein, nach Saar, meiner liebsten Freundin.«*

74

Tommy hat keine Ahnung, wo genau er sich befindet. Das Schiff ist riesig; ein Irrgarten von Treppen, die hinauf- und hinunterführen, und überall auf Deck steht irgendetwas herum. Er hat sich in eine Ecke gekauert, zwischen einer Art Schornstein und Eisenträgern. Zwar ist er jetzt aus seinem Käfig befreit, aber dafür in einem neuen Gefängnis gelandet. Einem, auf das es sachte hinabschneit.

Vorsichtig jetzt!

Ganz vorsichtig.

Er wagt nicht, sich zu bewegen. Sie dürfen ihn nicht sehen. Aber wenn er dort sitzen bleibt, werden sie ihn finden. Nervös blickt er um sich. Er kann nicht viel erkennen, das ist der Nachteil eines guten Verstecks. Er hat die Arme um die Knie geschlungen und bebt am ganzen Körper. Schmerzen fühlt er keine mehr.

Die Treppe. Die Laufbrücke. Er muss das Schiff verlassen, aber er muss zuerst die anderen finden, und er weiß nicht, auf welcher Seite das Ufer ist. Hinter ihm, vermutet er. Er muss auf allen vieren kriechen, ganz vorsichtig, und dann … vom Schiff springen? Hilfe holen? Das Schiff beginnt zu beben und erwacht zum Leben. Die Motoren brüllen. Sie legen ab.

Geschrei. Sie haben entdeckt, dass er weg ist. Er muss etwas tun. Vorsichtig beugt er sich nach vorn und weicht sofort wieder zurück, weil ein Mann angerannt kommt. Er kauert sich zusammen, verbirgt das Gesicht in den Armen und hält den Atem an. Der Mann rennt an ihm vorbei in Richtung Bug. Vor Tommys Füßen schmelzen die Schneeflocken, sobald sie das Deck berühren.

Er muss hier weg!

Unbedingt.

Aber wo sind die anderen?

75

»Noch drei Minuten«, verkündet Niels.

Hoffentlich kommen sie rechtzeitig! Diese Leute wissen, was sie tun. Angenommen, sie haben auf dem Schiff irgendeinen geheimen Raum eingerichtet, eine schwer zu findende Kammer, konstruiert für den Menschenschmuggel? Hoffentlich müssen sie nicht unverrichteter Dinge wieder von Bord gehen, weil sie die Kinder nicht gefunden haben. Details! Details sind alles, aber man muss sie auch richtig interpretieren. Die Puppe im Käfig war kein Hundespielzeug. Maud hatte sie dazu gemacht. Man sieht etwas, und das Gehirn interpretiert es auf naheliegende Weise. Hundekäfig, Hundespielzeug. Nicht Kinderkäfig, Kinderpuppe.

»Schneller!«, drängt Maud.

Ihr Handy klingelt. Angespannt meldet sie sich. Wenn ihr Gefühl sie trügt, wenn die Spur wieder ins Nichts führt, wenn sie weder in dem einen noch in dem anderen Container stecken, dann verlieren sie die Kinder womöglich.

»Du hattest recht!«, meldet Adil. »Der Container ist gerade dorthin gebracht worden!«

Maud nickt, obwohl er es nicht sehen kann. Gott sei Dank!

»Kannst du bitte den Zoll alarmieren?«, fragt Maud. »Oder die Hafenpolizei? Ich will so schnell wie möglich Einsatzkräfte im Dock. Niemand darf an oder von Bord gehen.«

»Okay.« Adil klingt verhalten. »Ich glaube, sie wollen gerade ablegen. Der Lotse ist schon an Bord.«

»Halt sie auf!«, ruft Maud. »Denk dir eine List aus, sorge dafür, dass sie die Trossen nicht losmachen können, egal wie, aber lass sie nicht abfahren!«

»*Godsakke!*«, flucht Adil, und trotz ihrer Anspannung muss Maud lachen.

»Genau«, sagt sie. »*Godsakke.* Halt sie auf! Ich bin gleich da.«

Anschließend ruft sie Tijssen an.

»Der Container hier ist leer«, meldet er. »Es sind weder Käfige noch andere Einbauten drin. Es ist einfach nur ein leerer Container.« So angespannt hat sie ihn noch nie gehört. »Wo bist du?«

Maud gibt ihm ihren Standort durch.

»Das ist nur fünf Minuten von uns«, stellt Tijssen fest. »Das SEK kommt mit.«

»Beeilt euch! Sie machen sich zum Ablegen bereit!«

»Wenn es sein muss, halte ich sie auf dem Wasser auf«, erwidert Tijssen. »Kein Problem.«

»Verstanden«, antwortet Maud. »Ich hoffe, dass die Kinder noch im Container sind. Wenn nicht, will ich Spezialisten haben, wenn wir an Bord gehen. Ich befürchte, dass sie sehr gut versteckt sind und wir das ganze Schiff auf den Kopf stellen müssen. Außerdem besteht die Gefahr, dass sie die Kinder als Geiseln nehmen.«

»Verdammte Scheiße!«, flucht Tijssen.

»Genau«, sagt Maud.

Für den Bruchteil einer Sekunde herrscht Schweigen.

»Wir sind schon unterwegs«, meldet Tijssen.

Maud ruft Adil zurück.

»Sag den Kollegen, sie sollen nicht mit Blaulicht und Martinshorn vorfahren«, instruiert sie ihn. »Wir wollen die Besatzung nicht alarmieren. Ich bin fast da. Sag dem Zoll, er soll eine unangekündigte Kontrolle durchführen. Irgendetwas, um sie zu beschäftigen, aber warne sie nicht. Alles muss ganz ruhig vor sich gehen.«

»Erklärst du mir das alles irgendwann, Maud?«

»Natürlich.«

Die schweigende Menschenmasse marschiert am Kanal entlang und nimmt den kürzesten Weg zu Jesses Haus. Hier und da schwimmen Kerzen auf dem Wasser.

»Brotkrümel«, sagt Nine zu Kyra. »Eine Spur von Krümeln, damit sie nach Hause finden.«

»Ein wunderschönes Zeichen«, sagt Sophie mit einem Kloß im Hals. Sie haben einander gefunden, und Ella, Mina und Nine, Kyras Freundinnen und Antoine gehen jetzt gemeinsam.

»Er sieht gut aus«, flüstert Chantal Kyra zu.

»Wer?« Kyra schaut ihre Freundin erstaunt an. »Findest du?« Sie wirft Antoine, der Mina untergehakt hat, einen Seitenblick zu. Chantal scheint etwas in ihm zu sehen, das ihr verborgen bleibt.

»Dann lauf doch neben ihm«, sagt Kyra und versetzt Chantal ein kleinen Schubs.

»Nicht jetzt«, erwidert Chantal. »Bring ihn einfach mal abends mit zum Tanzen.«

Der Zug überquert den Deich und folgt dem Weg am Kinderbauernhof vorbei. Überall neben dem Zaun und am Kanal wurden Fackeln in den Boden gesteckt. Zwischen den Fackeln liegen Kuscheltiere und Zettel mit Nachrichten an die Kinder. Je näher sie Jesses Haus kommen, desto mehr Kerzen und Blumen säumen den Wegesrand.

Kyra sieht Fotos von Kindern, die sie nicht kennt, die schon länger vermisst werden. Oder ermordet wurden. Sie sieht das Foto eines Mädchens, das sie aus der Presse kennt. Vergewaltigt und ermordet. Von einem Jungen, der abends beim Ausgehen erstochen wurde. Sie bleibt vor dem Foto von zwei kleinen Jungen stehen, die lachend in die Kamera blicken, der eine ausgelassen, der andere verhaltener, beide ahnungslos dem Schicksal gegenüber, das sie erwartete. Der Marsch hat sich in einen Protest gegen Gewalt an Kindern verwandelt. Unterschiedliche Formen von Gewalt.

Kyras Augen und Nase kribbeln. Sie atmet tief ein und denkt an Sarina, die hier so oft entlanggelaufen ist. Sie rannte bis Landsmeer und wieder zurück. Ihre Lieblingsstrecke. Jerry Hastings. Der Name geht Kyra heute Abend oft durch den Kopf. Sie beißt die Zähne zusammen. Jerry Hastings. Wenn Dave nicht das Ungeheuer war, dann muss er es gewesen sein.

Der Strom der Menschen biegt nach links ab, zieht über die kleine Brücke und in das Wohnviertel ein. Jesses Straße ist von Hunderten Kerzen erleuchtet. Langsam drängen sie sich hindurch.

Die Eltern der vermissten Kinder stehen vor dem Haus, als wollten sie sich bei den Teilnehmern des Zuges bedanken. Ein Kamerateam und Fotografen stehen bereit.

»Keine Interviews«, hört Kyra Jesses Vater sagen. »Nicht heute Abend. Nicht jetzt.«

»Möchtet ihr etwas trinken?«, fragt Sophie. »Wir könnten kurz zu mir nach Hause gehen.«

»Ich bin erledigt«, erwidert Kyra. »Eigentlich möchte ich am liebsten zu mir. Ich rufe meine Mutter an, sie kommt uns abholen.«

»Ich kann schon noch ein Stück gehen«, meint Nine. »Lass deine Mutter mal schön zu Hause bleiben.«

»Kommt gar nicht infrage«, schließt Antoine sich Kyra an. »Wir rufen jetzt Kyras Mutter an, und dann lassen wir uns bequem nach Hause kutschieren.«

»Dort hinten stehen Busse bereit«, teilt eine junge Frau den Teilnehmern des Zuges mit. »Sie bringen Sie zurück in die Innenstadt.«

Kyra schaut Antoine an. »Ich glaube, du solltest jetzt den Bus nehmen«, sagt sie, während sie die Nummer ihrer Mutter wählt. »Wir passen nicht alle ins Auto.«

Er zögert einen Moment.

»Wir sehen uns morgen in der Uni«, fügt sie hinzu.

Er nickt, besteht aber darauf, mit den anderen auf Kyras Mutter zu warten. Als sie wegfahren, blickt sich Kyra zu der kleiner werdenden Gestalt um.

»Hübscher Junge«, bemerkt Mina.

Kyra ist erstaunt. Vielleicht sollte sie sich Antoine noch mal genauer ansehen.

Jerry Hastings, denkt sie. Zum ersten Mal seit langer Zeit ist sie so müde, dass sie sich überlegt, sofort schlafen zu gehen. Sie bringt es heute Abend nicht mehr fertig, einem Gespenst nachzujagen.

Adil erwartet sie am Tor und steigt ein.

»Geradeaus«, instruiert er Niels. »Es ist ganz in der Nähe. Der Zoll ist noch nicht da.«

Niels tritt das Gaspedal durch und rast über den Kai. Rechts und links stehen hohe Kräne, stählerne Ungeheuer in der Dunkelheit. Der Hafen hinter ihnen ist beleuchtet, aber hier wird offenbar nicht gearbeitet.

»Was ist eigentlich los?«, fragt Adil.

»Es ist schön, dich wiederzusehen«, begrüßt ihn Maud. Er hat sich keinen Deut verändert. Nur seine Schläfen sind ein wenig grau geworden. Ein großer Mann mit schönen braunen Augen, einer geraden Nase und einem leicht spöttischen, arroganten – oder neckischen? – Blick.

»Ich vermute, dass die vermissten Kinder in dem Container oder bereits an Bord des Schiffes sind«, erklärt Maud. Sie ist bereit, sofort aus dem Auto zu springen und auf das Schiff zu rennen. Wenn es möglich ist. Wenn es vernünftig ist. Sie weiß noch nicht, was sie gleich tun wird.

»Ich habe es mir schon gedacht«, erwidert Adil. »Scheißkerle! Wie kann man Kindern nur so etwas antun? Warum glaubst du, dass sie hier sind? Da rechts abbiegen.«

»Wir sind ihrer Spur gefolgt, anhand mehrerer Hinweise«, antwortet Maud. »Sie sollen ins Ausland gebracht werden. Sie stecken in einem Container, der mit einem Lkw transportiert wurde. Über die Aufnahmen von Sicherheitskameras haben wir die Containernummern ermittelt. Es gibt eine Verbindung nach Syrien und einen Zusammenhang mit dem Namen Soraya. Ich weiß nicht, wie es sich genau verhält, aber die Spuren führen uns hierher.«

»Maud ist fest davon überzeugt, dass sie mit dem Schiff transportiert werden sollen«, sagt Niels. »Die anderen waren davon überzeugt, dass der Container auf die Schiene verladen werden sollte. Unsere Einheit war am falschen Container, aber sie rückt jetzt ein.«

Maud hört ihm die Anspannung an.

»Noch immer so eigensinnig wie früher«, stellt Adil zufrieden fest.

Niels nickt.

»Wir sind da.« Auch Adil klingt angespannt. Er telefoniert kurz und sagt: »Der Zoll kommt in ein paar Minuten. Dann wird der Kai abgesperrt, und sie können nicht ablegen. Wann kommen eure Leute?«

»Jeden Moment«, antwortet Maud.

»Das ist es«, sagt Adil und zeigt auf ein großes blau-weißes Schiff. Niels geht vom Gas und fährt im Schritttempo weiter.

In der Ferne sehen sie zahllose Lichter und Kräne, die sich in ihrer typischen trägen, aber zielstrebigen Art bewegen. Das Betonufer vor ihnen ist dunkel, aber das Schiff ist hell erleuchtet. Maud sieht an Deck mehrere Männer hin- und herlaufen. Die Hektik vor dem Ablegen. Auf dem Kai, ein paar Meter vom Schiff entfernt und mit der Front zu ihnen, steht ein Lkw mit einem roten Führerhaus und einem Container auf dem Auflieger. Die Scheinwerfer sind ausgeschaltet.

Niels hält unmittelbar vor dem Führerhaus an. Maud steigt aus und rennt zum Container, dicht gefolgt von Niels und Adil. Diese Operation muss gelingen! Sie will die Kinder retten. Sie muss! Maud versucht, die Türen des Containers zu öffnen, aber es gelingt ihr nicht.

»Den Hebel hier nach oben schieben«, sagt Adil zu Niels.

Maud schaut zum Schiff. Die Kinder sind dort, sie ist sich sicher.

Die hinterste Trosse wird bereits abgeworfen.

Verdammt!

Auch wenn sie sie noch auf dem Wasser anhalten können, zählt jetzt jede Sekunde.

Die Laufbrücke des Schiffes ist noch nicht aufgeholt. Der Frachter dröhnt und bebt. Maud rennt zur Laufbrücke und schaut nach oben. Dort rennen zwei Männer über Deck. Hinter sich hört sie Niels fluchen. Der Container ist leer!

Plötzlich wird die Laufbrücke mit einem Ruck ein Stück hochgezogen. Maud springt auf und rennt los.

»Maud!« Niels steht auf dem Kai und schreit ihr nach. Von oben schaut ein Besatzungsmitglied hinunter. Dann sieht er sie.

Die Laufbrücke kommt zum Stillstand, und Maud läuft weiter bis an Deck. Das Besatzungsmitglied, ein großer Mann mit dunklen Locken, kommt auf sie zu, und Maud gerät ins Zweifeln. Was soll sie sagen?

»Der Zoll!«, hört sie Adil rufen. Dann werden Autotüren zugeschlagen. Gut so. Das wird sie kurz beschäftigen.

Maud blickt sich um und läuft zu den Rettungsbooten, die hintereinander aufgereiht stehen. Das Schiff ist ein rostiger Seelenverkäufer. Sie rennt auf die andere Seite und blickt sich nach weiteren Besatzungsmitgliedern um.

»*Please allow entrance.*« Eine blecherne Stimme durch ein Megafon. An Bord bricht Geschrei aus. Maud rennt zum Bug des Schiffes. Sie will sich von der Besatzung fernzuhalten – solange es geht.

Kyra sitzt am Küchentisch. Ihre Mutter kocht Tee.

»Du siehst müde aus«, sagt sie.

»Ich bin auch müde«, gibt Kyra zu. Hoffentlich kommt ihre Mutter jetzt nicht wieder mit irgendeiner Meditations-CD an. »Ich glaube, ich habe mich erkältet.«

»Ich mache uns einen Grog«, schlägt ihre Mutter vor und beginnt, eine Zitrone in Scheiben zu schneiden. »Geh heute Abend mal früh ins Bett. Mit einem normalen Buch statt dieser gruseligen Schinken. Oder schau dir einen Film an. Eine Romanze, etwas Leichtes und Fröhliches.«

»Ich habe noch etwas auf der Toilettentür gefunden, Mum«, sagt Kyra unvermittelt. »Ich habe mir alle Fotos genau angesehen und einen Namen entdeckt. Ich glaube, Sarina hat ihn auf der Tür hinterlassen.«

Ihre Mutter stellt das Honigglas auf die Anrichte und starrt Kyra an.

»Jerry Hastings«, fährt Kyra fort. »Aber ich kann mit dem Namen nichts anfangen.«

»Ich auch nicht.«

»Ich habe im Internet recherchiert. Es gibt viele Männer mit diesem Namen. Weiter konnte ich noch nicht recherchieren, weil ich zum Schweigemarsch wollte.«

Ihre Mutter gießt einen Schuss Rum in die zwei großen Becher Tee, die schon bereitstehen. Einen stellt sie Kyra hin, mit dem anderen setzt sie sich ihrer Tochter gegenüber.

»Ich kann Maud Mertens anrufen«, schlägt Kyras Mutter vor, »sie soll weiterermitteln.«

»Okay«, sagt Kyra, ohne Überzeugung. Sie überkommt ein Gefühl, als müsse sie ein Examen ablegen, ohne den Stoff zu beherrschen. Sie ist zu müde, um das alles noch zu verstehen.

Ob es an Bord Zellen gibt? Es kommt doch sicher auch auf hoher See vor, dass ein Kapitän sich gezwungen sieht, jemanden einzusperren? Vielleicht sind die Kinder dort? *Seid stark!,* würde sie ihnen am liebsten zurufen. *Wir sind ganz in eurer Nähe. Haltet noch ein bisschen durch!*

Wieder bricht ein Geschrei aus. Sie hört Niels' tiefe Stimme.

Maud läuft bis zum äußersten Rand des Bugs und blickt hinunter auf das schwarze Wasser. Dicke Taue verlaufen von der Vorderseite des Schiffes zu den riesigen Eisenpollern am Kai. Das Schiff ist noch vertäut, gut so. Wo sind die Kinder? Sie schaut sich nach einer Tür um. Sie hofft, irgendwo ungesehen hineinschlüpfen zu können.

Jemand packt sie am Arm.

»Hey!« Schwarze Augen blitzen sie an. »*What are you doing here?*«

Die Kidnapper sind wahrscheinlich auch an Bord, denkt Maud und reißt sich los.

»Haben Sie Kinder gesehen?«, fragt sie. »Ich suche Kinder. *Children!*«

Der Mann wirft ihr einen bösen Blick zu.

Wenn die Kidnapper an Bord sind, haben sie es mit gewalttätigen Kriminellen zu tun, die vor Mord nicht zurückschrecken. Wenn …

Anhaltendes Geschrei.

»*Easy, easy!*« Das ist Niels. Hoffentlich ist er vorsichtig! Er sollte es dem Sondereinsatzkommando überlassen, mit der Mannschaft fertig zu werden. Das denkt ausgerechnet sie. Wo sie einem von ihnen Auge in Auge gegenübersteht. Der Mann zögert.

Sie hört schnelle Schritte. Noch mehr Geschrei. Plötzlich läuft der Mann in Richtung Heck, wo mehrere Männer an der Reling stehen und dabei sind, ein Boot zu Wasser zu lassen. Sie scheinen sich zu streiten.

Wieder blickt sich Maud um. Was soll sie tun? Hineingehen, die Kinder suchen? Aber der Zoll ist schon da. Sie läuft ein Stück zurück in Richtung Laufbrücke.

Ein Schuss. Sie erstarrt. Gleich darauf noch ein Schuss. Geschrei. Sie läuft hinüber auf die andere Seite des Schiffes. Niels und eines der Besatzungsmitglieder liegen am Boden. Das Einsatzkommando hält die anderen Männer in Schach. Niels, der die Gewalt an Kindern nicht mehr ertragen konnte … Er blutet aus einer Wunde seitlich am Körper.

Plötzlich hört Maud ein Klatschen am Bug des Schiffes. Oben auf der Brücke schreit jemand.

Am Kai sieht sie die drei schwarzen Busse des Einsatzkommandos stehen. Weitere bewaffnete Männer überqueren die Laufbrücke.

Noch mehr Platschen im Wasser. Maud rennt zum Bug des Schiffes.

»Da!«, ruft sie. »Ergreift ihn!« Sie winkt einem Kollegen vom SEK zu. Am Lkw stehen Tijssen und Adil. Doch niemand nimmt von ihr Notiz.

Sie blickt hinunter zu dem Flüchtigen und sieht, wie er im Wasser wild mit den Armen rudert. Wer ist das? Scheißkerl, denkt sie. Krieg doch einen Krampf da unten im Wasser. Glaub nur nicht, dass du uns entkommen kannst. Endlich sehen sie ihn. Zwei Mitglieder des SEKs laufen an den Rand des Kais. Mit Genugtuung beobachtet sie, wie die Männer ihre Waffen auf den Schwimmer richten. Sie schaut genau hin. Die Person ist ziemlich klein. Viel zu klein für einen Erwachsenen. Oh, mein Gott! Sie tritt nach vorn. Ein kleiner Kopf. Kurze Arme.

»Wer ist da?«, ruft sie. »Wer bist du?«

Das Kind scheint keine Luft mehr zu haben, um etwas zu sagen. Es kommt nur mühsam voran. Im Dunkeln kann sie nicht erkennen, ob es ein Junge oder ein Mädchen ist. Panisch sucht Maud den Kai nach einer Stelle ab, an der das Kind aus dem Wasser klettern könnte.

»Da!«, schreit sie. »Da ist eine Leiter!«

Das Kind zappelt. *Godsakke.* Das geht nicht gut aus. Die Kollegen vom SEK zögern: Waffen niederlegen? Schusssichere Westen ausziehen? Maud zieht den Mantel aus. Sie reißt sich zusammen und springt.

Das Wasser ist eiskalt. Sie bekommt keine Luft, kann sich nur mühsam bewegen. O Gott! Sie schwimmt zu dem Kind, das kaum noch die Arme heben kann.

»Komm mit«, stößt sie hervor. »Ans Ufer.«

Es ist, als läge sie in einer Badewanne voller Eiswürfel. Weiterschwimmen! Nur noch ein kleines Stück! Da ist die Metallleiter am Kai. Jemand klettert schon herunter. Über ihrem Kopf hört sie das Geschrei immer lauter werden. Wieder ein Schuss. Niels … Bringt ihn in Sicherheit …

Kalt! Eiskalt!

Sie ist vollkommen außer Atem, schafft es gerade noch, das Kind zur Leiter zu schieben.

»Tommy«, sagt das Kind zitternd. »Bin Tommy.«

»Gut so, Tommy!«, ermutigt sie ihn und versucht, ihn hochzudrücken zu den helfenden Händen. Mit einem Ruck wird das Kind hochgezogen, und Maud klammert sich an den kalten Metallsprossen fest. Ganz langsam rieseln Schneeflocken auf das Wasser.

»Geht es?«, fragt jemand.

Sie hört das Martinshorn. Über ihrem Kopf das Geschrei. Schritte. Leute rennen. Ein Kind schreit. Noch ein Schuss. Maud hievt sich hoch, zwei Hände fassen sie an den Armen und ziehen sie auf den Kai.

»Zum Teufel, Maud!«, schreit Adil sie an. »Erst rennst du auf das Schiff, und dann springst du ins Wasser!«

»Sie muss ins Warme«, sagt jemand. »In den Rettungswagen, der Junge auch.«

»Tommy«, keucht Maud. »Das ist Tommy. Niels ist …«

Sie will nicht in den Rettungswagen, sie will sehen, was vor sich geht, sie will zu Niels, aber Tijssen hält sie zurück.

»Niels!«, schreit sie. »Sie haben Niels erwischt! Er braucht Hilfe!«

Der Anblick ihres Kollegen, der im Gang auf dem Deck liegt, verfolgt sie.

»Wir können nichts tun, Maud«, sagt Tijssen. »Wir müssen abwarten. Wir haben einen zweiten Rettungswagen und einen Rettungshubschrauber hier. Er erhält jede Hilfe, die er braucht. Die Kinder haben wir schon. Die Hafenpolizei verfolgt das Fluchtboot. Die kommen nicht weit.«

»Und jetzt rein!«, befiehlt Adil streng. »Aufwärmen, und zwar sofort. Es friert, du bleibst mir nicht hier draußen in deinen nassen Klamotten stehen.«

Maud steigt in den Rettungswagen. Plötzlich überkommt sie eine merkwürdige Ruhe. Ein Rettungsassistent ist schon dabei, Tommy warmzurubbeln. Er hüllt den kleinen Jungen in eine Foliendecke und legt ihn unter einer zusätzlichen Decke auf eine Rolltrage. Fügsam lässt Maud sich ausziehen.

76

»Jetzt übertreibt ihr aber«, sagt Niels, als er den Riesenobstkorb sieht. Sein Gesicht ist aschfahl, er hat schwarze Ränder unter den Augen.

»Gib ihn halt deiner Frau mit«, erwidert Maud. »Für die lieben Kinderchen. Und, wie fühlst du dich?«

»Von Tag zu Tag besser«, antwortet er. »Ich habe wohl Riesenglück gehabt, dass ich mit einer perforierten Lunge und einem Schuss in die Seite davongekommen bin.«

»Glück ist relativ«, entgegnet Maud. »Warum bist du überhaupt auf das Schiff gegangen?«

»Das sollte ich besser dich fragen. Ich bin hinter dir hergelaufen.«

»Ich musste es tun, Niels«, sagt Maud leise.

»Ich weiß«, antwortet er. »Die Puppe im Hundekäfig, die Details, dein Verantwortungsbewusstsein. Ich weiß das alles.«

»Und deine Details«, erwidert Maud, »die habe ich auch nie vergessen. Die Babys, das Mädchen auf der Bank, der Junge in den Seilen.«

Niels schüttelt den Kopf. »Die Realität ist immer noch schlimmer als deine schlimmsten Fantasien.«

In der daraufhin eintretenden Stille denkt Maud an das kleine Mädchen von damals zurück. Als Niels sie nach Abschluss des Falls fragte, ob sie vielleicht auch nach Amsterdam wolle, sagte sie sofort Ja. Edwin bewarb sich um eine Stelle beim Vereinigten Wasseramt Amstel, Gooi und Vecht und bekam sie. Für kurze Zeit redete sich Maud ein, sie könne sich von ihren Erinnerungen lösen.

»Der Anführer der Bande schweigt beharrlich«, berichtet Maud. »Aber wir haben ihn identifiziert: Marlon Cruz, Philippino, zweiunddreißig Jahre alt. Er wird verdächtigt, Mitglied einer kriminellen Vereinigung zu sein, die im Menschenhandel aktiv ist.«

Niels hört aufmerksam zu. Maud zieht sich einen Klappstuhl heran und setzt sich neben sein Bett. Sie kann nicht vergessen, wie Niels bewusstlos und mit blutigen Verletzungen am Boden lag.

»Sie machen hauptsächlich in Saudi-Arabien Geschäfte. Dort arbeiten etwa anderthalb Millionen junge Frauen, die man wohl als moderne Sklavinnen bezeichnen könnte, obwohl sie offiziell als Haushaltshilfen angestellt sind. Sie haben praktisch keine Rechte und sind vollkommen abhängig von ihrem Arbeitgeber, der ihnen das Visum verschafft. Sobald er sie nicht mehr will, müssen sie das Land verlassen. Die meisten von ihnen müssen lange Zeit schuften, um solche wie Marlon Cruz und Konsorten für ihre ›Vermittlung‹ zu bezahlen.«

Maud lässt den Blick über die Karten und selbst gemalten Bilder wandern, die über dem Kopfende des Bettes an einer Pinnwand hängen. Ein Bild mit einem Haus und einer Sonne hängt neben dem Foto eines Mädchens mit langen schwarzen Haaren, das den Arm um einen fröhlichen Jungen mit Lockenkopf gelegt hat.

»Marlons Handlanger«, fährt Maud fort, »der Typ in Schwarz mit der Sonnenbrille, redet zwar, aber nur wenig. Er verlangt Strafminderung im Gegenzug für seine Informationen, aber so funktioniert das bei uns nun mal nicht.«

»Der hat wohl zu viele amerikanische Krimiserien geguckt«, bemerkt Niels. Er klingt erschöpft. Er hält sich tapfer, aber Maud weiß, dass er acht Stunden lang operiert wurde.

»Soll ich lieber wieder gehen?«, fragt sie.

»Nein, erzähl weiter. Ich will alles über diese Scheißkerle wissen.«

»Er hat uns den Raum gezeigt, in dem die Kinder während der Überfahrt eingesperrt werden sollten. Glaub mir, wir hätten sie nie gefunden. Anderthalb mal vier Meter groß, zwei Meter hoch. Eine Art Kommode, in die wie Schubladen zwölf Käfige passten. Keine Tür, nur eine elektronische Schiebewand. Wir wissen inzwischen auch, dass sie vorhatten, zwölf niederländische Kinder an Abnehmer in Saudi-Arabien, Indien und mehrere afrikanische Länder zu liefern. Sie wollten einen Versuch mit europäischen Kindern durchführen. Sie handeln sonst überwiegend mit Kindern und jungen Menschen aus armen Gegenden. Die wissen meistens nicht mal, was ein Staubsauger ist, wenn sie bei der Familie ankommen, für die sie arbeiten sollen. Sie werden behandelt wie Dreck. Oft haben sie nicht einmal ein eigenes Zimmer, sondern schlafen zum Beispiel im Esszimmer der Familie.«

Niels schüttelt den Kopf.

»Aber was wollten sie dann mit diesen verwöhnten niederländischen Kindern?«, fragt er. »Sollten sie auch im Haushalt arbeiten? Die wissen zwar, was ein Staubsauger ist, benutzen ihn aber nie.«

Maud lacht. Sie denkt an ihren Haushaltsplan, in dem auch Roos ihre Aufgaben hat. Doch jede Woche findet sie irgendeine Ausrede, um sich zu drücken.

»Nach unseren bisherigen Erkenntnissen wurden die Kinder alle wegen eines speziellen Talents ausgewählt. Fußball, Tennis, Gesang.«

»Aber was hätten die Abnehmer davon gehabt?«

»Die Kinder sollten in den Familien für eine Art Unterhaltung sorgen. Sie sollten mit den Kindern der Familien Fußball spielen, während des Essens auftreten, so etwas.«

»Widerliche Scheißkerle!« Niels kann seinen Abscheu nicht verbergen.

»Es geschieht im großem Stil«, fährt Maud fort. »Moderne Sklaverei kommt in verschiedenen Variationen auf der ganzen Welt vor. Siebenjährige Kinder, die zwölf Stunden in einer Backsteinfabrik arbeiten. Zwölfjährige Mädchen, die, ohne je Urlaub zu bekommen, vierzehn Stunden pro Tag in Sweatshops oder Fabriken Kleider nähen. Achtjährige Mädchen, die nach einem achtstündigen Arbeitstag in einem Bordell, in einen Käfig gesperrt werden. Die *Restaveks* auf Haiti, die schon mit vier oder fünf Jahren in andere Familien gegeben werden. Kindermädchen, die in großen Teilen der Welt ausgebeutet werden, in dem sie viele Stunden am Tag auf die Kleinen anderer Leute aufpassen müssen.«

»Ja, das ist wahr«, sagt Niels bedrückt. »Boko Haram. Kony. Das alles erscheint uns so weit weg.«

»Stimmt«, pflichtet Maud ihm bei. »Man hält es für unmöglich, dass so etwas hier geschehen kann, und plötzlich ereignet es sich genau vor deiner Nase. Aber das Gute ist, dass sie die Rechnung ohne den Wirt gemacht haben.«

Mühsam richtet sich Niels ein wenig auf.

»Sie hätten nicht damit gerechnet, dass die Empörung in unserem Land so schnell so hohe Wellen schlagen würde. Deswegen haben sie das Tempo angezogen.«

»Und daraufhin Fehler gemacht.«

»Genau. Sie hatten alles sorgfältig vorbereitet, bis zu dem Wochenende in dem Bungalowpark, an dem sich die Käufer ihre potenziellen neuen Hausgenossen aussuchen konnten.«

»Ihr Haustier, sprich es ruhig aus.« Niels klingt verbittert. Er ballt die Faust, und Maud darf gar nicht daran denken, was geschehen wäre, wenn er das alles schon gewusst hätte, bevor er an Bord des Schiffes ging. Er hätte versucht, den Kerl zu erschießen.

»Ja«, sagt sie. »Ihr Haustier …«

»Das ist krank.«

»Du sagst es. An Bord wurden außer den Kindern und der Bande auch falsche Pässe, Visa und Betäubungsmittel gefunden. Dazu so etwas wie eine Buchhaltung. Sie haben pro Kind mehrere Hunderttausend kassiert.«

»Was ist das für eine Menschheit?«, seufzt Niels. »Es scheint fast so, als hätten wir in den letzten Jahrtausenden nichts dazugelernt.«

Einige Minuten lang sitzen sie schweigend beieinander, jeder in seinen eigenen Gedanken versunken.

»Wie geht es Tommy?«, fragt Niels.

Maud schüttelt traurig den Kopf. »Körperlich geht es ihm gut. Alles andere wird sich erst im Laufe der Zeit zeigen.

»Wann hast du den Termin mit Maud Mertens?«, fragt Kyras Mutter ihren Mann.

»Nächste Woche«, antwortet er.

Sie sitzen am Tisch. Jarno ist zum Familienrat nach Hause gekommen.

»Wir sind uns also einig, Sarinas Tagebuch nicht zu erwähnen«, drängt Kyras Mutter. »Wir wollen so bald wie möglich das Ergebnis der Haaranalyse, wir möchten Kontakt zu den Kowzinskys aufnehmen und wir wollen baldmöglichst Informationen über diesen Jerry Hastings.«

»Ja, das trifft es in etwa«, sagt Kyra und stochert in ihrem

Grünkohl mit Supermarktwurst herum. »Jetzt, wo der Fall mit den Kindern abgeschlossen ist, muss sich Maud mehr Zeit für Sarina nehmen.«

»Irgendwie komme ich nicht darüber hinweg, dass dieser Dave tot ist«, bemerkt Jarno. Kyra sieht ihren Bruder über ihr Glas Wasser hinweg an. Er scheint sich mit dem jungen Mann zu identifizieren. Jarno ist dreiundzwanzig, nur wenige Jahre jünger als Dave bei seinem Tod.

»Das klingt bestimmt verrückt«, sagt Kyras Mutter, »aber irgendwie geht es mir besser, seitdem die Kinder gefunden worden sind.«

»Ja«, sagt Jarno. »Es ist nur so furchtbar traurig, dass der kleine Appie nicht überlebt hat.«

»Es heißt, er sei ermordet worden, weil er verstanden hat, was sie geredet haben.« Kyra legt ihr Besteck auf den Teller.

»Hatten sie Angst, er hätte etwas gehört, was er nicht hören sollte?«, fragt Jarno.

»Nein«, erwidert Kyra. »Viel schlimmer. Sie hatten ein europäisches Kind versprochen. Ab war nicht weiß genug.«

»Scheißkerle!«, flucht Jarno entsetzt. »Widerliche Arschlöcher!«

Kyra steht auf, spült die Teller ab und stellt sie in die Spülmaschine.

»Ich gehe jetzt mit Lot spazieren«, sagt sie. »Ich habe mich noch mit Sophie und Jesse verabredet.«

»Ich komme mit«, sagt Jarno und steht auf.

Im Vliegenbos ist es dunkel, und Kyra merkt Jesse an, dass er Angst hat. Vielleicht war es doch keine so gute Idee, gemeinsam mit dem Hund spazieren zu gehen. Vielleicht hätten sie einfach zu Hause eine Tasse Tee trinken sollen, aber das erschien ihr zu bemüht. Jesse wollte Tom, seinem Vater und ihr dafür danken, dass sie in den Kanal gesprungen sind und dort nach ihm gesucht haben.

»Weißt du, dass fast alle Polizeihunde Schäferhunde sind?«, fragt ihn Kyra.

Sophie hält den kleinen Jungen an der Hand.

»Weil sie so wachsam und treu sind«, erzählt sie weiter, während Lot mit einem Stock im Maul um sie herumspringt. Sie setzt sich vor Kyra hin, lässt den Stock fallen und schaut sie hechelnd an.

Jesse nickt.

»Das ist Tom«, sagt Kyra und nickt einem großen Jungen mit dunklen Haaren zu, der hinter ihnen geht. »Er hat mit mir zusammen im Wasser nach dir gesucht. Und das ist Jarno, mein Bruder.«

Wieder nickt Jesse. Er bedankt sich bei Tom, und sie gehen ein Stück schweigend nebeneinander her.

»Ich habe Jesse die Fotos vom Schweigemarsch gezeigt«, erzählt Sophie. Antoine geht neben ihr. Könnte sein, dass Chantal Pech hat, denkt Kyra. Sophie und Antoine haben sich schon zum zweiten Mal verabredet.

»Das war sehr schön«, sagt Jesse ernsthaft. »Sehr lieb, dass ihr das alles gemacht habt.«

»Es war beeindruckend«, bemerkt Tom. »Ich glaube, wir haben das auch ein bisschen für deine Schwester getan, oder, Kyra?«

»Ich habe auf dem Weg zwar viele Fotos von vermissten oder ermordeten Kindern gesehen«, erwidert Kyra, »aber meine Schwester war nicht dabei.«

»Ich hoffe, dass du sie findest«, sagt Jesse. Er scheint sich ein wenig zu entspannen und lacht über Lots Kapriolen. »Uns hat man ja auch gefunden.«

»Ich hoffe es auch«, sagt Jarno.

»Wir suchen weiter.« Kyra wirft das Stöckchen, und Lot rennt hinterher. »Wir suchen so lange, bis wir wissen, was mit ihr passiert ist.«

Ihr Handy klingelt. Erst überlegt sie, den Anruf nicht anzunehmen, aber sie ist zu neugierig. Es ist ihr Vater.

»Wichtige Neuigkeiten!«, beginnt er. »Der Vater von Dave Kowzinsky ist in der Stadt und will sich mit uns treffen.«

Nachwort

Der Fall, der Maud in dieser Geschichte so sehr quält, basiert auf dem des Mädchens aus Nulde im Jahr 2001. Weltweit werden jährlich Hunderte Millionen Kinder Opfer irgendeiner Form von Gewalt, oft verübt von Personen aus ihrem direkten Umfeld, die die Kinder eigentlich beschützen sollten.

Viele Kinder werden bei der Arbeit mit Gewalt konfrontiert. Schätzungsweise müssen weltweit 168 Millionen Kinder arbeiten, zum Teil als Haushaltshilfen. Diese Kinder haben keine Wahl. Es ist eine Form von Sklaverei. Weltweit wird die Anzahl der Sklaven auf 28 Millionen geschätzt. Wie viele es wirklich sind, hängt natürlich von der Definition von Sklaverei ab. Betrachtet man die Lage der Frauen weltweit, liegt die Zahl wesentlich höher.

In verschiedenen Gegenden der Welt kommt es vor, dass Eltern ihre Kinder Menschen mitgeben, die versprechen, ihnen ein besseres Leben zu bieten, als sie selbst es könnten. Arbeit, Bildung und medizinische Versorgung. Manchmal bezahlen Eltern oder Kinder für eine solche Zukunft und arbeiten lange Zeit, um ihre Schulden abzuzahlen. Manchmal werden Kinder auch einfach verkauft oder geraubt.

Zwei Beispiele: In Haiti arbeiten (bei einer Gesamtbevölkerung von etwa zehn Millionen) 300.000 Kinder als »Domestic Servants«, sogenannte *Restaveks*; in Saudi-Arabien dienen 1,5 Millionen – meist junge – Frauen als Haushaltshilfen. All diese Menschen sind so gut wie rechtlos.

LESEN SIE AUCH DEN DRITTEN FALL
VON MAUD MERTENS UND KYRA SLAGTER

Erscheint im Oktober 2017

LESEPROBE

1

Klonk.

Auch das noch. Simon hält inne und blickt hinunter auf die schwarze, feuchte Erde, in die er frustriert und wütend seinen Spaten gerammt hat. Er wartet – sein Herz klopft heftiger. Er rechnet jeden Moment mit einer Katastrophe, einer Wasserfontäne, knisternden Funken oder zischendem Gas, aber nichts passiert. Langsam stößt er den Atem aus, den er angehalten hatte, und wischt sich mit der Rückseite des groben Arbeitshandschuhs an der Nase entlang.

Er steht im weitläufigen Garten einer stattlichen Villa unten am Nieuwendammer Dijk. Sie liegt unmittelbar neben dem Jachthafen an einem Seitenarm des IJs, abgesondert von der übrigen Nachbarschaft, als wolle sie nichts mit ihr zu tun haben. Simon packt den Spaten wieder am Griff und treibt ihn nochmals in die Erde, stößt aber erneut auf Widerstand. Was immer dort auch steckt, er wird es rausholen müssen, bevor er weitergraben kann. Noch etwa vier Meter, dann ist er endlich fertig. Schon seit Stunden steht er hier im Matsch, um den neuen Teich ein wenig zu verbreitern.

Vorsichtig wackelt er mit dem Holzstiel hin und her, zieht den Spaten heraus und sticht ihn noch einmal hinein. Bisher war die Erde weich und geschmeidig wie frische Kinderknete. Er hockt sich hin, aber in der schwarz glänzenden Erde ist nichts zu erkennen. Vielleicht ein Stein? Oder etwas Wertvolles. Wer immer hier auch früher gewohnt hat, muss reich gewesen sein, davon zeugen die Elf-Zimmer-Villa und das zweitausend Quadratmeter große Grundstück in dieser Gegend von Amsterdam, am Deich, wo Schauspieler und Politiker in großen hölzernen Schifferhäusern wohnen und sich in den kleinen Arbeiterhäuschen weiter hinten diejenigen drängen, die sich in ihrem Ruhm sonnen wollen.

Langsam richtet sich Simon auf.

»Wenn du fertig bist, kannst du den Spaten einfach stehen lassen«, hat Jelmer gesagt. »Nur noch das kleine Stück. Ruf an, wenn etwas ist.«

Jelmer behandelt ihn wie einen Idioten, nur weil er eine Therapie hinter sich hat. Mit sechzehn, kurz nach dem Tod seines Vaters, ist Simon an einer Angststörung erkrankt, durch die er sich nicht mehr nach draußen wagte. Jetzt, drei Jahre später, geht es ihm jedoch schon viel besser; er hat seine Krankheit ganz gut im Griff.

Simon blickt zu dem Haus hinauf, das über ihm aufragt, dann zur Straße. Dort, wo er steht, kann ihn niemand sehen. Er schluckt, atmet tief ein und schaufelt noch ein wenig von der schwarzen Erde beiseite.

Hab keine Angst. Sei stark, lass dich nicht von der Angst überwältigen.

Er erschrickt unwillkürlich, als etwas Dunkelbraunes zum Vorschein kommt. Mit aller Kraft redet er sich ein, dass es nichts Unheimliches sein kann. Der Gegenstand ist rund und gleicht einem Fußball. So einem ledernen antiken Teil – nur scheint dieses Leder versteinert zu sein, als hätte es sich im Laufe der Zeit in diesem Versteck gegen Angriffe von außen gewappnet. Keine Schatzkiste, denkt er, selbstironisch, weil er irgendwie doch ein wenig enttäuscht ist. Er hätte doch ausnahmsweise einmal Glück haben können.

Er bückt sich und wischt die Erde rings um den Gegenstand mit den Händen beiseite. Die Arbeitshandschuhe zieht er aus, weil er die Finger in den steifen Dingern nicht richtig bewegen kann. Schwarzer, teerartiger Schlamm klebt an seinen Händen, und plötzlich erkennt er, worauf er gestoßen ist. Ein Schädel! Ein menschlicher Schädel! Die Nasenöffnung ist mit Erde gefüllt, und an dem größtenteils zahnlosen Oberkiefer entlang windet sich in einer pulsierenden Bewegung ein großer rosa Regenwurm ins Innere. Simon erkennt verklebte Haarbüschel und Hautreste seitlich am Kopf. Er keucht in kurzen, ineffektiven Atemzügen. Ihm schwindelt. Er hat den ganzen Nachmittag auf einem Friedhof gearbeitet!

2

»Es gab keinen Speck heute Morgen.«

Die alte Frau runzelt ihre faltige Stirn und schwenkt den dünnen Zeigefinger hin und her.

»Kein Stückchen!«

»Wie ärgerlich, Mama«, erwidert Maud Mertens geduldig. Sie ist noch immer fassungslos darüber, wie klein die Welt ihrer Mutter geworden ist. Seit fast fünf Jahren kreist sie praktisch ausschließlich um das Frühstück. Sie sitzt vor ihr, das graue Haar dünn, der Hals so schmal, als könne er den Kopf kaum noch tragen. Mit einem gurgelnden Geräusch betont sie ein weiteres Mal ihren Unmut über das Frühstück.

Roos blickt Maud an, verdreht die Augen und schüttelt leicht den Kopf. Bewusst kennt sie ihre Großmutter nur noch als demente alte Frau. Dass sie als kleines Kind ein so enges Verhältnis zu ihrer Oma hatte, weiß sie nicht mehr. Manchmal versucht Maud, sie an diese andere Oma zu erinnern, die schließlich noch immer in der Frau steckt, zu der sie geworden ist, aber darauf reagiert Roos mit der typischen Ungeduld einer Siebzehnjährigen, die das Alter als eine Krankheit betrachtet, die sie niemals bekommen wird.

»Es gab Joghurt«, fährt ihre Mutter mit angewidertem Gesicht fort. »Mit so widerlichem süßem Zeugs drin.«

Maud blickt sich um. Schwere Kiefernstühle stehen an ebenso schweren, mit Plastiktopfpflanzen dekorierten Holztischen. An der Wand hängen Bilder und andere Kunstwerke, die von Bewohnern des Pflegeheims stammen.

Ihr Handy klingelt. Sie zieht es aus der Jackentasche und schaut auf das Display.

»Arbeit«, sagt sie fast unhörbar leise zu Roos und nimmt das Gespräch an. Konzentriert hört sie ihrem Kollegen Niels Bingsten zu, während ihre Tochter sie hoffnungsvoll anschaut und ihre Mutter mit glasigem Blick zum Fenster hinausstarrt.

»Ich muss los«, sagt Maud, als sie das Gespräch beendet hat.

Roos springt auf, räumt die Teetassen ab und bringt sie in die Küche. Zwei Damen mit identischer Wasserwelle gaffen das ganz in Schwarz gekleidete junge Mädchen misstrauisch an. Roos' schwere schwarze Springerstiefel poltern über den Boden. Seit einer Woche trägt sie ein paar neonblaue Strähnen im schwarzen Haar – um ihre Erscheinung ein wenig aufzuheitern oder um durch den Kontrast das Düstere daran noch zu betonen? Wenn Maud es doch nur wüsste. Wenn sie es nur verstehen könnte.

Mauds Mutter ist aufgestanden.

»Gehen wir nach Hause?«, fragt sie. »Endlich. Mir gefällt es hier nicht.«

Maud sieht das hoffnungsvolle Leuchten in ihren Augen. Sie wendet den Blick ab und betrachtet die Hände ihrer Mutter, die wie knorrige Baumwurzeln auf dem Tisch liegen.

»Vielleicht gibt es morgen wieder Speck, Oma«, sagt Roos und umarmt ihre Großmutter. »Das wäre doch schön, oder?«

Maud beugt sich nach vorn und küsst ihre Mutter auf die faltige Wange. »Ich muss gehen, Mama. Arbeit. Ich komme bald wieder.«

»Sei nur vorsichtig, Schatz.« Ihre Mutter lächelt traurig, und ihre Stimme klingt auf einmal sanfter als seit Langem. Langsam lässt sie sich wieder auf den Stuhl sinken. Sie sucht den Tisch ab, und da es keine Teetasse mehr gibt, an die sie sich klammern könnte, zieht sie die Plastikpflanze zu sich heran.

»Immer dieses Theater um das Frühstück«, bemerkt Roos abfällig, während sie mit großen Schritten auf die Beifahrerseite des Autos zueilt.

Maud steigt ein, schnallt sich an und startet den Wagen. Schweigend stellt sie das Navi ein, obwohl sie den Weg kennt.

»Es ist schade, dass du das Café von Opa und Oma nicht mehr gesehen hast«, erwidert sie, wirft einen Blick auf die lange Schlange vor der Ampel und biegt auf die Straßenbahnspur ab. Als die Ampel auf Grün springt, ist sie als Erste weg. »Bei ihnen gab es das beste Frühstück am ganzen Dappermarkt. Jeder, der einen guten Start in den Tag wollte, ging dorthin. Gebratene Eier mit dicken Scheiben Weißbrot. Und Speck. Dafür waren sie berühmt, für den guten Speck. Den besten Speck von Amsterdam.«

Einen Augenblick lang herrscht Stille im Auto.

»Was ist eigentlich los?«, fragt Roos. »Wo fahren wir hin?«

Maud zuckt mit den Schultern. »In einem Garten in Amsterdam-Noord hat jemand einen halb verwesten Kopf ausgegraben.«

»Wo treffen wir uns?« Kyra Slagter stellt ihr Handy auf Lautsprecher und strafft den Rücken. Je weiter sie sich von ihrem Zeichentablet entfernt, desto besser gefällt ihr das in graublauen Tönen gehaltene Bild. Vor allem die Brandung ist gut geworden. Die verschwommene Gestalt am Strand – im Wind flatterndes Cape, langer Stab mit funkelndem Stein am Ende – verleiht ihm Tiefe und etwas Rätselhaftes. In der Ferne, am dunstigen Horizont, ist ein kleines Segelschiff zu sehen. Kyra reckt sich.

»Okay«, sagt sie zu Antoine. »Bierfabrik, um sieben. Bis nachher!«

Mist, schon fünf Uhr! Sie muss noch duschen, ihre Klamotten in den Trockner stecken und mit dem Hund gehen.

Sie steht auf, nimmt ihren Pulli vom Stuhl und bleibt einen Moment still stehen. Sabrina lacht sie vom Achtersteven eines Segelboots aus an, die Nase ein wenig verbrannt, vom Wind zerzauste blonde Strähnen im Gesicht. Dave hat den Arm um sie gelegt. Sie muss glücklich gewesen sein.

Kyra hat das Foto mit einer rosafarbenen Reißzwecke an die Wand geheftet, noch aus der Schachtel mit Schreibutensilien, die sie in der letzten Grundschulklasse von ihrer Oma bekommen hat. Sie enthielt Stifte in allen Farben, rosa Klebeband mit roten Herzen, ein rosa Etui mit Glitzer, sogar rosafarbene Büroklammern. Dieses Jahr hat sie ein sündhaft teures Zeichentablet bekommen, für ihr Studium. Wenn Sarina wieder lebendig werden würde, wüsste sie nicht mal, was das ist und wozu man es braucht. Sie würde ihre Schwester fragen, warum sie nicht auf Papier malt. So lange ist sie schon weg.

Kyra hält den Atem an. Sie hört die Wanduhr im Erdgeschoss ticken.

Sie darf nicht tot sein. Ich darf das nicht denken.

Tränen steigen ihr in die Augen und kullern ihr über die Wangen.

Vielleicht sollte sie die Fotos abhängen, und auch die Nordsee-Karte mit der eingezeichneten Route, die Sarina mit Dave zurückgelegt hat, oder allein, oder gar nicht – sie hat keine Ahnung –, und dazu auch alle anderen Aufzeichnungen, die Pfeile, die von Mensch zu Information zu Ort führen. Sie sollte alles überstreichen.

[…]

Sie stöpselt ihre Ohrhörer ein und schaltet Musik an. George Ezra singt fröhlich, man dürfe ihm die Schuld an allem geben. *What are you waiting for?*, fragt er mit seiner rauen Stimme. Ja, denkt Kyra, worauf warte ich?

Auf Neuigkeiten, eine Nachricht, einen Durchbruch. Was sagt es über Sarina, wenn sie die Suche aufgibt? Was sagt es über sie? Wann schlägt sture Dickköpfigkeit in armseliges Klammern um?

Kyra zieht sich den Pulli ungeduldig über den Kopf und bläst die statisch aufgeladenen Haare aus dem Gesicht.

»Vielleicht solltest du sie loslassen«, meinte Antoine im Laufe der Woche einmal mitfühlend zu ihr. *Schau nach vorn*, wollte er wohl damit sagen, und er hat recht.

Maud parkt ihr Auto oben auf dem Deich, an der Ecke einer Seitenstraße, wo sie mitten im Weg steht. Es ist ein sonniger Tag, der Wind rauscht sanft im Laub der Bäume, und unten am Deich schlagen sich ein paar schneeweiße Ziegen mit dem saftigen Gras und dem zarten Weißklee den Bauch voll. Idyllisch, könnte man denken, wenn nicht ein paar Meter weiter eine Leiche im Garten läge.

»Du kannst nicht mitkommen«, sagt Maud zu Roos, die ihr folgt.

Roos sieht sie schweigend an.

»Das ist ein Tatort«, fügt Maud hinzu, als ihre Tochter nicht reagiert.

»Ich warte hier auf dich«, erwidert Roos und lehnt sich entspannt gegen einen Pfeiler neben dem Zugangstor. »Wenn es mir zu lange dauert, gehe ich einfach zu Fuß nach Hause.«

Maud nickt und dreht sich um. In Gedanken geht sie die Liste der Punkte durch, die abgehakt werden müssen. Fundort untersuchen, Rechtsmediziner und Forensisches Institut kontaktieren, Nachbarn befragen.

»Liegt offensichtlich schon eine ganze Weile da«, verkündet Mauds Kollege Niels Bingsten zur Begrüßung. Der große, magere Mann kommt staksig auf sie zu. Sein Gesicht ist vom jahrelangen starken Rauchen gezeichnet, obwohl er vor ein paar Monaten aufgehört hat.

»Jahre?«, fragt Maud, als Niels sie erreicht hat. »Oder Monate?«

»Ich würde sagen Jahre«, antwortet er. »Aber das ist nur geraten. Die Kollegen fangen gerade an, weiterzugraben.«

Maud nickt. Das Grundstück ist weitläufig; eine große Villa ragt auf einer Art Steinsockel empor. Sie ist auf drei Seiten von einer schmalen Terrasse umgeben, deren verschnörkeltes, weißes gusseisernes Geländer frisch gestrichen zu sein scheint.

»Wer wohnt hier?«, fragt Maud.

»Dieser Typ aus dem Fernsehen, dieser Edward Narcing. Er hat das Haus erst vor Kurzem gekauft und von Grund auf renovieren lassen.«

»Wer, hast du gesagt?«

»Dieser Survival-Spezialist. Er veranstaltet Expeditionen in unwegsame Gebiete und zeigt, wie man dort überlebt. Er leitet auch die Kampagne für den WWF.«

»Ach, der. Ich weiß, wen du meinst.«

»Er ist im Ausland, und seine Frau ist nicht zu Hause.«

»Ist sie unterwegs?«

»Keine Ahnung. Wir versuchen, über die Leitstelle ihre Nummer zu ermitteln.«

»Keine Kinder?«

»Doch, zwei, im Teenageralter. Sind auch nicht zu Hause.«

»Und sie sind gerade erst eingezogen? Wer hat vorher hier gewohnt?«

»Das ermitteln gerade die Kollegen im Präsidium.«

Maud geht zum Zelt und begrüßt die Kollegen.

»Der Gärtner hat die Leiche gefunden«, erklärt ihr Niels. »Ein junger Typ, der den Teich erweitern sollte. Er sitzt da drüben, auf der Treppe vor der Tür.«

»Ich rede gleich mit ihm«, sagt Maud und nähert sich dem Fundort.

»Habt ihr sonst noch etwas gefunden?«, fragt Niels die Kollegen in den weißen Plastikoveralls. Wie immer haben sie sich in großen konzentrischen Kreisen auf den Kopf zu gearbeitet und dabei die Umgebung gründlich nach Spuren und Beweismitteln abgesucht. Jetzt arbeiten sie dicht am Fundort.

»Nichts«, antwortet einer von ihnen und deutet auf die Grube. »Wir fangen jetzt an, weiterzugraben.«

Maud hockt sich hin, um den teilweise freigelegten Schädel besser betrachten zu können. Die menschlichen Überreste sehen von dieser Seite ziemlich unversehrt aus, abgesehen von einem klaffenden Riss, der wahrscheinlich von der Schaufel des Gärtners stammt. Der Kopf liegt in einem Winkel von etwa fünfundvierzig Grad da, das Kinn auf der Brust – wenn man den Rest der Leiche sehen könnte. Vom Unterkiefer ragt nur ein kleines Stück über die schwarze Erde hinaus. Dieser Kopf hat geredet, geweint, gelacht, sich über Schularbeiten gebeugt und sich gesorgt, und jetzt liegen hier die Reste dieses denkenden, atmenden Menschen. Maud steht auf und kehrt zu den Kollegen zurück. Jetzt muss erst die Spurensicherung ihre Arbeit tun und dann gleich der Rechtsmediziner. Solange kann sie schon einmal dem jungen Mann ein paar Fragen stellen.

Bei der Villa tut sich irgendetwas. Schon seit Monaten wird dort umgebaut, aber diesmal scheint es etwas anderes zu sein. Kyra zieht Lot etwas näher zu sich hin und überquert die kleine Brücke zum geschlossenen Zugangstor. Ein Mädchen mit schwarzblauem Haar und Gothic-Klamotten lehnt an einem der Pfeiler. Sie tippt ununterbrochen auf ihrem Handy herum. Lot wedelt mit dem Schwanz, aber das Mädchen reagiert nicht auf den Hund.

»Was ist denn da los?«, fragt Kyra.

Das Mädchen blickt auf. »Eine Leiche im Garten«, antwortet sie.

»Eine Leiche?«

»Ja, eine Leiche, eine tote Person, ein Skelett, ein Gerippe.« Das Mädchen sieht sie mit dunkelbraunen Augen spöttisch an. Im rechten Ohr trägt sie vier kleine Ringe, und ihre Augen sind dunkel geschminkt. Viel älter als sechzehn, siebzehn kann sie nicht sein. Kyra nickt. Wie zum Teufel kommt eine Leiche in den Garten von Familie Narcing? Ihr läuft es kalt den Rücken hinunter.

Nein!

Unmöglich! Wie kann Sarina auf der Nordsee verschwinden und dann hier im Garten eines Nachbarhauses auftauchen? Das kann wirklich nicht sein.

Kyra greift sofort zum Handy und versucht, Maud Mertens zu erreichen, aber sie meldet sich nicht. Soll sie ihre Eltern benachrichtigen? Müssen sie Bescheid wissen? Mein Gott, wenn es ihre Schwester ist, wenn …

Nein, das kann nicht sein. Sie weiß genau, dass Sarina von einer Segeljacht irgendwo im Norden des deutschen Wattenmeers verschwunden ist, vielleicht in Dänemark.

Aber nichts ist unmöglich. Milly Boele wurde nach ihrem Verschwinden auch im Garten eines Nachbarn gefunden. Eines Polizisten sogar, jemanden, den man nie verdächtigt hätte, junge Mädchen zu töten.

Sie muss Sebastian Bescheid sagen. Sie schickt ihm eine SMS. *Wo bist du?* Er antwortet nicht. Die Familie wohnt erst seit ein paar Monaten hier. Kyra hat Sebastian beim Spazierengehen mit Lot kennengelernt, da er auch einen Hund hat. Seine Zwillingsschwester und seine Eltern hat Kyra nur einmal gesehen.

»Du musst Kyra Slagter sein«, sagt das fremde Mädchen plötzlich zu ihr.

Kyra dreht sich zu ihr um. »Ja, und wer bist du?«

»Ich bin Roos, die Tochter von Maud Mertens«, antwortet sie. »Meine Mutter hat viel von dir erzählt. Du wohnst doch hier in der Nähe, oder? Und das muss der Hund eurer Nachbarinnen sein.«

»Ist deine Mutter hier?«, fragt Kyra. Maud hat also zu Hause von ihr erzählt. »Ich wusste gar nicht, dass Maud Kinder hat. Ich muss sie unbedingt sprechen.«

»Ich bin ihre einzige Tochter«, entgegnet Roos, hält ihr Handy am ausgestreckten Arm von sich weg und macht ein paar Fotos. »Sie ist da drin.«

Kyra versucht, das Tor zu öffnen, aber es ist abgeschlossen. Sie könnte darüberklettern, aber das wirkt so verzweifelt.

»Ich muss Maud sprechen!«, ruft Kyra einem Polizisten zu, der vor der Garage steht. »Maud Mertens!«

Der Mann gibt ihr zu verstehen, er würde gleich zu ihr kommen.

»Maud ist da drin?«, fragt Kyra das Mädchen. »Bist du ganz sicher?«

»Klar«, sagt das Mädchen ohne aufzublicken. Sie tippt eine Weile auf ihrem Handy herum und steckt es dann in ihre Jackentasche.

»Ist es eine Frauenleiche?«, fragt Kyra.

»Keine Ahnung.« Roos blickt hinüber zum Garten des Hauses, in dem sich mittlerweile die Leute drängen. »Der Gärtner hat einen Kopf gefunden. Die anderen Teile müssen sie wohl noch ausgraben.«

Sarina mit ihren langen blonden Haaren und dem mageren Körper. Die Schwester, die nach jeder Klassenarbeit weinte, weil sie der Überzeugung war, sie hätte sie völlig verhauen, und die dann auf dem Tisch tanzte, als sie das Abi geschafft hatte. Von einem Ohr zum anderen grinsend war sie nach Texel gefahren, um ein paar Tage mit ihren Freundinnen auszuspannen – und nicht mehr zurückgekehrt.

Kyras Herzschlag beschleunigt sich, und sie versucht noch einmal, Maud zu erreichen, wieder ohne Erfolg. Es erscheint ihr so logisch. So offensichtlich. *Nein, reiß dich zusammen.* Sie atmet tief ein und versucht, sich davon zu überzeugen, dass es sich bei der gefundenen Leiche nicht um Sarina handelt. Sarina ist irgendwo in Dänemark, Schweden, Norwegen oder auf dem Grund der Nordsee, aber nicht in Amsterdam. Kyra hat genügend Hinweise darauf, dass ihrer Schwester etwas zugestoßen ist, aber nicht hier in der Nähe. Nicht so nah bei ihr.

»Langweilig, diese Polizeiarbeit«, bemerkt Roos. »Ich stehe jetzt schon seit einer Viertelstunde hier, und nichts tut sich.«

»Bei Polizeiarbeit denken alle gleich an wilde Verfolgungsjagden«, erwidert Kyra. »Dabei besteht sie in Wirklichkeit hauptsächlich aus mühsamer Spurensuche und langwieriger Tüftelei.« Stundenlang hat sie mit ihren Kommilitoninnen und Kommilitonen geübt, Spuren zu sichern und ohne den Tatort zu kontaminieren kleine Schilder neben Beweismaterial aufzustellen. Eine endlose Reihe von Fotos zu machen. Fingerabdrücke aufzuspüren und zu dokumentieren. Alles zu Protokoll zu nehmen und anschließend digital zu verwalten, sodass Kollegen, die auf das Beweismaterial zurückgreifen mussten, es in dem Moment auch wiederfinden konnten. Kriminalpolizeiliche Ermittlungen glichen dem Zusammensetzen eines Puzzles mit tausend blutigen Teilen.

»Ich habe gehört, du studierst Kriminalistik und willst später auch zur Kripo«, bemerkt Roos.

Kyra nickt. »Die ersten zwei Semester habe ich schon fast hinter mir.«

»Und? Macht's Spaß?«

»Klar. Und was willst du nach der Schule machen?« Kyra schaut Roos an und versucht, sich einen Beruf vorzustellen, der zu ihrem Äußeren passt. Türsteherin vielleicht. Tattookünstlerin. Wo bleibt Maud bloß? Kyra winkt dem Polizisten vor der Garage zu, der noch immer mit dem Handy telefoniert. Er winkt zurück, rührt sich aber nicht von der Stelle.

»Keine Ahnung«, antwortet Roos. »Vielleicht auf die Kunstakademie gehen. Fotografie studieren.«

»Cool.«

»Da ist ja meine Mutter«, sagt Roos, als Maud Mertens an der Ecke der Villa erscheint. Kyra winkt ihr so hektisch zu, dass sie sie gar nicht übersehen kann. Mit hochgezogenen Augenbrauen kommt Maud auf sie zu. Kyras Handy meldet sich, und sie sieht, dass Sebastian online ist. Schnell schreibt sie ihm, er solle dringend nach Hause kommen und seine Eltern benachrichtigen.

Was ist denn los?, fragt er.

Gruseliger Fund in eurem Garten, antwortet Kyra. *Komm her, so schnell du kannst.*

»Hallo, Kyra«, begrüßt Maud sie und sagt dann zu Roos: »Es kann noch eine Weile dauern. Ich glaube, du solltest besser nach Hause gehen.«

»Meinst du, es könnte ...«, stottert Kyra. »Also, könnte es vielleicht sein, dass ...«

»Ich weiß es nicht«, antwortet Maud, die sofort begreift, worauf Kyra hinauswill. »Ich halte es aber für sehr unwahrscheinlich. Sarinas Spur endet auf Norderney. Wie sollte sie von dort hierhergekommen sein? Und warum? Warum hätte der Täter in dem Fall nicht schon in Amsterdam zuschlagen sollen?«

Kyra schweigt.

»Sie hat Recht«, sagt Roos. »Es wäre schon ziemlich verrückt, wenn das deine Schwester wäre.«

Maud schaut Roos an, sichtlich erstaunt über die Unterstützung von ihrer Seite.

»Ich muss mit der Familie reden«, fährt sie fort. »Aber es ist niemand zu Hause. Ich habe Mevrouw Narcing auf die Mailbox gesprochen, aber sie hat sich noch nicht gemeldet. Ihr Mann ist im Ausland, soweit ich weiß. Kennst du die Familie?«

»Ich habe gerade dem Sohn eine SMS geschickt«, antwortet Kyra und wirft einen Blick auf ihr Handy. »Sebastian heißt er. Er ist unterwegs.«

Maud lacht. »Ich hätte es wissen müssen«, sagt sie kopfschüttelnd. »Warum habe ich dich nicht gleich angerufen?«

Kyra zuckt mit den Schultern. Lot zerrt ungeduldig an der Leine. Sie sollte den Hund jetzt besser erst nach Hause bringen.

»Okay, dann gehe ich jetzt.« Roos sieht ihre Mutter missmutig an und zückt wieder ihr Handy.

»Bis gleich«, erwidert Maud. »Sag Papa Bescheid, dass ich arbeiten muss.«

»Das weiß er auch, ohne dass ich es ihm sage«, antwortet Roos, schwingt sich einen kleinen Rucksack über die Schulter und macht sich auf den Weg.

»Es macht übrigens ziemlich viel Spaß«, ruft Kyra ihr nach. »Das Studium, meine ich.«

Roos schaut sich grinsend um, hebt die Hand und geht weiter, ohne sich noch einmal nach ihrer Mutter umzusehen.

»Maud?« Der Rechtsmediziner ruft sie, aber Maud deutet mit der Hand an, dass er noch kurz warten soll.

»Was weißt du über die Familie?«, fragt sie Kyra.

»Ich bringe am besten erst mal schnell den Hund weg«, sagt sie. »Bin gleich wieder da, dann erzähle ich, was ich weiß.«

»Einverstanden«, antwortet Maud.

Kyra dreht sich um und rennt los.

Maud schaut ihr nach. Irgendwie wundert es sie gar nicht, hier auf Kyra zu stoßen. Die junge Frau taucht immer auf, wenn es etwas Morbides zu entdecken gibt.

Sie geht wieder rüber zum weißen Zelt der Spurensicherung. »Was gibt es?«, fragt sie den Rechtsmediziner.

»Ich muss dich enttäuschen, Maud«, sagt der.

»Erzähl!«

»Es gibt keine Leiche. Hier liegt nur ein Kopf.«